KB196736

산이 노래하다

응우옌 판 꾸에 마이 지음   이지안 옮김

대기근으로 돌아가신 할머니, 토지개혁 때 사망하신 할아버지,
청춘을 베트남 전쟁에 바친 삼촌을 위해 이 책을 바칩니다.
또한 이 책을 통해 국적을 떠나 베트남 전쟁에서 목숨을 잃은
수백만 명의 사람들을 기리고, 더 나아가 지구상에서
또 다른 무력 분쟁이 일어나지 않기를 바랍니다.

차례

한국어판 머리말

열 살 때인 1983년, 나는 고향인 박리우에 있는 우체국에 몰래 가서 하노이로 편지를 보냈다. 그 편지에는 글쓰기 대회에 제출할 수필이 들어 있었다. 그런데 막상 내가 상을 받았다는 통지가 도착했을 때, 부모님은 큰 충격을 받았다. 왜냐하면 베트남 작가들이 경험한 오랜 역사(이에 대해서는 이 책에서도 부분적으로 묘사하고 있다)를 통해 부모님은 누차 자신들의 외동딸이 작가가 되지 않기를 바란다고 밝혀왔기 때문이다.

　그리고 나는 생계를 꾸리고 가족을 부양하기 위해 다양한 일을 하면서 글쓰기에 대한 꿈은 접어야 했다. 하지만 내 안의 작가는 항상 다른 사람들의 이야기에 귀를 기울이며, 전쟁 기간에 겪었던 그들의 경험에 대해 항상 질문하고 그들의 이야기를 기억했다. 십대 시절부터 나는 부모님의 고향 친지와 마을 어르신들을 찾아 이야기를 나누었고, 그렇게 해서 내가 태어나기 전에 돌아가셨거나 죽임을 당하신 조부모님의 삶이 어땠을지 조금이나마 상상해 보기 시작했다. 베트남의 아픈 과거를 서서히 이해할수록, 사랑하는 사람들이 삶 속에서 나와 함께했던 사건들도 더 이해할 수 있었다.

　나 자신도 모르는 사이, 그 어린 나이에 나는 이미 『산이 노래하다』를 쓰기 위한 연구를 실천하고 있었다. 시간과 거리를 뛰어넘은 지속적인 학문적 연구를 통해서만 우리는 베트남의 복잡한 역사와 다른 국가와의 관계를 이해할 수 있다. 나는 베트남 사람들뿐만 아니라 미국인 참전 용사들과 전쟁 희생자를 위한 자원봉사자들과 광범위한 교류를 가지며 베트남 전쟁에 대한 이해를 더욱 확장해 왔다.

　이 책은 할머니들을 알고 싶다는 나의 열망을 담고 있으며, 동시에 전쟁의 여파를 가장 많이 겪으면서도 자신들의 슬픔을 감추고 귀환하는 군인들을 위해 힘과 위로의 기둥이 되어 주는, 전쟁의 그늘에 있는 여인들과 아이들의 삶을 드러내 주는 계기가 될 것이다. 소설 속 지에우란 할머니의 궤적을 통해 나는 그들과 이야기를 나누고, 그들의 발자취를 더듬으며 꿈과 희망의 색을 칠할 수 있었다.

　나의 가장 사적인 작품인 소설을 쓰면서 침략적인 군사 강대국과 문화의 언어이기도 한 영어로 썼다는 것은 언뜻 아이러니하게 비칠 수도 있다. 하지만 이 언어는 내게 새로운 목소리를 부여했고, 또한 조국의 과거, 특히 대기근이나 토지 개혁과 같이 아직까지 충분히 기록화되지 않은 격동의 역사를 허구화할 수 있는 수단을 제공했다. 무엇보다 나는 서양인들에 의해 제작된 할리우드 영화와 소설을 통해서만 베트남을 접근해 온 방식에 맞서서 나의 예술이 제 역할을 하기를 바란다. 그들은 우리 나라를 단지 전쟁터로만 인식해 왔고 우리 국민을 대변할 필요도 없었다. 우리가 발언하는 순간, 우리는 너무 단순하고 순진하거나 혹은 잔인하고 기회주의적으로 비친다. 영어권에서 베트남 전쟁이나 전후에 관한 작품 목록은 방대하지만 베트남 내부의 목소리는 매우 드물었다.

중학교 2학년에 처음 영어를 배웠을 때만 해도 언젠가 영어로 이 작품을 쓰게 될 줄은 몰랐었다. 내가 태어난 북부의 작은 마을 꾸엉두에는 영어 교사가 아예 없었고, 내가 자란 남부 마을 박리우에도 영어를 할 줄 아는 사람이 많지 않았다.

당시 쌀 농사와 노점상으로 일하며 고학을 해야 했던 나로서는 서양 세계는 가끔 보던 흑백 영화 속에서만 존재하는 신비로운 곳이었다. 우리 동네에서 유일한 야외 극장으로 쓰였던 공동묘지에서 나는 종종 담배를 팔며 서양 영화들을 몰래 보곤 했다.

사실 중학교에 진학할 때까지도 나는 영어 단어를 전혀 몰랐는데, 어느 날 오후에 큰오빠가 집에 영어책을 가져왔다. 오빠는 방금 누군가에게 영어를 배웠다며 내게 가르쳐 준다고 했다. 나는 너무 흥분해서 저녁을 뜨는 둥 마는 둥했다. 그날 밤, 등유 램프에 불을 붙이고(그 시절엔 전기는 가끔씩만 켰다) 모기 떼에 물리지 않도록 긴 바지와 긴팔 셔츠를 꺼내 입은 후, 오빠는 엄숙하게 공책을 꺼내들었다. 그는 첫 페이지를 펼치더니 낯설게 생긴 단어를 가리키고 자신의 발음을 따라하라고 했다. "Sờ cu lờ."
"쓰, 쓰…쿠에." 나는 손으로 입을 가리고 웃음을 터뜨렸다.
어쩔 수가 없었다! 방금 내 입에서 나온 말은 베트남어로 남성
의 성기를 만지다는 뜻처럼 들렸다. 그렇게 해서 첫 영어 수업
은 허무하게 끝났다. 나는 웃음을 멈출 수 없었고, 오빠는 걱
(gấc)의 과육처럼 얼굴이 빨개져 공책을 덮고 뒤도 돌아보지 않
고 밖으로 나가버렸다. 나중에 알게 된 바로는 오빠는 아주 중
요한 단어 'school'을 알려주려고 한 것이었다.

그 후로 감히 오빠에게 다시 가르쳐달라고 부탁하지 않았지
만, 가끔 오빠가 없을 때 그 노트를 훔쳐서 연못을 빙 둘러싼 망
고와 코코넛 나무 아래 숨어서 영어 단어들을 뚫어져라 보곤 했
다. 그 이상해 보이는 단어들 뒤에 마법의 문이 있고, 그 문을
열면 크고 넓은 세계로 들어갈 수 있을 것 같다고 느꼈다. 그리
고 이제 이 작품을 통해 나는 그 크고 넓은 세상으로 첫발을 내
딛고 있다. 글을 쓰고 편집을 마치는 데 7년이 걸렸고, 수백 번
의 수정과 눈물과 수많은 의심으로 잠 못 이루는 밤을 보냈다.
내가 정말 좋은 스토리텔러인지 의심스러웠다. 또 복잡한 생각
과 감정을 영어로 충분히 표현할 수 있을지도 의문이었다. 하지
만 2006년 서른셋의 나이에 작가가 되기로 결정한 것을 나는
결코 후회하지 않았다.

『산이 노래하다』의 첫 페이지를 넘기면, 여러분은 일상 대화
곳곳에 숨어 있는 속담과 자장가와 시를 베트남 원어로 만나게

된다. 또 독특한 발음기호가 등장하는 베트남어 이름과 언어를 시작으로 베트남어의 색채, 문화적 다양성과 복합성을 경험하게 될 것이다. 이 발음기호는 처음에는 무척 낯설게 보일 수 있지만 집의 지붕만큼이나 중요하다. 예를 들어 'ma'라는 단어는 ma(유령), má(엄마), mà(그러나), mả(무덤), mạ(볍씨), mã(말)의 각자 다른 의미를 지닌 단어들로 표기될 수 있다. 'bo'라는 단어는 bó(다발), bỏ(포기하다), bọ(곤충), bơ(버터), bở(무른), bờ(해안), bô(요강), bố(아빠), bồ(친구), bổ(영양가 있는)으로 다양하게 표현된다.

사실 한국과 베트남은 고통스러운 역사를 공유하고 있다. 많은 한국인들이 베트남 전쟁에서 싸우며 목숨을 잃고 오늘날까지도 트라우마를 겪고 있다. 이 책이 상호 공감과 이해를 촉진함으로써 두 나라가 더욱 가까워지는 계기가 되기를 바란다. 그리고 동시에 흐엉과 할머니 지에우란의 이야기가 한국 독자들이 우리의 공통된 휴머니티를 발견하는 데 도움이 되기를 바란다. 흐엉의 말을 함께 되새겼으면 한다. "어쩐지 사람들이 자발적으로 서로에 관해 읽고 다른 문화의 빛을 보려 한다면, 더 이상 전쟁은 없을 것이라고 나는 확신한다."

또한 베트남에서 일했거나 살았거나, 혹은 내 고국을 단순히 방문하거나 베트남 문학과 문화에 관심을 가진 많은 한국인들에게 진심으로 감사드린다. 지난날 나는 가족과 함께 한국을 두 번 방문했는데 매 순간을 사랑했다. 가까운 기회에 또 다시 한국을 찾을 기회가 있기를 소망한다.

　무엇보다 한국어판이 나올 때까지 애써주신 마르코폴로 출판사의 김효진 대표와 번역가 이지안 님에게도 감사의 말을 전한다. 나 자신도 문학 번역가로서 이 책이 25개국의 언어로 번역되어 전 세계에 소개될 수 있게 되어 매우 영광으로 생각한다.

　독자 여러분에게 많은 사랑과 축복이 있기를 기원한다.

　　　　　　　　　　　　　　　　　　　　　꾸에 마이

가계도

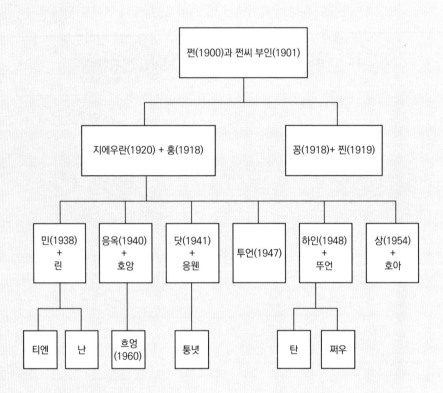

THE MOUNTAINS SING

1장

가장 높은 산

하노이, 2012

할머니는 늘 조상은 돌아가시더라도 그분들의 영혼은 그냥 사라지는 것이 아니라 우리를 계속 지켜보고 있다고 말씀하시곤 하셨다. 지금도 향 세 개에 불을 붙이고 있는 나를 할머니가 지켜보고 계시는 것 같다. 조상을 기리는 제단 위에서, 나무 목탁과 따뜻하게 데운 음식 접시 뒤로 향불을 따라 주황색 불꽃이 일렁이는 할머니의 눈동자가 비치는 듯하다. 향을 흔들어 불을 끈다. 연기가 피어오르자 연기와 향기의 커튼이 하늘을 향해 소용돌이치며 죽은 자의 영혼을 불러들인다.

"살펴 가세요." 나는 속삭이며 향을 머리 위로 들어 올린다. 두 세계의 경계를 가리는 연기 사이로 할머니가 미소를 짓는다.

"보고 싶어요, 할머니."

열린 창문 사이로 산들바람이 불어와 할머니의 손처럼 내 얼굴을 감싸며 스치고 간다.

"흐엉, 내 사랑하는 손녀야." 창문 밖의 나무가 부스럭대며 할머니의 목소리를 실어 나른다. "내가 항상 너와 함께 있으마."

할머니의 초상화 앞에 있는 향로에 향을 꽂는다. 할머니의 부드러운 이목구비가 향이 내뿜는 향기 속에서 빛난다. 나는 할머니의 목에 난 상처를 물끄러미 바라본다.

"내가 한 말 기억하니?" 마른 나뭇가지 사이로 할머니의 목소리가 나지막이 들려온다. "오랜 세월 동안 우리 베트남 사람들이 겪어야 했던 시련은 저 산만큼이나 높았어. 너무 가까이 다가가면 저 산봉우리를 볼 수 없지. 하지만 인생사에서 한 발짝 물러서면, 비로소 전체를 볼 수 있는 법이란다."

2장

피로 물든 벼이삭

하노이, 1972-1973

할머니와 손을 맞잡고 학교로 걸어가고 있었다. 양철 지붕의 집들 사이로 커다란 달걀 노른자 같은 태양이 떠 있었다. 하늘은 어머니가 가장 좋아하는 옷자락처럼 새파란 색이었다. 어머니는 어디 계실까? 아버지는 만났을까?

바람이 허공을 가르며 먼지 구름을 몰고 온 바람에, 나는 외투의 옷깃을 치켜 세웠다. 할머니가 허리를 굽혀 손수건으로 내 코를 막아줬다. 먼지가 가라앉자마자, 우리는 곧 발걸음을 재촉했다. 귀를 쫑긋 세워봤지만, 새소리 하나 들리지 않았다. 가는 길에 꽃 한 송이 보이지 않았다. 풀 한 포기조차 없었고 부서진 벽돌 더미와 뒤엉킨 쇳조각만 나뒹굴고 있었다.

"구아바, 조심해야지." 할머니는 폭탄으로 움푹 패인 구덩이에 빠진 나를 들어올리며 말했다. 할머니가 나를 부를 땐, 아이들을 납치하려고 호시탐탐 땅 위를 맴도는 악령으로부터 나를 지켜야 한다며 이름 대신 별명으로 불렀다. '향기'라는 뜻의 내 이름 '흐엉'은 언제고 악령을 끌어들일 거라는 게 할머니의 지론이었다.

"학교에서 돌아오면 네가 좋아하는 음식을 차려줄게." 할머니가 내게 말했다.

"쌀국수요?" 행복한 기대감에 들뜬 나는 구덩이를 깡충 건너뛰며 물었다.

"그래… 그동안 폭격이 잦아서 요리를 제대로 할 수 없었지. 하지만 요즘 좀 조용해졌으니, 조촐히 축하할 때도 되었잖니?"

그때 내가 뭐라 대답하기도 전에 사이렌이 평온한 순간을 깨뜨렸다. 나무에 달아둔 확성기에서 한 여성의 긴장된 목소리가 울려 퍼졌다.

"시민 여러분! 시민 여러분! 미제 폭격기가 하노이 상공에 접근 중! 100킬로미터 근방에 접근 중!"

"오, 이런, 세상에!" 할머니는 하늘을 쳐다보고 탄식하듯 외쳤다. 그리고 나를 끌어당기며 뛰기 시작했다. 마치 부서진 개미집에서 개미들이 쏟아지듯이, 이 집 저 집에서 사람들이 우르르 쏟아져 나왔다. 저 멀리 보이는 하노이 오페라하우스의 전망대에서 사이렌 소리가 크게 울려 퍼졌다.

"저기로 가자." 할머니는 가까운 길목에 나타난 방공호 앞으로 달려갔다. 그리고 들기도 힘겨운 콘크리트 뚜껑을 밀어 올렸다.

"여긴 자리가 없어요." 저 아래에서 어느 외침 소리가 들렸다. 한 사람이 겨우 들어갈 만한 좁은 공간에 한 남자가 엉거주춤 무릎을 쪼그리고 앉아 있었다. 벌써 그 남자의 가슴까지 흙탕물이 차올랐다. 할머니는 서둘러 맨홀 뚜껑을 닫고서 다른 대피소를 찾아다녔다.

"시민 여러분! 시민 여러분! 미제 폭격기가 하노이 상공에 접근 중! 60킬로미터 근방에 접근 중! 우리 공군이 비상 출격 태세입니다!"

확성기를 통해 들리는 방송에서 여자의 목소리는 더욱 다급해졌고, 사이렌 소리는 이제 귀가 멍멍해질 정도였다.

찾아가는 대피소마다 사람들로 꽉 차 있었다. 날개가 부러진 새들마냥 사람들은 뿔뿔이 흩어졌고, 다급한 나머지 내동댕이친 자전거와 수레들, 짐 보따리들이 여기저기 나뒹굴고 있었다. 어린 여자애 하나가 혼자 뒤처져 엄마를 찾으며 울고 있었다.

"시민 여러분! 시민 여러분! 미제 폭격기가 하노이 상공에 접근 중! 30킬로미터 근방에 접근 중!"

두려움에 허둥지둥하던 나는 끝내 뭔가에 발끝이 채여 나뒹굴고 말았다. 할머니가 바로 나를 일으켜 세웠다. 내 책가방은 길가에 내던지고, 나만 들쳐업고 뛰었다. 달음박질치는 와중에도 할머니의 손은 내 엉덩이와 다리를 단단히 부여잡고 있었다.

천둥벽력 같은 소리가 조금씩 다가오더니, 저기서 폭발음이 울렸다. 나는 땀에 젖은 손으로 할머니의 어깨를 꽉 붙잡고 할머니의 등에 얼굴을 파묻었다.

"시민 여러분! 시민 여러분! 더 많은 폭격기가 접근 중입니다. 하노이 상공 100킬로미터 접근 중!"

"어서 학교로 뛰어요. 저들도 학교는 폭격하지 않는대요." 어린애들을 등이고 어깨고 업은 여자들을 향해 할머니가 외쳤다.

쉰두 살의 할머니는 강인했다. 우리는 어느새 저 앞에 있던 아낙네들의 무리를 앞질렀다. 마구 흔들리는 할머니의 등 뒤에서, 나는 엄마와 똑같은 냄새를 풍기는 그 길고 검은 머리칼에 작은 얼굴을 파묻었다. 이 냄새를 맡을 수 있다면, 난 안전할 거야.

"흐엉, 안 되겠다. 너도 나랑 같이 뛰자." 학교가 가까이 보이자, 할머니는 헐떡이며 나를 등에서 내려줬다. 그리고 운동장을 가로질러 교실 뒤편에 있는 대피구로 몸을 던지듯 뛰어들었다. 할머니 옆으로 미끄러지듯 들어갔더니 내 가슴팍까지 물이 차올랐는데, 다행히 할머니의 차가운 손이 내 어깨를 바싹 움켜쥐고 있었다. 너무나 추웠다. 벌써 겨울이 돌아오고 있었다.

할머니는 손을 높이 뻗어 대피구의 뚜껑을 닫았다. 그리고 나를 꼭 껴안아 주자, 할머니의 심장 뛰는 소리가 내 혈관을 타고 전해졌다. 때맞춰 두 사람이 들어갈 만한 대피구를 찾다니, 부처님께 감사할 따름이었다. 그런데 저 밖에 계실 부모님은 어쩌지? 닷 삼촌이랑 투언 삼촌, 상 삼촌은 만나셨을까?

폭발이 점차 가까워지고 지축이 흔들렸다. 나는 두 손바닥으로 양쪽 귀를 막았다. 물이 솟구쳐 내 얼굴과 머리카락을 적셨고 눈앞이 뿌얘졌다. 머리 위의 작은 틈새로 희뿌연 먼지와 돌멩이가 쏟아져 내렸다.그리고 대공포 소리. 우리 군대가 반격하고 있었다. 더 많은 폭발음. 사이렌 소리. 울음소리. 타는 듯한 강렬한 악취.

할머니가 두 손을 가슴 앞에 모으고 빌었다. "나무아미타불, 관세음보살…" 할머니의 들썩이는 입술 사이로 부처님께 드리는 염불이 흘러나오자, 나도 모르게 눈을 감고 할머니를 따라했다.

폭탄이 하늘을 찢을 듯 계속되었다. 잠시 조용해졌다가 또 파열음이 이어지곤 했다. 나는 한껏 움츠렸다. 강력한 폭발에 밀려 할머니와 내 몸이 시멘트 벽에 부닥쳤다. 고통이 엄습해 눈앞이 깜깜해졌다.

허공을 때리듯 내 발이 할머니의 배를 쳤다. 할머니는 눈을 감고서 가슴에 연꽃을 떠받치는 듯 나를 품에 안았다. 벽력 같은 소리가 잦아들고 사람들의 울음소리가 울려 퍼지는 가운데 할머니는 기도를 올렸다.

"할머니, 전 너무 무서워요."

할머니의 입술도 추위에 시퍼렇게 떨리고 있었다. "그래… 구아바, 이 할미도 무섭구나."

"할머니, 폭탄이 학교에 떨어지면… 여기, 여기도 무너질까요?"

할머니는 비좁은 공간에서도 꼭 나를 안아주려고 버둥대며 말했다. "아가야, 그건 할미도 알 수 없구나."

"만약, 그렇게 되면… 할머니, 우린 죽나요?"

할머니가 나를 꼭 안아주며 말했다. "구아바, 설령 학교에 폭탄이 떨어지더라도, 또 대피구가 무너지더라도, 부처님이 우리를 보살펴 주실 거야."

◆

1972년 11월 그날, 우리는 *생명을 지켰다.* 공습 해제 사이렌이 울린 후, 할머니와 나는 비틀거리며 거리로 나왔다. 건물 몇 채가 무너져 우리가 나갈 길을 막고 있었다. 잔기침을 해대며 잔해 더미 위로 기어갔다. 피어오르는 연기와 회오리 같은 먼지로 눈이 매웠다.

나는 할머니의 손을 꼭 잡고, 짚풀로 엮은 거적대기로 얼굴을 가린 시신들 옆에서 무릎 꿇고 통곡하는 여자들을 보았다. 거적 아래로 튀어나온 죽은 시체들의 다리는 대부분 짓이겨졌거나 피로 뒤범벅된 채였다. 한 어린 아이의 다리에 분홍색 신발이 대롱거렸다. 아마도 내 또래인 듯했다.

흙탕물에 흠씬 젖은 할머니가 나를 잡아끌고 더 빠르게, 더 걸음을 서둘러 흩어진 시신들과 무너져 내린 집들 사이를 지나쳤다.

뱅나무[1] 아래에 있는 우리 집은, 어색할 정도로 찬란한 햇살을 받으며 온전히 남아 있었다. 기적적으로 폭격을 피해간 것이다. 나는 할머니의 손을 뿌리치고 집 안으로 쏜살같이 들어갔다. 할머니는 내가 서둘러 옷을 갈아입는 걸 지켜본 뒤 나를 침대에 눕혔다. "일단 집에 있어라. 또 폭격기가 뜨면, 바로 뛰어나가야 돼."

할머니는 아버지가 침실 건너편 동쪽 마루 아래 파 놓은 방공호를 가리켰다. 그 방공호는 할머니와 둘이 들어가도 될 만큼 넓은 데다가 마른 땅이었다. 여기에 숨어 있으면, 책장 위쪽 상단에 제단을 마련해 두었으니 우리의 조상님이 지켜주실 것 같았다.

"그런데… 어디 가세요, 할머니?" 내가 물었다.

"학교에 간다. 내 도움이 필요한 학생들이 있는지 보고 와야지." 할머니는 두꺼운 담요를 내 턱 밑까지 덮어줬다.

"할머니, 하지만 위험해요…"

"두 구역만 가면 돼, 구아바. 사이렌 소리가 들리면 내가 바로 집으로 뛰어올 거야. 넌 여기 집에 있겠다고 약속할 테지?"

나는 고개를 주억였다.

할머니는 문쪽으로 가다가 다시 침대맡으로 돌아와 내 얼굴을 어루만져 주었다. "밖에 돌아다니지 않겠다고 약속할래?"

"네, 약속해요." 나는 웃으며 다짐했다.

---

1   높이 35미터까지 자라는 열대아몬드 나무로 학명은 테르미날리아 카타파이다. 중국에서는 남인수(欖仁樹), 베트남에서는 Bàng(뱅) 나무라고 불린다.

평소에도 할머니는 나 혼자 돌아다니지 못하게 했고, 폭탄이 떨어지기 전부터도 그랬다. 항상 내가 길을 잃을까 봐 걱정하셨다. 이모와 삼촌 말대로, 할머니가 자식들에게 끔찍한 일이 일어났던 기억 때문에 나를 과잉보호한다는 게 사실일까?

할머니가 문을 닫고 나가자마자, 나는 침대에서 일어나 공책을 꺼내 들었다. 펜 끝을 잉크병에 담갔다가 글을 쓰기 시작했다. "사랑하는 엄마 아빠"라고 새 편지를 시작하면서, 과연 내가 쓴 글이 부모님께 가닿을 수 있을지 궁금해졌다. 부모님은 부대를 따라 이동 중이니까 정해진 주소도 없었다.

◆

『백설공주와 일곱 난쟁이』 동화책을 읽으며 마법의 세계에 흠뻑 빠져 있을 때, 할머니가 내 책가방을 챙겨 학교에서 돌아오셨다. 잔해 더미에 깔린 사람들을 구조하느라 할머니는 손이 다쳐 피가 나고 있었다. 할머니는 나를 젖가슴에 꼭 당겨 안아 줬다.

그날 밤 나는 이불을 덮어쓴 채로, 할머니가 목탁을 두드리며 비는 소리를 들었다. 할머니는 부처님과 옥황상제에게 부디 전쟁을 끝내 달라고, 또 내 부모님과 삼촌들이 무사히 돌아올 수 있도록 해달라고 기도했다. 나도 눈을 감고 할머니의 기도에 내 소원을 보탰다. 엄마 아빠는 살아 계실까? 내가 보고 싶어하는 만큼 부모님도 나를 그리워할까?

우리는 집에서 기다리고 싶었지만, 공영방송에서 긴급 방송이 나와 모든 시민은 하노이에서 긴급 대피하라는 명령이 떨어졌다. 할머니는 자신의 학생들과 학부모들을 인솔해서 멀리 떨어진 산속으로 피난가서 수업을 계속해야 했다.

"할머니, 우린 어디로 가요?" 내가 물었다.

"호아빈 마을로 갈 거야. 거긴 안전하거든."

평화 마을이라니, 누가 이토록 사랑스러운 이름을 지었을까? '호아빈'은 학교 교실 벽에 그려진 비둘기 날개에 적혀 있는 글자였다. 내 꿈속에서 호아빈은 푸른빛을 띠고 있었는데, 그건 내 부모님이 집에 돌아온다는 표시와도 같았다. 호아빈은 간결하지만 손에 잡히지 않는 것, 하지만 우리에게 가장 소중한 것, 바로 *평화*를 의미했다.

"그 마을은 멀어요? 거기까지 어떻게 가요?"

"걸어야지. 41킬로미터 정도만 가면 돼. 모두 함께 갈 테니, 너도 해낼 수 있겠지?"

"음식은 어쩌구요, 뭘 먹어요?"

"걱정할 거 없다. 농부들이 먹을 걸 나눠줄 거야. 위기 때는 다들 친절해지거든." 할머니가 미소를 지으며 말했다. "너도 짐 싸는 거 도와줄래?"

떠날 준비를 하는 동안, 할머니의 노랫소리가 들려왔다. 엄마처럼 할머니도 목소리가 청아하고 구성지게 불렀다. 할머니와 엄마는 말도 안 되는 노래를 꾸며서 부르다가 웃음을 터트리곤 했었다. 그런 행복한 순간들이 얼마나 그리웠는지 모른다. 할머니가 노래를 부를 때면, 드넓은 논이 연두빛 팔을 벌려 나를 반겨줬고, 황새는 날개로 떠받쳤으며, 강물은 나를 물살에 태워 두둥실 흘려보냈다.

할머니는 넓은 보자기를 펼쳐 한가운데에 옷가지를 차곡차곡 포개고 그 위에 내 공책과 필기구, 또 할머니의 교재도 집어넣었다. 맨 위에는 목탁도 잘 챙겨 넣은 뒤, 보자기의 양 모서리를 솜씨 있게 묶어 어깨에 두르는 가방처럼 만들었다. 또 다른 어깨에는 쌀을 가득 채운 긴 대나무 대롱을 둘렀다. 내 책가방에는 이미 가는 도중에 먹을 물과 음식을 할머니가 챙겨 놓았다.

"거기서 얼마나 있어야 해요, 할머니?"

"글쎄다. 어쩌면 몇 주 정도 있지 않을까?"

나는 잠시 책꽂이 옆에 서서 손으로 책등을 쭈욱 훑어보았다. 베트남 동화집, 러시아 동화집, 응웬 키엔의 『새 파는 여인의 딸』, 그리고 이름도 발음하기 어려운 외국 작가의 『보물섬』이라는 책도 있었다.

할머니는 내가 만지작거리는 책더미를 보더니 웃으며 말했다. "많이 가져갈 수는 없으니, 하나만 골라. 거기 도착하면 책을 더 빌려보도록 하자."

"그런데 농부들도 책을 읽나요, 할머니?"

"우리 부모님도 농부이셨잖니. 그래도 네가 상상하는 것보다 훨씬 많은 책을 가지고 계셨지."

난 다시 책꽂이로 가서 도안 조이의 소설 『남쪽의 땅과 숲』[2]을 골라잡았다. 아마도 엄마도 그 남쪽 땅에 도착해 아버지와 만났을 것이다. 부모님이 계신 목적지, 프랑스인들 때문에 분단되었고 지금은 미국인들이 점령한다는 그 남쪽 땅에 대해 더 자세히 알 필요가 있었다.

떠나기 전에 할머니는 다른 가족들한테 돌아오거든 호아빈에서 우리를 찾으라는 쪽지를 적어 대문에 붙여 놓았다. 나도 출발 전에 대문을 어루만졌다. 손끝에서 부모님과 삼촌들의 웃음이 느껴지는 듯했다. 그때로 다시 돌아간다면, 그래서 미래의 우리에게 어떤 일이 펼쳐질지 미리 알았더라면, 그때 내가 무엇을 챙겨서 떠났을지 궁금하다. 아마도 부모님의 결혼식 때 찍은 흑백사진이 아니었을까. 하지만 또 한편으로는 죽음 문턱에서는 향수를 느낄 시간조차 없다는 것도 잘 알고 있다.

할머니의 학교 앞에서, 우리는 교사, 학생들과 학부모들과 함께 피난 행렬에 합류했다. 자전거 몇 대에 짐을 가득 쌓아 올리고 다들 걸어서 하노이를 떠났다. 폭격기에 발각될까 두려워서 모두들 어두운 색상의 옷을 입었고, 자전거의 금속 부품에 햇빛이 반사되지 않도록 천으로 가렸다. 아무도 말을 하지 않았다.

---

2   도안 반 호아라는 필명으로 알려진 베트남 작가 도안 조이(Đoàn Giỏi)가 1957년에 발표한 작품으로, 1950년대 프랑스 침략에 맞서 저항전쟁을 벌이던 중 가족을 잃은 남부 소년 안의 험난한 삶을 그린 소설이다.

그저 저벅이는 발소리와 간간이 아기 울음만 들렸을 뿐이다. 공포와 걱정이 사람들의 얼굴에 아로새겨져 있었다.

　41킬로미터의 행군을 할 때, 나는 고작 열두 살이었다. 길은 순탄하지 않았고, 바람이 매서운 추위를 휘몰고 올 때면 할머니의 손이 내 고사리손을 따뜻하게 녹여주었다. 또 내가 배고플 때면 할머니는 배부른 척 당신 몫까지 내게 건네주었다. 내 두려움을 달래려고 쉴 새 없이 노래를 불러주기도 했고, 내가 피곤에 지칠 때면 나를 들쳐업고 내 얼굴을 긴 머리로 가려주기도 했다. 비가 축축하게 내릴 때면 할머니의 옷자락 속에 나를 둘둘 감싸주었다. 그렇게 해서 할머니의 발이 핏자국과 물집으로 범벅이 될 무렵, 마침내 깊은 계곡에 산으로 둘러싸인 호아빈 마을에 당도했다.

　우리는 중년의 퉁씨 부부네 농가에 머물렀다. 작은 집에는 마땅히 잘 만한 거처가 없어서 그들이 자는 안방 옆 마룻바닥에서 잠을 청했다. 호아빈에 도착한 첫날, 할머니는 인근 산비탈을 꼬불꼬불 올라가면 동굴로 이어지는 숲속 오솔길을 발견했다. 마을 주민 몇 명이 그 동굴을 방공호로 사용하기로 했고, 할머니는 우리도 그들과 함께 거기에 숨기로 결심했다. 퉁 아저씨는 미군이 이렇게 작은 마을까지 폭격하진 않을 거라고 말했지만, 할머니와 나는 다음날부터 그 언덕배기 길을 오르내리는 연습을 했다. 몇 번이고 다닌 탓에 내 종아리는 두들겨 맞기라도 한 듯 알이 배겼다.

"구아바, 밤에 불빛이 없어도 여기까지 올라올 수 있어야 해."
할머니가 동굴 안에 서서 숨을 헐떡이며 말했다. "절대 내 옆에
서 떠나선 안 된다. 약속할 수 있지?"

동굴 입구 주변에는 나비들이 날아다녔다. 순간 내 마음속에
는 탐험하고 싶다는 열망이 요동쳤다. 마을 아이들은 연못가에
서 발가벗고 멱을 감거나, 진흙을 밟으며 물소를 타거나, 새 둥
지를 찾겠다며 나무 위를 기어올랐다. 나도 그들과 함께 놀게
해달라고 조르고 싶었지만, 할머니가 워낙 걱정 많은 눈빛으로
바라봤기 때문에 그럴 수가 없었다.

임시로 머무를 집에 도착하자, 할머니는 퉁씨 부인에게 우리
가 가진 쌀과 약간의 돈을 챙겨줬다. 우리는 식사 준비를 돕고
텃밭에서 채소를 따고 설거지를 했다. "넌 정말이지 제법 도움
이 되는구나." 퉁 아주머니의 칭찬을 듣자, 난 마치 조금 더 키
가 자란 듯 기분이 좋아졌다. 임시 거처는 어떤 면에서는 하노
이의 우리집과 비슷해 보였는데, 야간에 미군 폭격기가 우리의
흔적을 발견하지 못하도록 창문을 검은 종이로 전부 막아놓아
서 더 그렇게 느껴졌는지도 모른다.

마을 사원의 마당에서 할머니가 학생들을 가르칠 때면 그 모
습은 정말이지 단아해 보였고, 흙바닥에 쪼그려 앉은 학생들의
얼굴들도 환히 빛났다. 수업을 끝낼 때마다 할머니는 즐겨 부르
던 노랫말로 수업을 마무리하곤 했다. *"전쟁이 우리의 집들을
파괴할 수는 있어도, 우리의 정신마저 꺼뜨리지는 못해."*

1945년을 배경으로 한 책 『남부의 땅과 숲』은 시작부터 흥미로웠다. 내 눈앞에 펼쳐진 남부는 울창했고, 이야기 속 사람들은 행복하고 인자해 보였다. 그들은 뱀과 사슴고기를 먹고, 악어를 사냥하고, 울창한 맹그로브 숲에서 꿀을 채집했다. 내가 복잡한 단어나 낯선 남부 사투리에 밑줄을 그어두면, 할머니는 짬을 내서 내게 설명해 주었다. 소설 속 주인공 안이 부모를 잃고 프랑스 군인들을 피해 도망치는 장면에서는 나도 안과 함께 설움에 북받쳐 울었다. 왜 자꾸 외국 군대가 우리나라를 계속 침략하는지 이해가 되질 않았다. 처음에는 중국, 그다음엔 몽골, 프랑스, 일본에 이어 이제는 미제국주의자들까지.

  그렇게 남쪽으로 상상의 여행을 떠나 숨어 있는 동안에도, 북부의 수도 하노이에는 폭탄이 그치질 않았다. 낮이든 밤이든 징이 울리면, 할머니는 내 손을 꽉 잡고 산으로 올라가셨다. 내 짧은 걸음으로 산을 쉬지 않고 올라도 30분이 걸렸다. 동굴에 도착했을 즈음에는 거대한 금속 새의 무리가 우뢰 소리를 내며 지나갔다. 그럴 때면 할머니 옆에 꼭 붙어서 동굴에 도착했다는 데 내심 안도하면서도, 그렇게 화염에 휩싸이는 도시를 지켜봐야 한다는 사실이 너무나 싫었다.

  우리가 호아빈 마을에 도착한 지 일주일 후, 미국 전투기가 격추되었고 불타오르는 동체에서 한 조종사가 낙하산을 타고 탈출했다. 다른 전투기들은 조종사를 구출하기 위해 마을 일대를 기총 소사와 포탄 공습을 했다. 한참 후 동굴에서 나왔을 때, 우리는 구불구불한 마을 길을 따라 그을린 시신들이 흩어져 있는 광경을 보았다. 나뭇가지 사이로 늘어진 내장을 봤을 때, 할머니는 두 손으로 내 눈을 가려 주었다.

우리가 무너진 마을 사원을 지나갈 때였다. 잠시 소란이 일더니 한 무리의 사람들이 웬 백인 남자를 끌고 나타났다. 더러운 녹색 군복을 입은 그 남자는 등 뒤로 양손이 묶여 있었다. 고개를 숙이고 있는데도 그의 키는 주변 사람들보다 훨씬 컸다. 얼굴에는 진득한 피가 흘러내렸고 금발의 머리칼에는 진흙이 뒤엉켜 있었다. 베트남 군인 세 명이 총을 백인의 등에 겨누고 걸어오고 있었다. 백인 남자의 군복 오른쪽 팔에 붙어 있는, 빨강, 파랑, 하양의 작은 성조기에 내 눈이 시큼하니 아렸다.

"죽여버려! 저 개자식, 양키 조종사를 죽여버리자!" 누군가의 외침이 들리자 사람들은 일제히 함성을 지르며 호응했다.

나도 주먹을 불끈 쥐었다. 이 남자가 우리 도시를 폭격했어. 저 남자를 보낸 나라가 내게서 부모님을 앗아간 거야.

"내 가족은 모두 죽었어. 너 때문에, 네놈 때문에. 죽어, 죽으라고!" 한 여자가 비명을 지르더니 돌멩이를 집어 던졌다. 그 남자의 가슴팍에 퍽 소리가 났지만, 나는 눈을 깜빡대며 지켜봤다.

"정숙!" 군인 하나가 소리쳤다. 할머니와 몇몇 사람들이 흐느끼는 여성에게 달려가 부둥켜 안고 자리를 피했다.

"동포 여러분, 정의가 실현될 겁니다. 이제 그만 하노이로 압송해야 해요." 군인이 군중들에게 설명했다.

나는 조종사가 내 앞을 지나가는 모습을 지켜봤다. 그는 사람들이 던진 돌에 맞고도 그저 고개를 더 숙일 뿐 아무 말도 없었다. 확신할 수는 없지만, 그의 얼굴에 피가 섞인 눈물이 흘러내리는 걸 봤다고 난 생각했다.

◆

두려움을 멀리 쫓아버리고 싶을 때면, 난 종종 책 속에 파묻혀 부모님과 더 가까이 있는 것처럼 상상했다. 물고기와 민물 거북이 많은 강에서 불어오는 맹그로브 숲의 향기를 맡으려고 코를 킁킁댈 때도 있었다. 남쪽에는 음식이 더 풍부하다니까 부모님이 행군하는 동안 꽤 도움이 될 거야. 그런데 저렇게 미군이 몰려드는데 남부가 예전처럼 풍요로울 수 있을까? 미군의 발길이 닿는 족족 모든 게 쑥대밭으로 변하잖아.

책의 마지막 페이지에 다다르자, 난 숨이 멎는 것 같았다. 주인공이 부모를 찾길 바랐는데, 그는 대신 게릴라군에 합류해 프랑스에 맞서 싸우겠다고 결심한 것이다. 그는 삼판 조각배에 올라 노를 저으며, 소설의 마지막 단어 뒤에 펼쳐진 하얀 여백 속으로 사라져 버렸다.

"안은 부모님을 찾기 위해 더 열심히 노력했어야 했어요." 나는 책을 밀어내며 할머니에게 말했다.

"글쎄, 전쟁 시기에는 사람들은 애국자가 되거든. 대의를 위해서라면 자기 목숨도, 때로는 가족도 희생할 준비가 되어 있지." 할머니는 꿰매고 있던 내 찢어진 옷솔기를 찬찬이 살펴보며 말했다. "할머니는 정말 우리 선생님처럼 말하네요." 그제서야 난 학교에서 프랑스군이나 미군과 함께 폭탄을 터트려 자폭한 아이들을 영웅이라고 배웠던 수업 내용들이 떠올랐다.

"내 진짜 생각이 뭔지 알고 싶니?" 할머니는 내 쪽으로 몸을 기울이며 말했다. "나 폭력을 믿지 않아. 누구도 다른 사람의 생명을 빼앗을 권리는 없으니까."

◆

12월 중순이 되자 닉슨 미국 대통령이 평화와 친선의 크리스마스 휴가를 즐길 테니까 고향으로 돌아가도 안전할 거라는 소문이 돌았다. 사람들은 은신처를 떠나 수도로 통하는 도로로 몰려들었다. 돈 좀 있는 사람들은 물소가 끄는 수레를 빌리거나 트럭에 나눠 탔다. 돈 없는 사람들은 걸어서라도 가려 했다.

우리는 피난민에 함께하지 않았다. 할머니는 학생들과 학부형들에게 일단 가만히 있으라고 했다. 부처님께서 할머니에게 귀뜸해 주신 게 분명했다. 1972년 12월 18일, 우리는 산속 동굴에 숨어 도시가 온통 불구덩이로 변하는 모습을 지켜봐야 했다.

소문과 달리, 또 이전 폭격과 달리, 이번 공습은 끝이 보이질 않았다. 하루, 또 하루, 밤낮을 가리지 않고 계속되었다. 셋째

날, 할머니와 몇몇 어른들은 음식과 물을 구하러 동굴 밖으로 나갔다. 오래 걸려서야, 할머니는 퉁씨 부부를 데리고 돌아왔다. 퉁씨는 미국인들이 하노이에 그들의 전략 무기, 저 무시무시한 B-52 폭격기로 공습 중이라고 말했다.

"저들은 우리를 석기 시대로 돌려놓을 참인가 봐요." 퉁씨는 이를 득득 갈며 말했다. "우리도 절대 가만두지 않을 거요."

하노이는 폭격으로 열이틀 밤낮을 불탔다. 마침내 공습이 멈추자 사위가 갑자기 고요해지면서 벌들이 윙윙대는 소리까지 귀에 잡혔다. 할머니는 교실로, 또 마을 사람들은 밭으로 돌아갔다.

일주일 후, 한 무리의 군인들이 도착했다. 사원의 부서진 계단 위에 서 있는 한 병사는 의기양양한 표정에 미소를 활짝 짓고 있었다. "우리가 저 악마 같은 폭격기를 물리쳤소!" 그는 주먹을 불끈 쥐어 보였다. "우리가 격추한 적기 81대 중 34대가 B-52 폭격기였소."

주위에 왁자지껄한 환호성이 터져 나왔다. 이제 우리는 집으로 돌아갈 수 있었다. 사람들은 서로를 부둥켜안고 울고 또 웃었다.

"여러분의 친절을 절대 잊지 않을게요." 할머니가 말했다. "*Một miếng khi đói bằng một gói khi no*(배고플 때 밥 한 수저가 배부를 때 쌀 한 가마니와 같은 법이지요)."

"*Lá lành dùm lá rách*(온전한 잎이 찢어진 잎을 감싸줘야죠).” 퉁씨 부인이 할머니의 손을 그러쥐며 화답했다. “언제든 힘들면 우리 집에 오셔도 좋아요.”

나는 대화 속에 오가는 속담을 들을 때마다 마법에 걸린 듯 미소를 지었다. 속담은 우리의 문자가 존재하지 않던 까마득한 태초부터 조상의 지혜의 정수를 한 세대에서 다음 세대로 구전으로 이어가게 해준다는 것이 할머니의 평소 지론이셨다.

우리의 가슴은 희망으로 부풀어 하노이까지 걸어가는 긴 시간이 힘들지 않았다. 나는 우리가 승리한 줄 알았는데, 가는 곳마다 폐허만이 눈에 들어왔다. 그 아름다웠던 도시가 돌무덤이 된 것 같았다. 우리가 살던 컴티엔 거리와 어머니가 일하던 박마이 병원[3]에 폭탄이 떨어져 많은 사람이 죽었다. 나중에 학교로 돌아갔을 때 같은 반 학생 중 15명이나 소식이 끊긴 상태였다.

게다가 우리집! 가옥의 형체가 사라졌고 처참한 잔해 위로 뱅나무가 쓰러져 있었다. 할머니는 무너지듯 무릎을 꿇었다. 가슴 깊숙한 곳에서 신음하듯 새어나오는 할머니의 울음은, 저 썩은 나무 그루터기를 뚫고 슬픔의 격랑이 요동치는 바다로 흘러가는 듯했다.

나는 할머니와 함께 울며 깨진 벽돌과 콘크리트 덩이를 치웠다. 쓸 만한 세간살이를 찾느라 우리들의 손가락에는 피가 흘렀다. 찾은 거라곤 내 책 몇 권, 할머니의 교재 두 권, 그리고 알

---

3   박마이(Bạch Mai) 병원은 1911년 프랑스 점령기에 작은 전염병 진료소로 시작하여 오늘날 베트남 최대의 국공립 병원이 되었다.

알이 흩어진 쌀 조금뿐이었다. 할머니는 쌀알 하나하나를 보석이라도 되는 양 주워 담았다. 그날 밤, 우리처럼 집을 잃은 사람들은 학교 운동장에 모여 바람을 맞으며 피 묻고 흙이 섞인 쌀로 밥을 지어 먹었다.

당시 할머니를 본 사람들은 그분이 한때 황금가지에 돋은 비취 이파리였다는 사실을 상상하기 힘들 것이다. 3개월 전, 그러니까 전쟁터로 파견가기 직전에 엄마가 내게 들려준 얘기로는, 할머니는 응에안 성[4]에서 가장 부잣집에서 태어났다고 했다.

"아무리 험한 고난이 있더라도, 할머니는 내가 아는 한 가장 강인한 분이시다. 할머니 옆에 꼭 붙어 있으면 넌 걱정할 게 없을 거야." 엄마는 국방색 배낭에 옷가지를 챙기며 내게 당부했다. 군의관으로 훈련을 받은 엄마는, 밀림 속에 파견된 지 꼬박 4년 동안이나 종적이 끊긴 아버지를 찾기 위해 남부 전선으로 자원했다. "반드시 아빠를 찾아서 우리 가족 품으로 데려올게." 엄마는 하려고 마음먹은 일은 항상 해냈기 때문에, 난 엄마의 말을 굳게 믿었다. 하지만 할머니는 그건 불가능한 일이라며 엄마를 말리려 했다. 그러나 소용이 없었다.

엄마가 떠날 때, 하늘도 슬펐는지 큰 비를 내렸다. 출발하는 트럭 뒤로 빼꼼히 얼굴을 내밀로, 엄마는 소리쳤다. "*Hương ơi, mẹ yêu con*(흐엉아, 엄마는 널 사랑한단다)!" 엄마가 내

---

4   베트남 중북부 해안에 위치한 가장 면적이 넓은 성이며, 호치민의 고향이기도 하다.

게 사랑한다는 말을 한 게 처음이라서, 이제 정말 마지막이 될까 봐 난 두려웠다.

그 후 수도 없이 많은 날이 지나자, 할머니는 내 눈물을 닦아주며 당신의 어린 시절 이야기를 들려주기 시작했다. 어느덧 이야기에 실려간 나는 응에안의 언덕에서 푸른 논에서 불어오는 바람에 섞인 풋내를 맡고, 람강의 물에 눈을 씻기도 하고, 쯔엉선[5] 산맥의 작고 푸른 잎이 되기도 했다. 할머니의 유년의 뜰에서 나는 혀끝으로 산딸기 열매의 달콤함을 맛보고, 손안에서 툭툭 튀는 메뚜기를 느꼈으며, 반짝이는 별이 쏟아지는 하늘 아래 해먹에서 잠들곤 했다.

정말로 놀라운 이야기의 연속이었다. 할머니가 어떻게 점쟁이의 예언 때문에 저주받은 삶을 살게 되었는지, 또 그토록 혹독한 역사, 곧 프랑스 점령기, 일제 침략기, 대기근, 그리고 토지개혁을 겪으며 어떻게 살아남았는지를 듣게 되었다. 전쟁이 계속되는 동안 나를 지켜주고 내 희망을 되살린 것은 바로 할머니가 들려준 이야기 때문이었다. 세상이 그토록 불공평하다니, 난 할머니를 그분 고향으로 모셔가서 정의를 찾고 가능하다면 복수까지 해내겠다고 다짐했다.

---

5   쯔엉선 산맥은 베트남 중서부에 위치한 1,100km에 달하는 산맥이다. 라오스와 캄보디아의 국경을 이루는 베트남의 등뼈라고 불리며 안남산맥(安南山脈)으로도 많이 알려져 있다.

3장

점쟁이

응에안, 1930-1942

구아바, 하노이의 올드 쿼터[1]를 돌아다니던 때 기억나니? 종종 항가이 시장[2]의 어떤 가게 앞에 멈췄었지. 거기 실크 거리에 누가 사는지는 몰랐지만, 우리는 그 가게 앞에 서서 대문 안을 엿보곤 했다. 모든 것이 얼마나 아름다웠는지 기억나니? 나무 문에는 꽃과 새가 정교하게 조각된 데다가 옻칠한 덧문은 햇빛 아래에 반짝였고, 처마 위로는 도자기 용들이 하늘을 날듯이 솟아 있었지. 그 집은 목조로 된 다섯 칸짜리 전통 양식에 붉은 벽돌이 깔린 앞마당도 있었잖니?

---

1   올드 쿼터(Old Quarter)는 하노이의 구시가지로 36개의 상인 조직이 정해진 거리별로 물건을 파는 36거리로 유명하다.

2   항가이(Hàng Gai) 시장은 현재까지도 고급 실크 옷감과 전통 의상 아오자이와 수공예품을 주로 팔며 실크 거리로도 알려져 있다.

이제 내가 그 집 앞에 오래 맴돌았던 이유를 설명하마. 그 집은 응에안의 내 고향집과 꼭 닮았기 때문이야. 너와 함께 그 집 앞에 있으면, 마치 부모님, 내 오빠 꽁, 그리고 투 이모의 행복한 수다가 들리는 것 같았어. 아, 왜 내게 오빠와 이모가 있다는 얘기를 안 했었냐고? 그들 얘기도 곧 해줄 테지만, 그보다 먼저 내가 어릴 적 살던 집이 궁금하지 않니?

　우선 그곳에 가려면 하노이에서 300킬로미터를 더 가야 해. 국도를 따라 북쪽으로 달리면, 남딘과 탄호아 지방을 지나서 푸딘 사원에서 좌회전해야 돼. 그렇게 쭉 가다보면 베트남 북쪽에 있는 빈푹 마을에 도착한단다. 이 마을의 이름은 아주 특별해. '영원히 축복받은'이라는 뜻이니까.

　빈푹 마을에서는 조상 대대로 살아온 쩐 가문을 모르는 이가 없어서, 어느 누구를 만나든 쩐씨네 고택 앞까지 데려다 줄 거야. 그들의 안내를 따라 마을 길을 따라가면, 처마끝이 무희의 손가락처럼 휘어진 탑이 나올 테고, 그다음에는 아이들과 물소가 첨벙거리는 연못 주위를 돌아가야 하지. 만약 여름철이라면, 멀구슬나무에 핀 보라색 꽃 구름과 허공을 가르는 불타는 배처럼 붉은 가오 꽃을 보고 넌 놀라 탄성을 지르게 될 거야. 또 벼를 수확하는 철이라면, 황금빛 짚단이 카펫처럼 펼쳐져 있겠지.

　마을 한가운데에 도착하면, 넌 과일수로 가득한 정원에 둘러싸인 넓은 고택을 보게 될 거야. 대문을 열고 들어가면 아까 실크 거리에 있는 집과 비슷하지만 더 매력적이고 훨씬 큰 집이 보일 거란다. 너를 안내해 준 사람들이 네게 혹시 쩐 가문의 친척인지 물어보겠지. 구아바, 네가 그렇다고 말하면, 그들은 무척 놀랄 거야. 왜냐하면 쩐 가문은 모두 죽거나 살해됐거나 실종되었을 테니까. 1955년 그해부터 그 저택에는 일곱 가족이 살고 있다만, 그들 중 우리 친척은 단 한 명도 없단다.

사랑하는 내 손녀, 구아바. 너무 놀라지는 말아라. 왜 내가 우리 가족에 대해 말하기로 결심했는지 이해하겠니? 우리 가족의 이야기가 알려진다면, 우리 육신들은 이 세상에서 사라지고 없더라도 우리는 결코 죽은 게 아닐 테니까.

쩐 가문의 고택에서, 나는 태어나고 결혼하고 네 엄마 응옥과 네 삼촌들 세 명—닷, 투안, 상—을 낳았다. 너희들은 몰랐겠지만 내게는 아들 하나가 또 있었다. 첫째 아들 민, 내가 그토록 사랑했던 아이, 하지만 지금은 생사조차 몰라. 그 아이는 17년 전 갑자기 끌려간 이후로 다시는 본 적이 없었지.

민에 대해서는 나중에 설명하고, 먼저 1930년 5월의 어느 여름날, 내가 열 살 때 사건을 이야기하마.

◆

한밤의 심연에서 쿵쿵거리는 소리, 리드미컬하고 공허한 탁탁 소리에 나는 잠에서 깼다. "누가 오밤중에 이렇게 시끄럽게 굴지?" 나는 불평하며 주위로 고개를 돌아봤다. 내 옆에는 가정부 투씨 부인이 코를 골고 있었다. 그녀의 이름은 '세련된 아름다움'이라는 뜻이 있는데, 네가 그녀를 처음 보면 겁을 먹을지도 모른다. 아주 깊은 흉터가 그녀의 입에서 왼쪽 눈까지 지그재그로 나 있는 데다가, 오른쪽 뺨에는 살이 뭉텅이로 녹아내려 주름져 보였다. 그렇다고 투씨 부인이 날 때부터 그랬던 것은 아니었다.

내가 태어나기 몇 년 전, 화마가 빈푹 마을 대부분을 집어 삼켰고 투씨 부인의 집도 잿더미가 되어 그녀의 남편과 두 아들이 죽었고 그녀도 거의 불에 타 죽을 뻔했다. 어머니는 투씨 부인을 우리 집으로 데려와 정성스럽게 간호를 해줬다. 투씨 부인이 회복되고 난 뒤, 그녀는 우리와 함께 지내면서 살림을 돌봤다. 세월이 흐르면서 그녀는 한식구나 다름없게 되었다. 그리고 또 몇 년 후, 구아바, 투씨 부인이 목숨을 걸고 나와 네 어머니를 구해 주었다.

그날 새벽, 어쨌든 가정부 아주머니의 모습을 보자, 미친 듯 놀라 아팠던 내 배조차 가라앉는 듯했다.

"투 이모, 일어나봐요. 밖에 무슨 소리예요?" 나는 속삭여봤지만, 투씨는 계속 코를 골고 있었다. 쿵 하는 소리는 더 긴박해졌다. 나는 하품을 하며 몸을 일으켰다. 어둠 속에서 더듬거리며 나막신을 찾았다. 침실을 나와 가을 식량을 비축해 놓은 큰 창고 방 앞의 긴 복도로 나왔다. 계속 더듬거리며 조심스럽게 걸어갔지만, 천장에 매달아 놓은 단니[3]에 머리를 부딪쳐 두 현이 낮게 진동하는 소리에 깜짝 놀랐다. 그 순간 평소 현을 탈 때마다 끔찍한 소리를 내더니 이제 악기도 높이 달아 놓지 않은 오빠의 무신경에 화가 났다. 거실 앞을 지나가자, 식탁에 켜 놓은 등유 램프의 불빛에 반사되어 자개를 박아놓은 옻칠한 평상 의자가 은은히 빛나고 있었다. 네 개의 튼튼한 다리로 버티고 있는 이 평상은 아버지가 즐겨 앉아 손님을 접대하던 공간이었다. 진귀한 림 나무로 만든 거대한 기둥이 거실 마루에서 우물 천장까지 이어져 있었다. 가족 제단 위로 높이 달린 또 다른 등유 램프가 나를 비추고 있었다. 벽면에 달아 놓은 두 개의 옻칠 널판에는 쯔놈[4] 문자로 쓰여진 시가 정교하게 새겨져 있었다.

나는 들리는 소음을 따라 앞마당으로 나갔다. 거기서 달빛을 받으며 아버지가 커다란 절굿공이를 들고 돌절구를 찧고 있었다. 아버지의 네모난 얼굴과 팔 근육은 땀으로 번질거렸다. 쌀을 찧는 일을 왜 일꾼들에게 시키지 않았을까?

조금 떨어진 곳에서 어머니가 의자에 쪼그리고 앉아 찧은 쌀가루를 대나무 채반으로 고르고 있었다. 앞뒤로 흔드는 손동작에 따라 쌀겨가 허공에 튀었다가 적당히 솎아졌다. 어머니의 채 흔드는 솜씨가 너무 우아해서, 눈앞에 펄럭이는 쌀겨만 아니라

---

3   단니(Dàn nhị·彈二)는 두 개의 현을 가진 베트남의 찰현악기다.

4   쯔놈(chữ Nôm·字喃)은 한자를 베트남어 음운에 맞게 고쳐 만든 옛 문자로, 한국의 이두, 향찰과 비슷한 원리로 베트남 고유어를 표기했다.

면 춤이라도 추는 줄 알았을 것이다.

그때 나는 우리 집안의 전통이 기억났다. 부모님은 매번 그해 수확한 첫 햅쌀을 손수 준비해서 조상님께 제사를 지냈다. 전날부터 밭에서 수확을 시작했고, 그 곡식을 용안나무[5] 아래에 쌓아 두었다.

"엄마 아빠." 나는 앞 베란다에서 벽돌 마당으로 이어지는 계단을 다섯 개나 겅충 뛰어 내려갔다.

"우리 때문에 깼니, 지에우란?" 아버지가 수건을 꺼내 얼굴에 흐른 땀을 훔쳤다. 뒷뜰에서는 곤충들의 합창이 요란했다. 화음이라도 맞추듯 마구간에서 황소와 물소의 울음소리가 울려 퍼졌으며, 대나무 닭장 안의 닭들은 아직까지 조용했다.

"구아바, 어서 가서 다시 자렴." 어머니는 아버지와 달리 미신을 믿었기 때문에, 악귀한테 해를 입지 않도록 내 이름을 별명으로 대신 불렀다.

"자, 요건 웬만큼 됐네." 아버지가 절구통에 든 쌀가루를 대나무 채반에 들이부었다. 내가 아버지를 돕는 동안, 쌀 향내가 자욱히 퍼졌다. 내가 채반을 가져다 드리면, 어머니는 쌀겨가 섞였는지 잘 살핀 후에 항아리에 옮겨 담았다.

"지에우란, 틴 선생님은 어떠시든?" 쿵쿵대는 절구 리듬을 따

---

5   용안(龍眼) 나무는 높이가 최대 12미터에 이르며, 주로 중국 남부, 인도, 동남아시아에서 자라는 수목이다. 열매가 매우 달며 과라나, 리치 같은 무환자나무과 과일에 속한다.

라 아버지의 목소리도 높아졌다. 너무 바빠서 얘기할 시간은 많지 않았다.

"그분은 정말 훌륭하세요, 아빠."

틴 선생님은 아버지가 오빠와 나를 가르치게 하려고 얼마 전에 고용한 가정교사였다. 우리 동네에 있는 유일한 학교는 너무 멀리 떨어진 데다 남학생만 다닐 수 있었다. 그래서 오빠와 나는 가정교사와 함께 집에서 공부했다. 아버지는 하노이까지 가서 틴 선생님을 모셔 왔는데, 그분은 물소가 끄는 수레에 책을 한가득 싣고 왔다. 마을 여자애들 대부분은 요리하고 청소하고 밭에서 일하느라 바빴지만, 나는 저 먼 프랑스에서 유학하고 돌아온 학자에게 읽고 쓰는 법을 배웠다. 그렇게 선생님의 책에서 각양각색의 모험을 즐기기 시작했고, 틴 선생님은 우리 집 서쪽 별채에서 하숙했다.

"너와 꽁이 프랑스어를 배울 수 있어서 정말 기쁘구나." 아버지가 말했다.

"하지만 난 왜 아이들이 프랑스어를 배워야 하는지 모르겠어." 어머니가 하신 말씀은 어느 정도 이해되었다. 그때는 프랑스가 우리나라를 점령하고 있었고, 나도 종종 프랑스 군인들이 논두렁에서 우리 마을 농부들을 두드려 패는 광경을 심심찮게 보던 때였다. 때때로 그들은 우리 집까지 찾아와 무기를 찾는다고 수색하기도 했다. 응에안에서도 농부와 노동자들은 프랑스에 반대하는 시위를 자주 벌였는데, 내 부모님이 가담하는 일은 없었다. 그분들은 폭력을 두려워했고, 또 언젠가는 프랑스가 유혈 사태 없이도 우리나라를 반환해줄 것이라고 믿었다.

아버지는 절구질을 멈추고 목소리를 더욱 낮췄다. "너도 내가 그 양놈들을 증오한다는 걸 알지? 저들은 반 세기 넘게 우리를 속박해서 노역과 세금을 강탈했고 무고한 사람들을 죽였어. 하지만 우리가 프랑스에 대해 잘 모르면 결코 저들을 이길 수 없어."

"그게 바오다이 국왕이 늘 하던 주장이잖아? 우리가 해방되려면 프랑스를 배워야 한다나?" 어머니는 내가 쌀가루를 쏟아붓는 동안 채반을 가만히 잡아주며 말했다.

"사람들 말로는 국왕은 프랑스인들의 허수아비가 되었다더군. 그들로서도 국왕을 통해 통치[6]하는 게 훨씬 수월하지 않겠어?" 아버지는 콧웃음을 치더니 다시 절구질을 시작했다.

마침내 일이 끝났다. 정원에서 수탉 한 마리가 날개를 퍼덕이며 힘차게 노래를 불렀다. 다른 수탉들도 뒤따라 합창을 하며 태양을 깨웠다. 마을 사원에서 북소리가 다섯 번을 울려 새벽 5시를 알렸다. 투씨는 서둘러 마당으로 내려와 나를 품어 안았다. "왜 침대에서 나와 있어?"

"오늘은 제가 작은 농부예요, 이모." 나는 투씨의 옷자락에서

---

6   프랑스 식민지(1858-1945) 시대에 프랑스는 베트남을 프랑스령 인도차이나의 일부로 병합했다. 북부 '통킹(Tonkin) 보호령'은 프랑스인과 베트남인이 공동으로 통치했고, 남부는 '코친차이나(Cochinchina)'라는 이름으로 프랑스가 직접 지배했다. 중부 지역에는 '안남(Annam)'이라는 황제의 영지를 일부 남겨두었다

나는 빈랑7 열매와 구장잎의 달콤한 냄새를 들이마셨다.

투씨는 내게 웃음을 지어보이고는 어머니를 돌아보며 말했다. "죄송해요, 제가 너무 늦잠을 잤네요."

"괜찮아요, 어젯밤에 늦게까지 일했잖아요."

투씨는 어머니한테서 쌀가루가 가득 담긴 항아리를 받아들고 서둘러 마당을 가로질러 부엌으로 갔다.

동쪽 지평선 너머로 분홍빛 햇빛이 스며들고, 새들은 나뭇가지 위에서 노래했다. 햇살이 내 발밑에 바스락거리는 이파리 사이로 반짝였다. 나는 빗자루를 들고 햇빛을 한무더기 쓸어 담았다. 어머니는 쟁반을 받쳐들고 베란다 계단에 앉아 있는 아버지에게 비취빛 잔에 김이 폴폴 나는 녹차를 따라드렸다.

"좋은 아침이예요." 틴 선생님이 덥수룩한 눈썹 아래로 눈웃음을 지으며 마당으로 나왔다. "이렇게 일찍 일어나 신선한 공기를 마시니 정말 좋네요." 깊게 심호흡을 들이마쉬며 그가 말했다. 벌써 검은색 아오자이와 흰 바지를 입고 터번을 두르고 있었다.

"와서 차 한 잔 같이 하세요." 아버지도 미소로 맞았다.

나도 부모님 사이에 끼어 앉아 아버지의 차를 한 모금 마셨다. 첫맛은 쓸쓸했지만 향긋한 단맛이 오래 남았다.

---

7   구장목(betel) 잎새에 빈랑열매(areca nuts), 향료 등을 둥글게 말아 씹는 베텔 씹기(betel chewing) 관습이 있다. 씹는 담배보다 강한 마약 성분이 있으며 장복하면 혀와 치아가 검붉게 착색되는 특징이 있다.

"틴 선생님, 전 하노이가 무척 궁금해요. 아마도 멋진 도시일 테죠?" 어머니가 틴 선생님께 컵을 건네며 말했다. 이 마을에 사는 대부분 주민들처럼, 어머니도 수도에 가본 적이 없었다.

"하노이요? 그럼요, 특별하죠. 또 거의 천 년의 역사가 있으니 아주 고색창연하죠." 틴 선생님의 눈빛이 꿈을 꾸는 듯했다. "저희 가족은 구시가지에 살고 있어요. 낡고 기울어진 가옥들 사이로 작은 골목들이 이리저리 미로처럼 얽혀 있어요. 서른여섯 개의 골목을 모조리 외워야 구시가지를 제대로 안다고 말할 수 있죠. 비단, 은, 주석, 대나무, 석탄, 구리, 목화, 관, 구두, 소금, 한약 등등 뭘로 생계를 꾸리는지에 따라 골목마다 각자 고유한 이름으로 불리죠."

선생님이 들려주는 골목에 얽힌 추억담을 듣고서 나는 눈이 휘둥그레졌다. 틴 선생님의 가족은 실버 스트리트에 살고 있다고 했다. 그의 아버지는 은세공 장인이어서 아들이 가업을 이어가길 원했다고도 했다. "하지만 도시 생활은 제게 맞지 않았어요. 다행히 동생 브엉이 가업을 대신 맡아준 덕분에, 저는 여기서 귀여운 아이들을 가르치며 멋진 전원 생활을 즐기고 있죠."

나는 선생님의 부모님이 자녀 이름을 지은 걸 보면 정말 훌륭하시다고 생각했다. 틴과 브엉, 이 두 글자를 합치면 '번영'을 의미하니까 말이다. 틴 선생님이 하노이와 그분의 가족에 대해 이야기할 때마다, 난 한 글자도 놓치지 않으려고 애썼다. 그때만 해도 그 기억이 25년 후 내 생명을 구하게 되리라고는 상상조차 하지 못했다.

"안녕히 주무셨어요?"

뒤를 돌아보니 문간에서 오빠가 하품을 하며 고양이처럼 기지개를 켜고 있었다. 나보다 두 살 많은 오빠는 키가 크고 다부진 체격이었다. 밖에서 늘 물소를 타고 귀뚜라미를 잡으며 개구지게 놀았던 탓에 그의 피부는 잘 그을린, 황금빛 갈색이었다.

"오늘은 일찍 일어났네?" 틴 선생님이 차를 홀짝이며 물었다.

"네, 선생님. 머리가 맑을 때 공부해야죠."

"*Có công mài sắt có ngày nên kim*(인내는 쇠를 갈아 바늘로 만든다더라)." 선생님은 환히 웃으며 내가 수없이 들어왔던 속담을 인용했다. 그 말을 듣자, 난 마음이 덜컥 내려앉는 듯했다. 사실 학업 면에서는 오빠가 나보다 더 열심히 공부했고 실제로도 아주 우수했다. 그는 복잡한 베트남 쯔놈 문자나 중국어, 프랑스어 철자도 잘 이해했다. 무엇보다 주산 없이도 계산을 척척 해냈다.

그때 나를 구해주려는 듯, 대문 앞에 남자 아홉 명이 나타났다. 갈색 셔츠와 검은색 바지를 입은 그들은 손에 낫을 들고 있었다. 또 머리 위에는 대나무 줄기와 야자 잎으로 엮은 원추형의 전통 모자, 논라nón lá를 쓰고 있었다. 그분들은 오랜 세월 부모님 아래에서 일해 온 사람들이었다.

"어서들 들어와서 차 한 잔들 하시게." 아버지가 말했다.

오빠와 나는 새 물잔을 가져오기 위해 집 안으로 뛰어들어갔다. 심부름을 마친 후에, 우리는 바짓자락을 걷어 올리고 집안 일을 돕기 시작했다. 대대로 물려받은 농장에서 오빠는 돼지에게, 나는 닭에게 각자 먹이를 주었다. 부모님은 밭에 거름을 주고 가축에 낟알먹이를 주는 게 농부의 가장 큰 기쁨이라고 가르쳤다. 나는 어머니가 목청 높여 부를 때까지 닭들을 쫓으며 놀았다. 어머니는 제단에서 툇마루로 음식이 넉넉하게 담은 쟁반을 나르고 있었고, 투씨가 또 다른 쟁반을 들고 따라왔다. 나는 가족들과 모여 앉아 입안 가득 햅쌀의 달콤함을 맛보았다. 선생님과 일꾼들도 고개를 연신 끄덕이며 투씨와 어머니의 요리를 칭찬했다.

아침 식사 후 아버지는 일꾼들과 함께 밭으로 나갔고 어머니와 나머지 일꾼들은 마당에서 일했다. 내게 다시 침대로 가서 자지 않겠냐고 물었지만, 난 책상에 앉아 책을 펼쳤다. 서재에서는 틴 선생님이 오빠를 가르치고 있었다. 오후엔 내가 배울 차례이고, 내가 오빠보다 훨씬 똑똑하다는 말을 선생님이 해주길 바랐다.

열린 창문으로 시원한 바람이 불어왔다. 바람에 흔들리는 나뭇잎은 햇살을 받아 금빛과 은빛으로 빛나고 있었다. 집과 마을 도로 사이에 히비스커스가 피어 있는 울타리 너머로 구부정한 노인네가 보였다. 그 노인은 지팡이에 의지해 발을 질질 끌며 걷고 있었고, 흰 아오자이 옷자락이 나비 날개처럼 펄럭였다. 검은 머리띠가 그의 백발을 감싸고 있었다. 한눈에 봐도, 우리 마을에서 유명한 점쟁이 뚝씨였다.

다른 아이들처럼, 나도 그 노인을 두려워하면서도 존경했다. 먼 곳에서부터 그의 예언을 듣고자 찾아오는 사람들이 종종 있었다. 어떤 이들은 그 집을 나서며 행복함과 들뜸을 감추지 못했고, 또 다른 이들은 눈물을 흘리며 나왔다. 많은 사람들이 뚝씨를 숭배했다. 몇몇 주민들은 뚝씨가 일곱 살에 마을 연못에서 수영을 했을 때의 일을 수군거렸다. 늪에 사는 초록색 요괴Thủy Quái가 그의 다리를 잡아끌고 익사시키려 했다는 것이다. 뚝씨가 주먹을 휘두르고 발로 차서 물기둥이 솟아오를 때까지 친구들 중 누구도 그가 물에 빠졌다는 걸 알아차리지 못했다. 놀랍게도 뚝씨는 침착하게 헤엄쳐서 뭍으로 돌아왔다. 소년이 집에 돌아왔을 때 많은 사람들이 달려와 물에 사는 요괴와 어떻게 싸웠는지 묻고 또 물었다. 훗날 그들은 그때 뚝씨의 예언 능력이 생겼다고 믿었다.

그런데 뚝씨는 하필 이 시간에 손님들을 제쳐 두고 여기서 무엇을 하고 있는 걸까? 나는 창틀 위에 올라탄 뒤 아래쪽 정원으로 가뿐히 뛰어내렸다. 메뚜기 몇 마리가 튀어나와 내 종아리를 스치고 쏜살같이 사라졌다. 나는 몸을 웅크리고서 뚝씨가 대문 앞에 서 있는 모습을 지켜보았다.

"어서 오세요, 뚝씨." 어머니는 그를 반기며 뛰어나왔다.

"안녕하세요, 부인. 바쁘시죠? 올해 수확은 좋은가요?"

"나쁘지는 않네요, 뚝씨. 그래도 지난해 태풍에도 우리 논은 괜찮았거든요." 어머니는 광주리를 바닥에 내려놓고, 복작이는 마당으로 점쟁이를 안내해 주었다.

점쟁이가 왜 왔는지 궁금해진 나는 거실로 슬금슬금 들어가서 노인 뒤편에 있는 나무 평상에 가만히 앉아 있었다. 어머니는 따뜻한 찻잔에 차를 따라 그에게 대접했다.

"뚝씨, 이렇게 와 주셔서 고마워요. 장사가 날로 번창하니, 창고를 더 크게 지어야 해요. 아마 앞마당에 지을까 싶어요." 어머니는 자신의 찻잔에도 차를 따르며 말을 이어갔다. "풍수지리로 볼 때 위치가 괜찮을까요?"

바로 그때, 내 눈앞에서 뭔가 휙 지나가는 것 같았다.

"어머나!" 나는 앉은 자리에서 화들짝 놀랐다.

"저게 뭐람!" 점쟁이도 움찔했다.

"쥐예요, 엄청 큰 쥐예요." 쥐는 사라지고 없었지만 난 어머니 품으로 날듯이 뛰어들었다.

"아마 타작을 하느라 쥐들도 놀랐나 보네. 아가야, 벌써 쥐구멍 속으로 숨었을걸?" 엄마는 웃으며 나를 달랬다.

갑자기 점쟁이는 허리를 곧추세우더니 나를 위아래로 훑어보며 물었다. "쩐 부인, 이 여자애는 누구인가요?"

"얘는 제 딸 지에우란이랍니다."

나는 노인을 향해 두 손을 합장하며 예절 바르게 인사를 올렸다.

"얘야, 이리 와 보렴. 뭔가, 아주 흥미로운 뭔가가 느껴지는

군. 손바닥을 보여줄래? 쫙 펴고 잠시 그대로 있어 봐." 점쟁이
는 미간을 모으며 말했다.

나는 시키는 대로 했다. 흥분의 물결이 내 몸을 휘감았다. 뚝
씨가 내 점을 봐 준다니, 친구들이 얼마나 놀라고 부러워할까?
뚝씨는 부수의扶手椅에 용의 머리가 새겨진 의자 등받이에 기대
어 앉았다. 그는 눈을 가늘게 뜨고 내 손바닥에 새겨진 손금을
자세히 살펴봤다. 갑자기 노인은 큰 충격을 받은 듯 눈을 번쩍
떴다.

"왜요, 뚝씨? 쟤 손금을 보니 어때요?" 어머니는 종이 부채를
펴서 점쟁이와 나를 향해 훌훌 부쳤다.

"1분만 더 주시구려." 뚝씨는 내 손을 눈 가까이로 들어올렸
다. 그는 검지로 내 손금을 만지며 뚫어져라 보았다. 간지러웠
다. 그 노인이 그렇게 심각한 표정만 아니라면 벌써 웃음을 터
트렸을 것이다. 어머니가 찻잔을 더 채워 주었다.

"그래서 어떤가요?" 점쟁이가 고개를 들자, 어머니가 물었다.

"쩐 부인, 공연히 알고 싶지 않으실 텐데요."

"왜요, 선생님?" 어머니의 손과 찻주전자가 허공에 멈췄다.
"그렇게 말씀하시니 더욱 궁금하네요." 어머니는 탁자 위로 몸
을 기울였고 이마에는 근심에 찬 주름이 잡혀 있었다.

노인은 등골이 오싹해지는 눈빛으로 내 얼굴을 바라보며 말
했다. "쩐 부인, 굳이 아시겠다면야… 따님은 아마도 힘든 삶을
살게 될 겁니다. 한동안은 부자로 살겠지만 결국엔 모든 것을

잃고 먼 도시에서 난민처럼 살 겁니다."

어머니의 손에서 주전자가 미끄러지면서 뜨거운 차가 바닥에 쏟아졌다. 나는 엄마 품으로 와락 달려들었고, 어머니는 내가 다치지 않도록 난장판이 된 바닥을 피해 포옹해 줬다.

"뚝씨, 그게 확실한가요?"

"손금에 쓰인 사주 그대로 말씀드리는 겁니다. 쩐부인, 죄송하군요."

엄마가 내 어깨를 지긋이 그러쥐었다.

◆

어머니는 다시 뚝씨를 찾는 일이 없었고, 내게도 그가 사는 집 근처에는 얼씬도 못하게 했다. 예언이 두려운 나머지 어머니는 나를 데리고 수많은 절과 사원을 찾아가 축복을 빌었다. 어머니가 눈에 보이지도 않는 귀신과 잡귀를 위해 노잣돈을 태우고 돼지 통구이를 갖다 바치는 것을 보면서, 나는 실없는 소리를 한 뚝씨를 원망했다.

2년 후 내가 열두 살이 되던 해, 뚝씨는 노환으로 돌아가셨다. 장례식은 성대하게 열렸고 많은 지역에서 조문객들이 찾아왔다. 그들은 뚝씨의 예언이 얼마나 효험이 컸고 현실이 되었는지 수다를 떨었다.

여전히 나는 그 노인의 점괘가 정말 진실이 될 거라고 의심한 적이 없었다. 어떻게 내가 떠돌이가 될 수 있을까? 우리 가문은 그 지역 일대에서 가장 부잣집이었다. 마구간과 외양간에는 가축들이 많았고, 논과 들에는 쌀과 채소가 항상 풍작이었다. 더구나 아버지가 물소 수레를 끌고 농작물을 직배송해 하노이 식당들에 팔면서 상당한 수익을 거뒀다. 밤마다 어머니의 주산기가 달각거릴 때마다 우리가 정말 떼돈을 벌고 있다는 걸 실감했다. 비록 프랑스 정부와 국왕에게 온갖 세금을 내고 있었지만, 부모님은 더더욱 열심히 일했다.

뚝씨의 예언은 큰 연못에 떨어뜨린 먹 한 방울처럼 기억에서 사라졌고, 나는 걱정 없는 소녀로 자라났다. 동네 친구들과 들판을 뛰어다니며 메뚜기와 여치를 쫓고, 개울과 논두렁, 정원을 탐험하고, 나무에 올라 새둥지에서 알이 부화하는 모습을 관찰했다. 또 가족과 함께 아버지의 물소 수레를 타고 주말 시장에 가거나 남단 숲의 푸른 들판에서 마음껏 뛰어놀았다.

가끔 아버지는 우리를 더 멀리 데려가서 비단 카펫처럼 펼쳐진 가운데 황새들의 퍼덕이는 날갯짓이 점점이 보이는 농경지, 햇살에 반짝이는 람강, 용트림하며 날아오를 준비를 하는 쯔엉선 산맥을 볼 수 있게 해주었다. 내 어린 시절은 다른 사람들과 비슷하면서도 또 확연히 달랐다. 나는 5년 동안 틴 선생님의 지도 아래 열심히 공부했다. 틴 선생님은 아버지와도 막역한 친구가 되어 밤마다 베란다에 앉아 차를 마시며 민요를 작곡했다.

아버지에게 까자오[8]의 노랫말을 짓는 일은 할머니의 자장가처럼 삶 속에 깊이 뿌리내렸으며, 또 다른 농부들이 밭을 가는 일만큼이나 자연스러운 일이었다.

  그러는 동안 내 친구들은 모두 부모님이 짝지어 준 남자와 결혼했다. 가장 친한 친구 홍은 열세 살 때 자신보다 나이가 두 배나 많은 남자와 결혼해야 했다. 그의 전처가 죽었고 살림해 줄 사람이 필요했기 때문이었다. 당시에 대부분의 여성은 그런 삶을 당연시했다. 그런데 어머니는 내 삶은 다른 것이라는 확신을 심어 주었다. 부모님은 내가 독립적으로 자라고 내 사고를 스스럼 없이 표현하도록 격려해 주셨다. 심지어 치아를 까맣게 물들이지 않겠다고 할 때도 내 의견을 존중해 줬다. 그 시절에는 여성의 흑치黑齒가 필수였다는 걸 아니? 흰 치아를 가진 사람은 이상한 사람으로 치부되는 풍습이 있었다. 하지만 친구들이 라임 주스로 치아를 탈색한 뒤 검은색 염료로 염색하는 동안 견뎌야 했던 고통은 너무 끔찍한 것이었다. 틴 선생님의 책은 내게 아름다움에 대해 다른 관점을 갖게 해주었다.

  또한 당시 관습으로는 장남한테 가업을 물려주는 것이 일반적이었는데, 꽁 오빠는 내가 사업을 함께하기를 원했다. 마을 어르신들은 프랑스가 왕실 시험을 폐지하지 않았다면 오빠가 시험에 통과해 황실 관료가 되어 마을의 명예를 드높였을 거라

---

8   베트남의 구전 민속시인 '까자오(Ca Dao)'는 악기 반주 없이 독창하는 민요 형식을 취한다. 일본의 하이쿠처럼 가사가 짧아 주로 한 연으로 완성된다.

고 얘기하곤 했다. 하지만 그때마다 오빠는 항상 고개를 가로저었다. 그는 우리의 논밭을, 그리고 무엇보다 마을 촌장의 딸 찐을 사랑했다. 내가 열여섯 살이 되었을 때 둘은 결혼했고, 찐은 내가 그토록 원하던 언니가 되어 주었다.

우리 마을에는 프랑스 정부를 위해 세금을 걷는 징수원이 있었다. '악귀'라는 별명을 가진 그 남자는 얼굴 살집이 통통하고 뱁새눈의 대머리였다. 우리 모두는 그가 나타날 때면 그의 손에 들린 덩굴 채찍에 진저리를 쳤다. 악귀는 제때 돈을 내지 못한 사람들에게 채찍을 휘두르며 세간살이를 빼앗았고, 그들의 아내에게 매질했다. 나는 그를 감히 똑바로 쳐다보지 못했고 되도록 피하려고 애썼다. 언젠가는 그와 마주치게 되리라고는 그 당시엔 생각도 못했다.

나는 열일곱 살 때 '홍'이라는 이름의 청년을 만나게 되었다. 양가가 오랫동안 알고 지낸 사이였다. 홍은 하노이에서 학업을 마친 후 고향으로 돌아와 새로 생긴 학교에서 교사로 일했다. 그를 만나기 전까지 나는 남자들을 별로 좋아하지 않았다. 오빠한테 장난치듯 그냥 심심풀이로 괴롭힐 뿐이었다. 그러니 그가 처음 우리 집을 방문했을 때 나와 어땠을지 충분히 상상이 될 테지? 그래, 우린 서로 말다툼을 했다.

"우리가 당장 프랑스인을 내쫓아야 된다고 생각하지 않나요?" 그는 흥분해서 말했다. "우리 민족한테 저지르고 있는 잔학 행위를 당장 막아야 해요."

"당신은 못 들었나봐요?" 나는 그에게 반박했다. "그들은 우리나라를 돌려주겠다고 약속했어요. 몇 년만 더 기다리면 유혈 사태 없이 조국을 되찾을 수 있을 겁니다."

"이런, 당신은 외국인들을 곧이곧대로 믿는군요. 그들은 유화책을 쓸 뿐이예요. 그리고 말은 도로 삼키면 그뿐이죠." 그리고 홍은 내게 프랑스가 어떻게 베트남을 문명 이전의 상태로 퇴행시키고 곤궁하게 만들었는지, 어떻게 우리의 천연자원을 채굴해 자국으로 운반했는지, 또 아편을 들여와 베트남인들의 영혼을 무디게 만들었는지 하나하나 설명했다. 그리고 프랑스는 절대 우리에게 해방을 주지 않을 거라고 했다.

나는 그와 대화하면서 무척 놀랐다. 내가 아는 외간 남자들은 *Đàn bà đái không qua ngọn cỏ*(여자는 풀잎 끝보다 높은 자리에서 오줌을 누면 안된다)."라고 생각해서 여성과 아예 얘기를 섞지 않았기 때문이다. 그래서 홍이 내 눈을 똑바로 응시하며 동의하지 않는다고 말했을 때, 그가 얼마나 잘생겼는지 깨달았다. 그의 눈은 빛났고 입술은 반쯤 웃는 달처럼 말려 올라갔다. 그래, 그때 난 네 할아버지와 사랑에 빠졌지. 지금도 구아바, 너를 볼 때마다 매일 그의 사랑을 느낀단다. 너는 할아버지의 눈과 코, 그리고 미소를 빼닮았어. 너와 이야기할 때면 가끔 할아버지와 대화하는 기분이란다.

1937년 소띠 해에 나와 홍은 결혼했다. 내 부모님의 부탁대로, 그는 전통을 거스르고 우리집으로 들어와 살았다. 1938년에 내 장남이자 너의 큰 삼촌, 민이 태어났고, 2년 후에는 네 어머니 응옥, 1941년에는 네 작은 삼촌 닷이 태어났다.

지금 돌이켜보면 그 시절이 내 인생에서 가장 행복했던 시기였다. 내 육신 깊숙이 자리잡은 그 행복을 누구도 빼앗아 갈 수 없다고 생각했다. 그런데 1942년 어느 겨울날, 내 인생이 완전히 바뀌고 말았다.

◆

그날이 생생히 기억난다. 자고 있는 아이들의 얼굴을 등불 아래 찬찬히 바라보던 그 순간을. 네 살배기 민은 이제 막 돌쟁이인 닷에게 한 팔을 올려놓은 채, 둘 다 두꺼운 이불을 차내며 자고 있었다. 저 큰 침대 한 구석에서는 응옥이 잠꼬대를 하고 있었다. 구아바, 네 어머니가 어렸을 때 얼마나 예뻤는지… 우윳빛 피부, 긴 속눈썹, 장밋빛 입술. 비단 이불에 싸여 있으니 마치 누에고치에서 갓 나온 요정 같았다.

"정말 보고 싶을 거야, 애들아." 나는 속삭였다. 몇 시간 후면 나는 처음으로 아이들을 두고 하노이로 열이틀을 떠나야 했다. 아이들을 꼭 안아주고 싶었지만, 꾹 참고 담요를 잘 덮어주고는 지붕 위에 내리는 싸락비처럼 슬그머니 자리를 떴다. 깜박이는 램프의 불빛 아래, 예전에 창고로 쓰던 내 방으로 돌아갔다.

"벌써 일어난 거요?" 부드러운 목소리가 들렸다. 아, 잠든 남편을 깨운 모양이구나.

등불을 불어 끄고 침대로 미끄러지듯 들어갔다.

"몇 시에 떠나요?" 홍의 다부진 턱이 내 얼굴에 느껴졌다. 그는 따뜻한 이불을 당겨 나를 덮어 주었다.

"종이 다섯 번 치면요." 그때는 새벽 3시 무렵이었다.

"내가 대신 간다면 좋겠어. 여자들이 길을 나서기엔 너무 위험해요."

"오, 그런 말 마요." 나는 조용히 웃으며 그런 생각을 툴툴 털어버렸다. "아빠와 오빠가 날 돌봐줄 거예요. 게다가 틴 선생님도 뵐 거구요."

이번 하노이 여행에서 나는 이제는 건강이 편찮아서 은퇴한 틴 선생님을 뵈러 실크 스트리트를 방문할 예정이었다. 또한 이번 기회에 아버지의 사업도 돕고 싶었다. 2차 세계대전이 확산되면서 일본군이 본토에 상륙했다. 프랑스를 통해 일본의 통치가 가세되면서 베트남은 이중 과세의 질곡을 겪고 있었다.

"그래도 하노이까지는 먼 거리요. 학교 선생들 말로는 일본군이 북부 지역의 마을을 약탈하고 민간인까지 공격하고 있대요."

"하지만, 아직까지 그냥 소문일 뿐이죠, 그렇죠?"

"사실일지도 몰라요. 이 미친 전쟁에서 일본의 힘이 너무 세졌으니 말이요."

"지나친 걱정이에요. 아빠가 길을 잘 안다고 내가 여러 번 말했잖아요." 나는 담요를 당겨 그의 팔을 덮어주었다. 그리고 그가 말한 북부 지역은 중국 접경 지역이니 우리가 갈 길과는 꽤 떨어져 있다고 강조했다.

"어쨌든 조심하겠다고 약속해 줄래요?"

사실 나는 여행에 대해 별로 걱정하지 않았다. 라디오방송에서 일본인들은 늘 대동아 공영을 강조하며 자신들은 베트남의 독립을 도우러 왔다고 말했다. 또 내 눈으로 일본 군인들이 얼마나 예의바른지도 확인했다. 일본군 대대가 우리 마을을 지나갔을 때, 처음에는 그들의 갈색 군복과 반짝이는 군화, 허리에 매단 장도를 보고 겁이 더럭 났다. 그런데 그들은 우리집 대문을 두드리며 어머니에게 점심을 먹기 위해 마당을 사용해도 되냐고 물었다. 군인들은 대부분 어렸고 친절했다. 내 아이들과도 축구를 하며 잘 놀아주었고 마치 베트남 소년들처럼 해맑게 웃었다.

어느덧 깊은 잠에 빠졌다가 잠시 후 희미한 중얼거림과 다급한 발소리, 마당에서 쿵쿵대는 물소의 발굽 소리 때문에 깨어났다. 나는 깜깜한 어둠 속에서 침실 입구 근처에 두었던 옷가방을 더듬거리며 찾은 뒤 몰래 밖으로 나왔다.

베란다에는 커다란 등유 램프 세 개를 켜놓고, 부모님과 오빠 부부, 투씨 부인이 긴 수레에 감자 자루를 쌓고 있었다. 수레는 야자 잎으로 짠 시트와 튼튼한 바퀴가 달려 있었다. 빗속에서 한 쌍의 물소가 신선한 풀을 뜯어먹으며 이따금 뿔을 높이 치켜들곤 했다. 가족들을 도우러 달려가다가 수레 옆면에 부딪쳐 마당으로 넘어질 뻔했다.

"조심해서 다녀야지." 오빠가 내 팔을 잡고 안전하게 자세를 잡도록 도와줬다.

"괜찮아요?" 올케 찐은 들고 있던 감자 자루에서 고개를 들었다.

"너무 많이 자서 정신이 없나 봐요." 나는 부끄러워하며 말했다.

"어서 와, 지에우란. 어젯밤 늦게까지 닷에게 젖을 먹였으니 어련하겠니." 투씨 부인은 수레 안에 있는 아버지에게 자루를 건네주었다.

"이번 여행으로 젖을 뗄 테니 다행이다. 닷도 벌써 13개월이 됐어." 어머니가 허리를 굽혀 자루를 집어 들며 말했다.

닷에게 젖을 먹인다는 생각만으로도 내 젖망울이 부풀고 젖이 송글송글 맺히기 시작했다. "아직까진 닷도 그러고 싶진 않은가 봐요." 내가 얼버무렸다.

"닷이 누굴 닮았는지 알겠구나. 나도 네 살 때까지 젖을 먹었거든. 네 할머니가 나를 떼놓으려고 온갖 방법을 시도했는데 아무 효과가 없었지. 그러던 어느 날…." 아버지가 껄껄거리며 웃었다.

"뭐 어쨌는데요?" 오빠가 물었다.

"네 할머니가 고추를 한 사발 들이마셨어. 마당에서 키우던 빨갛게 익은 정말 매운 고추였지. 난 젖을 먹다 그 매운 맛을 봤으니 웩 하고 다신 엄두도 못 냈지…"

우리의 웃음소리가 베란다를 가득 채웠고, 비가 불러온 싱그러운 흙냄새와 어우러졌다.

"쉿. 이런 새벽부터 웃으면 이웃들이 우리가 미친 줄 알 거야." 투씨 부인은 까만 치아 사이로 웃음이 새어나오지 않게 애쓰며 말했다.

"이웃들도 내심 우리처럼 살짝 돌았음 할 거예요." 찐은 커다란 빗자루로 마당을 쓸었다.

장대 같은 비가 이슬비로 바뀌었다. 모든 자루를 수레 안에 안전하게 쌓은 후, 아버지와 오빠는 야자 잎을 추가로 씌워 더욱 아늑하게 만들었다. 하노이까지 5일 밤낮이 걸리기 때문에 악천후에 잘 대비해야 했다. 하노이 식당에 납품하려면, 감자는 최상급 품질을 유지해야 했다. 선견지명이 있는 아버지가 오래전에 유럽에서 새 품종을 들여왔을 때만 해도, 이토록 큰 수익을 거둘 거라고 예상하지 못했었다. 아버지와 오빠는 자루 위에 나무 판자를 덧대 놓았고, 찐과 나는 두꺼운 야자잎을 수레 뒤까지 꼼꼼히 잘 덮었다. 우리는 수레를 마당으로 밀고 나간 후 투레질하는 물소를 멍에로 잘 묶었다. 투씨 부인은 음식과 물이 담긴 광주리를 수레에 실었다. 어머니는 두툼한 봉투를 내 주머니에 밀어 넣었다. "이건 틴 선생님의 약재야. 잘 챙겨라."

마을 사원에서 울리는 북소리가 어둠을 뚫고 파도처럼 밀려왔다. 이제 떠날 시간이었다. 가방을 챙기려고 돌아보니 누가 벌써 가방을 들고 있었다. 구아바, 누구일까? 바로 네 할아버지였지.

"침대에 있을 시간 아닌가요?" 나는 애써 웃었다.

"배웅은 해야지." 홍은 내 귀에 대고 속삭였다.

어머니는 아버지가 하노이에서 구입한 수입 우비를 입혀드렸고, 자신은 아버지의 논라를 대신 썼다.

"다들 가자." 아버지는 수레 앞자리로 뛰어올랐다.

어머니는 내 손을 꼭 잡았다. "가는 동안 조심해야 해, 알았지?"

"닷이 배고프지 않게 내가 죽을 든든히 끓여주마." 투씨 부인이 말했다. "내가 종종 들러서 아이들을 재워줄 거예요." 올케 찐도 덧붙였다.

물소들이 우리를 태우고 가는 동안, 나는 빗속에서 고개를 내밀고 말했다. "하노이가 얼마나 멋진지 집에 오면 다 얘기해 줄게요."

머지않아 우리는 울퉁불퉁한 마을 도로를 달리고 있었다. 수레의 바퀴가 진흙탕에 부딪혀 시끄럽게 덜컥거렸다.

"얘들아, 눈 좀 붙여라." 아버지의 목소리가 야자수 잎이 깔린 침대 시트 사이로 들려왔다.

"아버지, 교대하고 싶을 때 제게 말하세요." 그리고 오빠는 내게 말했다. "잘 자라, 지에우란."

나는 잠을 청했으나, 수레가 덜컹거리고 흔들리는 데다가 밖에서 추위에 떨고 있을 아버지 걱정 때문에 잠이 들 수 없었다.

우비를 걸치고 야자잎 시트 사이로 움직이는 물소의 단단한 등 너머를 살폈다. 불빛 아래 물소 뿔 앞에 펼쳐진 좀 더 큰 대로가 보였다. 아버지가 팽팽히 잡고 있는 고삐는 물소의 등에서 코뚜 레까지 이어져 있었다. 아버지는 또 다른 손으로 역시 하노이에 서 사 온 회중 전등을 들고 있었다. 나는 아버지 옆자리로 옮기 면서 전등의 흔들리지 않는 불빛에 감탄했다.

"아빠, 전등은 제가 들고 있어도 돼요?" 차가운 가랑비가 내 얼굴에 닿았다.

"내 대신 고삐를 잡아볼 테냐?"

나는 깜짝 놀랐다. 물소가 끄는 우차를 끈다니, 감히 꿈도 꾸 지 못한 일이었다. 당시만 해도 월경을 하는 여성은 부정 탄다 고 여겼기 때문이다. 요전에는 수레의 마부석을 지나갔다는 이 유만으로 자신의 딸을 때리던 이웃 사람을 본 적이 있었다. 그 의 말로는 딸이 액운을 가져왔으니 우차가 전복될 거라고 했다.

"어렵진 않아." 아버지는 내 손에 고삐를 쥐어주었다. "물소 를 멈추게 하려면 뒤로 세게 당겨. 왼쪽으로 가려면 왼쪽으로 당기고, 그 반대도 마찬가지야. 평소에는 손의 힘을 빼고 있어."

나는 고삐를 꽉 쥐고 잡아당겼다. 우차를 통제할 수 있다는 흥 분감에 온몸이 저렸다.

"잘하고 있다. 저기 웅덩이 보이지? 한쪽으로 당겨봐. 여기야. 좋아, 좋아." 그는 몸을 숙여 내게 논라를 씌워 주었다.

"아뇨, 아빠가 쓰세요!"

"네가 아프면, 누가 여행 중에 널 돌보겠니, 안 그래?" 아버지는 모자의 비단 끈을 내 턱 밑에 단단히 묶어 주었다.

 우리는 국도로 접어들 때가 되자 길에 바퀴 자국들이 많아지기 시작했다. 아버지 설명으로 그 국도는 까이꽌 도로로 우리 황제의 명령으로 건설되었고 프랑스 식민지 시대에 더욱 확장되었다. 곳곳의 검문소에 도착할 때마다 프랑스 정부가 발급한 여행 허가증을 보여줬고 그때마다 프랑스 초소병들은 베트민[9] 게릴라에 공급하는 불법 무기류가 없는지 수레를 검사했다. 아버지는 이들을 어떻게 다룰지 잘 알고 있어서 어느새 나도 긴장이 풀렸다. 이 시간에 국도는 전혀 통행이 없었다. 한참을 가야 말라빠진 소가 끄는 수레 한 대에 채소 광주리를 가득 나르는 농부들 몇몇을 봤을 뿐이다.

 "이대로 조금만 더 직진하면 하노이가 나올 거야." 아버지가 내게 몸을 기대며 찬찬히 일러주었다.

 멀리서 수탉 한 마리가 아침을 알렸고 수평선 위로 여명이 밝아왔다. 비가 그치자 짙은 안개가 피어올랐다. 길가에는 커다란 수풀이 줄지어 서 있어서 그 그림자가 마치 거대한 괴물이 웅크린 것처럼 보였다. 수레는 국도를 따라 구릉으로 올라갔고, 그 너머로는 하얀 연기가 피어오르는 가옥들의 지붕이 보였다. 아마 그 아래에는 어머니들과 누이들이 아침밥을 짓고 있을 것이

---

9   베트남 독립동맹회의 약칭으로 1941년 5월 호찌민이 창설한 베트남 민족통일전선 조직을 뜻한다.

다. 국도 근처에는 아무도 살지 않아서 음식이나 마실 물을 사려면 가끔 나오는 샛길로 빠져 마을로 가야 했다. 물소는 꼬리를 휘저으며 통통한 엉덩이 위에 달라붙는 파리 떼를 쫓아냈다. 나는 고삐를 느슨하게 하고, 일단 고향에 돌아가면 가족들을 이 광활한 시골을 또 가로질러 가야 한다고 생각했다.

"지에우란…" 아버지는 눈앞에서 벌어지는 소란을 보고 눈을 크게 부릅떴다. 말라비틀어진 나무 사이로 집들이 불타고 검은 연기 기둥이 흐린 하늘 위로 치솟고 있었다. 여자와 어린아이들의 통곡 소리와 남자들의 비명 소리, 그리고 이상한 말로 고함치는 수리도 들렸다. 고삐를 세게 당기자 물소들이 멈추고는 목을 빼고 두리번거렸다. 나는 아버지 쪽을 바라보았다. 아버지의 얼굴에는 공포가 얼어붙어 있었다.

"일본군, 일본군이야." 아버지는 내 손에서 고삐를 낚아채고 금세 우차의 방향을 틀었다.

"아빠, 보세요." 나는 손가락으로 앞을 가리켰다.

커다란 그림자가 도로 곁을 따라 기어오고 있었고, 호랑이 눈처럼 총검이 번뜩였다. 일본 병사들 사이에 끼어서 우리는 도망갈 길도 없었고, 달리 우차를 돌릴 만한 샛길도 없었다. 지금까지 이렇게 눈앞에서 군인들을 본 적은 처음이없는데, 이제서야 그들이 얼마나 빠르게 행군하는지, 그들의 군홧발에 얼마나 큰 진동이 느껴지는지 깨닫게 되었다.

"꽁, 어서 일어나!" 아버지가 급히 수레 뒤로 가서 오빠를 흔들어 깨웠다.

"무슨 일이에요?" 오빠가 놀라 일어났다.

"서둘러. 네 동생을 돌봐라. 길가 수풀 사이로 숨어라. 무슨 일이 있든, 내가 나오라고 할 때까진 절대 나오지 마라." 그리고 아버지는 나를 돌아보고 말했다. "어서 가."

나는 수레에서 내려 진흙이 튄 도로 위로 굴러 떨어졌다. 쓰고 있던 논라는 부서졌고, 도로 위 두꺼비 수백 마리가 사방으로 튀어 올랐다. 꽁 오빠는 포복하면서 나를 데리고 길가 도랑을 지나 덤불 속으로 숨었다. 그 와중에 나는 도랑에 샌들을 빠트렸다. 가시가 맨발을 파고들었다. 나뭇가지가 머리를 찔렀지만, 입술을 깨물며 필사적으로 참았다. 우리는 숨을 죽이고 나뭇잎새 틈새로 아버지를 지켜봤다. 아버지는 고삐를 풀어 물소들을 하노이 방향으로 풀어 놓았다. 오빠를 따라 난 더 무성한 덤불 쪽으로 옮겨갔다. 물소가 지나가는 부드러운 발굽 소리가 우리 머리 위로 들렸다. 우리가 숨어 있는 곳에서 일본군 한 무리가 도로에 나와 아버지의 길을 막아섰고, 또 다른 무리가 그 뒤를 따라 올라오는 모습이 보였다.

"멈춰! 저 수레 안에 뭐가 들었나?" 한 남자가 어눌한 베트남어 억양으로 소리쳤다. 그는 군복 바짓단을 높은 장화 안에 집어넣은 것만 빼면 마치 현지인처럼 보였다. 누구한테 눈을 맞았는지 눈이 퉁퉁 붓고 시커멓게 부어 있었다. 그는 장검뿐 아니라 소총도 들고 있었다.

"감자입니다. 전 감자를 하노이까지 가져가려고요." 아버지의 목소리는 차분하고 정중했다.

"어디서 배운 버리장머리야? 너희 베트남인들은 우리에게 절을 해야 해. 고개 숙여, 더 낮게!" 눈이 멍든 병사가 소리쳤다.

꽁 오빠가 나를 꼭 안았다. "아무 소리 내면 안 돼. 저들이 우리를 죽일 거야." 오빠는 손바닥으로 내 입을 막았다.

아버지는 수레에서 내려 일본군에게 절을 했다. 내 눈은 수레로 다가오는 두 번째 군인 무리를 향했다. 그들은 젊은 여성들의 머리채를 잡아끌고 있었다. 여성들의 웃옷과 바지가 찢어져 창백한 가슴과 상반신이 드러났고 허벅지 안쪽에는 피가 흘렀다.

"수레에 뭐가 들었는지 열어봐." 일본군이 손가락을 튕겼다. 아버지는 수레의 뒷문을 열고 나무 판자를 들어 올렸다. 그들은 수레 안을 검사했다.

"선생님, 이 감자는 하노이에 있는 고객을 위한 것입니다."

"고객은 무슨, 빌어먹을 고객!"

눈이 멍든 일본군은 소총을 들어 수레 안쪽을 조준했다. 총알이 쏟아지는 소리에 귀가 멍멍했다. 수레 안의 감자가 다친 물고기처럼 튀어나왔다. 병사들은 고개를 뒤로 젖히며 크게 웃었다. 혀에서 피맛이 느껴졌다. 나도 모르게 입술을 꽉 깨물고 있었다.

4장

시련

하노이, 1973-1975

폭격이 멈췄다. 비가 내리는데도 하늘이 얼마나 파랗던지. 할머니와 나는 무너진 집터에서 부서진 벽돌을 대나무 바구니에 차곡차곡 챙겼다. 손이고 옷이고 할 것 없이 돌가루투성이가 되었다. 근처에 폭탄 구덩이는 빗물로 반쯤 차 있었다.

나는 그 미국인 조종사에 대해 생각했다. 그가 폭탄을 떨어뜨렸을까? 그에겐 무슨 일이 일어났을까? 그리고 그에게도 나 같은 딸이 있었을까?

어느새 바구니가 벽돌로 가득 찼다. 할머니는 대나무 지게를 꺼내 어깨에 걸고 균형을 잡았다. 그리고서 몸을 구부려 바구니를 고정해 둔 굵은 밧줄에 장대를 걸었다. 할머니가 그 무거운 바구니를 깡마른 몸으로 들어 올려 폭탄 분화구를 향해 휘청이며 걸어가는 모습에 나는 울컥했다. 옷자락 사이로 보이는 할머니의 발은 맨발이었다. 나는 그녀를 도와 벌써 깜깜해진 구덩이에 벽돌을 떨어뜨리는 걸 도왔다. 흙탕물이 튀었다. 주변의 남자들이고 아낙네고 아이들이고 모두 찢어진 옷에 넋이 나간 얼굴을 하고 자신들의 집 잔해로 멍한 눈빛을 던지며 우리와 똑같은 일을 하고 있었다.

"엄마! 흐엉아!" 그때 우리를 부르는 목소리가 들렸다.

내 손에 들렸던 벽돌 광주리가 바닥에 떨어졌다. 엄마다! 엄마가 돌아오셨다. 나는 휘청거리며 앞으로 달려갔다. 오후의 어스름한 빛을 등지고, 어머니가 자전거를 밀고 나타났다.

"엄마!" 나는 울며 다가갔다. 그런데 그녀의 얼굴을 확인하고 걸음을 멈췄다. 가까이서 보니 그녀는 엄마가 아니라 하인 이모였다. 이모는 자전거를 바닥에 내동댕이치고 내게 달려와 나를 품에 안았다. 이모의 눈물이 내 얼굴에 흘러내렸다. "오, 불쌍한 흐엉. 네 엄마는 아직 안 돌아온 거니?"

나는 고개를 젓고는 이모의 가슴에 얼굴을 파묻고 어머니의 온기를 찾으려 했다. 하인 이모는 할머니의 다섯째 딸로 어머니보다 여덟 살 아래였다. 그녀는 저 멀리 이모부의 고향인 타인호아 주에 살고 있었다.

"왔구나, 하인." 할머니가 다가와 우리 둘을 끌어안았다.

"걱정 때문에 미칠 지경이잖아요." 이모는 꿈인지 생시인지 분간이라도 하려는 듯 할머니와 얼굴과 가슴과 팔을 쓰다듬었다.

"쓸데 없는 소리, 이 늙은 물소를 죽이는 게 그리 쉽겠니?" 할머니가 웃었다. 할머니의 목소리가 어느 때보다 높고 힘찼다. 나도 모르게 같이 따라 웃었다.

이모가 자전거를 세우도록 도우면서, 나는 안장 뒤에 있는 갈색 자루를 유심히 보았다. 배고파서 죽을 지경이지만 이모가 음식을 가져왔을 거란 기대는 접었다. 뚜언 이모부가 전쟁에 참전한 이후로 이모는 초등학교 교사로 일하면서 혼자 쌀농사를 지었다. 얼마를 거둬들이든, 아이들이 어리고 시부모님이 편찮으셔서 살림은 매번 빠듯할 수밖에 없다.

"자전거 타고 오는 데 얼마나 걸렸니?" 할머니가 물었다.

"꼬박 하루 걸렸어요, 엄마."

"다신 그러지 마라. 위험해."

"엄마도 300킬로미터 이상 걸은 적이 있잖아요, 기억나요?"

이웃 사람들이 지나가다 하인 이모를 보고 질문을 해댔다. 그들이 뭐라는지 귓등으로 흘리며, 나는 이모 등 뒤에서 이모를 관찰하느라 바빴다. 가는 허리까지 흘러내리는 부드러운 머릿결, 정말이지 이모는 어머니와 많이 닮았다. 어머니의 머리카락을 다시 한 번 만져보고 싶었다. 어머니와 난 뱅나무 그늘 아래서 서로 머리를 감겨 주곤 했다. 그 시절은 꿈만 같았고, 우리가 아끼던 뱅나무도 이제는 추억으로만 남았다.

"아이들은 누가 돌봐주나? 탄과 쩌우, 모두 잘 지내니?" 할머니가 이모에게 물었다.

"애들은 이제 자기 앞가림할 나이예요. 엄마, 얼마나 키가 큰

지 몰라요."

우리는 한때 우리집이었던 잔해 더미에 도착했다. 이모는 자전거를 부러진 뱅나무 그루터기에 기대어 놓았다. 이 나무는 할머니가 집을 지을 때 심은 것으로, 매해 봄에는 에메랄드빛 봉오리를, 여름에는 톡 쏘는 열매를, 가을에는 붉은 단풍을, 겨울에는 얼기설기 앙상한 가지로 집 앞을 장식했었다.

"아, 나의 나무야. 내 집에 왔구나." 이모는 찢겨진 나무껍질을 쓰다듬었다.

"*Trong cái rủi có cái may*(행운은 불운 속에 숨어 있는 법이지)." 할머니는 읊조렸다. "우리는 다른 나무를 심고 또 새 집을 지을 거야."

이모는 셔츠 소매로 눈물을 훔쳤다. "그래서 대체 어디서 잔거예요?"

나는 우리 집 뒷마당에 있던 흙더미를 가리켰다. 할머니의 친구분들이 나뭇가지를 잘라 텐트 기둥처럼 땅바닥에 박아 놓았다. 제법 튼튼해서 플라스틱 판대기를 올려두면 비를 피할 지붕처럼 쓸 수 있었다. 너덜너덜해진 거적을 바닥에 깔고, 멀쩡한 벽돌 세 장에 양철통 하나로 부엌처럼 만들었다. 내가 모은 마른 나뭇가지와 나뭇잎을 땔감으로 썼다. 이모는 이 광경에 고개를 절레절레 흔들면서 자전거 안장 뒤에 있는 갈색 자루를 풀었다. "쌀과 고구마를 좀 가져왔어요." 나는 할머니를 도와 보따리를 풀면서 입에는 군침이 돌았다.

"하인, 너도 애들을 먹여야지. 우린 식량 배급표가 있어." 할머니가 말했다.

"하지만 엄마, 국영 상점들은 폭격을 맞아서 살 수 있는 식량이 별로 남지 않았대요."

"아이들과 시부모님은 어쩌구. 다음에는 아무것도 가져오지 마라."

난 할머니를 곁눈질했다. 할머니는 매일 새벽부터 국영 상점 앞에서 긴 줄을 섰지만 대부분 빈손으로 돌아오셨다. 어쩌다 운이 좋으면 마니옥¹ 한 줌을 들고 오셨다. 쌀 한 컵 받아오는 일도 드문 데다가 그마저도 고약한 냄새에 벌레 먹은 쌀이었다. 난 거적 위에 자루를 푸는 걸 도왔고, 할머니는 물 한 병을 꺼내 이모에게 건네주었다. 이모는 자루 속을 휘젓더니 뭔가를 꺼내며 내게 윙크를 보냈다. "뭘 가져왔는지 볼래? 내가 가장 좋아하는 책이야."

책이라니! 토호아이가 쓴 『귀뚜라미 모험』이라는 책이었다.

"잘했구나. 전단지 외엔 읽을 게 없었는데." 할머니가 반색하며 말했다.

나는 곧장 책을 읽고 싶었지만 이모가 또 다른 꾸러미를 꺼내 내게 주었다.

---

1   동남아, 서아프리카, 남미 일대에서 재배되는 길쭉한 고구마처럼 생긴 덩이뿌리 식물이다. 시안화물이라는 독성 성분이 있어 뿌리를 말리거나 물에 담근 후에 식용으로 유통된다. 카사바라고도 하며 그 뿌리에서 타피오카를 가공한다.

"와, 과자네요?" 나는 침을 꼴깍 삼키고 바로 봉지를 찢고 싶었지만 주저했다. 내가 그토록 굶주렸다는 인상을 이모한테 보여주고 싶진 않았다.

"네 이모부 뚜언이 가져온 거야. 러시아제 쿠키라는데, 믿어지니?" 이모가 다리를 쭉 뻗었다.

"뚜언이 집에 들렀다고? 어떻더냐?" 할머니가 물었다.

난 희망에 가슴이 부풀었다. 어쩌면 내 부모님과 삼촌들 모두 곧 우리를 보러 올 수 있지 않을까?

"거의 장작처럼 빼빼 말라서 돌아왔어요. 어쨌든 좋은 소식을 알려줬어요. 그이 말로는 우리 땅을 되찾으려고 미국인들과 협상 중이래요… 여기 오다가 라디오 방송을 들으니까, 파리평화협정 이야기를 하더군요."

"그래, 굉장하긴 한데… " 할머니가 말끝을 흐렸다.

"그런데 뭐요?"

"전쟁은 사랑하는 가족들이 모두 집으로 돌아와야 진짜 끝나는 거야."

부모님에 대한 그리움이 가슴을 짓눌렀고, 나는 애써 눈길을 돌렸다. 많은 친구들이 전장에서 안 좋은 소식을 받았고 그 소식들은 더 큰 분노를 불러일으켰다. 학교의 몇몇 남학생들도 군인이 되기엔 너무 어렸지만 혈서를 쓰고 자원입대한 경우도 종종 있었다. 전쟁이 어서 끝나서 부모님과 삼촌, 그리고 내가 아는 모든 이들이 집으로 올 수 있기를 바랐다.

"아, 구아바, 과자는 혼자 다 먹을 거니?" 포장을 뜯지 않고 있는 나를 보며 이모가 놀렸다.

포장을 뜯어보니 과자에는 이쁜 무늬가 아로새겨져 있었다. 먼저 이모와 할머니에게 하나씩 드린 후에, 최대한 천천히 한입 한입 혀로 핥아 먹었다. 몇 년 후 한 친구가 달콤한 음식은 어떤 맛이냐고 물었을 때, 나는 이 과자를 떠올리며 말했다. 그것은 "행복"의 맛이라고.

비록 임시변통으로 만든 거처였지만, 할머니와 이모는 밤새 키득거리며 옛이야기를 나누었다. 이웃한 천막에서 피어오르는 연기가 우리 주위를 감싸고 석양빛에 어른거렸다. 밖에는 내 친구들이 서로 술래잡기하며 웃는 소리도 연기를 타고 흘렀다. 아이들은 내게 나오라고 했지만 그러지 않기로 했다. 이모 곁에 있으니 마치 어머니가 돌아온 것 같았다.

그날 밤에는 할머니와 이모 사이에 누워서 잤는데, 꿈속에서 어머니가 아버지와 함께 나를 향해 달려오고 있었다. 내가 두 분의 이름을 부르자 어머니가 나를 와락 안아주셨다. 이모와 똑같은 냄새가 났다. 아버지는 우리 두 사람을 껴안으며 다시는 우리를 떠나지 않겠다고 말씀하셨다. 잠에서 깨어보니, 할머니의 옷이 내게 덮여 있었다. 날은 추웠고 안개 위로 달무리진 달이 떠 있었다. 할머니와 이모는 노래를 흥얼거리며 잔해를 치우고 있었다. 그들의 목소리는 한여름의 오후를 떠올렸다.

날마다 할머니는 이모에게 집에 돌아가라고 재촉했지만 이모는 말을 듣지 않았다. 내가 학교로 돌아가고 할머니가 수업을 하는 동안, 이모는 잔해 파편들을 전부 치우고 오두막집을 지을 때까지 계속 일했다. 많은 사람의 도움 덕분에 우리는 대나무 기둥에 녹슨 양철 판대기를 덮은, 그런대로 괜찮은 쉼터를 갖게 되었다. 더이상 흩뿌리는 겨울비를 맞으며 밖에서 잠을 청하지 않아도 되었다. 할머니와 내가 괜찮을 거라는 확신이 들자, 이모는 자전거를 끌고 다시 길을 나섰다. 할머니는 전날 밤을 새워 밥을 짓고 그 위에 땅콩가루와 소금을 뿌린 주먹밥을 만들었다. 당시에는 금처럼 귀한 땅콩이었는데 할머니가 어디서 구하셨는지는 모르겠다.

우리는 이모가 자전거를 타고 가는 모습을 조용히 지켜봤다.

"몸 조심해라, 아가야." 할머니는 이모와 내게만 들리도록 나지막하게 말했다. 그리고 이모가 돌아가는 동안 폭탄이 또 떨어질까 걱정이 돼서인지 하늘을 원망하듯 쳐다보았다.

나는 『귀뚜라미의 모험』에 푹 빠져 살았다. 나도 그 귀뚜라미, 멩처럼 살고 싶었다. 둥지를 떠나 세상에 나가 광활한 자연을 느끼고, 온갖 유형의 사람들을 만나고, 때로는 실수하고 새 친구도 만나며 자립의 기분을 느끼고 싶었다. 멩의 세계에는, 무엇보다 전쟁이 없었다. 오로지 인류만이 서로에게 고통을 주며 전쟁을 벌이고 있는 듯했다. 이모가 떠난 지 일주일 후, 나는 할머니와 내 친구들에 관한 수다를 떨며 하교하는 길이었다. 할머니는 여전히 나 혼자서는 아무 데도 못 가게 했고, 수업이 끝나는 시간에 맞춰 데리러 왔다. 우리 동네의 골목들은 온통 진흙탕이었고, 깨진 벽돌 조각이 여기저기 흩어져 있었다. 할머니는 내가 미끄러지 않도록 손을 잡아줬다.

"지에우란!" 누가 할머니의 이름을 불렀다. 돌아보니 이웃집 떱 아저씨가 손을 흔들고 있었다. "군인 두 명이 당신을 찾아왔어요. 집에 계신 줄 알고 그리로 보냈어요."

할머니는 고맙다며 걸음을 재촉해 집으로 향했다. 공용 수도—더러운 수도꼭지를 틀면 그래도 이 일대에서 깨끗한 물을 받을 수 있는 유일한 장소였다—가 있는 앞마당에 동네 아이들이 빈 들통을 들고 줄지어 서 있었다. 우리가 가까이 가자, 그들은 들통을 내던지고 서로 쿡쿡 찌르며 우리에게로 달려왔다. 떱 박질을 가장 잘하는 선이 할머니의 옷자락을 잡아 당겼다. "군인들이 할머니에 관해 꼬치꼬치 물었어요. 그런데…"

"군인들이 할머니를 기다리고 있겠대요." 내 친구 투이가 말을 가로챘다. 아이들은 꿀벌처럼 우리를 에워싸고 웅성거렸다.

"한 사람씩 말하렴. 자, 군인들은 어디에 있니?" 할머니가 말했다.

"저기요, 저기!" 몇몇 손가락들이 일제히 건너편에 있는 느인씨네 오두막집을 가리켰다. 투이가 나를 앞으로 잡아 당겼고 나는 플라스틱 샌들을 잃어버리지 않으려고 애썼다. 할머니는 벌써 저 앞으로 달려가고 있었다. 진흙길에 미끄러질 뻔했으나 다시 일어서고 또 미끄러지길 계속했다. 헐레벌떡 할머니 옆에 가서 진흙을 닦아주려고 했는데, 할머니는 손사래를 치며 괜찮다고 했다.

군인들은 국방색 군복에 키가 크고 마른 체격이었다. 한 명은 나이가 들어 눈가에 주름이 깊게 패였다. 다른 한 명은 너무 젊어서 우리 학교에서 전쟁터로 입대한 학생들만큼 어려 보였다.

"안녕하세요." 나이 든 병사가 할머니에게 정중한 인사를 건넸다. "저희는 응우엔 흐엉 투언 동무의 가족을 찾고 있습니다."

그 이름은 할머니의 넷째 아들, 내 삼촌 투언의 이름이었다. 할머니는 군인들을 집으로 데려갔다. 동네 아이들도 우리를 따라왔는데, 버섯처럼 속삭대는 소리가 그치질 않았다. 나이 든 병사가 아이들한테 마저 물을 받아야 하지 않냐고 말하자, 아이들은 속뜻을 눈치채고 뿔뿔이 흩어졌다.

"나중에 내게 얘기해줘야 돼. 그들이 뭐라 했는지 말야." 투이가 내 귀에 속살대더니 날쌔게 사라졌다.

나는 오두막집에 들어오자마자, 할머니한테 수건을 건네주고 잽싸게 거적을 펼쳤다. 군인들이 내 부모님이나 다른 삼천들 소식도 알지 속으로는 몹시 궁금했다. 그들은 고맙다고 절하며 군화를 벗었다. 그 고무재질이 튼튼한 비결이 무엇일지 궁금했다. 아버지가 들려주기로는 군화는 폐타이어로 만든다고 했다. 군인들은 거적 위에 책상다리를 하고 모자를 벗어 무릎 위에 올려놓았다. 모자는 제복과 같은 색이었고 앞면에 화려한 금색 별이 달려 있었다. 부모님과 삼촌들이 남쪽으로 갈 때도 같은 모자를 썼었다. 할머니는 벽돌 세 개로 만든 아궁이에 양동이를 올려 놓고 불을 피웠다. 그리고 심호흡을 한 뒤 병사들을 향해 돌아섰다.

"너무 오래 기다리게 해서 미안하군요."

"그렇지 않았어요, 어머니." 한 병사가 대답했다. 그는 삼촌들이 그랬던 것처럼 할머니를 "어머니"라고 불렀다. 또 내 이름과 몇 학년인지도 물었다.

"전 흐엉이예요. 열세 살이고 초등학교 6학년이에요."

"나이에 비해 키가 크구나." 나이 든 병사가 감탄하며 말했다.

어린 병사가 국방색 배낭을 내려 놓았다. 가방은 꽉 차 보였고, 그 안에 투언 삼촌의 편지가 들어 있기를 바랐다. 전쟁터에서는 우편 배달이 잘 안 되니, 부모님이나 삼촌의 소식을 들으려면 전우 중 한 명이 북베트남으로 편지를 가지고 와 주거나 우체통에 넣는 게 가장 좋은 기회라고들 했다.

"아, 내 정신머리 좀 봐요! 차를 끓일려고 했는데, 찻잎이 없네요. 이런..." 할머니의 목소리가 긴장으로 떨렸는데, 나는 왜인지 알지 못했다.

"괜찮아요, 어머니. 이웃집에서 벌써 물 마셨어요."

할머니는 더듬더듬 물병을 찾았다. "죄송해요, 물잔도 하나밖에 없네요."

나는 아궁이 쪽으로 돌아서서 나뭇가지 몇 개를 더 던져 넣었다. 불은 타닥거리며 작은 불티들이 공중으로 흩날렸다. 이럴 때 불을 아끼지 말아야 해. 하인 이모의 배낭을 뒤적여 쌀 한 줌을 꺼내 들었다. 이걸로 쌀죽 두어 그릇은 나올 거야. 쌀을 양푼에 넣고 김이 피어오르는 것을 가만히 지켜봤다.

나이 든 병사가 목청을 가다듬고 말을 꺼냈다. "어머니, 저희도 폭격에 대해 들었지만, 그렇게 심각할 줄은 몰랐어요."

침묵이 이어졌고 나는 양푼에 물을 더 넣었다. 물이 끓어오르며 온기가 나를 감쌌다.

"어머니, 아드님에 대한 소식을 전하러 왔습니다."

"투언은 어때요? 잘 지내요?" 할머니는 떨리는 손가락으로 옷자락을 움켜쥐었다.

두 병사는 대답 대신 자리에서 일어나 무릎을 꿇었다. 젊은 병사가 배낭의 끈을 풀었다. 그는 양손으로 군복을 들어 올렸고, 나이 든 병사는 편지 몇 장을 펼쳤다.

"어머니⋯" 그들은 할머니에게 군복과 편지들을 건넸다.

"아니야, 안 돼요!"

"응우엔 흐엉 투언 동지는 정말 용감했습니다." 내가 알아들은 말은 고작 이 몇 마디뿐이었다. 주변의 모든 것이 흐릿해졌다. 할머니는 어깨를 들썩이며 울고 있었다. "죄송해요, 어머니. 우린 매복을 당했습니다. 그는 정말 용감하게 싸웠어요."

할머니는 삼촌의 군복에 얼굴을 파묻고 살을 부비며 울었다. "투언아, 내 아들아, 이 엄마에게로 돌아와야지. 제발, 투언⋯"

나도 할머니에게 매달렸다. 투언 삼촌이 돌아가셨다. 나를 공중제비해주고 간지럼을 태우던 삼촌. 나를 위해 나무에 올라가 과일을 따주고, 아름다운 종이 연을 만들어 주던 투언 삼촌.

"어머니, 심정이 어떠실지 잘 압니다. 하지만 아드님의 죽음은 헛되지 않습니다. 우리는 동지와 함께 적들을 섬멸했어요."

할머니는 더 듣고 싶지 않다는 듯 고개를 저었다. "혹시…투언을 잘 알았나요?"

"우리는 같은 부대에 있었습니다. 투언은 우리 형제나 마찬가지예요. 모두에게 정말 잘 해줬죠."

할머니는 편지를 꺼내 아들의 글씨를 따라 손가락으로 한글자 한글자 짚어 보았다.

"여기 하나 더 있어요. 이 편지는 여자 친구인 투 양에게 보낸 거예요."

할머니는 손바닥을 오무려 편지를 꽉 쥐었다. "투언은 그녀와 결혼하고 싶어했었죠. 그들의 행복한 날, 우리의 행복한 그날을 위해 저축하고 있었는데…"

"네, 투언은 늘 말했죠. 결혼식에서 어머니의 노래를 듣고 싶다고요."

"내가 내일 투를 만나러 갈게요. 뭐… 뭣 좀 드실래요?" 할머니가 말했다.

"감사합니다. 하지만 이제 가야 합니다." 병사는 겸연쩍게 웃었다. "여기에서 훈련이 있거든요. 사령관님이 우리에게 먼저 찾아 뵙자 말씀드리라고 했습니다."

할머니는 고개를 끄덕였다. "몸 성히… 여러분도 가족들을 다시 만날 수 있도록요."

병사들은 고개를 숙였다. 밖에서는 강한 돌풍이 양철 지붕을 때리고 있었다. 동네 아이가 엄마를 찾으며 우는 소리도 조금씩 잦아들었다. 나는 다시 불 쪽으로 돌아섰다. 불은 반쯤 타서 연기가 피어오르는 나뭇가지만 남았다. 이제 아무 소리도 들리지 않았고 앙상한 겨울의 추위 외엔 아무것도 느낄 수 없었다.

◆

할머니와 나는 투언 삼촌을 위한 제단을 집에 마련했다. 사진은 남아 있는 게 없어서 대신 그의 배낭과 옷가지를 향로 앞에 놓았다. 할머니는 삼촌의 영혼이 천국에 가도록 사흘 밤을 새워 기도했다. 할머니의 염불과 목탁 소리, 향에서 피어오르는 연기가 오두막을 가득 채웠다. 사흘째 되는 날, 한밤중에 일어나 보니 할머니가 삼촌의 편지를 손에 쥐고서 하늘을 올려다보고 계셨다. 그 편지는 나도 외우다시피 했다. 눈을 감으면 삼촌이 행군하던 쯔엉선 밀림의 나무 아래로, 나비가 퍼득이고 원숭이가 가지들을 건너다니는 현장으로 가 있는 것 같았다. 그리고 강에서 물고기를 낚거나 쑥갓을 따 먹는 삼촌의 웃음이 들리는 것 같았다. 거기에는 어떤 두려움도, 싸움도, 죽음도 없었다. 오직 희망과 삶에 대한 사랑, 고향에 대한 그리움이 있었다. 삼촌은 자신

앞의 미래를 믿는 젊은이였을 뿐이다. 나는 할머니를 꼭 껴안았다. 밤하늘은 거울처럼 맑아서, 저 위에서 투언 삼촌이 조상님들과 함께 우리를 지켜보고 있다고 느껴졌다.

우리의 바람과는 달리 전쟁은 계속되었다. 비록 할머니는 속으론 슬프고 두려워도 절대 내색하지 않으셨다. 어느 하루, 할머니는 내 여윈 몸, 차갑게 식은 아궁이와 허름한 집을 찬찬히 둘러보더니 월급이 없다시피한 교사 일을 그만두고 싶다고 했다. 처음엔 잘못 들었나 생각했는데, 다음날 학생들이 나타나 할머니에게 마음을 바꿔달라고 부탁했다.

"제발요, 할머니, 그만두지 마세요!" 다음날 할머니가 학교에 날 데려다줄 때, 나도 할머니에게 졸랐다.

"쉿!" 할머니는 근처에 서 있는 다른 선생님들을 의식하며 손가락을 입술에 갖다댔다. 집에 돌아간 후에야 이제 목소리를 낮춰 얘기하자고 말했다.

"그만두면 안 돼요. 학생들이 할머니를 얼마나 사랑하는지 모르겠나요?"

할머니는 빗을 꺼내 내 머리를 빗어주며 말했다. "물론 학생들이 그리울 거야. 하지만 그들의 순수한 마음을 선전선동하고 세뇌하는 건 참을 수 없었어. 우리는 이제 단순히 교사가 아니야. 당의 하수인이라니까."

"그럼, 할머니는 어디서 일하실 건가요?"

"비밀 지켜줄 수 있니?" 할머니는 내 귀에 대고 속삭였다. "암

시장에서 물건을 떼어 장사를 할거야. 식량을 사고 집을 지어야지. 그리고 네 부모와 삼촌들이 돌아오도록 힘쓸 거야. 무엇보다 난 자유이고, 더이상 누구의 하수인이 아니란다."

"장사꾼이 되겠다고요? 하지만… 그치만… 그건 나쁜 거래요."

내 두 눈이 활짝 떠졌고, 윤리 선생님의 말씀이 귓가에 맴돌았다. "사회주의 국가인 조국을 둔 우리는 노동자와 농민을 존중해야 한다. 부르주아와 장사치들은 사회에서 쓸어버려야 한다. 그들은 사람들의 피를 먹고 사는 흡혈충들이다."

"너도 세뇌된 거야." 할머니는 코웃음을 쳤다. "장사꾼이 되는 건 잘못된 일도 아니고 내가 해낼 수 있다고 장담해도 좋아, 사실 벌써 금 귀걸이를 다른 물건들과 바꾼 적이 있단다."

나는 놀라 할머니의 귓볼에 손을 뻗으며 할딱였다. 투언 삼촌의 결혼식을 위해 모아둔 유일한 귀금속이 사라진 것이다.

"귀걸이를 바꾸셨다고요? 뭐랑요?"

"어디 보자." 할머니는 손가락을 하나씩 세웠다. "샌들, 수건들, 건전지, 비누, 자전거 타이어. 암시장에서 가장 잘 팔리는 물건들이지."

"그것들은 어디에 뒀어요?" 나는 빈 오두막집을 둘러보았다.

"올드 쿼터에 있는 친구 집에 있어. 갖고 다니면 압수당할 것 같아서."

"그건 불법 아닌가요, 할머니? 국영 상점만 거래할 수 있다고 들었는데…"

"구아바," 할머니는 내 얼굴을 손으로 감싸쥐었다. "나쁜 짓은 안 할 거야. 나를 믿어."

나는 할머니의 눈빛에서 결연한 의지를 보았다. 할머니의 새로운 직업이 우리를 곤경에 빠뜨릴까?

"우리는 음식이 필요하단다. 네 부모와 삼촌들이 돌아올 때를 생각해 봐. 계속 이렇게 살 수는 없어."

"하지만 할머니에게 무슨 일이 생기면…"

"아무 일도 없을 거야. 조심할게." 할머니는 내 이마에 입을 맞추더니 임시 부엌 지붕에 매달려 있는 냄비를 가리키며 말했다. "내가 뭘 가져왔을까?"

"밥?" 뱃속이 요동쳤다.

"기다려 보렴. 네 선물을 준비했는데 어디에 뒀는지 기억이 안 나네." 할머니는 내게 윙크를 보냈다.

나는 벌떡 일어나서 거적을 벗겨 봤는데 아무것도 없었다. 베개 밑을 살펴봤다. 옷가지와 그릇과 젓가락 있는 곳에도 아무것도 없었다.

"더 열심히 찾아봐라." 할머니가 킥킥 웃었다.

마침내 마른 나뭇가지 더미 아래에 숨겨져 있던 선물을 발견했다. 그건 『피노키오의 모험』이라는 책이었다. 바닥에 쪼그리고 앉아 책장을 펼치자, 장인 제페토가 말을 할 수 있는 나무 조각을 발견한 이탈리아로 순간 이동했다. 부엌에서는 맛있는 냄새가 났다. 할머니의 가녀린 몸이 불 앞에 쪼그려 앉아 있었다. 할머니는 늘 내게 책을 많이 폭 넓게 읽으라고 격려해 주었다. 할머니는 매번 최선을 다했다. 그런데도 나는 그분을 의심한 몹쓸 손녀였다. 나는 후라이팬을 주시하며 할머니에게 다가갔다. 소고기였다! 종이처럼 얇은 소고기 조각이 지글지글 끓고 있었다.

"장사를 하는 데 다만 한 가지 마음 걸리는 게 있어. 예전보다 집을 자주 집에 비우게 될 것 같아." 할머니는 연기에 눈을 제대로 뜨지 못했다.

"이제 저도 혼자 있어도 돼요. 요전날 밤에 할머니가 힘들어했을 때 제가 어떻게 했는지 기억 안 나세요?"

할머니가 양파를 더 자르려고 돌아설 때, 나도 모르게 젓가락을 들어 소고기 몇 조각을 집어 입에 넣었다. 혀는 뜨겁고 눈물이 났지만 뱃속은 환호성을 질렀다. 할머니에게 들키기 전에 재빨리 입을 닦았다. 할머니는 생강과 양파 조각을 소고기에 넣고 젓가락으로 휙휙 볶아 주었다. 그리고 소고기에 피시 소스를 조금 넣었다.

"투이네 집에 가서 걔 엄마한테 부탁했는데, 널 돌봐주기는 힘들겠다더라."

"그집 뒷마당에서 놀면 돼요. 할머니, 제발 제 걱정은 그만하세요."

"구아바, 난 네 어머니에게 널 돌봐주기로 약속했어. 절대 무슨 일이 일어나선 안 돼."

"내가 얼마나 키가 크고 강한지 보실래요?" 나는 할머니와 키 재기를 해서 둘의 어깨 높이가 같아진 것을 보여주었다. "누가 나를 납치하려고 하면 그놈 엉덩이를 걷어차 버릴 거예요." 내가 할머니 가슴팍을 손가락으로 찌르려 하자, 할머니는 날쌔게 뒤로 물러나서 손으로 막았다. 다시 사타구니쪽을 공격하자, 할머니는 다리를 들어 내 공격을 막았다.

"좋아, 충분히 알았어. 넌 나한테 호신술을 제대로 배웠구나. 그런데 어서 요리를 끝내지 않으면, 다 타버릴 거야."

◆

할머니의 새 일자리는 내게 자유를 주었다. 사실상 하루종일 자리를 비우셨고 따라서 내가 집에 있을 필요가 없었다. 방과 후에는 투이와 함께 대부분 시간을 보냈다. 줄넘기를 하고, 해먹에 누워 수다를 떨고, 하노이의 이곳저곳을 쏘다니며 구경했다. 심지어 홍강까지 걸어가서 발목까지 강물에 담그고 바람을 맞기도 했다.

할머니가 전문 장사꾼이 되면서, 올드 쿼터의 미로는 그분의 비밀 작전의 근거지가 되었다. 좌판도 없었고 물건을 직접 가지고 다니지도 않았다. 할머니는 국영 상점을 돌아다니며 손님을 찾았다. 거래는 귓속말로 이루어졌다. 가격이 합의되면 할머니는 손님을 다른 곳으로 데려가 물건을 건넸다. 그 모든 과정은 보안을 유지해야 했다. 경찰이나 공무원이 나타나면 거래를 중단하고 뿔뿔이 흩어졌다. 그때까지는 미제 폭격기가 하노이 상공에서 사라진 듯 보였다. 할머니는 기회만 되면 밤낮으로 일했다. 할머니의 피부는 햇볕에 그을렸고 다크 서클이 내려앉았고, 발에는 물집이 잡혔다. 할머니는 나를 위해 음식과 옷, 책을 집으로 가져다 줬다. 그리고 집에 있을 때마다 노래를 불렀다. "내 목소리가 여전하다면, 난 아직도 건재한 거야."

할머니는 내게 상 삼촌을 업고 하노이까지 300킬로미터를 걸어서 갔던 이야기를 들려주었다. 그때 삼촌은 아기였다는데, 지금은 어엿한 군인이다. 도대체 어디서 싸우고 또 살아 계신 걸까? 우리 부모님은 살아 계실까?

"할머니, 호아 숙모는 왜 우리를 찾아오지 않을까요?" 어느 날 밤 내가 물었다. 호아 숙모는 상 삼촌의 아내이고, 하노이 오페라 하우스 근처의 아파트에 살고 있었다. 숙모의 부모님은 공산당 고위 관리라고 했다.

"내 생각에 당분간은 보지 못할 거야." 할머니는 긴 하루 일과를 마치고 늦은 저녁을 먹고 있었다. 거의 자정이 가까운 시간이었다. 할머니는 젓가락으로 미나리 두어 점을 집어 피시 소스에 찍어 먹으며 말했다.

"왜요? 상 삼촌이 안 계시니까 숙모가 할머니를 돌봐야 하지 않나요?"

"숙모는 다른 계급에 속해 있어. 고위층이지. 내 생각으론 그런 관습에 얽매일 것 같진 않구나." 할머니는 어깨를 으쓱거리며 꼬부라진 새우 한 점을 집어 들었다. 내가 스타푸르트와 함께 볶아 놓은 새우 요리였다. 그녀는 먹다가 입술을 잘못 깨물었다. 요리사가 다 되었다고 날 칭찬해 주었다.

"할머니, 호안 숙모는 당 고위층이라면서요. 우린 여전히 같은 가족이고요. 안 그래요?"

"맞아, 하지만 그렇다고 숙모가 우리한테 동정할 이유는 없지. 소문은 생각보다 빨리 퍼지고, 숙모도 내가 장사하는 걸 알 거야. 아마 당분간은 우리와 거리를 두려고 할 거야. 우리와 엮였다가 말썽이 생길 수도 있으니까.

"그래서 이젠 이웃들이 우리를 찾아오지 않는군요. 니안 부인 빼고요. 하지만 그래도 숙모니까…"

"신경 쓰지 마라, 구아바. 네가 있는 한, 내게는 아무것도 중요하지 않아."

◆

며칠 후, 나는 투이네 판잣집으로 우리가 함께 요리한 반꾸온 한 접시를 가져다 드렸다. 이 음식은 얇은 쌀 전병에 다진 돼지고기와 잘게 썬 버섯을 둥글게 감싼 것으로 투이가 가장 좋아하는 요리였다.

"투이는 집에 없다."

내가 안으로 들어가기도 전에 투이 어머니가 잘라 말했다.

"아주머니, 투이한테 음식을 가져 왔어요." 나는 반꾸온 접시를 내밀었다.

"우린 이미 식사했다." 투이 어머니는 뒷마당에 날 내버려 둔 채 돌아섰다.

지난 번에 만났을 때 혹시 내가 아주머니께 인사하는 걸 잊었나? 그런데 다음날 학교에서도 투이는 나를 피했다.

"도대체 무슨 일이야?" 집으로 돌아오는 길에 나는 투이를 따라가 길을 막고 물었다. 그녀는 계속 가려고 했다. "내가 뭘 잘못했니?" 나를 계속 피하려는 투이의 팔을 잡고 나는 다그쳐 물었다. "반꾸온을 좀 남겨뒀어. 먹으러 올래?"

"네 음식 따위 필요 없어. 제발, 이젠 찾아오지 마."

"너희 부모님이 그러신 거야? 우리 할머니 일 때문에 어울려 놀지 말라고?"

투이는 결심한 듯 나를 쳐다보고 속담 한 구절을 내뱉었다. *"Cá không ăn muối cá ươn, con cãi cha mẹ trăm đường con hư*(소금기가 없는 생선은 금방 상하고, 부모를 거역하는 자녀는 수백 가지 방법으로 자기 자신을 망친다)."

투이가 떠난 후, 나는 잠시 그녀의 말이 자신과의 우정을 얻으려면 내게 할머니의 말을 거역하라는 뜻인가 의아해 했다. 그날 밤, 나는 할머니에게 장사를 그만두라고 말할 생각이었는데, 할머니가 활짝 웃으며 집으로 들어와서는 내게 선물 보따리를 내밀었다. "미국에서 온 책이야. 꽤 비싼 책이지만 네가 읽고 싶을 것 같아서 가져왔어. 이 소설은 미국에서 유명한『큰 숲 속의 작은 집』[2]이라는 책이란다."

포장을 풀었더니 백 페이지가 넘는 책이었고, 모두 손글씨로 쓰여 있었다.

"우리를 폭격한 나라의 책을 왜 읽어야 하죠?" 나는 투이네 집을 쳐다보며, 내심 할머니가 마음을 고쳐먹기를 바랐다.

"알잖니… 모든 미국인이 나쁜 건 아니야. 많은 미국인들이 전쟁에 반대하는 시위를 하고 있단다." 할머니는 첫 페이지를 집어 들고 큰 소리로 읽었다. 동화처럼 "옛날 옛적에"로 시작하는 이 책은 늑대, 곰, 사슴이 사는 크고 어두운 숲으로 둘러싸인 통나무로 만든 미국인 소녀 로라와 그녀의 신비로운 세계로 나를 데려다 주었다.

"할머니, 누가 이 책을 번역했어요?" 나는 책장을 넘기며, 내가 거의 알지 못하는, 하지만 후일 내 인생 전체를 바꾼, 먼 나라로 가는 통로가 된 책을 만지작거렸다.

"어떤 교수가 번역했어. 그는 미국 문학을 공부하러 러시아로 유학갔고 그곳에서 미국에 관해 많이 알고 우리가 미군을 물리치도록 도왔지. 이 책을 번역하면서 영어를 더욱 많이 연습한 거야."

---

2   로라 잉걸스 와일더가 1932년에 펴낸 자전적 아동 소설로, 1870년대 초반 위스콘신주 페핀 인근의 숲에서 어린 시절을 보낸 기억을 바탕으로 쓴 작품이다

"그럼, 이게 그 사람 필체인가요?"

"그의 가족들이 함께 필사했단다. 책을 팔아 생계를 유지하려니까…"

◆

확실히 『큰 숲 속의 작은 집』은 내게 투이를 잊게 해줬고, 대신 나는 로라와 친구가 되어 그녀의 아버지의 음악과 이야기에 함께 귀를 기울였다. 나의 아버지처럼 그녀의 아버지도 재미있고 손수 일하는 걸 좋아했다. 나의 어머니처럼, 그녀의 어머니도 배려심 많고 요리를 즐겨 했다. 나는 로라를 좋아하면서도 동시에 질투했다. 내 세상은 오로지 그리움뿐인데, 로라의 세상은 부모님, 자매 메리와 캐리, 그리고 강아지 잭이 함께했으니까. 하지만 나처럼 로라에게도 나름의 불안이 있었다. 아버지가 모피를 팔러 어두운 숲을 지나 마을로 나갈 때마다 로라는 밤새 불안에 떨었다. 또 그녀의 어머니가 곰을 만나서 다치진 않을지 끊임없이 걱정했다. 미국인들은 다른 인종을 지배하는 것을 좋아하고 감정이 전혀 없다는 소문을 들었지만, 그들도 가족을 사랑하고 일해서 먹고 살아야 한다는 것을 나는 깨달았다. 그들도 우리처럼 춤과 음악, 이야기를 즐겼다.

　1973년 3월 말, 사이공에서 미군이 철수한다는 소식이 하노이에 전해졌다. 수업 시간에 선생님은 비행기에 탑승하는 미군들의 사진을 보여주었다. 우리는 손뼉을 치며 승리의 노래를 불렀다. 침략자들을 물리쳤으니 전쟁은 확실히 끝날 것 같았다.

집에 돌아갔더니, 할머니는 그 소식에도 반가워하지 않았다. 올드 쿼터에 떠도는 소식통으로는 여전히 전투가 계속된다는 것이다. 미군이 떠나고 이제 전쟁은 베트남인들끼리, 북쪽과 남쪽의 내전이 시작된 것이다. 동네에 군인들의 모습이 보일 때마다, 나는 겁에 질렸다. 그저 공부에 집중하고 책을 읽고 기도했다. 되도록 할머니와 함께 지냈다. 저녁을 먹고 숙제를 끝내면 잠깐 잠이 들었다가 할머니가 돌아오시면 자리에서 일어나곤 했다. 할머니가 몸을 씻고 먹는 동안, 나는 바로 그 곁에서 학교 얘기를 하고 할머니의 하루 일과를 들었다. 최근에도 국영 상점에 물건이 충분하지 않다고 했다. 긴 줄을 서느라 말다툼이 벌어졌고, 점점 더 많은 사람들이 한밤중부터 더 좋은 자리를 차지하러 줄을 섰다. 더 나은 고기 한 점이나 구더기 없는 쌀을 구하려고 뇌물을 바치는 사람들도 늘었다. 우리 주위의 많은 사람들은 생존하고 살기 위해 온갖 일을 하고 있었다.

할머니와 나는 할 수 있는 한 저축하기로 했다. 매일 밤 나는 할머니가 집에 가져온 동전과 구겨진 지폐를 세는 것을 도왔다. 지폐는 할머니의 땀에 절어 까매졌다. 어느 이른 저녁, 할머니가 자전거를 끌고 돌아왔다. 녹슨 핸들에 손을 대니 웃음이 절로 나왔다. 우리 동네에서 자전거를 소유한 사람은 당 간부인 르엉씨 한 명뿐이었다. 나는 할머니가 가끔 자전거를 사용하게 해주길 바랐다. 투이는 이제 희미해졌다. 여전히 내게 말을 걸지 않았고 나도 굳이 찾아가지 않았다. 이제 내 친구는 미국 소녀 로라, 나무 소년 피노키오, 그리고 귀뚜라미 민이었다.

할머니는 하노이 공안부에서 발급한 자전거 소유자 증명서를 보여주었다. 자전거 프레임에는 '3R-3953'이라고 적힌 금속 번호판이 달려 있었다. 축하 겸 할머니는 나를 태우고서 실크 스트리트까지 데려다 주셨다. 대보름달이 우리를 따라왔다. 우리는 5칸짜리 멋진 목조 주택을 보고 기뻐했다. 꽃과 새가 정교하게 조각된 나무 문, 지붕의 곡선 끝에서 날아오른 용과 봉황의 도자기 장식이 대단히 훌륭했다. 고향집도 폭격에서 살아남았을까? 언제쯤 그곳에 가서 할머니의 어린 시절 기념품들을 만져볼 수 있을까?

이제 할머니는 더욱 많은 고객을 확보하고 사업을 확장해 겨울 재킷과 우비, 라디오 등도 판매했다. 그중 일부는 중국과 러시아에서 수입한 제품들이었다. 할머니는 장사를 하면서 전쟁 소식을 더 빠르게 접할 수 있었다. 북군이 남쪽으로 많이 내려왔으며 곧 승리할 거라고 했다. 나는 부모님이 집에 돌아오지 못할까 봐 두려웠다. 아직도 아무 소식도 듣지 못했고, 오직 닷 삼촌만이 편지 한 통을 보내주었다. 우리를 정말로 그리워하고 있으며, 이제 사이공으로 진격 중이라고 했다. 삼촌의 여자 친구인 응웬 양은 얼마나 힘들지 궁금했다. 그녀는 삼촌과 같은 고등학교를 나왔고 현재는 회계사로 일했다. 할머니가 상인이라는 데 아랑곳하지 않은 몇 안 되는 사람이었다. 응웬 양은 우리 집에 자주 방문했고 할머니가 안 계실 땐 내게 자전거 타는 법을 가르쳐주었다. 나는 닷 삼촌이 빨리 돌아와서 응웬 양과 결혼하기를 바랐다.

몇 달이 지났고 나는 열네 살이 되었다. 할머니는 일하고 또 일했다. 어느 날 밤, 할머니는 나를 가까이 앉히고 말했다. "이젠 조그만 벽돌집을 지을 수 있을 것 같구나."

내 눈이 커졌다. 이제 판잣집은 강한 바람에도 견디지 못했다. 양철 판대기는 더운 날엔 달군 난로처럼 되었고 비가 올 때마다 누수가 발생했다.

"물론 돈을 좀 더 빌려야 할지도 모르지만, 어쨌든 갚을 수 있을 거야. 방 세 칸이면 어때?."

"이곳에서요?" 나는 허름한 판잣집 주위를 둘러보았다.

"뒷마당에 집을 지을 거야. 부모님을 위한 방 하나, 닷과 응옌을 위한 방 하나, 그리고 너와 나를 위한 방 하나, 그러니 세 칸이 필요해." 할머니는 웃으며 말했다. "그럼, 우리 집 설계도를 한 번 그려볼까? 아주 간단하게. 넌 뭐가 가장 필요할 것 같니?"

"폭탄 방공호!"

"오, 그래, 가장 중요하지. 우리 방 입구에 둘까?"

"세 개가 필요해요, 할머니."

"그래, 방마다 만들자. 확실히 네가 똑똑하구나. 식사하고 이야기할 수 있는 거실과 식당은 어때?"

"주방과 화장실은요?"

"그럼 네가 공부할 책상은 어디가 가장 좋을까? 햇빛이 잘 들고 환기도 잘 되어야지."

"침실 창문 옆에 두면 되겠네요."

그렇게 두 사람은 새집을 지을 계획을 세웠다. 내가 스케치를 그리고 매일 밤 할머니와 함께 고쳤다. 엿보는 눈을 피하려면 창문은 높게 만들기로 했다. 도면이 완성되자, 할머니는 올드 쿼터로 가겨가 건축사가 이를 바탕으로 더 복잡한 설계도를 그리도록 했다. 사실 우리 집은 전기도 물도 들어오지 않는데도, 건축사는 전기 배선과 수도 배관에 대한 세부 사항을 추가했다. 집이 세워질 때까지 기다릴 수 있을까? 투이는 여전히 판잣집에 살고 있었으니 꼭 한 번 찾아올 거야.

몇 주 후, 할머니는 활짝 웃으며 일에서 돌아왔다. "건설 인부 팀을 찾았어. 시멘트와 벽돌을 살 수 있는 허가를 받았다."

"집 짓는 데도 허가증이 필요해요?"

"허가증이 없으면, 건축 자재가 여기까지 오는 동안 징발되고 말걸?" 할머니는 내 귀에 입을 가까이 대자 숨결에 귓볼이 간지러웠다. "빨리 지어야지, 이웃들이 몹시 궁금해할 거야. 벌써 인민위원회에 가서 재건축 허가를 받아 왔단다."

할머니는 새빨간 도장이 찍힌 문서를 보여주며 말을 이어갔다. "그들은 돈의 출처를 알고 싶어 했지. 나를 심문하려 들었는데, 그때 투언 삼촌의 옛 동급생인 쯔엉이 들어온 거야. 그리고 위원들한테 내가 미제국주의자들로부터 나라를 지키기 위해 자식들을 네 명이나 전쟁터에 보냈으니 재건축을 허가해 줘야한다고 말했단다."

나는 투언 삼촌의 제단을 올려다보았다. 그의 영혼이 우리를 축복한 것 같았다.

"쯔엉은 도움이 된 건 맞지만, 난 그가 잘못 알고 있다고 말했어."

"잘못 알았다고요? 왜죠?"

"내가 내 엄마나 삼촌들을 전쟁터에 보낸 게 아니야. 구아바. 어릴 때부터 그 아이들과 떨어진 적이 없었지. 절대 떠나보낼 생각이 아니었어."

나는 할머니의 손을 꽉 잡았다. 주변을 내다봤지만 어둠 속에서 불이 켜진 판잣집들은 없었다.

"극복해야 할 게 많아. 쯔엉은 아주 조용히 내게 말하더구나. 주변의 질시를 피하려면 동네를 위해 내가 뭔가를 해야 한다고 말이야."

"음식을 나눠줄까요?"

"좋은 생각이야, 구아바. 하지만 좀 더 장기적인 도움이 되면 좋겠구나. 수도꼭지가 있는 곳에 우물을 파고 펌프를 설치하면 어떨까?"

나는 흥분해서 벌떡 일어났다. "아직도 물을 길러 줄을 선다는 건 말도 안 돼요. 사람들이 정말 기뻐할 것 같아요."

"그렇게 쉽지는 않을 거다. 먼저 그들을 설득해야 해."

◆

몇 주 후에 할머니는 집에 일찍 들어와서 서둘러 저녁을 먹었다. 그리고 매주 열리는 인민위원회에 나도 따라갈 수 있다고 해서 난 손뼉을 치고 반가워했다. 인민위원회 사무실은 넓은 발코니와 커다란 창문이 있는 프랑스식 빌라에 자리잡고 있었다. 폭탄을 맞고 초토화된 지역이었는데 지금은 시멘트와 벽돌로 재정비되었다. 할머니 표현대로라면 "소비에트 스타일로 재건"된 것이다. 동네 사람들이 회의실로 밀려들어와 의자에 줄지어 앉았다. 할머니는 햇볕에 그을린 피부와 앙상한 골격에도 아주 우아해 보였다. 할머니의 얼굴은 자신감으로 빛났다. 긴 머리를 뒤로 말아 목덜미의 흉터를 가감없이 드러냈다.

"이렇게 와 주셔서 감사합니다." 인민위원회 위원장 퐁씨가 목소리를 높이자 군중은 조용해졌다. "오늘 안건들은 많지만 먼저 이웃 중 한 분의 제안을 검토하겠습ㄴ다."

할머니가 앞으로 나오자 웅성거림이 더욱 커졌다.

"친절하게 대해주신 모든 분들께 감사드리고 싶어요." 할머니는 회의실을 둘러보며 발언했다. "아이들과 이곳에 처음 왔을 때, 시골뜨기에 지나지 않았던 저에게 여러분이 베풀어 주신 환대에 감사드립니다. 여러분 덕분에 이 동네를 제 고향처럼 여기게 됐죠."

수근거림이 멈췄다. 할머니의 진심 어린 말에 모두들 마음이 끌렸다는 것을 난 알 수 있었다.

"아다시피, 마을의 공동 상수도에 문제가 있어요. 지하수에 물이 충분하지 않아서 우리는 매일 몇 시간씩 줄을 서곤 하지요. 그래서 전 대안이 있을까 해서 기술자를 동네에 초청했어요. 그분이 지하수 샘플을 채취했고 특히 공동 수도 지반을 조사했어요." 할머니는 서류 더미를 좌중에게 배포했다. "수질 검사 결과, 지하 50미터 이하에서 뽑아올린 물은 안전합니다." 할머니는 사람들이 이해했는지 보려는 듯 잠시 말을 멈췄다. 사람들은 다시 속삭이기 시작했지만, 이번에는 고개도 함께 끄덕이고 있었다. "이 결과에 비추어 볼 때, 제안을 드리고 싶군요. 공용 수도에 의존하기보다는 이제는 지하수를 끌어올 수 있는 시스템을 갖춰야 해요. 우물과 수동 펌프가 그 역할을 할 것입니다."

"거창하게 들리는데, 결국 돈이 많이 들 텐데요." 한 이웃이 큰 소리로 말했다.

"먹고 살기도 빠듯한데, 그걸 어떻게 감당할 수 있겠어요?" 또 다른 사람이 질문을 했다.

할머니가 손을 들고 발언을 이어갔다. "이 공동체에 대한 감사의 표시로, 제가 모든 비용을 내고 싶어요."

사방에서 놀란 반응이 퍼졌다. 처음에는 사람들의 눈빛이 반짝한 듯했지만, 서로 이야기를 나누면서 점점 더 눈빛이 어두워졌다. 좌우로 고개가 젓기 시작했다.

"우리는 장사치들한테 돈을 받을 수 없어요!" 이웃 노인 탄씨가 벌떡 일어났다. "부르주아지와 상인들은 우리 경제를 갉아먹는 흡혈충들이야."

"저 여자의 돈은 더러워." 중년의 뀐 부인이 할머니의 얼굴을 손가락질하며 외쳤다.

"저 여자는 돈을 마구 낭비해도 되는지 모르겠지만, 노동 없이 번돈 아니냐고." 또 누군가가 비웃었다.

할머니를 향한 비웃음을 듣자, 나는 참지 못하고 일어섰다. 할머니의 일은 모험가 정신과 고된 노동과 힘든 결단의 연속이었다. 나는 용감하고 신념을 지키는 귀뚜라미 민이어야 했다.

"제가 한말씀 드려도 될까요? 제 이름은 흐엉입니다. 할머니 지에우란이 저를 돌봐주고 있어요. 제 부모님은 모두 전쟁터에 계시고, 할머니가 절 돌봐주시죠. 전 할머니의 일을 누구보다 잘 알고 있어요." 나는 할머니의 얼굴을 보며 미소를 보냈다.

"할머니는 제가 아는 누구보다 더 열심히 일하세요. 거의 잠도 못 주무세요. 발에 물집이 잡히도록 일할 뿐 누구를 착취한 적은 없어요. 동네에 기부하는 돈 한푼도 열심히 일해 벌지 않은 게 없어요."

할머니의 얼굴에 눈물이 흘러내렸다. 회의실 안에는 침묵만이 흘렀다.

"아이들은 거짓말을 하지 않는 법이죠." 녠 부인이 일어섰다. 그녀는 우리에게 우호적인 태도를 보여준 유일한 사람이었다. "제발 선동은 잠시 잊어주세요. 이 제안이 각 가정에 줄 혜택에 집중합시다. 아이들은 더 놀 시간이 필요해요. 여러분들도 휴식이 필요하죠. 물은 훨씬 더 깨끗해질 거예요. 이젠 누구도 새벽 4시부터 줄을 서지 않아도 되고 누가 한 양동이 가득 떠가는지 확인한다고 서로 다툴 필요도 없어요."

사람들은 다시 일제히 수군거리기 시작했다.

"그래요, 알았어요." 퐁씨는 손을 들어 좌중을 조용히 시켰다. "비밀 투표를 합시다. 저기 탁자 위에 종이와 펜, 상자가 있으니 찬반 의견을 적어 상자에 넣으세요. 다수결대로 하면 따르면 돼요."

이웃들이 탁자로 향할 때, 할머니가 나를 보고 말했다. "오늘부터 더 이상 구아바라고 부르지 말아야겠구나. 넌 이제 숙녀가 됐어, 흐엉."

나는 환하게 웃었다. "전 아명도 좋지만, 그래요, 흐엉이 더좋을 것 같아요."

퐁씨가 결과를 큰 소리로 읽어 내려가는 동안 나는 할머니의어깨를 꼭 잡아 드렸다.

"오늘 참석한 41명 중에서… 36명이 지에우란 부인의 제안에동의했습니다." 퐁씨는 할머니를 돌아보며 말했다. "우리 동네를 대표해서 감사드립니다."

며칠 후, 사람들이 찾아와 우물을 만들고 수동 펌프를 설치했다. 어린아이들도 이 펌프를 이용해 양동이에 물을 쉽게 채울 수 있게 되었다. 물뜨는 순번을 기다리는 대신, 이제 아이들은 집 앞에서 몸을 씻고, 서로 물을 튀기며 웃음을 터뜨렸다.

건축 자재가 판잣집에 들어오기 시작했다. 어느 늦은 저녁, 년 부인이 점성술 책을 들고 찾아왔다. 그리고 할머니와 등유 램프 앞에 앉아 꼼꼼히 우리의 생년월일을 따져보고 점괘를 들여다봤다. "소의 날, 용의 시간이 길조에요." 년 부인이 말하자, 할머니는 고개를 끄덕였다.

할머니는 공사를 감독하기 위해 장사를 쉬고 집에 머물렀다. 나는 매일 학교에서 돌아오면 호기심에 가득 찬 구경꾼들을 밀치고 들어가야 했다. 인부들과 할머니는 밤낮으로 고생했다. 두 달이 지나자 새집이 햇볕 아래 반짝반짝 빛나며 서 있었다. 우리가 계획했던 모든 것이 완성되었다.

내가 이 방에서 저 방으로 뛰어가는 걸 보면서 할머니는 미소를 지었다. 햇빛이 아주 잘 들어왔다. 나는 침실과 부엌으로 통하는 거실 겸 식당이 특히 마음에 들었다. 딱딱한 마루가 깔린 현관문과 하늘을 가득 품은 듯한 넓은 창문도 마음에 들었다. 나는 다른 방은 비워두고 할머니와 침대를 계속 같이 썼다. 부모님과 삼촌이 돌아올 수 있는 집이었다. 할머니가 어린 뱅나무를 집으로 가져왔다. 우리는 그 나무를 작은 앞마당, 예전에 오래된 나무가 있던, 바로 그 자리에 심었다. 매일 물을 주며 나무가 자라는 모습을 지켜봤다. 어머니가 돌아와 머리를 감을 때 나무가 그늘을 만들어 줘야 하니, 난 마냥 손 놓고 기다릴 수 없었다.

이제 머리 위에 든든한 지붕이 있으니, 할머니는 일주일에 한 번 해가 진 직후 시장에 갔다가 집으로 돌아왔다. 우리는 저녁 내내 명상과 호신술 동작을 반복해서 연습했다. "마음을 진정시키고 내면의 힘을 키워라."

할머니는 여전히 일을 많이 했다. 그리고 하나둘씩 가재도구를 집으로 들여왔다. 내 공부방 책상과 의자, 책장, 거실 평상, 대나무 침대 3개, 그리고 식탁 세트. 낡은 가구들이었지만 소중히 애지중지했다. 내 공부방 모서리에 책장을 두고 먼 곳을 상상할 수 있는 이야기책들로 채웠다.

"너도 일을 하고 싶니, 흐엉?" 그해 여름 어느 밤, 뱅나무 아래서 돗자리를 펴고 누워 있던 할머니가 물었다. 집 안에 있기에는 너무 더웠다. 사람들도 길가에 나와 종이 부채를 펄럭이고 있었다. 할머니가 나보고 장사를 도우라고 할까 봐 나는 대답하지 않았다.

할머니가 종이부채를 탁탁 튕기며 곰곰이 생각하며 말했다. "내 친구가 닭과 돼지를 키우며 꽤 많은 돈을 번다더라. 작은 아파트에서 말이야. 그런데 우리 집은 더 넓지 않니?"

"돼지와 닭을 여기서요?"

"왜 안 될까? 욕실에서는 닭을 키우고 마루 아래서 돼지를 키우면 잘 될 거야. 이럴 땐 내 시골 생활이 꽤 도움이 될 거야.”

가축을 들이기에 앞서, 할머니는 빛과 통풍이 잘 되도록 화장실에 창문을 하나 더 만들었다. 그리고 대나무 선반도 여러 개 만들었다. “닭이 잠도 자고 알도 낳을 수 있도록”이라고 할머니는 이유를 설명했다.

나는 할머니와 함께 대나무 새장에 갓 부화한 병아리 열 마리를 담아 왔다. 밤에는 새끼 돼지들도 배달되었다. 새끼 돼지들을 보자마자 이름이 떠올랐다. 검은 점이 있는 흰 새끼 돼지는 ‘점박이’, 얼굴이 귀여운 까만 새끼 돼지는 ‘분홍 코’였다. 병아리들이 화장실에 있는 동안, 우리는 돼지들이 거실 겸 식당을 돌아다니도록 내버려 두었다. 이제는 투이가 나와 절교한 게 전혀 신경 쓰이지 않았다. 동물들은 충성스러운 나의 친구가 되었다. 내가 병아리들을 안아주고 먹이를 줄 때면 병아리들은 나를 위해 노래를 불렀다. 검은 점과 분홍 코는 젖은 입을 내 발에 비비고 내 품에 안겨 잠들었다.

그래도 나는 여전히 부모님이 몹시 그리웠다. 몇 년 동안이나 매일매일 어머니를 다시 만나는 상상을 했다. 어머니의 부드러운 품과 강처럼 흐르는 머리결, 부드러운 젖가슴을 상상했다. 새로 심은 뱅나무의 그늘 아래 연처럼 솟아오르는 우리의 목소리를 상상해 보았다. 어머니가 노랫소리로 집안을 가득 채우고 우아하게 춤을 추던 모습이 그리웠다. 슬플 때마다 나도 어머니처럼 강해져야 한다고 다짐했다. 엄마는 절대 무서워하거나 놀라는 법이 없었다. 한번은 침대 밑에서 뱀을 발견했는데도, 내가 비명을 지르는 동안 어머니는 뱀 꼬리를 잡고 창문 밖으로 던져버렸다.

1975년 초, 전쟁이 정말 끝났다는 소문이 났다. 나는 어머니가 자전거 뒤에 나를 태우고 하노이 거리를 달리는 상상을 했다. 화사한 여름날 도로 위에 심어놓은 붉은 포인시아나 꽃들과 연보라 방랑 꽃잎 속으로 자전거가 돌진하면, 우리는 가슴이 터져라 소리치기도 했다. 호안끼엠[3] 호수에 멈춰 차가운 짱띠엔 아이스크림을 맛보며 즐거워하기도 했다. 꿈속에서 어머니는 늘 아버지와 함께 돌아왔다. 아버지는 키가 크고 잘생겼다. 때로는 두 발로 나를 향해 달려오기도 했고, 아니면 목발에 의지한 채 한 다리로 힘겹게 걸어오기도 했다. 종종 두 팔로 나를 안아줬고, 어떤 때는 팔이 전혀 없이 양 어깨에 부드러운 살덩어리만 불룩 나와있기도 했다. 하지만 언제나 아버지는 웃으며 내 이름을 불러 줬다.

"여기 내 딸, 흐엉이 왔구나."

1975년 3월 말, 우리 도시는 계절에 맞지 않는 폭풍을 맞았다. 하늘에 구멍이라도 뚫린 양 폭우가 쏟아져 동네 길들이 시커먼 강처럼 변했다. 할머니와 나는 평상에 앉아 그날 번 돈을 세고 있었다. 이상한 소리에 우리는 문 쪽으로 고개를 돌렸는

---

3   호안끼엠 호수(Hồ Hoàn Kiếm, 還劍湖)는 베트남 하노이에 있는 호수이다. 호안
     끼엠(還劍)이라는 말은 '되돌려준 검'이라는 뜻이다.

데, 바람과 빗소리로 덜컹거리는 것 외에는 다른 소리가 들리지 않았다.

"할머니, 저게 뭐예요?"

그때 이상한 소음이 다시 울렸다. 희미하게 사람 목소리가 들렸다. 할머니는 돈을 내동댕이치고 서둘러 밖으로 나갔다. 나도 따라 마당으로 뛰어갔다. 그러다가 발에 돼지 점박이가 채여서 끼익 괴성을 질렀다. 할머니가 대문을 열자, 희미한 불빛 속에서 가는 그림자가 서 있었는데, 머리카락이 엉켜 있고 옷은 거의 누더기처럼 늘어져 있었다. 바람이 불어와 램프의 불빛마저 꺼졌다.

"할머니!" 난 할머니를 불렀다. 그 그림자는 폭풍에 무덤이 파헤쳐진 유령 같았다. 내가 읽었던 책 속의 유령들은 사람들의 영혼을 빨아들여 허기를 채웠다. 할머니가 그 뭔가와 말하고 있었다. 바람이 더 크게 울부짖고 귀신들이 꽥꽥거렸다. 나는 나무 줄기처럼 몸이 뻣뻣해진 채 할머니를 불러보려고 했지만 말이 목구멍에 걸렸다.

문이 닫히는 소리, 울음 소리, 발자국 소리가 들렸다.

"흐엉," 할머니가 불렀다.

"네 어머니가 돌아왔다. 불 좀 비춰 줘."

엄마라고? 이게 사실일까? 어둠 속에서 더듬거리며 성냥 상자를 찾았다. 성냥개비를 하나 켰더니 불이 켜졌다가 바람에 흔들리더니 이내 꺼졌다. 세 번째로 성냥개비를 당기고 나서야 나는 돌아섰다. 낯선 여자가 눈을 감은 채 할머니의 어깨에 머리를 기대고 서 있었고, 얼굴은 붉고 멍들었고 머릿결은 찰싹 달라붙어 있었다.

"흐엉, 네 어머니가 집에 왔어." 할머니는 흐느꼈다.

성냥불이 손가락에 닿았다. 나는 뜨거워진 성냥개비를 바닥에 떨어뜨렸다. 여자의 얼굴에서 깊은 고뇌를 보았기 때문일까. 난 아무런 고통을 느끼지 못했다. 가까이서 보니 어머니의 얼굴이었다.

"엄마." 어둠 속에서 달려갔다. 내 뺨이 어머니의 뜨거운 가슴에 닿았다. 내 손은 어머니의 마른 몸을 붙잡고 있었다. "엄마, 엄마!"

어머니의 손가락이 마구 떨리며 내 코, 입, 눈 위를 더듬었다. "흐엉. 오, 내 사랑. 흐엉…"

그동안 묻어두었던 눈물이 둑방처럼 터져 나왔다. 우리가 떨어져 지낸 세월, 투언 삼촌의 죽음, 같은 반 친구들의 죽음, 그리고 나 자신과 진정한 친구가 없다는 사실 때문에 섧게 울었다. 할머니가 램프에 다시 불을 붙였다. 나는 어머니를 눕히고 수건으로 몸을 닦아 드렸다. 어머니는 추워서 바들바들 떨고 있었다. 할머니가 갈아입은 옷을 가지고 오는 동안, 난 어머니의 이마에 입맞춤을 했다. 그 열기가 전해진 걸까? 어머니는 몹시 흐느껴 울었다.

"이제 우리랑 같이 있으니 곧 나아질 거예요, 엄마." 나는 수건을 다리에 대고 진흙을 닦아내면서 어머니의 피부에 남은 커다란 멍 자국을 살폈다.

"어떻게 왔어요. 엄마? 어디 계셨어요?"

아버지에 대해 묻고 싶었지만 대답이 두려웠다.

"흐엉." 어머니가 눈을 떴다. "네 아빠… 아빠는 돌아왔어?"

내 심장 박동이 멈췄다. 램프도 깜박임을 멈췄다. "엄마, 아직 못 찾았어요? 아빠를 아예 못 본 거예요?"

고개를 가로젓는 어머니의 눈에서 눈물이 흘러내렸다. 나는 할머니가 부모님을 위해 준비해 둔 방으로 가서 문설주에 얼굴을 맞대고 울었다. 어머니는 내게 아버지를 찾아서 데려올 수 있다고 믿게 만들었다. 나는 어머니가 원하는 것은 무엇이든 할 수 있다고 믿었다.

"미안해, 흐엉." 어머니의 목소리는 거의 나지막한 속삭임에 가까웠다. 내 이마에 닿은 문설주는 딱딱하고 차가웠다. 그걸 깨부수고 싶었다.

"이제 전쟁이 끝났으니 곧 돌아올 거다. 언젠가 돌아올 거야." 할머니의 목소리가 들려왔다.

"그이한테서 편지가 한 번도 안 왔나요?" 엄마가 물었다.

"아직은. 딸아, 아마 어떻게 편지를 전달해야 할지 모를 수도 있지."

"제 동생들은요? 엄마?"

"그 아이들도 무사하고 곧 돌아올 거라고 믿는다." 할머니는 엄마 곁에서 물 한 잔을 따라주고 있었다. 나는 투언 삼촌의 제단을 바라보았다. 그 순간, 어머니에게 잠시나마 진실을 숨겨준 어둠에 감사한 마음을 느꼈다. 할머니를 도와 어머니에게 옷을 갈아입힐 때, 툭 튀어나온 갈비뼈가 보였다. 그리고 멍은 다리만이 아니라 등과 가슴, 허벅지에도 있었다. 어머니에게 무슨 일이 있었던 걸까? 할머니는 수건과 따뜻한 물 한 통을 가져왔다. 내가 어머니의 얼굴과 손을 씻겨드리자 어머니는 눈을 감은 채 몸을 부르르 떨었다. 나는 고개를 돌렸다. 어머니를 쳐다보고 싶지도, 동정하고 싶지도 않았다. 강인했던 어머니는 어디로 간 걸까? 어머니는 우리에 대해서도, 우리가 어떻게 지내 왔는지도, 폭격에서 어떻게 살아 남았는지도 묻지 않았다.

　"일단 쉬게 두자." 할머니는 속삭이고 담요를 잘 덮어주고 방을 나왔다. 할머니가 요리를 시작하자 나는 어린 뱅나무로 나갔다. 그리고 눈을 감고 어린 시절 어머니가 내 머리를 빗어주는 모습을 기억했고 어머니의 노랫소리가 귓가에 맴돌았다. 그때 할머니가 나와서 나를 안아줬다. 할머니의 팔은 나무뿌리처럼 강인했고 나를 지탱해 줬다.

　"흐엉, 네 엄마가 저리 몸이 안 좋으니 안타깝구나. 이젠 우리가 엄마가 기댈 수 있는 기둥이 되어야 해."

　"엄마가 내 기둥이었어요. 할머니."

　"안다. 하지만 너는 이제 강한 여성이지… 엄마한테는 네가 필요해."

달을 올려다보고 부드러운 달빛에 마음을 진정하려고 애썼다. 아마 어머니한테 실망했다면 그건 내 잘못이었다. 적어도 어머니는 아버지를 찾아 오려고 노력했었다. 할머니도 그건 불가능한 일이라고 말했었다.

"아직 투언 삼촌에 대해서는 말하지 마라." 할머니가 말했다. "오늘 밤 자고 있는 동안, 삼촌의 유품은 우리 방으로 옮기마."

나는 고개를 끄덕이며 할머니의 머리카락에 얼굴을 파묻었다. 수년 후 내 인생 여정을 돌이켜볼 때, 나는 할머니가 짊어져야 했던 두려움, 자신의 자녀들에게 다음날 무슨 일이 있을지 모른다는 두려움이 어떤 것인지 이해할 수 있었다. 그런데 그녀는 전쟁터에서 트라우마를 짊어지고 돌아온 이들을 위해 강해 보여야 했다.

그날 밤, 나는 어머니에게 쌀국수 한 그릇을 드시게 하고 나서 그 곁을 지켰다. 내가 어머니를 지켜보고 있으면 다시는 사라지지 않을 거라고 생각했다. 내가 얼마나 어머니를 그리워했는지 말하고 싶었고, 또 곧 다시 예전 모습으로 돌아올 거라고 믿었다. 하지만 열다섯 살 소녀였던 나는 전쟁이 어떻게 어머니를 다른 사람으로 바꿔 놓았는지 상상할 수 없었다. 어머니가 잠결에 비명을 지를 때마다 나도 덩달아 화들짝 놀랐다.

그 후 며칠 동안 몇몇 이웃들이 어머니를 병문안하러 왔지만, 어머니는 침대에서 일어나지도, 앉아 있지도 않았다. 그들의 질문에 고개를 끄덕이거나 흔들기만 했고, 슬프고 공허한 표정이었다. 박마이 병원의 동료들에게도 마찬가지였다. 사람들은 어머니가 지쳐서 쉬어야 한다고 말하면서 자리를 떠났다. 나는 그이상이라는 것을 알았다. 때때로 혼자 있을 때면 어머니의 어깨가 와들와들 흔들렸다. 분명 우는 것일 텐데도 울음 소리가 전혀 들리지 않았다. 밤마다 잘 때면, 악몽에 휩싸이듯 어머니의 육신이 떨렸다. 수면 중에 스스로 자해라도 할까 봐, 나는 어머니 방으로 기쳐를 옮겼다. 어머니는 나와 한 침대를 쓰고 싶어하지 않아서 난 돗자리를 깔고 바닥에서 자야 했다. 난 잠을 잘자는 편이었지만 더 이상은 아니었다.

한 빈은 깊은 밤에 어머니가 아기에 대해 잠꼬대하는 소리를 들었다. 어머니가 아기를 죽였다고 말할 때는 내 목 뒤에서 머리카락이 쭈뼛쭈뼛 섰다. 나는 귀를 가렸다. 확실히 어머니는 살인자가 아니었다. 아마도 아기의 출산을 돕다 살리지 못한 게 분명했다.

이튿날 아침, 할머니께 내가 들은 내용을 말씀드렸다. 할머니는 나를 꼭 안고 위로했다. "네 어머니는 의사야. 사고는 언제든 일어나는 법이지. 너무 많이 생각하지 마."

할머니와 나는 어머니가 좋아하던 음식을 만들었지만 어머니는 모래알이라도 씹듯 마지못해 먹었다. 우리가 대화를 시도하면, 어머니는 곧잘 피곤하다고 했다. 내가 방에 들어갈 때마다 어머니는 고개를 돌렸다. 어머니는 집에 왔지만 더 이상 집이 아니었고, 전쟁에서 모든 것을 잃었기에 내가 친딸이라는 사실조차 잊어버렸다. 내가 그동안 부모님께 썼던 편지들을 어머니에게 드렸을 때도, 그 편지를 열어보지도 않은 채 베개 옆에 그대로 두었다.

할머니는 다시 일터로 돌아가야 했고, 나는 어머니를 돌보기 위해 학교를 나가지 않았다. 요리할 재료도 충분했고, 할머니도 아침 일찍 고기와 생선, 야채를 가져다주었다. 우리의 하루는 조용히 지나갔다. 내가 기대했던 것과 달리, 웃음도, 대화도 없었다.

"같이 산책하러 가면, 네 엄마도 기분이 나아질지도 몰라." 할머니가 내게 말했다. 그럴 때마다 어머니는 고개를 저었다. "나 좀 자게 두세요."

어머니는 다시 나를 외면했다.

어느 오후, 태양이 하늘 높이 솟았을 때 나는 빗을 꺼내 평상에 누워 있는 어머니에게로 갔다. 어머니의 올린 머리를 풀어드리고, 내가 읽은 책들, 걸 건너편 판잣집에 살던 내 친구들, 배고픈 눈을 하고 우리집 부엌의 음식 냄새를 맡던 동네 아이들 이야기도 했다. 그 아이들은 내가 음식을 내가면 자신들의 부모로부터 절대 우리 음식을 받지 말라고 했다며 한사코 거절했다. 어머니는 내가 빗질을 마칠 즈음, 머리를 흔드는 걸 멈췄지만 여전히 내게 등을 돌리고 있었다. 나는 실망을 감추고 부억으로 가서 불을 지폈다. 거창한 요리 대신에 말린 주엽열매[4]를 구웠다. 그 향기를 맡으면 어머니와 함께 오래된 뱅나무 아래에서 머리를 감던 행복한 시절이 떠올랐다. 주엽열매를 으깨니 향내가 더 멀리 퍼졌다. 어머니가 돌아보는 게 느껴졌다. 어머니의 시선은 물을 붓고 구운 열매를 으깨어 냄비에 넣고 휘휘 젓는 내 손을 따라 움직이고 있었다. 그리고 내가 마른 나뭇가지를 꺾어 아궁이에 넣고 국이 끓어 넘치지 않도록 하는 과정도 지켜보았다.

"고맙구나, 내 딸아." 그녀의 속삭임에 나는 깜짝 놀랐다. 내 뒤에 있던 어머니를 돌아보니, 그녀의 눈동자에 아궁이의 불꽃이 너울치고 있었다.

"엄마, 머리 감겨 드릴까요?."

그녀는 고개를 끄덕였다. "그건 내가 할 수 있어. 그만, 밖에 나가서 놀아."

나는 나가고 싶지 않았지만, 어머니의 눈은 내게 그러라고 했다. 나는 뱅나무 아래 버려진 기분으로 서 있었다. 살금살금 현관문을 열고 안을 들여다 보았더니, 어머니가 양동이를 들고 부엌으로 들어가고 있었다. 양동이는 무거워 보였고 찬물이 반쯤 채워져 있다는 것을 알았다. 어머니는 주엽 열매를 끓이던 냄비를 들어 양동이에 쏟아부었다. 증기가 소용돌이치면서 위로 올

4　주엽열매는 청포처럼 머리를 감을 때도 약재처럼 쓴다.

라가 주위를 맴돌았다. 어머니는 팔꿈치를 살짝 담가 머리 감을 물의 온도를 맞췄다.

어머니는 오랜 자아를 지켜보는 듯 햇살 속에서 이마를 앞으로 기울였다. 주엽 열매를 섞은 물을 떠서 머리에 발랐다. 빛의 강이 흑발의 강을 따라 흘러내렸다. 그 장면에 넋을 잃고 있던 나는, 엄마의 흐느낌에 깜짝 놀랐다. 갑작스럽고 예상치 못한 상황이었다. 어머니는 두 손으로 자신의 어깨를 꽉 잡고 몸을 떨며 방바닥을 굴렀다. 난 손톱이 박힐 정도로 내 손목을 꽉 눌렀다. 전쟁이 무슨 의미였는지 그땐 잘 몰랐었다. 그저 나는 어머니가 돌아오고, 아버지와 삼촌들이 돌아오고, 우리 가족이 다시 온전한 하나가 되기를 원했을 뿐이다.

5장

대기근

응에안, 1942-1948

구아바, 이 짧은 시가 마음에 드는지 얘기해 줄래?

> 조용한 연못에
> 개구리가 뛰어드네
> 물소리 첨벙

어때, 이 시가 아름답니? 나도 그래. 이 시는 16세기에 살았던 마쓰오 바쇼라는 유명한 일본 시인이 쓴 하이쿠야. 몇 년 전 내가 교사가 되어 일본에 대해 배울 때 이 시를 발견했어. 일본군들이 우리나라에서 왜 그런 짓을 했는지 이해하고 싶었거든. 내가 읽은 책에서는 많은 일본인이 우리처럼 불교 신자라고 하더군. 그들도 조상을 숭배하고 가족을 사랑한대. 또 우리처럼 그들도 요리하고 먹고 춤추고 노래하는 것을 좋아한대.

그 책을 읽기 전인 1942년 겨울에 일본 군인- 난 그를 '검은 눈'이라고 부를게-을 본 적이 있었다. 나는 그에게 선한 면이 있어서 아버지를 풀어줄 거라고 믿고 싶었어.

넌 정말 네 증조할아버지에게 무슨 일이 일어났는지 알고 싶니? 알았어, 그럼 얘기를 계속할 테니 내 손을 잡으렴..

◆

검은 눈은 한발 더 나아갔다. 수레에 손을 뻗고 감자 자루들을 모두 도로에 내던졌다. 병사들은 감자를 꺼내 잘게 잘라버렸다. 나는 아버지가 다시 수레에 올라타는 모습을 지켜봤다. 아, 검게 그을린 손, 내 미소를 볼 때마다 반짝이던 눈, 고향 마을의 수많은 전설과 우화를 들려주던 입술.

두 무리의 군인 중 몇 명이 내가 알아들을 수 없는 언어로 대화를 나누고 있었다. 그들의 언어는 부드럽고 서정적으로 들렸다. 확실히 그런 언어가 흘러나오는 사람들이 다른 이들에게 잔인할 수는 없을 것 같았다.

여자들은 앞으로 쫓겨왔다. 그녀들은 반뜩이는 총검에 쥐구멍으로 쫓기는 쥐처럼 정신 없이 수레에 올라탔다. 아버지는 수심이 가득한 얼굴로 그들을 부축하며 옆에 서 있었다.

"감자가 진짜 누구 건지 말해 보지, 그래?" 검은 눈은 고함지르며 아버지의 가슴팍을 떠밀어서 수레 바깥으로 밀어냈다. "내 동료들을 죽인 게릴라들을 위해서야?"

"아뇨, 그건 하노이에 있는 제 고객들을 위한 것입니다."

"아, 너희 나라를 침략한 프랑스인들을 위해서라고?" 검은 눈은 이죽거렸다. 그는 걸어가려는 듯 몸을 돌리더니, 바로 몸을 돌려 아버지에게 검을 휘둘렀다. "이 배신자!"

아버지의 목에서 피가 분수처럼 솟구쳤고 나는 얼어붙은 채 서 있었다. 아버지의 머리가 길바닥에 쿵쿵 부딪히며 굴렀고, 두 눈은 부릅뜬 채였다. 꽁 오빠가 내 입을 손바닥으로 꽉 누르는 동안, 아버지의 팔이 허공에서 퍼득였고 몸통은 경련을 일으켰다. 아버지를 향해 달려가고 싶었지만 세상이 온통 빙글빙글 돌았다. 오빠는 일본군이 우리를 죽일 거라고 속삭이면서 나를 붙잡았다. 나는 일본 병사가 수레 앞에 올라타서 방향을 돌리는 것을 무력하게 바라보았다. 검은 눈은 발을 들어 물소의 엉덩이를 걷어찼다. 수레의 바퀴가 사랑하는 내 아버지의 머리 없는 시신 위로 굴러갔다.

◆

아, 구아바, 네가 증조할아버지를 위해 눈물을 흘리다니, 정말 미안하구나. 미안해…

굳이 내 아버지에 관한 이야기를 들려주고 싶진 않았지만, 너와 나는 너무나 많은 죽음과 폭력을 보았고, 솔직히 그게 전쟁에 관해 우리가 말할 수 있는 전부야. 오로지 정직함만이 진실을 알게 해주지.

나는 일본에 대한 진실을 찾기 위해 일본에 관한 책을 읽고 또 읽었다. 그래서 제2차 세계대전 당시 일본군이 아시아 전역에서 수백만 명의 사람들을 때리고 다치게 하고 살해했다는 사실을 알게 되었다. 책을 읽을수록, 전쟁에 대한 두려움도 더욱 커졌다. 전쟁은 교양 있는 사람들도 순식간에 괴물로 만들 수 있었다. 아버지는 운이 나빠서 그런 괴물을 만난 것이다. 꽁 오빠와 나를 대신해 아버지가 돌아가셨다. 우리들을 보호하려고 하셨다.

우리는 다시 아버지를 고향에 모셨다. 내 엄마는 관 옆에 무릎을 꿇은 내게 기댔다. 단니의 두 개의 현은 오빠의 손에서 탄식하듯 울었다. 오빠는 아버지를 애도하는 마음으로 사흘 밤낮을 쉬지 않고 연주했고, 우리집은 조문객들로 발 디딜 틈이 없었다. 그제서야 아버지가 얼마나 많은 사람들을 도왔는지 나는 알게 되었다. 작별 인사를 하고 싶지 않았지만 이별의 시간이 다가왔다. 오빠는 흙더미가 관을 덮고 마지막 향이 다 타고 지평선에서 해가 질 때까지 연주했다. 장례식 내내 한마디도 하지 않던 오빠는 집으로 돌아와 앞마당에 서서는 단니를 머리 위로 치켜들었다. 그리고는 악기를 바닥에 내동댕이치며 비명을 질렀다. 올케 언니 찐과 투씨 부인은 부서진 조각들을 모아 다시 조립하려고 했지만, 오빠는 다시는 연주하지 않겠다고 했다.

나는 아버지의 죽음에 대해 나 자신을 탓했다. 내가 수레를 몰지 않았다면 더 빨리 갔을 것이고, 그랬다면 아빠는 그 검은 눈을 만나지 않았을 거야. 네 할아버지 홍은 절대 내가 슬픔에 굴복하게 놔두지 않았다.

"그건 당신 잘못이 아니야. 그저 아빠를 도왔던 것뿐이야. 게다가 장인 어른은 네가 슬퍼하는 걸 원치 않았을 거야."

어머니는 뿌리째 뽑힌 나무와 같았다. 그녀는 그저 평상 위에 앉아 먼 곳을 응시하며 공허한 표정을 짓곤 했다. 하지만 민, 응옥, 닷은 절대 그녀를 가만히 내버려두지 않았다. "할머니, 우리랑 같이 놀아요." 그 아이들은 그녀의 팔을 잡아당기며 집 밖으로 이끌었다.

우리는 마을 밖으로 나가지 말자고 약속했다. 베트남, 프랑스, 일본 간의 전쟁이 점점 더 격렬해지고 있었다. 제1차 인도차이나 전쟁[1]이 어서 끝나기를 바랐는데, 오히려 더욱 불붙고 있었다. 아버지가 돌아가신 지 3년 후, 전쟁이 마침내 우리 집을 찾아왔다.

이번에는 전쟁이 1945년 을유년 대기근[2]의 모습으로 찾아왔

---

1   1946년 12월 19일부터 1954년 8월 1일까지 프랑스와 베트민 간의 전쟁으로 베트남 독립전쟁으로도 불린다.

2   태평양 전쟁 과정에서 일본군이 자행한 식량 수탈과 기상이변과 병충해까지 겹쳐 1944-45년에 인구의 2~10퍼센트에 달하는 40만~200만명이 굶어죽는 대기근이 들이닥쳤다.

다. 우리 농촌에서 200만 명이 넘는 목숨을 앗아갔었지. 굶주림은 우리를 잡아먹는 흉폭한 호랑이라기보다는, 피부와 뼈만 남을 때까지 우리의 기운을 쥐어짜는 거대한 비단뱀과 같았다.

1945년 4월, 나는 너무 쇠약해져서 죽든 살든 포기할 정도였다.

"지에우란, 어서 일어나, 지에우란!" 어느 날 아침, 투씨 부인이 나를 부르는 소리를 들었다. 제발 나를 그대로 내버려 뒀으면 했다. 하지만 그때 어떤 소리에 나는 눈을 떴다. 네 어머니의 희미한 울음소리였다. 당시 다섯 살이었던 응옥은 내 배 위에 머리를 올려놓고 힘없이 늘어져 있었고, 그 옆에는 네 살배기 닷이 죽은 듯 누워 있었다. 그때 네 삼촌 민이 나를 불렀다. 나는 천천히 고개를 돌려 바라보았다. 푹 꺼진 얼굴, 황달기가 도는 눈 주위로 움푹 들어간 퀭한 눈자위, 그 아이는 일곱 살짜리 해골처럼 보였다. 나는 흐느끼며 아이들을 품에 그러모았다.

"엄마, 나 너무 배고파." 민이 칭얼거렸다.

투씨 부인이 그릇을 내밀었다. 그릇에는 김이 났지만 음식 냄새는 전혀 나지 않았다.

"바나나 뿌리로 끓인 죽이야. 이게 네 엄마와 내가 찾은 마지막 뿌리야."

그녀의 앙상한 팔도 떨리고 있어서 그녀도 역시 굶주리고 있다는 것을 알았다. 나는 검은 죽을 떠서 아이들에게 충분히 먹이고 나서 나머지는 투씨 부인과 함께 나눠 먹었다. 바나나 뿌리는 아무 맛도 나지 않았지만 한 입 먹을 때마다 하늘에 감사했다.

투씨 부인이 아이들을 재우며 누웠을 때, 나는 남은 세간들을 살펴봤다. 오빠의 방에는 두 개의 낡은 베개와 역시 낡은 담요가 개어져 있었다. 금이 간 캐비닛 위에는 단니의 부서진 조각들이 삐죽삐죽 튀어나와 있었다. 우리의 삶도 이렇게 부서지고 소리를 내지 못하는 악기처럼 남아 있을지 궁금했다. 거실은 임시 의자밖에 없어서 더욱 황량했다. 일본인들이 우리 가족에 무슨 짓을 한 걸까? 그들은 갑자기 고향에 들이닥쳐 우리들을 베트민 게릴라들이라고 비난했다. 아무 이유 없이 사람들을 때리고 값나가는 모든 것들을 빼앗았다. 돈, 보석, 가구, 돼지, 소, 물소, 닭. 그리고 모든 식량을 빼앗아 갔다. 쌀과 농작물은 뿌리채 뽑고, 대신 자신들이 쓸 황마와 목화를 심으라고 했다. 우리 가족들은 더 이상 일꾼에 줄 돈도 식량도 없었다. 마을 일대 사람들은 굶주림에 지쳐 미쳐버렸다. 남은 물고기와 달팽이를 잡겠다며 연못에서 마지막 한 방울의 물까지 퍼냈다. 벌레도 사람의 손을 피할 수 없었다. 식용 식물은 줄기, 잎, 뿌리까지 캐냈다. 지독한 가뭄이 저수지를 드러내고 우리의 들판을 쩍쩍 갈라지게 했다.

당시 남편 홍은 집에 없었다. 시어머니가 기아로 돌아가셨기 때문이다. 시아버지도 날로 쇠약해졌는데도 우리집에 와서 머물기를 끝내 거절했다. 시어머니의 영혼이 아직도 고향을 떠돌 테니 동반자가 있어줘야 한다고 말씀하셨다. 홍은 내게 아버지를 찾아 뵙는 길에 뭔가 식량을 구할 수 있을지 찾아보겠다고 했지만, 난 그런 게 있을 거라고 생각할 수 없었다. 시장에는 식량 자체가 아예 바닥이 났고, 아무도 식량을 먹지 않고 팔 생각을 못했기 때문이다. 남부로부터 식량이 공급되기를 바랐지만, 아무 소용이 없었다. 일본과 미국이 세상 저편에서 전쟁을 벌이면서, 이제 미국의 폭탄이 베트남 내륙까지 투하되어 선착장과 항구, 도로와 철도망을 파괴했다.

내 아이들을 살리려면 뭔가 해야 해. 정원에는 식물이라고는 눈 씻고 봐도 없었는데, 엄마가 곡괭이로 마른 흙바닥을 내리찍고 있었다. 나는 비틀거리며 어머니를 향해 다가갔다.

"엄마, 꽁 오빠와 찐 언니는 어디 있어요?"

어머니는 초췌한 얼굴을 들어올렸다. 그녀의 머릿결은 거의 백발에다 듬성듬성해진 상태였다.

"다들 들판으로 나갔다."

갈라진 들판과 굶주린 마을 주민 수백 명이 먹을 걸 찾아 수색하는 모습이 떠올랐다.

"엄마는 뭐 좀 드셨어요?"

"그래, 바나나 뿌리를 끓여 먹었지."

나는 곡괭이를 들고 어머니와 함께 땅을 파기 시작했다. 마른 흙이 튀었다. 어딘가에 마니옥이나 고구마 따위가 묻혀 있을지도 몰랐다. 이쪽 정원은 구근 뿌리가 많았던 곳이었다. 한참 후 어머니가 말했다. "우리도 먹을 것을 찾으러 가야 해."

"하지만 어디로요, 어머니?"

"숲으로. 열매나 곤충이 있을지도 모르잖니."

"거긴 너무 멀어요."

"아마 15킬로미터 정도?"

"적어도 3시간은 걸려요. 거기까지 못 갈 거예요."

"지에우라, 잘 들어라. 가까운 땅은 한 이랑도 남기지 않고 모두 파헤쳤어. 물이 있을 것이고, 숲이 우리의 남아 있는 희망이야." 물이 남아 있다면, 뭔가 떠낼 것도 있을지도 모른다.

"내가 갈게요, 어머니. 여기 있어요."

"안 돼! 같이 가자." 어머니가 내 어깨를 붙잡았다. "음식이 없으면, 애들이 죽는다고! 알겠니? 아이들이 다 죽는다고!"

부엌에서 죽통에 물을 채워 어깨에 끈으로 감은 다음, 과도를 집어 들었다. 논라를 두 개 집어 각자 하나씩 썼다. 우리는 문을 열고 밖으로 나갔다. 끔찍한 악취가 코를 찔렀다. 썩어가는 시체가 더러운 길바닥 곳곳에 방치되어 있었고, 그 위로 파리가 윙윙거리고 있었다. 조금 더 가니, 아기를 품에 안은 여자의 시체도 있었다. 메마른 마을 연못에는 여러 구의 시신이 흩어져 있었다.

"쩐 부인, 도와주세요!" 시체 더미에서 절박한 외침이 새어 나왔다. 한 여인이 손을 뻗었다. 그녀의 가슴 위에는 피골이 상접한 해골 같은 소년이 누워 있었다.

"우리도 남은 음식이 없어요." 어머니는 고개를 숙이고 눈물을 흘리며 말했다.

"너무 배고파요." 그 여자는 자신과 아들을 우리 쪽으로 끌어당기며 헐떡였다.

"물밖에 없어요." 나는 대나무 파이프를 들어 올렸고 여인은 다급하게 한 모금 삼켰다. 소년의 입에 물을 흘려넣는 동안 두고 온 아이들의 얼굴이 머릿속을 스쳐 지나갔다. 서둘러 아이들에게 돌아가야 했다. 어머니는 웅크리고 앉아 통곡했다. 그녀 앞에, 우리를 위해 오래 일해 왔던 띠엔씨의 시신이 있었다. 그의 아내와 아들도 그의 가슴팍에 얼굴을 묻고 쓰러져 있었다. 끔찍한 죽음을 맞이했는지, 아직도 그들의 고통이 벌어진 입 사이로 새어나오는 것 같았다.

나는 어머니를 일으켜 세웠다. 곳곳에서 사람들이 도랑에 쓰러져 있거나 죽었거나 구걸하고 있었다. 몇몇 사람들은 우리가 지나갈 때 발목을 낚아챘지만 계속 붙잡을 힘도 없었다. 간간이 들리는 신음 소리 외에는 마을은 조용했다. 동물의 자취도 찾아볼 수 없었다. 모든 것이 갈색으로 말라 비틀어져 있었다. 풍경마저 죽어가고 있었다.

"멈추지 마세요, 엄마." 한 여자가 발을 붙잡으려 하자, 나는 그녀를 끌어내렸다.

"저 여자에게 물 좀 줘라."

"우리도 가진 게 별로 없어요."

"제기랄, 어쨌든 조금이라도 줘라."

나는 그 여자의 입술에 물을 축여줬고, 그녀는 눈을 감고 고맙다는 표시를 한 뒤에 햇볕이 작열하는 땅 위에 고개를 떨구었다. 아이들의 신음이 들리는 오두막 앞을 최대한 빨리 지나가려고 애썼다. 또 썩어가는 시체 더미도 지나쳤고, 간간이 다가오는 손도 뿌리쳤다. 우리는 눈물을 삼키면서도 마치 돌심장을 가진 것처럼 걷고 또 걸었다. 그렇게 서로를 붙잡고 숲을 향해 걸었다. 오로지 아이들만 생각하면서 힘을 내려 했다. 하지만 걸을수록 체력은 점점 더 떨어졌다. 어머니의 속도도 점점 더 느려졌다. 햇볕이 내려쬐어 주위 풍경이 흐릿해졌다. 우리는 서로에게 의지하며 계속 걸었다. 아이들에게 음식을 가져다줘야 한다는 의지로 걸었다. 지칠 대로 지쳐, 나는 어머니를 이끌고 나뭇잎도 헐벗은 큰 나무로 향했다. 그리고 갈색 나무 줄기에 지친 등을 기대었다. 과도를 들고 땅을 팠지만 바위처럼 딱딱했다. 내가 찾을 수 있는 것은 풀뿌리뿐이었다. 그걸 건네주자 어머니는 흙을 털고 몇 개를 씹어 먹고 또 나머지는 내게 주었다. 씁쓸한 뿌리를 물고 지평선을 바라보니, 나무들이 초록색 벨벳으로 겹겹이 쌓여 있었다. 그 푸르름 속 어딘가에 메뚜기, 귀뚜라미, 심 베리와 야생 구아바 같은 우리의 구세주들이 숨어 있을 수 있다.

"여기서 기다려요. 먹을 것 가지고 돌아올게요."

어머니는 고개를 절레절레 흔들었다. "네 아버지가 돌아가

셨으니 나만 남을 수는 없지. 죽음이 오면 나를 먼저 데려가야
할 거야."

"그건 내 잘못이었어요. 내가 아니었다면 그 살인자들을 만나
지 않았을 거예요. 내가 너무 천천히 수레를 몰았어요."

"아냐, 지에우란, 네 아버지는 네가 그렇게 생각하길 바라지
않았을 거야. 그는 너를 네 생명보다도 더 사랑하셨어."

"어머니도 아버지께 생명보다 더 소중해요. 엄마도 자책은 그
만하세요."

어머니는 고개를 숙였다. "네게 보여줄 게 있다." 주머니를 잠
그고 있던 안전 핀을 풀면서 어머니의 손이 몹시 떨렸다. 배고
픔 때문에 환각을 보는 게 아닐까 생각하며, 나는 눈을 꿈벅였
다. 어머니의 손바닥에 놓인 순금 목걸이에는 가문의 보물인 커
다란 루비가 달려 있었다.

"이걸 가까스로 일본인들에게 들키지 않았어." 어머니가 보
물을 내게 건네주었다. 그 목걸이를 풀어져라 보고 있노라니 조
상 대대로의 자장가가 들리는 듯했다. 이것은 아버지가 대대로
물려받은 목걸이였다. 아버지는 오빠와 내게 자랑스럽게 보여
준 적이 있었다.

구아바, 그 목걸이가 너무 매혹적이어서 네 어머니, 즉 나의
첫 딸의 이름을 루비를 뜻하는 응옥으로 지었단다.

"지에우란." 어머니가 힘들게 침을 삼켰다. "네 아버지에게
이걸 잘 보관했다가 너와 네 오빠에게 물려주겠다고 약속했어.

하지만 지금은… 혹시라도 누가 음식을 준다면…"

나는 고개를 끄덕이며 목걸이를 돌려드렸고, 어머니는 목걸이를 다시 주머니에 넣고 핀으로 채웠다. 우리는 서로를 붙잡고 숲을 향해 다시 걸었다. 나막신은 너무 무거워져 길가 어딘가에 벗어 버렸는데, 이제 날카로운 돌이 맨발로 파고들었다. 쓰러져 죽을 것 같다고 생각했을 때, 흔들리는 나무들이 우리를 품에 안아주었다. 나는 어머니와 떨어져 숲을 향해 나 있는 구불구불한 길로 달려갔다. 하지만 기쁨보다는 더 많은 시체들을, 남녀노소 가리지 않고 더 많은 시체가 널부러져 있었다. 시체 주변에는 과일나무가 베어지거나 뿌리째 뽑혀 있었다. 새, 과일, 꽃, 나비는 전혀 보이지 않았다. 파리의 윙윙거리는 소리 외에는 무엇도 들리지 않았다.

어머니는 나를 데리고 숲속으로 더 깊숙이 들어갔다. 가시덤불 앞에서 어머니는 허리를 굽혀 낮은 나뭇가지를 치웠다. 좁은 통로가 나 있었다. "이건 아버지가 만들었던 길이야." 엄마의 입꼬리가 희미하게 올라갔다. 아버지는 돌아가시기 전해에 어머니와 단둘이 이곳으로 산책을 다녀오곤 했다. 그때마다 곧잘 견과류와 버섯을 채집하고 야생 암탉, 또 한 번은 멧돼지를 잡아서 집에 돌아온 적도 있었다. 우리는 배를 땅에 대고 몸을 뒤척이며 길을 통과했다. 저 반대편에는 나무들 사이에 숨겨져 있는 작은 길이 있었다. 나는 눈을 크게 뜨고 먹이를 찾았다. 역시 나무 뿌리와 부러진 가지뿐이었다. 다른 사람들이 우리보다 먼저 그곳에 있었다.

"더 깊이 들어가, 계속 가라." 어머니는 미로 같은 통로로 나를 이끌었다. 우리는 점점 더 멀리 걸어갔다. 어머니는 마치 새로운 힘을 얻은 것처럼 계속 앞으로 나아갔다. 우리는 숲속 깊숙이 들어가서 더이상 우리가 어디에 있는지 알 수 없었다.

"어머니, 돌아가는 길을 찾을 수 있어요?" 나는 헐떡이며 우리가 방금 기어나 온 울창한 수풀을 바라보았다.

어머니는 대답하지 않은 채 초록색 벽으로 걸어갔다. 밀림의 넝쿨이 얽히고설켜 마치 두꺼운 벽처럼 보였다.

"이 뒤에 옥수수 밭이 있었는데…" 어머니가 기침하면서 덩굴을 뚫고 가려 했지만 덩굴 벽은 너무 두터웠다.

"어머니, 왜 진작 말하지 않았어요?"

"길을 기억하지 못할 줄 알았어." 그녀는 배를 움켜쥐고 쭈그리고 앉았다. "거기에는 더 이상 아무것도 자라지 않을지도 모르지. 아니면… 다른 사람들이 이미 발견했을 수도 있고."

반대편에서 어떤 소리가 들렸다. 새가 노래하는 소리일까? 새가 있다면 분명 먹을 것도 있을 텐데. 나는 어머니께 죽통을 건네주며 물을 마시라고 말씀드렸다. 나는 칼을 들고 녹색 벽을 내리쳤다. 칼이 튕겨나와 하마터면 내 얼굴을 스칠 뻔했다.

"하나씩… 하나씩… 잘라…" 어머니는 바닥에 힘없이 누워 있었다. 덩굴 하나를 없애려면 여러 번 칼질을 해야 했다. 팔이 아프고 손에서 피가 나기 시작했다. "이건 아이들을 위해서야." 나는 칼을 올리고 몸을 굽힐 때마다 스스로 되뇌었다. 넝쿨을 자르는 데 얼마나 오래 걸렸는지는 기억나지 않지만, 그 구멍을 통해 본 것은 옥수수 밭이었다.

"음식이에요, 엄마! 음식!" 칼을 옆으로 던져놓고 어머니를 뒤에서 밀어주며 덩굴 사이로 빠져나왔다. 우리는 함께 들판을 마주했다. 마른 흙 위에는 노란빛을 띠는 수백 개의 식물이 서 있었다. 옥수수 이삭이었다.

"이거 누구 거예요, 엄마?" 나는 주위를 둘러보았다.

"글쎄다, 네 아버지가 우연히 발견했어."

우리는 들판 한가운데로 기어갔다 배고픔 때문에 멀리 갈 수 없었다. 손과 다리가 와들와들 떨렸다. 나는 숨을 참으며 손을 뻗어 옥수수 이삭을 따려고 했다. 내 팔뚝 만한 크기의 옥수수 이삭은 손에 잡히는 순간 단단하게 느껴졌다. 겉껍질을 뜯어내고, 유백색의, 아기 이빨 같은, 완벽한 옥수수 알갱이를 보자마자 입에서 침이 줄줄 흘러내렸다. 나는 하나 따서 어머니 입에 먼저 넣어드렸다. 그렇게 우리는 맛있는 옥수수를 나눠 먹었다. 내 위가 요동쳤다. 팔의 솜털이 먹는 기쁨에 곤두설 정도였다.

"잘 씹어 먹어라." 어머니가 속삭였다. "오랫동안 굶어서 너무 빨리 먹으면 죽을 수 있어."

나는 고개를 끄덕이며 한 입 더 먹으며 어떻게 하면 나 자신을 멈출 수 있을지 고민했다.

"아, 이 도둑놈들!" 천둥 같은 목소리에 머리부터 발끝까지 전율이 흘렀다. 반쯤 먹은 옥수수가 땅바닥에 굴러 떨어졌다. 어머니의 어깨를 붙잡고 고개를 들어 보니 한 남자가 보였다. 살이 많은 얼굴, 좁은 눈. 반짝이는 대머리. 옛날 그 악귀가 아닌가! 구아바, 기억나니? 내가 예전에 얘기했던 악귀 말이다.

"제발, 선생님…" 어머니는 몹시 떨었다.

악귀는 채찍을 높이 들었다. 목과 등에 통증이 밀려왔다. 나는 채찍이 어머니 머리에 떨어지지 않도록 팔로 감쌌다. 채찍이 내 어깨를 때렸다.

"제발, 용서해 주세요." 어머니는 땅바닥에 머리를 대고 악귀에게 연신 조아렸다. 그가 채찍을 휘두를 때마다 피가 공중에 튀었다.

"내가 용서하면, 내 옥수수를 다 훔쳐가게 두라고? 여기 폭도들이 들끓는 꼴을 보고 난 굶어죽으라고?" 그의 발길질에 어머니는 쓰러졌다. 나는 어머니를 향해 뛰어갔다. 어머니의 머리와 목에서 살점 조각이 뜯겨 나갔고, 얼굴에는 피가 흘러내리고 있었다. 나는 양손으로 악귀의 다리를 잡았다.

"어머니를 때리지 마세요. 옥수수를 훔친 건 나에요." 내가 땅바닥에 쓰러질 때까지 채찍이 연신 내 등을 휘갈겼다.

정신을 차렸을 때는 해가 그 짙고 붉은 기운을 내뿜어 나를 더 목마르게 했다. 몸을 꿈틀거려 보았지만, 다리와 손목을 움직일 수 없었다. 나는 나무 둥치에 묶여 있었다. 그리고 어머니는 몇 미터쯤 떨어진 흙더미 위에 쓰러져 있었고, 긴 머리가 얼굴을 가리고 있었다. 피가 어머니의 두부와 입가에는 흥건히 고여 있었다.

"엄마!"

어머니는 전혀 움직이지도, 고개를 들지도, 움찔거리지도 않았다. 추운 밤이 밝아오는 아침 열기로 바뀔 때까지 날뛰었다. 어머니에게서 아무 기척도 나지 않았다. 나는 세상이 깊은 어둠 속으로 사라질 때까지 울었다. 극심한 통증이 온몸을 휘감았다. 눈을 떴을 때 는 내가 숲을 가로질러 끌려가고 있다는 것을 깨달았다. 막대기처럼 마른 남자가 내 발목을 붙잡고 앞으로 끌어당기고 있었다. 그는 너무 말라서 배가 이상할 정도로 툭 튀어나와 있었다.

"누가 좀 도와주세요!" 내가 깍깍거렸다.

그 남자가 내 다리를 놓고 속삭였다. "쉿, 지에우란. 살고 싶으면 조용해야 해요."

내 이름을 들었을 때 목이 메었다. 그 남자는 몸을 낮게 웅크리고 내게 가까이 다가왔다. 그의 가슴 앞에는 마른 호리병이 끈에 매달려 있었다. 이제야 비바람에 지치고 초췌한 그의 얼굴이 보였다.

"누구세요?" 그에게서 멀리 벗어나려고 꿈틀거리며 물었다.

"뛰어요, 지에우란." 그는 호리병의 끈을 풀어 내게 물을 주었다. "악귀가 당신을 찾기 전에 여기서 달아나야 해요."

"우리 엄마는…" 나는 방금 왔던 길로 돌아가려 했다. "제발 엄마를 도와주세요."

"미안해요, 쩐 부인은 이제 이 세상 사람이 아니에요."

"오, 안 돼!"

"쉿. 그놈한테 발각될라. 지금 떠나지 않으면 또 잡힐 거예요."

나는 일어서려고 애썼다. "엄마한테 데려다 줘요. 죽었을 리
가 없어요. 제가 가야 해요."

"지에우란, 내 말 들어요." 그 남자가 내 어깨를 움켜쥐고 말
했다. "제발… 내 말을 믿어요. 나는 악귀 밑에서 일하지만 당
신 부모님에게 빚을 졌어. 마누라가 출산 중에 죽을 뻔했는데
쩐 부인이 의사를 찾아줘서 내 아내와 아들의 생명을 구할 수
있었소. 만약 쩐 부인이 살아 있었다면 결코 그 자리에 두고 오
진 않았을 거예요."

그의 말은 진심이었고, 그 어떤 채찍보다 더 깊게 나를 찔렀
다. 악귀가 내 어머니를 죽였다. 피는 피로 갚아야 했다.

"내 이름은 하이라고 해요. 당신 오빠 꽁이 나를 알아요." 그
남자는 내 입에 물을 더 흘려넣었다. "늦게 와서 미안하군요. 쩐
부인에게 꼭 좋은 안식처를 찾아줄게요."

그는 셔츠에서 무언가를 꺼냈다. 옥수수 꾸러미였다. 그의 배
가 그토록 불룩했던 이유였다. 그가 옥수수를 내 배낭에 넣었
을 때, 뭔가가 기억났다. 뭔가 떠올라 북받쳐 울기 시작했다.

"왜 그래요, 지에우란?"

"아저씨, 어머니 주머니에 금과 루비 목걸이가 있어요. 내가

그걸 악귀에게 바쳤더라면…"

"그렇다고 어머니를 구할 수 있었을까?" 하이씨는 고개를 저었다. "그건 당신이 그를 전혀 몰라서 하는 소리에요. 그는 악마보다 더 지독해요. 그리고 그런 생각을 할 틈이나 있던가요?" 그는 내 오른쪽에 있는 길을 가리켰다. "저 길로 곧장 뛰어 가면 집이 나올 거에요."

내가 비틀거리며 나아가는 동안, 하이씨는 나무 뒤로 사라졌다. 나는 그 이름을 잊지 말자고 다짐했다. '하이'는 바다라는 뜻으로, 자비심이 깊은 사람에게 어울리는 이름이다. 내가 어떻게 숲을 빠져나왔는지, 얼마나 집까지 오래 헤맸는지 알 수 없지만, 하이씨가 너의 엄마와 삼촌들의 생명을 구한 은인이라는 건 기억한다. 하이씨가 준 옥수수 덕분에 우리는 2주를 더 버틸 수 있었고, 그후로는 다행히 친절한 가톨릭 신부가 우리 마을에 식량을 가져다주었다. 그다음에는 베트민이 우리 마을 사람들이 일본군과 프랑스 식량 공급책을 함께 공격했다.

그런데 많은 사람들에게 식량 원조는 너무 늦게 도착했다. 대기근은 빈푹 마을 사람들 중 절반 이상을 앗아갔다. 많은 가족들이 더 이상 가문을 잇지 못했다. 대기근은 내 삶을 집어삼켰고, 어머니와 올케 찐의 목숨도 앗아갔다. 구아바, 나는 늘 우리의 숙명대로 산다고 생각했어. 하지만 그때 재앙이 일어나면, 평범한 시민들은 폭풍우에 떨어지는 한낱 낙엽에 불과하다는 걸 절실히 깨달았다.

어머니가 돌아가신 후로도 몇 달 동안이나 꿈속에서 어머니가 흙바닥에 쓰러져 있는 모습을 보았다. 그때마다 비명을 지르며 어머니에게 구해주지 못해서 미안하다고 말하곤 했다. 당시 나는 스물다섯 살이었는데, 부모님 둘다 살해당하는 장면을 목격하고 말았다.

하이씨는 대기근이 끝난 후에 우리를 찾아왔다. 나는 그분 앞에 무릎을 꿇고 감사 인사를 드렸다. 그는 우리 가족을 어머니의 무덤으로 데려다줬다. 그분은 사철 내내 야생화가 피어나는 남단숲 한 자락에 어머니를 묻어주셨다. 하이씨는 어머니 시신 주변이나 주머니를 뒤져봐도 목걸이를 찾지 못했다고 말했다. 어머니와 내가 갔던 길을 다시 되짚어보도록 도와주기도 했다. 우리는 가문의 보물을 찾기 위해 덤불과 낙엽 아래를 샅샅이 뒤졌다. 하지만 희망은 없었다. 많은 사람들이 거기에서 시체를 강탈하거나 묻었기 때문에, 누구라도 그 보물을 찾아서 가져갔을 가능성이 있었다. 오, 구아바, 아직도 그 목걸이를 네게 줄 수 있었다면 얼마나 좋았을까 생각한단다. 그건 쩐 가문의 유산이었으니까.

하이씨에게는 밭을 주는 것으로 보답하기로 했다. 그는 거절하려 했지만 우리도 고집을 꺾지 않았다. 이 마을에서 유일하게 믿을 수 있고, 목숨을 걸고 우리를 구해준 이는 하이씨뿐이었다. 몇 년 후, 우리가 가업을 재건했을 때 하이씨는 일꾼들의 감독관이 되었다. 하이씨가 용감하다는 건 알았지만 언젠가 다시 한 번 우리의 구세주가 될 줄은 몰랐다.

그래, 아마 너도 악귀에게 무슨 일이 일어났는지 궁금하겠지. 내가 집으로 돌아오고 난 뒤, 홍과 꽁 오빠는 칼을 갈고 그를 찾아갔다. 악귀는 술에 취해 집에 혼자 있었다. 악귀는 적반하장으로 대들며 차라리 자신을 죽이라고 덤볐다. 어머니가 죽은 건 굶어 죽었기 때문이라고 했고, 목걸이에 대해서도 알지 못한다고 주장했다. 홍과 꽁은 그를 쉽게 해치울 수 있었겠지만, 그러지는 않았다. 그들은 악귀처럼 사악한 사람이 아니니까 말이다. 어쨌든 대기근 이후 악귀는 누구도 해칠 수 없었단다. 그는 늘 술에 취해 혼잣말을 하고 혼자 소리쳤다. 아마도 그가 죽인 사람들의 영혼이 그를 괴롭히기 위해 돌아왔던 것 같았다. *Gieo gió gặt bão*(바람을 심은 자는 폭풍을 거두기 마련이니까).

어머니가 돌아가신 지 1년 후인 1946년, 악귀가 종적을 감췄다. 그의 아내와 어린 딸을 데리고 중부 지역 어딘가에 있는 처갓집 마을로 이사 갔다는 소문이 돌았다. 나는 그가 우리 마을을 떠난 것만으로도 기뻤다. 몇 년 후 불교 신자가 된 나는 사람들의 잘못을 용서해야 한다는 것을 배웠지만, 그에 관해서는 그럴 수가 없었다. 그런 끔찍한 인간과는 단 한 순간도 같은 공기를 들이마시고 싶지 않으니까 말이다.

그 후 몇 년 동안 우리는 열심히 일했다. 꽁과 나는 아빠한테 배운 대로 모든 사업 역량을 키웠다. 수요가 많은 농작물을 잘 재배해서 열심히 저축하고 또 투자했다. 더 이상 굶주림을 겪지 않으려고 앞마당에는 항상 마른 식량을 담은 항아리를 잘 묻어 둔다. 시간이 지날수록 가업은 다시 꽃을 피우기 시작했다. 외양간에는 다시 가축들이 북적였고, 논과 밭에는 온갖 종류의 쌀과 채소가 무성하게 자랐다.

네 할아버지에 대한 나의 사랑도 꽃을 피웠다. 1947년 돼지 띠의 해에 투언을 낳았고, 1년 뒤 쥐띠 해에는 하인을 낳았다. 그해 스물여덟 살이 된 나는 벌써 다섯 아이의 엄마가 되었고, 아이들은 많으면 많을수록 좋다고 생각했다. 내가 하인을 낳았던 여름이 선명하게 기억난다. 날씨는 덥고 습했고, 매미 울음소리가 아주 요란한 때였지. 베트남의 전통에 따라 나는 한 달 내내 군불을 때는 방 안에서 지내야 했다. 뜨거운 석탄은 악귀를 쫓는다고 했다. 그 열기는 견딜 수 없을 정도였다. 온몸이 땀으로 악취가 났지만 목욕이나 머리 감는 것도 금지되었다.

출산 3주 후, 나는 미칠 것 같았다. 어느 날 아침, 하인에게 젖을 먹이고 잠을 재운 후 목도리를 목에 두르고서 방에서 몰래 빠져나왔다. 신선한 공기를 폐 깊숙이 들이마시며 복도를 따라 오빠의 침실을 지나갔다. 새 가구가 반짝이는 거실에 도착한 나는 부모님을 찾았다. 부모님은 제단 위 높은 곳에 향 그릇 뒤에 모셔 놓았다.

"꽤 잘하네!" 한 아이의 목소리가 들려왔다. 저 멀리서 아이들이 재기를 차며 놀고 있었다. 응옥, 민, 닷이 함께 외치고 있었다. 무려 100번하고도 71번째라니! 누가 재기를 한 번도 안 떨어뜨리고 그렇게 많이 찰 수 있겠니? 나는 제단에 절을 한 뒤 마당으로 나갔다. 흘끗 보니, 아이들이 원을 그리고 둥글게 서 있는 모습이 보였다. 반바지 차림의 민은 가슴을 드러낸 채 땀에 젖어 있었다. 그는 한 다리로 균형을 잡고 다른 다리로 깃털 공을 차고 있었다. 꽁 오빠가 가장 좋은 깃털을 골라 고무 공에 잘 붙여서 멋진 재기를 만들어 준 것이다. 민은 동생들을 자기 아이처럼 돌보고 있었다.

"정말 재기를 잘 차네." 내 목소리에 아이들이 돌아봤고, 그 순간 민은 재기를 떨어뜨렸다. 모두들 "엄마, 엄마."라고 외치며 내게로 몰려 들어 꼭 안아주었다. 나는 몸을 숙여 아이들의 땀을 닦아주고 "그늘에서 놀자"라고 말하며 용안 나무 아래로 데리고 갔다.

"엄마, 왜 밖에 나와 있어요?" 응옥이 날 빤히 쳐다봤다. "투씨 이모할머니가 엄마는 방에 계속 계셔야 한다고 했는데…"

나는 웃음이 나더구나. 구아바, 네 나이 때부터 네 엄마는 벌써 작은 고추처럼 매서웠거든.

"그럼, 허락을 받아오지." 난 마당을 가로질러 투씨 부인의 시원한 방으로 건너갔다.

"투 이모." 내가 불렀다.

"왜 밖에 나왔어요?" 투씨 부인은 돗자리에 누워 투언을 재울 참이었다.

"엄마." 투언은 나를 향해 기어오며 웅얼거렸다.

"그래, 우리 아기, 엄마 여기 있어요." 나는 투언을 향해 손을 뻗으며 구슬렸다. 이제 막 한 살이 넘은 아이는 검은 머리카락 한 다발로 머리를 땋고 있었는데 얼마나 사랑스러웠는지…. 남편이 아기 머리를 마치 복숭아처럼 잘라 주었더구나.

"왜 방에서 나왔어요? 찬바람이 맞으면 나중에 골병들어요.."

"벌써 3주나 지났어요, 이모." 내가 투언의 목을 간지럽히자 아이는 키득대며 좋아했다.

투씨 부인은 정원의 커다란 나무로 걸어가서 잘 익은 열매를 하나 따 왔다. 그곳에는 향기롭고 노랗게 익은 작은 감과 황마 봉지 아래에서 붉게 익어가는 파파야, 꽃처럼 열리는 달콤한 과즙의 슈가애플을 쉽게 볼 수 있었다.

투씨 부인은 노란 바나나를 가져와 돗자리로 돌아왔다. 투언은 내 팔에서 투씨의 무릎 위로 기어가더니 그녀는 벗겨준 바나나를 두 손으로 움켜쥐고 먹는 데 열중했다.

"냄새 좋네요." 나는 투씨 부인에게 애원하는 표정을 지었다.

"아직 생과일을 먹으면 안 되는 거 알죠? 다시 방으로 들어가세요. 토종닭과 약초를 넣은 죽 한 그릇 가져다 줄게요."

또? 처음엔 원기를 회복시켜주는 것 같았고 맛도 좋았지만 쑥 잎을 너무 많이 넣고 끓였는지 끝내 질리고 말았다. 하지만 항의하는 대신, 나는 투씨 부인이 방을 가로질러 걸어가는 모습을 지켜보았다. 그녀는 대기근에서 완전히 건강을 회복하지 못했고 머리카락 대부분이 빠진 상태였다. 투씨 부인이 아니었다

면 상황은 더 나빠졌을 것이다. 투씨 부인은 긴팔 셔츠를 들고
돌아와 내게 입혔다. 두꺼운 스카프로 내 목과 귀, 머리까지 둘
둘 감쌌다. 악귀가 공격할 수 있는 피부를 완전히 감췄다고 확
신이 들자, 그녀는 나를 자신의 방 밖으로 부드럽게 밀어냈다.

정원 옆을 지나가다가 문득 발을 멈췄다. 남편과 오빠가 모내
기를 하면서 수다를 떨고 있었다. 모내기철이 다가오자 정원의
일부를 벼 모종을 심는 장소로 바꾼 것이었나.

아이들이 내 앞을 지나 뛰어갔다. "엄마, 초록색 구아바 먹을
래요?" 민이 물었다.

"좋아, 그러사꾸나." 군침이 돌았는데, 부씨 부인에게 늘키기
전에 어서 감춰야겠다는 생각이 퍼뜩 들었다.

아이들은 부엌을 돌아서 뒤편의 관목 울타리로 향했다. 그곳
에서 아이들은 비밀 개구멍을 통해 기어서 텃밭으로 빠져 나갔
다. 그 땅은 본디 부모님이 투씨 부인에게 집을 지으라고 내 줬
는데, 투씨 부인이 대신 과수원으로 가꾼 곳이었다. 나는 우리
집 앞마당 요람에 앉았다. 때는 정오라서 태양은 하늘을 가로
질러 불덩이를 한참 끌고가는 중이었다. 그때 소달구지 한 대가
대문을 지나갔다. 내 주변의 마을이 다시 살아나고 있었다. 나
는 그 에너지를 폐 깊숙이 들이마셨다.

6장

아버지의 선물

하노이, 1975

"기다려, 기다려." 난 웃음을 참을 수 없었다.

나는 점박이와 분홍 코를 밀어내며 밀기울과 물시금치를 섞은 사료를 구유통에 던져 넣었다. 동물들은 구유통에 머리를 파묻고 입을 우물대며 꼬리를 흔들었다.

"흐엉, 집에 있어? 누구 없니?" 누가 나를 불렀다.

나는 바지에 손을 닦으며 문을 열었다. 아침 햇살 속에 바짝 마른 두옌 고모가 서 있었다.

"정말이지 아직도 네가 얼마나 많이 컸는지 믿기지가 않아." 그녀는 환하게 웃었다. "얼마나 예쁘니, 살도 토실하고."

"어서 오세요, 고모." 난 고모의 칭찬에 활짝 웃었다. 모두 내가 얼마나 체중을 늘리려고 애쓰는지 잘 안다. 하지만 그렇게 적은 식량만으로 어떻게 살을 찌울까?

나는 식당에 고모가 앉을 의자를 꺼내 놓고 부엌으로 달려갔다. 고모가 오니 마치 아버지가 집에 있는 것 같았다. 두옌 고모는 아버지의 유일한 가족이었다. 부모님은 일찍 돌아가셨고 남은 두 사람은 닥치는 대로 일을 하며 자랐다.

녹차 한 주전자를 가지고 돌아왔더니, 고모가 투언 삼촌의 제단 앞에서 향을 피우고 합장을 하고 있었다. 고모는 경건히 고개를 숙였다. 할머니가 제단을 옮기고 간직했던 비밀은 곧 드러났다. 할머니가 안 계실 때 어머니의 친구 한 분이 찾아왔다가 투언 삼촌을 애도하는 말을 했기 때문이다. 그때 어머니가 투언 삼촌의 옷을 부여잡고 얼마나 오랫동안 울었는지 난 잊지 못할 것이다. 부끄럽지만, 그 당시 난 어머니가 흘린 눈물의 강이 삼촌의 영혼을 달래주었을지 모르지만 나를 향한 모정은 말라버린 게 아닌가 생각했었다.

두옌 고모가 식탁에 앉았다. "어머니는 좀 괜찮아? 집에 계시니?"

나는 차를 흘리지 않으려고 부모님 침실을 향해 고개짓했다. "엄마는⋯ 아마 주무시고 계신 것 같아요."

고모는 벽시계를 올려다보았다. "내가 네 엄마와 한 번 더 얘기해볼게."

고모는 잔을 비운 뒤, 찻주전자째 들고 방으로 들어갔다. 고모가 실망감에 입꼬리가 처진 채로 나오기까지 얼마나 걸릴까? 어머니는 막내 이모를 비롯해서 그녀를 찾는 모든 사람들을 실망시켰다. 하인 이모는 탄호아에서부터 먼 길을 왔지만 그저 얼굴만 보고 돌아가야 했다. 나는 책을 읽으려고 했지만 글자들은 공허했고 색채를 잃었다. 나는 다시 학교를 나갔지만, 어쩌면 내쳐진 것이나 다름 없었다. 어머니의 방문은 여전히 닫혀 있었다. 나는 마루를 쓰는 척 살금살금 걸었다. 중얼거림과 가끔 흐느끼는 소리. 어머니의 목소리. 눈을 감고 귀를 기울이면 중얼거림은 내가 그 뜻을 이해하기도 진에 공기에 녹아드는 것 같았다. 시계는 11시를 가리켰다. 난로에 불을 붙이고 시금치 수프를 만들기 위해 물을 끓였다. 큰 뚝배기에 숭어 두 마리를 넣고 피시 소스, 고추, 후추를 넣어 끓였다. 다른 솥에는 쌀을 붓고 조심스럽게 씻었다. 평소에는 옥수수나 마니옥, 고구마를 쌀에 섞어 짓지만, 오늘은 이모가 왔으니 특별히 흰쌀로만 밥을 낼 것이다. 두엔 고모가 음식을 제대로 드셨으면 했다. 고모는 의류 공장에서 일하면서 월급으로 식권을 받고 있었다. 고모의 남편도 전쟁터에 나갔고 혼자서 어린 두 아이를 돌봐야 했다.

정오가 다가왔고 시금치 수프가 보글보글 끓기 시작하자 나는 혀를 내밀어 살짝 맛보았다. 너무 맛있어서 한 숟가락 더 먹어야 했다. 어머니의 침실을 힐끗 쳐다보며 밥솥에 손을 뻗었다. 한 숟가락, 딱 한 숟가락만. 그런데 밥을 입에 넣고 아직 씹기도 전에 딸깍 현관이 열리는 소리가 들렸다.

"흐엉, 나 왔어." 할머니의 목소리. "음식은 준비됐니? 배고파 죽겠다."

너무 밥을 급하게 삼켜서 목구멍에 불이라도 난 것 같았다. 나는 숟가락을 밀어 두고 소맷자락으로 입술을 닦았다. 분명히 내 미소도 비딱해 보였을 것이다. 나는 침실을 가리키며 두엔 고모가 어머니와 이야기하는 중이라고 설명했다. 식탁에 그릇과 수저를 차렸다. 상상 속에서 어머니가 웃고 이야기하는 모습을 떠올렸다. 내 요리가 행복한 가족 모임에 활력을 주고 어머니가 내 곁에서 내게 밥을 덜어주며 요리를 칭찬하고 있다. 어머니는 이제 자기 걱정을 그만하고 다시 학교로 가라고 나긋하게 말해 준다. 그런데 현실은 두엔 고모와 어머니가 식탁을 사이에 두고 무거운 침묵만이 깔릴 뿐이다. 할머니는 고모에게 창고 일을 물어보며 대화를 이어가려 애썼다.

"우리는 할당량대로 생산해요." 고모가 한숨을 쉬었다. "의류가 창고에 쌓이고 있어요. 판매를 할 수 없지만 그래도 생산은 계속해야 해요."

할머니가 두엔 고모의 그릇에 생선 몇 점을 올려 주었다. "의료 시스템도 마찬가지랍니다. 방금 박마이 병원에 있는 친구를 만났는데 환자는 많고 의사 수가 모자란대요." 할머니는 어머니를 돌아보며 말했다. "응옥, 네 동료들을 만났는데 더 이상 네가 돌아오길 기다릴 수 없다고 하더라."

"거짓말을 잘하니까 그런 말을 하는 거죠." 어머니의 날카로운 말에 우리는 깜짝 놀랐다.

잠시 모두들 침묵했다.

"아가야, 그들도 널 걱정해. 우리 모두 그렇지. 네가 더 나아지길 바라고 있어."

"더 나아진다고요?" 어머니의 입에서 웃음이 흘러나왔고 눈시울이 붉어졌다. "제가 엄마처럼 강했다면, 분명히 더 나아졌겠죠. 엄마가 그 빌어먹을 마을을 떠날 때, 우리를 버리고 갔잖아요? 기억 안 나요?"

"응옥, 그건 오래 전 일이야. 그땐 어쩔 수 없었어." 할미니의 입술이 떨렸다.

"엄마는 선택을 했던 거죠. 모든 엄마들은 선택을 한다구요."

니는 이미니가 그렇게 화를 내는 깃을 본 직이 없었다.

"응옥 언니…" 두옌 고모는 어머니의 손을 잡았다.

"아냐, 피할 문제가 아니에요. 어머니가 도망가지 않았다면 내 형제들은 모두 살아 있었을 거예요. 투언은 죽었고 닷과 막내는 돌아오지 못할지도 몰라요! 투언이 죽었단 말이야!"

어머니의 뺨에 눈물이 마구 쏟아지고 있었다.

"미안하다, 아가." 할머니가 속삭였다. "내가 사과할 기회를 주렴. 어떻게 하면 좋을지 말해 줘."

"이제 나를 위해 아무것도 할 수 없어요." 어머니는 손으로 얼굴을 감쌌다. "아무것도! 난 더럽혀지고 끝장났어요. 누구도 날 순결하게 돌려놓을 수 없어요."

나는 어머니를 멍하게 바라봤다. 무슨 말인지 이해가 되지 않았다.

"응옥, 끔찍한 일을 겪었구나. 내가 도와줄께…."

할머니는 그릇과 젓가락을 내려놓았다.

"엄마가 도울 수 있다면, 어떻게 도울지부터 말해 보세요. 당신이 어떻게 살 수 있는지, 투언의 몸이 땅속에서 차가운데 어떻게 먹고 마실 수 있는지부터 말해보라구요."

어머니의 눈에서 분노가 번쩍였다.

"그만!" 할머니가 식탁을 세게 내리쳤다. "넌 자식이 죽었다는 게 어떤 건지 상상도 못한다."

"오, 왜 상상할 수 없나요? 그 기분이 어떤지 잘 알기 때문에 어머니가 어떻게 밥을 먹는지 이해할 수 없다고요."

"그만 싸워요. 그만해!" 내가 소리쳤다.

◆

책상에 앉아 울고 있었는데, 고모가 찾아왔다.

"내가 소란을 일으키게 된 것 같아, 미안하구나. 네 엄마는… 그래, 시간이 필요해."

"엄마에게 무슨 일이 있었나요? 고모한테 무슨 말을 했어요?"

고모는 손등으로 내 눈물을 닦아주었다. "너도 언젠가는 이해하게 될 거야. 내가 말할 수 있는 건, 네 엄마는 의사로서 많은 생명을 구했다는 거야. 호치민 루트[1]를 따라 이동하는 임시 진료소에서 일했거든. 때로는 마취제도 없이 병사들을 수술해야 했대. 어디를 가든 네 아버지와 삼촌들을 찾았는데, 아무 소용 없었다지 뭐니."

"엄마가 또 무슨 말을 했나요? 왜 저렇게 끔찍한 사람으로 변한 거죠?"

"흐엉, 전쟁은 우리가 상상했던 것보다 더 끔찍해."

"엄마가 누구를 죽였어요?"

"뭐라고? 왜 그런 말을 하니?"

"예전에 엄마가 잠결에 아기를 찾으며 울었어요. 그리고 아기를 죽였다고 말했거든요."

"그건… 그냥 악몽이야." 고모는 고개를 저었다. "네 엄마는 정말 좋은 사람이야."

"고모는 엄마와 몇 시간이나 얘기했잖아요. 제발, 또 뭐라고 말했나요?"

"흐엉, 그건 네 엄마가 직접 할 얘기야. 그저 널 정말 많이 사랑한다는 것만 알아줘. 그리고 네가 어머니를 돌봐주려고 애쓰는 데 고마워하고 있단다."

"엄마가 그걸 눈치챘어요?"

---

1   호치민 루트'는 쯔엉선 산맥을 따라 남북으로 베트남의 등뼈를 형성하고 있는 1만 ㎞의 비밀 공급선을 말한다. 수적·화력으로 열세인 호치민 군대가 미국의 눈을 피해 군수물자와 식량을 공급받은 통로다.

"당연히 그렇지." 고모는 잠시 입술을 깨물었다. "저기… 그런데 나한테 말해달라고 부탁한 게 있단다."

"왜 내게 직접 말하지 못하고요?"

고모가 내 팔을 잡았다. "흐엉, 네 어머니가 우리 집에 와서 잠시 머물고 싶다고 해. 시간이 필요하시대…"

"또 날 버리려는 거군요!" 나는 자리에서 일어났다.

"그렇게 생각하지 마라. 네 어머니는 도움이 필요해. 우리집 강가에서 어머니와 함께 산책할 수 있단다. 자연과 가까워지면 건강도 빨리 회복할 거야."

나는 돌아섰다. 어머니는 고모를 믿었지만, 내게는 속마음을 털어놓지 않았다. 내가 딸로서 충분하지 않다고 생각하는 게 분명했다.

◆

어머니가 고모와 함께 떠난 후 나는 책의 세계에 다시 빠져들었다. 『큰 숲 속의 작은 집』을 꺼내서 뒷마당으로 나갔다. 나는 이렇게 끝없이 떠도는데, 이 미국 소녀는 결국 부모님 곁에 정착했으니 얼마나 운이 좋은가. 마지막 장을 넘기니, 로라는 침대에 아늑하게 누워 있었고, 그녀의 어머니는 흔들의자에 앉아 뜨개질을 하고 있었고, 아버지의 음악과 노래 소리가 아늑한 집을 행복으로 가득 채우고 있었다. 나는 이를 바득바득 갈면서 책의 마지막 장을 찢어버렸다. 마음이 풀릴 줄 알았는데 너덜너덜해진 종이가 죽은 나비처럼 떨어지자 오히려 눈물이 쏟아졌다. 학교에 돌아갔지만 적응이 힘들었고 시험 성적도 떨어졌다. 할머니는 성적표를 보고 충격을 받았지만, 난 신경 쓰지 않았다. 할머니는 어머니를 쫓아낸 장본인이니까.

할머니는 어머니의 말에 상처 받았는지 계속 침묵했다. 그동안 할머니가 나를 돌봤으니 내가 할머니를 위로해야 하지만 어머니를 배신하는 것 같아 선뜻 그럴 마음이 들지 않았다. 사실 어머니는 나를 아예 돌봐주지도 않았는데도 말이다. 할머니가 준비한 음식 바구니를 기져갈 때미디, 이미니는 공허힌 눈빛으로 나를 바라보았다. 나는 고모에게서 어머니의 비밀을 들으려고 계속 시도했지만, 새로운 내용은 없었다. 그때마다 고모는 어머니에게 시간이 필요하고 곧 나아질 거라고만 말했다.

1975년 4월 30일, 북베트남군이 사이공을 점령했다는 소식이 전해지자 많은 사람들이 거리로 뛰쳐나왔다. 미국과의 전쟁이 끝난 것이었다. 남과 북은 다시 하나의 국가가 되었다. 사람들은 노래를 부르고 춤을 추며 손에 든 국기를 흔들었다. 노란 별이 가운데에 있는 붉은 깃발은 거리마다, 도로마다, 구불구불한 차선을 따라 불꽃처럼 치솟았다. 공공 확성기에서는 북베트남군의 위대함을 찬양하고 미국과 남베트남 정권을 물리친 우리 국민을 격려하는 연설과 노래가 울려 퍼졌다. 돌이켜 보면 그날의 의미를 더 잘 이해했더라면 하는 아쉬움이 남는다.

그날은 거의 20년 동안 300만 명 이상이 사망하고 수백만 명이 불구가 되거나 트라우마를 입거나 실종되게 한, 전쟁의 마지막을 알린 날이다. 언젠가 전쟁 중에 투하된 폭탄에 관한 기사를 읽은 적이 있는데, 그 물량이 700만 톤이라는 사실에 깜짝 놀랐다.

공식적으로 전쟁이 끝난 날, 할머니와 나는 서로 축하하지 않았다. 우리에게 평화는 사랑하는 사람들이 모두 집으로 돌아와야만 찾아올 수 있었기 때문이다. 우리집은 동네에서 유일하게 대문 앞에 붉은 깃발을 내걸지 않은 집이었다. 할머니는 가족의 제단 앞에 무릎을 꿇고 목탁을 두드렸다. 나는 눈을 감고 아버지, 닷 삼촌, 막내삼촌이 전쟁의 유령이 되어 돌아오지 않기를 기도했다.

◆

할머니는 나를 학교에 보낸 사이에 돈을 아낌없이 쓰며 온갖 음식을 차려 성대한 환영 홈 파티를 준비했다. 통일절 일주일 후, 나는 일찍 일어나 할머니와 함께 기도했다. 할머니가 아침 식사—이번에도 귀한 음식이었다—를 준비하는 동안, 나는 문 밖에 양철통을 내놓았다. 자기 집 앞마당에서 아침 운동을 하는 인 부인에게 인사했다. 내가 도착했을 때 여러 명의 여성들이 우물가에서 쪼그리고 앉아 빨래를 하고 있었다. 나는 그들을 지나쳐 펌프로 향했다.

"돌아온 병사인가 봐." 누군가 등 뒤에서 중얼거렸다.

나는 고개를 돌렸다. 깡마른 체구의 남자가 동네 골목을 따라 내려오고 있었다. 그는 아버지와 같은 체격에 키도 엇비슷했다.

"우리 오빠와 꼭 닮았네." 또 다른 여자가 말했다.

여자들이 양동이를 넘어뜨린 채 그 남자를 향해 뛰쳐 나갔다. 내가 가까이 갔을 때는 이미 사람들이 병사를 둘러싸고 있었다. 나는 머리부터 디밀었다.

"상 아저씨! 상 아저씨가 돌아왔어요!" 한 꼬마의 흥분한 목소리가 들렸다. 내 삼촌, 상이 돌아왔다.

"아저씨, 아주머니, 안녕하세요! 아이들아, 반갑다." 그는 자신을 에워싼 남녀노소 모두에게 인사를 건넸다.

"상, 네 어머니는 얼마나 좋겠니." 퉁씨가 삼촌의 어깨를 두드렸다.

연로하신 트엉 부인이 그의 손을 꼭 잡고 물었다. "내 아들 탕과 러이를 본 적 있니?"

막내삼촌은 고개를 저었다. "이제 전쟁이 끝났으니 곧 돌아올 겁니다."

"그랬으면 얼마나 좋을까…" 트엉 부인은 중얼거리며 눈물을 닦으며 돌아섰다.

"여기 있는 얘가 네 조카 흐엉이다." 누군가 나를 앞으로 당겼고, 난 삼촌의 품에 안겼다.

"와, 이젠 나만큼 키가 컸구나." 내가 울지 말자고 다짐하며 숨을 고르는 중에, 삼촌이 말했다. 상 삼촌이 돌아왔다. 이제 아버지와 닷 삼촌이 돌아오면 모든 것이 괜찮아질 거라고 생각했다.

◆

"도대체 어떻게 그런 어리석은 짓을 했어요." 거실 앞뒤를 오락가락 하는 상 삼촌을 지켜 보며, 나는 할머니 옆에서 얼어붙어 있었다. 삼촌이 걸을 때마다 군화가 무겁게 비걱거렸다. 삼촌을 발을 들어 돼지들을 찼다. "어머니, 장사꾼이 되려고 교사를 그만두다니요!"

"진정해, 내가 나쁜 짓을 한 것도 아니잖니." 할머니는 삼촌에게 차 한 잔을 따라주었다.

"나쁜 짓이 아니라고요? 저는 당원이라고요. 그런데 엄마가 사기꾼이 되다니요." 삼촌은 할머니 귀에 침 튀기듯이 목청을 높였다.

"아, 그러니까 너도 공산당에 가입했구나, 그렇지?" 할머니는 코웃음을 쳤다. "왜 신경 써야 하는지 모르겠구나. 내 사업은 내 사업이고, 너와는 아무 상관 없어."

"생각하는 것처럼 일이 간단하지 않아요." 삼촌이 쉿 소리를 냈다. "나와 동지들은 민중에게 정의를 가져다 주기 위해 목숨을 걸고 싸웠어요. 우리가 피를 흘린 건 민중이 외세 침략에서 해방되고, 착취자와 부르조아들로부터 자유로워지기 위해서라고요."

삼촌이 설교를 계속하는 동안, 할머니는 부엌을 오가며 상을 차리기 시작했다. 쌀국수, 코코넛 밀크를 넣은 찹쌀밥, 그리고 생선찌개. 아들의 귀환을 축하하는 진수성찬을 보며 나도 나서서 도왔다.

"제가 지도자가 될 기회를 엄마가 망친 거라구요. 난 이제 동지들 앞에서 웃음거리가 될 거에요. 이제 누구도 교화시킬 수 없어요. 왜냐히면…"

"넌 네 엄마도 교화시키지 못했다, 그 소리니?" 할머니는 상에 수저를 차리던 걸 멈추고 말했다. "이리 와, 막내야. 몇 년만에 보는 게 아니니? 앉아서 첫 식사를 즐겨라."

그제서야 삼촌은 걸음을 멈췄다. 그는 콧구멍을 벌름거리며 음식을 쳐다보았다. 그는 돌아서려 했지만 쉽지 않은 듯했다. 그가 침을 꿀꺽 삼키는 걸 본 것 같았다.

"삼촌, 어서요. 할머니가 삼촌이 제일 좋아하는 요리로만 만들었어요. 삼촌이 언제라도 돌아올지 모른다면서요."

삼촌은 몇 번을 더 왔다갔다했다. 그리고는 문이 잘 잠겼는지, 창문에서 누가 염탐은 하지 않는지 두리번거리고 귀를 쫑긋하다가 식탁으로 왔다.

"그래, 알았어. 이번 한 번만이야. 어린 흐엉이 슬퍼해선 안 되니까." 삼촌은 내게 속삭인 후에 밥을 먹기 시작했다. 한참을 아무말도 하지 않았고, 묵묵히 식사를 끝낸 후에는 큰 트림을 했다. 할머니와 내가 식사를 하고 있을 때 삼촌은 자리에서 일어났다. 식탁 다리에 군화 부딪히는 소리가 다시 들렸다. 삼촌이 입을 열었을 때, 마치 낯선 사람의 말투 같았다.

"엄마, 나를 사랑한다면 장사를 그만두고 다시 교실로 돌아가세요. 그러기 전까지는 다신 엄마를 만날 수 없어요."

◆

막내삼촌이 떠난 후 할머니는 상실감에 시달리는 듯 보였다. 말없이 음식을 치우고 시장으로 다시 나갔다. 무엇 때문에 삼촌은 그렇게 변했을까? 삼촌은 항상 할머니를 아꼈다. 나와 내 친구들에게 평소에는 색종이로 동물을 접어줬고, 중추절에는 대나무를 얇게 쪼개 고양이, 물고기, 호랑이, 별, 꽃 등 다양한 연등을 만들어 주었다. 삼촌이 만들어 준 연등은 호안끼엠 호수에서 펼쳐지는 연등대회에서 우승을 하기도 했다. 그는 할머니와 처음 하노이에 왔을 때 자신을 돌봐준 빨치산으로부터 그 기술을 배웠다고 했다.

할머니가 집에 다시 왔을 때 나는 물 한 잔을 드렸다.

"괜찮으세요? 삼촌이 정말 너무 버릇이 없었어요."

"공산당에 세뇌당한 거야." 할머니는 평상에 앉아 한숨을 쉬었다. "쟤 아버지가 당한 일을 생각해서, 난 늘 정치는 위험한 거라고 말했었지. 그런데 전혀 듣지 않더니… 이런 말이 있지. *Mura dầm thấm lâu*(부드럽게 내리는 비가 폭풍우보다 대지에 더 잘 스며든다). 내가 인내하고 그 아이를 기다려줘야 해. 그리고 네 엄마한테는… 우리가 더 노력해야 한다고 생각해. 엄마한테 자꾸 말을 걸도록 해라. 그러다 보면 네 목소리가 엄마한테 가 닿을 때가 있을 거야."

"엄마는 전혀 저를 신경쓰지 않아요. 저도 이제 그만 찾아뵙고 싶어요." 나는 그만 어머니의 문제에서 벗어나고 싶은 마음에 자리에서 일어났다.

할머니가 손을 뻗어 내 손을 잡았다. "흐엉, 우리가 도울 수 없다면, 누구도 네 엄마를 도울 수 없어. 절대 포기하지 않겠다고 내게 약속해 줄래?"

◆

그때부터 두옌 고모네를 방문할 때마다, 난 책과 숙제를 가져가서 어머니와 나 사이의 침묵을 메우려고 했다. 몇 주 후 난 편지를 받았다. 봉투를 열고 쪽지를 발견하고 혼자 웃다가 다시 봉투에 잘 넣었다.

"누구한테 온 편지니?" 놀랍게도 어머니가 갑자기 질문했다. 평소처럼 나와는 약간 떨어져 앉아 있었다.

"글쎄요, 잘 모르겠어요. 엄마."

엄마는 미간을 찌푸렸다.

"무슨 내용인지 궁금해요?" 나는 대답을 기다리지 않고 목청을 가다듬은 다음에 편지를 읽어 내려갔다.

> 친애하는 흐엉 씨, 벌써 여름이군요. 거리에는 포인시아나[2] 꽃이 화사하게 피어 있군요. 이렇게 붉게 수놓은 하늘에 당신과 함께 걷는 날을 꿈꾸고 있답니다.

나는 쪽지를 접었다. "내 가방 안에 있었어요. 누가 넣어뒀는지는 모르고요."

"널 몰래 연모하는 사람인가 보구나." 어머니는 이 말을 할 때 거의 웃다시피 했다.

"어쩌면 누가 내게 장난치는 걸지도요."

"그렇진 않을 거야. 나도 네 나이 때 그런 편지를 받곤 했지."

"정말요? 얼마나 많이요? 누가 보냈었어요?"

또 다시 어머니의 얼굴에 미소가 자취를 감췄다. 돌아누워 다시 창밖을 바라봤다.

"이제 다시 집에 오시면 어때요? 어머니가 필요해요."

---

2   포인시아나 꽃(베트남명: 호아프엉비)이 피는 봉황목 또는 불꽃나무는 아열대 지방에서 자라는 높이 10~15미터의 나무다. 학명은 델로닉스 레기아(Delonix regia)이며 베트남의 여름(4~6월)은 봉황목의 계절이라고 부를 만큼 흔히 볼 수 있는 꽃이다.

"그럴 수 없어… 너도 내 옆에 있어봐야 좋을 게 없어. 난 아무짝에 쓸모가 없거든."

"두옌 고모 말로는 어머니가 다시 일 나가신다고 하더군요. 그런데 왜 고모네 공장이죠? 엄마는 의사 일을 좋아했잖아요."

"난 더 이상 의사가 아니야. 너무 많은 고통스러운 기억이 떠오를 거야." 어머니는 손가락을 비틀었다.

"어떤 기억이죠?"

"아, 흐엉, 그냥 내가 끔찍한 일을 겪었다고만 말할게. 누구에게도 일어나고 싶지 않은 일들을."

"내게 말하기 힘들면, 할머니한테 말하세요. 언제든지 도와주실 거예요."

"안 돼." 어머니는 고개를 떨구며 속삭였다. "네 아빠를 찾지 못해서 미안하구나. 흐엉, 내가 그를 전장터로 보낸 거나 마찬가지야. 그는 손가락을 잘라서라도 징집에서 빠지려고 했지. 전투를 피해서 숨겠다고 했어. 그런데 나는 그에게 겁쟁이라고 했고, 남자라면 나라를 지켜야 한다고 말했어."

난 어머니를 물끄러미 쳐다보았다. 드디어 정신이 나간 걸까?

"할머니 말로는 누구든 전쟁을 나가야 한다고 했어요. 아빠도 달리 선택의 여지가 없었어요."

"젠장, 그에겐 다른 길이 있었어." 어머니는 주먹을 불끈 쥐었다.

"아빠는 돌아오실 거예요. 언젠가는…"

"그럴까? 전쟁이 끝난 지 석 달이 지났는데."

그래, 석 달이 지났다. 아직 살아 계시다면 무슨 소식이라도 들렸을 텐데. 엄마가 미처 못 끝낸 말은 이런 말이었을 것이다. 분노가 내 가슴을 가득 채웠고 눈물이 쏟아졌다. 어쩌면 내 앞에 있는 이 여인을 알지 못한 걸까? 어쩌면 그녀가 아빠를 전쟁터로 보냈을지도 모른다. 어쩌면 전쟁터에서 아기들을 죽였을지도 모른다. 나는 그만 나가려다가 다시 돌아섰다. "난 아빠가 꼭 돌아오시면 좋겠어요. 그게 아니면 어머니를 절대 용서하지 않을 테니까요."

집에 돌아간 나는 할머니에게 정말로 어머니가 아버지를 군대에 입대하게 했는지 물었다.

"이런, 흐엉, 어차피 남자는 누구도 도망칠 수 없었어." 할머니가 외쳤다. "네 엄마가 왜 자책하는지 도통 모르겠다. 손가락을 자르거나 숨어버린 사람들도 있었지만, 다들 중벌을 받았고, 결국은 군대에 가야 했어. 네 삼촌이 도망갈 길이 있었다면 나도 도왔지 않겠니?"

"하지만 엄마가 아빠를 그렇게 몰아갔으니 죄책감을 느끼는 거예요."

"네 아버지가 떠났을 때는 정말 다른 시대였어." 할머니는 한숨을 쉬었다. "폭탄 테러로 무고한 사람들이 죽었고, 하노이는 분노로 끓어올랐지. 많은 사람들이 자원해서 싸우겠다고 줄섰고, 네 엄마도 애국심이 가득했지."

우리 학교에서도 군대에 입대하려고 나이를 속인 친구들이 있었다. 그럼에도 어머니가 전쟁의 용광로 속으로 아버지의 등을 떠밀었다는 사실을 받아들이기란 쉽지 않았다. 나는 밖으로 나가 별이 없는 하늘을 올려다보았다. "아빠, 이제 그만 집에 돌아오세요. 엄마와 제 사이를 바로잡아 주셔야죠."

◆

나는 그리움과 분노를 잊고자 공부에 집중했다. 할머니는 나를 좋은 학교에 보내려고 했고, 나 역시 그 기회를 잡아야 했다. 3년 후에는 고등학교를 졸업하고 대학 입학 시험을 치를 것이다. 어머니가 돌아오신 지 5개월 후인 8월, 나는 하노이의 명문학교 쭈반안朱文安에 입학할 수 있게 되었다. 이 학교는 다행히 폭격을 피해서 옛 건물 그대로 서호西湖를 바라보며 당당히 서 있었다. 교실에서 어부들이 발로 대나무 배를 젓고 손으로 반짝이는 그물을 모으는 모습을 볼 수 있었다. 그 배 아래에는 여자들이 고둥을 찾으러 자맥질하느라 수면에 잔잔한 파문이 일곤 했다.

새 학교가 집에서 꽤 떨어져 있어서 할머니는 내게 자전거를 사주었다. 54명의 반 친구들 중 자전거를 가진 사람은 나를 포함해 두 명뿐이었다. 나머지는 아무리 멀리 떨어져 있어도 걸어서 통학해야 했다.

친구들은 할머니가 장사꾼이라는 사실을 알고서 나와 멀어졌다. 아무도 우리 집에 오지 않았다. 아무튼 상관없었다. 내 마음은 학교에 있지 않았으니까. 집에서는 할머니가 사주신 이른바 금서인 반공 서적들을 읽을 수 있었다. 또 할머니와 호신술을 연습하고 동물들과 함께 놀 수 있는 평온한 공간이었다. 나는 할머니에게 점박이와 분홍 코는 팔지 말아달라고 간청했고 할머니는 방법을 생각해냈다. 어미 돼지로 삼은 첫해에 벌써 스물두 마리의 새끼 돼지를 낳았다. 그중 새끼 돼지 열다섯 마리를 팔아 꽤 많은 수익을 올렸다. 할머니는 닷 삼촌의 침대를 부모님 방으로 옮긴 뒤, 세 번째 침실을 돼지우리로 개조했다. "삼촌이 돌아오면 또 다른 해결책을 찾을 수 있을 거야."

◆

가을이 돌아왔다. 할머니가 엄마를 집에 다시 데려오지 않을까 기대했는데, 할머니한테는 또 다른 계획이 있었다. 어느 날, 할머니는 신이 나서 일터에서 돌아왔다.

"그거 알아? 내게 손자가 또 생긴대. 네 숙모가 임신했다구나."

"와, 정말 대단한 소식인데요? 할머니, 어떻게 아셨어요?"

막내삼촌이나 호아 숙모는 우리에게 연락을 하지 않고 있었다. 가끔 엄마하고만 기별할 뿐이었다.

할머니가 윙크를 했다. "내 친구가 내 대신 네 삼촌을 찾아갔어."

요리를 시작하는 할머니의 입에서 행복한 노랫말이 흘러나왔다. "흐엉, 네 숙모에게 음식 좀 갖다드리게 도와주렴."

나는 할머니가 찹쌀밥, 숯불 생선구이, 야채 볶음 등을 도시락 가방에 담는 것을 지켜봤다. "잘 먹으면 나중에 네 숙모 모유도 잘 돌 거야."

"할머니, 전 가고 싶지 않아요. 게다가 내일 시험도 있어요." 나는 책상으로 돌아갔다.

"금방 갔다오면 될 거야." 할머니의 목소리가 내 뒤를 쫓아다녔다. "제발… 내가 자전거로 태워다 줄게."

나는 눈을 동그랗게 떴다. 어떻게 삼촌에게 그렇게 관대할 수 있는지 이해가 되지 않았다. 할머니는 삼촌이 아니라 어머니를 도와야 했다. 침대에서 쉬안뀐의 시를 읽고 있는데 할머니가 또 내게 와서 졸랐다.

"아마 시험 준비는 다 끝낸 것 같구나."

할머니가 웃으며 말했다.

난 시험에 대해 거짓말을 한 게 언짢아서 모른 척 계속 책장을 넘겼다. 밖은 더위로 펄펄 끓고 있었고 상 삼촌의 설교는 언제나 너무 지겨웠다.

"흐엉. 그 아기는 네 사촌이잖니."

"음식을 주고 싶으면 할머니가 직접 하세요."

"난 못해. 그래서 네 도움이 필요해."

"왜 안 돼죠? 아, 기억나네." 나는 목청을 가다듬고 삼촌의 목소리를 흉내냈다. "저는 당원이라고요. 그런데 어머니가 사기꾼이 되다니요."

할머니가 얼굴을 찡그렸다. "너한테 많은 걸 바라지 않는다. 하지만 네가 나를 도와줄 수 있는 건 이것뿐이야."

"저는 더 이상 코뚜레에 끌려가는 아기 물소가 아니에요." 나는 그만 책 속으로 사라지고 싶었다.

"흐엉! 내게 그런 식으로 말하지 마라. 예의를 지켜야지."

"정중하게요? 이 집에서 더 이상 예의라곤 없잖아요." 나는 상 삼촌이나 숙모, 그리고 엄마가 했던 행동들을 떠올렸다. 할머니의 안색이 어두워졌다. 내게 따귀를 때리거나 고함칠 거라고 생각했는데, 할머니는 조용히 내 방에서 물러났다. 나는 누워서 흥얼거리면서 할머니를 이겼다고 생각했다. 그 순간 논라를 쓰고 도시락 가방을 든 할머니가 다시 나타났다. 그리고 나를 억지로 일으켰다.

"너도 엄마가 되면 이해하게 될 거야."

우리가 삼촌과 숙모가 사는 건물에 도착했을 때, 할머니는 나를 혼자 올려보냈다.

"도시락 전해 주고 와. 짱티엔 거리에서 만나자."

뉘엿뉘엿해지는 어둠 속으로 할머니의 깡마른 그림자가 페달을 밟으며 사라지는 모습을 지켜보았다. 음침하고 더러운 계단으로 들어갈 때는 비명을 지르지 않으려고 입술을 깨물었다.

차라리 가방을 열고 내가 도시락 음식을 전부 먹어치우고 싶었다.

아파트 문을 두드렸다. 대답이 없었다. 더 기다렸다.

"삼촌!" 내가 불렀다. 또 다시 침묵. "차라리 집에 안 계시니 다행이네."

돌아서서 나가려는데 어디서 귓가를 스치는 속삭임이 들려왔다. "흐엉, 너니?"

문이 삐걱거리며 열렸다. 숙모가 얼굴을 내밀고 좌우를 살피고 있었다. 순식간에 숙모는 내 손을 잡아 안으로 끌어당겼다.

"올라오는 거 본 사람 있니?" 그녀는 미간을 찌푸렸고, 왠지 어울리지 않는 잠옷 아래로 배가 불러 있었다.

"아무도요. 왜요?" 나는 굳이 존칭을 쓰고 싶지도 않았지만, 숙모가 눈치챈 것 같지는 않았다. 그녀의 시선은 음식에 고정되어 있었다.

"이리 와. 안 그래도 저녁 먹으려는 참이야."

우리는 바닥에 책더미가 쌓여 있는 방을 지나쳤다. 그중 한 책의 표지에 이렇게 적혀 있었다. 『마르크스-레닌주의 이론』, 또 다른 책은 『자본주의는 죽음 앞에서 흔들리고 있다』, 그리고 『미국은 종이 호랑이에 불과하다』라는 제목의 책에는 '진실 출판사'라고 적혀 있었다.

오른편으로는 텅 빈 부엌이 있었다. 왼편에는 화장실과 거의 가구가 없는 방이 있었다. 할머니는 삼촌이 노동 계급이라는 것을 보여주기 위해 아름다운 고가구를 모두 치웠다고 했다. 닭과 돼지를 키울 수 있는 공간은 충분했는데 동물 소리는 들리지 않았다.

큰 방으로 들어섰다. 삼촌은 갈대 돗자리 위에 앉아 있었다. 속옷과 반바지 차림의 삼촌은 충격적으로 마른 모습이었다. 삼촌 앞에는 마니옥과 삶은 미나리가 담긴 접시 두 개가 놓여 있었다. 정부에서 일하는 사람들에게는 식권이 지급되었지만 그걸로는 충분하지 않았다.

"안녕하세요, 삼촌."

"흐엉. 여기까지 혼자 왔니? 할머니는 어디 계셔?"

"저 아래 길가에 있어요."

삼촌은 안도의 한숨을 내쉬었다.

"할머니가 음식을 좀 보내주었어요."

도시락 가방이 훨씬 더 무겁게 느껴졌다. 할머니의 오랜 노동과 막내아들에 대한 사랑이 절절하게 담겨 있었으니까. 삼촌과 숙모는 서로 눈빛을 교환했다. 잠시 시간이 흘렀고 삼촌이 목을 가다듬었다. "그냥 내려놔. 벽에 기대 놓아라. 그래, 거기가 괜찮구나."

나는 가방을 바닥에 떨어뜨렸다.

"흐엉, 할머니께 신경 써 줘서 고맙다고 전해라. 너를 대신 올려보낸 건 아주 잘하신 일이야." 삼촌이 말했다.

나는 대답하지 않았다. 그냥 거기서 나가고 싶었다.

일주일 후, 학교에서 돌아와 막 현관문을 열려고 했는데 등 뒤에서 초인종이 울렸다. 고개를 돌려보니 자전거를 탄 노란 모자를 쓴 남자가 가방을 어깨에 걸치고 봉투를 손에 들고 있었다. 우편배달부였다.

"여기가 쩐 지에우란 여사님 집인가요?"

"네, 그분은 우리 할머니예요."

"사이공에서 온 편지입니다."

"사이공?" 나는 자전거를 문에 기대고 물었다.

남자는 고개를 끄덕이며 봉투를 건네주었다. 나는 앞면에 쓰인 깔끔한 글씨를 흘끗 보았다.

"하인 이모가 보내셨네요. 혹시 다른 편지는 또 없나요?"

"그럴 것 같지는 않지만, 한 번 확인해 볼게요." 우체부가 가방에서 봉투 더미를 꺼내서 훑어보더니 고개를 가로저었다.

나는 우편배달부의 자전거가 골목 뒤로 사라지는 걸 지켜보면서 그가 다시 와서 잘못 알았고 할머니와 내게 온 또 다른 편지를 전해주는 상상을 했다. 현관 문을 열자 어미돼지와 새끼돼지, 닭들이 배고프다는 투정인지 반가운 건지 내게 몰려들었다. 나는 편지를 흘낏 봤다. 아마 하인 이모가 아버지와 닷 삼촌을 찾으러 사이공으로 간 게 아닐까? 어쩌면 그곳에서 그들을 만났을지도 모른다.

편지 내용이 궁금했지만 불길한 소식일까 두려웠다. 우선 할머니를 찾아야 했다. 서둘러 동물들에게 먹이를 준 뒤, 나는 자전거를 타고 올드 쿼터를 향해 달렸다. 내 주변에는 가을이 무르익고 있었다. 깊고 푸른 하늘에서 황금빛 햇살이 쏟아졌다. 빨갛고 노란 단풍잎이 바람에 흔들리다 나뭇가지에서 떨어져 도로를 덮고 사람들의 발밑에서 바스락거렸다.

실크 거리에서 실버 거리로, 또 코튼 거리에서 어니언 거리까지 자전거로 달렸다. 이윽고 코핀 거리를 지나 대나무 거리에 도착했다. 올드 쿼터에는 36개 거리가 있고, 할머니는 그중 어딘가에 있을 것이다. 내가 스쳐 지나간 사람 중에 있었을 수도 있다. 그들 모두 논라로 얼굴을 가리고 있었으니까. 붉은 완장을 찬 순경들을 봤을 때는 심장이 빠르게 뛰었다. 브레이크를 밟고 자전거 핸들을 돌려 방향을 바꾸려는 참에, 그중 한 명이 나를 가리키며 소리쳐 불렀다. "어이, 거기 이리 와 보시오."

나는 자전거에서 내려서 그들에게로 갔다.

"안녕하세요, 순경 아저씨." 난 숨을 들이마시고 내 얼굴이 죄지은 사람처럼 붉어지지 않기만 바랐다.

"서류!" 순경이 고압적으로 소리쳤다.

난 가방을 열어서 내 자전거 허가증과 내 신분증을 내밀었다. 또 다른 순경은 뚱뚱하고 키가 작았는데, 가까이 오더니 날 훑어보았다. "너무 부자 아닌가? 어린 아가씨로 보이는데 자전거가 본인 명의라니 말이야."

"어디서 났지?" 키 큰 순경이 날 위아래로 보며 물었다.

"할머니가 사 주셨어요, 아저씨."

풍뚱한 순경이 내 가슴에 시선을 고정하며 윙크 하며 말했다. "오빠라고 불러야지."

키 큰 순경이 얼굴을 찌푸렸다. "할머니라고? 도대체 어디서 돈을 번다니?" 그러더니 내 자전거를 걷어찼다. 나는 흔들거리는 자전거 핸들을 잡으며 마치 내 배를 걷어찬 듯한 모욕감을 느꼈다.

"할머니는 신생님이세요. 아주 열심히 일하죠." 머릿속으로는 호신술 동작을 떠올리면서, 겉으로는 예의 바르게 대답했다.

"저기 봐. 자네는 저쪽이 허가증이나 확인해 봐. 난 여길 맡을 테니까." 풍뚱한 순경이 동료를 팔꿈치로 툭 치더니 저쪽에서 자전거를 몰고 쩔쩔매는 중년 여자를 가리켰다. 키 큰 순경이 길 건너로 가서 중년 여자에게 고함치는 동안 그 풍뚱한 순경은 신분증을 검사하며 지저분한 손톱으로 내 사진을 쿡쿡 찔렀다. "예쁘네. 그래도 실물이 더 예쁘군."

"순경 아저씨, 이제 가도 될까요? 수업에 늦어서요."

"오, 어디 보자. 캄티엔 거리 173번지…" 그는 내 주소를 읽으며 내 눈을 똑바로 응시했다. "밤에는 집에 있어야지. 한 번 들릴 테니까."

"찾아 온다구요? 왜요, 아저씨?"

"오빠라고 부르랬지. 내가 편의를 좀 봐줄 수 있거든. 나와 외출하면 안전할 테니까."

그는 나지막한 목소리로 희롱하듯 말했다.

나는 그의 눈길을 피해 가방에 증명서류를 잘 챙겨넣었다. 평정을 되찾자. 할머니의 입버릇을 속으로 계속 되뇌었다. *네 내면의 힘을 길러라.*

드디어 길을 찾았다. 진흙 속에 빠지듯 내 다리가 와들와들 떨렸다. 대나무 광주리를 앞에 놓고 장사하는 아주머니 앞에 자전거를 세웠다.

"녹차 사세요! 녹차… 녹차 좀 사실래요?" 그녀가 말을 걸었다.

"네, 하지만 너무 강하지 않게 주세요." 나는 자전거를 자세히 살폈다. 다행히 부서진 데는 없었다. 체인의 금속 커버도 휘어진 데가 없었다. 아주머니는 내게 간이 의자를 내줬고 컵 한 잔을 줬다. 온화한 눈빛이 그녀가 친절하고 믿을 수 있는 사람이라고 말하는 듯했다.

나는 조용히 속삭였다. "전 흐엉이라고 하는데요, 할머니를 찾고 있어요. 이 근처에서 장사를 하시거든요." 나는 목소리를 더 낮춰 할머니의 이름을 알려줬다.

그녀는 잠시 내 얼굴을 뜯어보더니 시선을 돌렸다. "녹차요, 녹차…" 지나가는 행인을 향해 외쳤다.

나는 한 모금 더 마셨다. 뜨거운 차에 혀가 데일 것 같았다.

"할머니가 어디 계신지 알면 제발 알려주세요. 급하거든요."

"녹차요, 녹차." 그녀는 더 크게 말하면서, 마치 입을 가리려는 듯 논라를 더 깊숙이 눌러 썼다. "네가 손녀인 줄을 어떻게 믿겠니?"

나는 학교 가방을 가리켰다.

"여기… 고모로부터 온 편지가 있어요."

그녀는 살짝 보더니 잠시 기다리라고 했다. 그리고 광주리를 허리춤에 끼고, 골목 모퉁이로 사라졌다. 잠시 후 차 한 잔을 다 마셨을 때, 한 여자가 다시 돌아와 의자를 거두어 갔다. 나도 말 없이 자전거를 끌고 그녀 뒤를 따라갔다. 우리가 도착한 소금 거리는 아주 조용했다. 차 파는 아주머니는 그곳 모퉁이를 골랐고, 난 그 맞은편에 앉았다.

"구아바, 너 괜찮은 거니?"

할머니의 일굴과 주름진 이마가 보였다. 난 자리에서 일어났다. "하인 이모가 편지를 보냈어요."

할머니가 자리에 앉아 봉투를 찢어 편지를 꺼냈다. 한 장 한 장 넘길 때마다 이따금 한숨을 내쉬었다.

"할머니, 뭐라고 쓰여 있어요?"

"크게 읽어보지 그러니? 우옌 부인도 듣도록 말이다."

"여기서요?" 나는 주위를 흘끗 둘러보았다. 몇몇 사람들이 근처를 걷고 있었다. 몇 집 떨어진 곳에서 한 남자가 대나무 파이프를 피우며 앉아 있었다.

"왜 안 되겠니? 읽어 봐라." 할머니는 다리를 쭉 뻗고 차를 홀짝였다.

나는 목소리를 가다듬고 편지를 읽기 시작했다.

어머니, 응옥 언니, 그리고 흐엉에게,

사이공으로 이사한 소식을 미리 전하지 못해 죄송해요. 뚜언은 전쟁에서 돌아왔는데 또 다시 남부로 보내졌어요. 이번에는 공장으로 가요. 뚜언이 함께 가자고 해서, 우리도 급하게 땅과 집을 정리하고 최대한 많은 짐을 싸서 떠났어요. 탄과 쩌우, 그리고 시부모님과 함께 사흘 동안이나 기차를 탔어요. 한때 극동의 진주라고 불렸던 도시에 오니 꿈만 같네요.

사이공이 부유한 도시인 줄은 알았지만, 상상을 초월할 정도예요. 거리는 논처럼 넓고, 건물들은 이제껏 제가 본 가장 높은 나무보다도 더 높아요. 여기 사람들은 세련된 옷차림과 남부 억양이라 내가 완전히 시골 촌뜨기가 된 느낌이에요.

사이공이 호치민 시로 이름이 바뀐 건 알고 있나요? 주로 새 명칭으로 불러요. 혹시 몰라서 전 주소에 사이공과 호치민 시를 함께 써서 보내요.

어쨌든 뚜언은 해야 할 일이 많다고 말했어요. 미국이나 남베트남 정부를 위해 일했던 사람들은 재교육 수용소로 보내지고 있어요. 1975년 4월 우리 군대가 도시를 점령할 때, 많은 사람들이 비행기와 배를 타고 해외로 탈출하려고 했거든요. 집까지 버리고 말이죠. 우리는 군대를 통해 그런 집들 중 한 곳에 머물게 되었는데, 무려 이층집이고 아파트처럼 넓어요.

나는 할머니를 쳐다봤다. 다음 두 단락이 누군가 큰 붓으로 먹칠을 한 듯 꺼멓게 지워져 있었다.

"계속 읽어라. 검열된 부분은 그냥 넘어가." 할머니가 말했다.

"검열이요?"

"그림 하인이 일부러 그렇게 잉크로 지웠을 리는 없잖니? 걔는 항상 필체를 중시하거든. 우리 편지를 검열하는 부서가 있어. 마음에 안 드는 부분은 먹칠을 해서 보내지."

"아…" 검열된 부분을 읽어보려 해도 선혀 글사를 알아볼 수 없었다.

집 근처 학교에서 전 다시 교사로 일하기 시작했어요. 탄과 쩌우가 다니는 학교예요. 대부분 교사들이 북부에서 왔고 교재도 하노이에서 출판된 교과서를 쓰고 있어요. 우리의 임무는 옛 정권의 잔재를 지우는 일이예요.

엄마, 어서 오빠들이 돌아왔으면 좋겠어요. 소식이 있으면 즉시 알려주세요. 그리고 민 오빠에 대한 소식을 들으면, 즉시 제게도 편지 보내 주세요. 무사히 돌아오기를 기원해요. 여기서 저도 찾아볼게요.

나는 입술을 깨물었다. 좋은 소식은 없었다.

응옥 언니, 어서 건강을 되찾길요. 지난 번 갔을 때 더 오래 함께 있지 못해서 아쉬워요. 하지만 다시 돌아가면, 예전처럼 얘기하고 싶어요. 내가 할 수 있는 일이 있다면 언제든 알려줘요.

엄마, 지난 번 탄과 쩌우를 만났을 때 호신술을 얼마나 잘하는지 보고 놀라셨죠? 전 항상 아이들한테 반 사부와 배웠던 멋진 날들을 기억하라고 말해요. 엄마, 건강하시고 너무 많이 일하진 마세요.

그리고 흐엉아! 할머니와 엄마를 돌보는 멋진 숙녀로 자라나서 너무 고맙다. 학업은 어떠니? 아직도 우등생이니? 꼭 내게 편지 보내라, 약속하지?

엄마, 응옥 언니, 그리고 흐엉. 너희들이 언제 여기 올 수 있을지…. 우리 함께 벤타잉 시장에서 하루종일 쇼핑하고 남부 지방의 음식들을 시식해 봐요. 정말 멋진 도시에요.

사랑을 담아서, 하인

차 파는 아주머니는 이모가 남부에서 잘 적응한다며 칭찬했지만, 할머니는 이모 편지에 부분적으로 언급된, 재교육 수용소나 남부의 잘 확립된 교육체계 폐지 등과 같은 사회 변화를 우려했다. 할머니는 나와 함께 일찍 집에 가기로 했다. 할머니가 앞장서서 올드 쿼터를 가로지르는 지름길을 누비고 다녔다. 대로에 다다랐을 때, 난 한 남자의 팔을 잡고 실랑이하며 끌고 가는 순경들을 보고 걸음을 멈췄다. 할머니는 못 본 척 계속 가라고 했다. 할머니가 멈춘 곳은 바로 전설적인 짱티엔 가게 앞이었다. 이곳은 대대로 맛있는 아이스크림을 만들어 온 가게였다. 할머니는 원하는 만큼 고르라고 했다. 나는 초콜릿맛, 찹쌀맛, 코코넛맛 세 가지를 골랐다. 할머니는 녹두로만 두 개를 골랐다.

"또 멋진 곳에 가볼까?" 할머니가 말했다.

"호안끼엠 호수는 어때요?"

"내 마음을 제대로 읽었구나."

약간 떨어진 곳에 호안끼엠 호수가 거대한 거울처럼 눈앞에 반짝이고 있었다. 나는 자전거를 밀며 호숫가의 비포장 도로와 수풀이 우거진 방공호 맨홀 뚜껑 위를 지나갔다.

"할머니, 경비원에게 끌려가던 아까 그 남자는 무슨 짓을 했을까요?"

"아마… 바짓단이 너무 넓어서 그런 것 같구나. 나팔 모양에다가… 서부 히피처럼 보이려고 했다는 이유로 벌을 받겠지."

다행히 내 바지는 바지통이 좁았다.

"정부는 우리를 통제하고 싶어하지. 사람들이 체포되고 투옥되고 있어. 너도 조심하겠다고 약속할래? 혹여 그들이 네 자전거를 빼앗으려 들면, 그냥 줘버려. 그들과 싸우지 않겠다고, 약속하지?"

만약 아까 순경이 우리 집에 찾아와 나를 찾으면 어떻게 대처해야 할지 고민하며 나는 고개를 끄덕였다.

우리는 호수 옆 고목 아래 돌 벤치에 앉아 노랗게 물든 나뭇잎을 바라보았다. 조금 떨어진 물가에는 거북이 탑이 오후의 햇살을 받아 반짝이고 있었고, 벽면은 이끼로 푸르렀다. 탑 꼭대기에는 승천하는 용과 봉황이 새겨져 있었다. 탑 근처의 작은 섬에는 울창한 나무 숲 위로 응옥선 사원[3]이 우뚝 솟아 있었다. 이 옛 유적지가 폭격을 피할 수 있었던 것은 축복이었다. 나는 잔잔한 수면을 바라보며 호수의 전설 속 거북이를 볼 수 있기를 바랐다. 어렸을 때 할머니에게서 호안키엠 호수에 대한 전설을 들은 적이 있다. 수백 년 전 중국의 명 왕조가 베트남을 침입했을 때, 하늘이 하노이 백성들에게 마법의 검을 내렸다고 했다. 한 가난한 어부가 하노이에서 몇백 킬로미터나 떨어진 곳에서 이 검을 발견해 황제에게 바쳤고, 황제는 이 검으로 명나라 군대를 물리쳤다. 평화가 찾아왔을 때 황제는 이 호수에 배를 띄웠다. 그런데 거대한 거북이가 나타나 사람의 목소리로 황제에게 검을 돌려달라며 이렇게 말했다. "모든 사람이 무기를 내려놓아야만 세상이 평화로워질 것이다." 깜짝 놀란 황제는 자신이 아끼던 검을 내밀었다. 거북이는 그 검을 입에 문 채 호수 속으로 사라졌다. 그때부터 사람들은 이 호수를 '호안끼엠', 즉 되돌아온 검의 호수라고 불렀다고 한다. 고대의 전설이 이처럼 사실

---

3   응옥선 사당은 '옥으로 된 산'이라는 뜻이다. 호안키엠 호수의 정중앙 섬에 있으며 뭍과는 붉은 다리로 연결되어 있다. 유교와 도교의 학자들이 13세기에 원나라를 물리친 쩐흥다오 장군 등을 기리기 위해 세웠다.

적이라니…. 미국인과 베트남인 모두 무기를 내려놓았다면 아무도 죽지 않았을 것이다.

할머니의 눈은 꿈꾸는 것 같았다. "차를 파는 우옌 부인은 이 호수에서 증조할아버지 격인 거북이가 나오는 것을 본 적이 있다고 하더라. 집에 돌아왔을 때 며느리가 아들을 낳았대."

할머니와 내가 아는 모든 사람들은 호안끼엠 거북을 증조할아버지 기북이라고 불렀을 정도로 존경심이 컸다. 아이스크림을 한 입 베어 물었다.

"이 호수에서 증조할아버지 거북을 보는 사람은 복을 받는디는 말이 맞아요. 하지만 서북이가 몇 마리나 여기 살까요?"

"아무도 몰라. 무척 희귀하다는 것만 안다."

나는 호수 중앙의 응옥선 사원으로 시선을 옮겼다. 할머니와 나는 그곳에서 여러 번 하늘과 또 증조할아버지 거북이에게 복을 빌었다. 전문가들에 따르면 그 거북이는 무게 250킬로그램에 몸길이 2미터 이상에다 나이도 900살이 넘었다고 한다. 할머니 어깨에 머리를 기대고 지난 번 무례하게 군 것을 사과드렸다. 할머니와 자전거를 타고 집으로 돌아가는 길에 석양이 아름답게 비췄다.

우리의 길로 접어들 때 우리집 앞에 사람들이 모여 있는 걸 보았다. 할머니는 자전거가 완전히 멈추기도 전에 뛰어내렸다. 군중 속으로 몸을 밀고 들어가더니 이내 내 시야에서 사라졌다.

"세상에, 전쟁터에서 살아 돌아왔다는 게 믿기지 않아요." 한 여자가 말했다. "정말 운이 좋았던 거지."

자전거가 요란하게 바닥에 쓰러졌다.

"제발, 지나가게 해주세요." 나는 팔을 벌려 사람들 사이로 길을 내고 비집고 지나갔다. 누군가 나를 왼쪽으로, 또 다른 누군가는 오른쪽으로 밀었다. 나는 발끝으로 서서 그들의 어깨 너머를 살폈다. 그리고 할머니를 발견했다. 할머니는 두 개의 큰 바퀴가 달린 금속 휠체어 앞에 무릎을 꿇고 누군가와 손을 잡고 있었고, 그 남자는 휠체어 등받이에 상체가 가려져 누구인지 알 수 없었다.

"할머니!" 내가 소리쳤다. 앞에 있던 사람들이 고개를 돌렸다. 그들은 중얼거리며 길을 비켜주었다. 나는 할머니 옆에 무릎을 꿇었다. 눈을 깜빡이자 흐릿하지만 익숙한 얼굴이 보였다.

"흐엉, 우리 작은 흐엉이구나." 아는 목소리가 내 이름을 불렀다.

"아빠!" 갑자기 주위로 섬광이 번쩍거렸다. 어두운 터널 속으로 빛이 사라지면서 나를 저 심연으로 끌어당겼다.

◆

나는 구름 위에 떠 있었다. 거대한 푸른 바다가 나를 둘러싸고 있었고, 안개 아래 파도가 출렁이고 있었다. 검은 점이 나타나 점점 커지더니 증조할아버지 거북이로 변했다. 그 거북이는 내게 다가오더니 머리를 곤추세우고 입을 열었다. 말을 하려고 했지만 잘 나오지 않았다.

"흐엉," 거북이가 입을 열자 눈에는 광채가 나고 거북 머리에는 물이 빛났다. 거북이가 콧김을 내뿜고 혀를 내두르자, 뭔가 차가운 증기가 내 이마에 닿았다.

"흐엉!" 저 멀리서 누군가 나의 이름을 불렀다. 내가 조금씩 움직이자 안개가 걷히기 시작했다. 거북이는 사라지고 나는 또다시 우리집에 있었다. 구름은 마룻판자로 변했고, 거북이가 내민 혀는 내 이마에 올려 놓은 젖은 수건이 되었다.

"구이비, 좀 이띠니?" 힐머니가 다급히 물었다.

"무슨 일이에요, 할머니?"

"아가야, 네가 잠깐 기절했구나." 그녀는 내 입에 설탕물을 적셔줬다. 기억이 되살아났다. "아빠!"

주위를 둘러보니 그가 거기 있었다. 푹 꺼진 눈, 초췌한 얼굴, 수염과 거친 피부. 군용 셔츠를 입고서 휠체어에 앉아 있는 남자. 군용 바지 사이로 상처투성이인 두 개의 살덩이가 툭 튀어나와 있었다. 남자는 웃었고 나는 울음을 터뜨렸다. 아버지가 아니라 닷 삼촌이었다.

"흐엉, 내가 널 놀라게 했나 보다. 미안해." 닷 삼촌이 말했다.

나는 고개를 절레절레 흔들며 눈물이 뺨을 타고 흘러내렸다. 할머니가 내 얼굴을 쓰다듬었다.

"삼촌이 돌아와서 정말 기뻐요." 나는 간신히 대답했다.

"나도 그래, 구아바. 내 어린 흐엉아. 하지만 더 이상 어린애는 아니구나. 다 자랐어."

나는 삼촌의 두 다리가 있어야 할 곳을 힐끗 쳐다보았다. "다리를 잃었다니, 정말 안타까워요. 아직 아파요?"

"이젠 안 아파." 삼촌은 내 손을 자신의 다리가 있던 곳에 올려놓았다. "봤지? 아무 고통도 안 느껴져."

"닷, 내 아들, 무슨 일이 있었던 거니?" 할머니가 물었다.

"지뢰를 밟았어요, 어머니. 별것 아니에요." 삼촌은 어깨를 으쓱했다.

"그래도 집에 와서 얼마나 다행이니…" 할머니는 삼촌의 손을 꼭 잡았다.

닷 삼촌은 나를 향해 미소를 지으며 말했다. "너한테 줄 게 있단다. 기쁘구나. 드디어 약속을 지키게 되어서." 삼촌은 윗옷 주머니의 단추를 풀고 작은 상자를 꺼낸 뒤 입맞춤했다. 그리고 가슴에 가져다 대고 잠시 하늘을 올려다 보았다. 그리고는 한참 동안 눈을 감고 있다가 나를 향해 손바닥에 있는 물건을 내주었다.

"삼촌, 누구 거예요?"

"네 아버지가 주셨다." 삼촌이 환하게 웃었다.

"아버지를 봤어요?" 나는 일어나 앉았다.

"몇 년 전. 어디 보자… 정확히 7년 2개월 전이지. 1968년 8월, 우리 둘 다 남쪽으로 향하던 때였어."

"지금은 어디 있는지 아세요?"

"아니, 하지만 금방 돌아올 거야. 네 생각보다도 더 빨리."

내가 움직이지 못하고 앉아 있는데 할머니가 나를 슬쩍 건드렸다. "열어보고 싶지 않니?"

겹겹이 쌓인 포장을 벗겨내는 손이 마구 떨렸다. 그건 새, 아주 정교하게 조각된 새가 아닌가. 나무를 깎아 만든 새는 네모난 받침대 위에 서서 날개를 펴고 목을 앞으로 숙인 채 노래를 부를 준비를 하는 듯했다.

"네 아버지가 직접 새긴 거야." 닷 삼촌이 웃었다. "이 새가 몇 달 동안이니 행군할 때 우리를 위해 노래를 불러줬거든."

"이 새에도 이름이 있어요?" 나는 새를 내 얼굴로 가져왔다. 아버지의 웃음과 똑같은 아버지 냄새가 났다.

"선까[4]라고 불러."

"멋진 이름이구나." 할머니는 나를 보며 웃었다. "선까는 '산이 노래한다'라는 뜻이야."

"이 새는 진짜로 노래를 부를 수 있어." 닷 삼촌이 말했다. "이 새가 노래할 때마다, 주변의 산들도 같이 노래하는 것 같아. 전설에 따르면, 선까의 노래는 천국까지 닿아서, 죽은 자의 영혼이 그 노래를 들으면 돌아올 수 있다고 하지."

"정말 특별한 새예요, 삼촌."

---

4   남방종다리. 학명은 Alauda gulgula이며 베트남어로는 선까(sơn ca)로 山歌라는 뜻이 있다.

닷 삼촌은 고개를 끄덕였다. "지난 7년 동안 이 새조각은 나의 동반자였어. 나와 함께 수많은 산을 오르고, 강을 헤엄치고, 지하 터널에 뛰어들고, 폭탄 속에서도 살아남았지."

"그래서 여기 물때가 생겼구나." 할머니는 새의 날개를 만지며 감탄했다. "네 아버지가 손재주가 있는 건 알았지만 이 정도인 줄은 몰랐어."

"고마워요, 닷 삼촌."

"고마운 건 나야. 이 선까가 날 구했지. 네 아버지에게 이걸 너에게 꼭 갖다주겠다고 약속했어. 내가 살아 있는 한, 할 수 있는 한." 삼촌은 새를 가리키며 말했다. "밑에 글씨가 보이지?"

선까를 뒤집자 눈물이 뺨을 타고 흘러내렸다. 내 손가락이 아버지의 메시지를 읽을 수 있었다. '*내 딸아, 너는 내 심장에 흐르는 따뜻한 피다.*'

"이 새를 소중히 간직하렴, 흐엉." 닷 삼촌이 이어서 말했다. "적들이 뿌린 폭탄과 화학물질 때문에 새들이 사라졌거든."

"화학물질?" 할머니가 물었다.

"네, 미군이 비행기로 숲과 밀림에 많은 양의 고엽제를 살포했어요. 나뭇잎이 시들어 떨어지면, 북베트남 군인들을 발견하기 쉽도록요. 그런데 그들이 뿌린 고엽제가 닿으면 아주 작은 생명체까지 죽었죠. 전쟁이 끝날 때까지 그 화학 물질의 이름을 몰랐었는데, 알고 보니 '에이전트 오렌지[5]'라는 정말 이쁜 이름이었어요."

저녁 식사를 준비한 후, 나는 닷 삼촌의 휠체어를 밀고 식탁으로 갔다. 할머니와 나는 서로를 힐끗 쳐다보았다. 그의 위치가 식탁에 비해 너무 낮았다.

"이쪽으로 자리를 옮겨줘야겠다." 할머니는 식탁 의자를 끌어당겼다.

나는 삼촌의 오른쪽으로, 할머니는 삼촌의 왼쪽으로 걸음을 옮겼다.

"자, 이 쓸모없는 고깃덩이를 집으라고." 닷 삼촌은 남아 있는 허벅지 부위를 향해 손짓했다.

할머니는 한 손은 잘린 다리 아래로 밀어 넣고 다른 한 손은 닷 삼촌의 등을 받쳤다. 나는 손가락이 부드러운 살갗에 닿을 때마다 떨면서 도왔다.

"하나, 둘, 셋." 우리는 함께 숫자를 세며 힘겹게 닷 삼촌을 옮겼다.

"오호." 닷 삼촌은 손뼉을 쳤다.

나는 삼촌의 그릇을 옮겨드리고 앉았다.

"아직 밥을 채우지 마세요." 그는 손사래를 치며 주위를 둘러보았다. "어머니, 술 좀 있어요?"

---

5   에이전트 오렌지(Agent Orange)는 베트남 전쟁 중 밀림을 고사하기 위한 '랜치 핸드 작전'의 일환으로 미군에 의해 사용된 고엽제 중 하나의 암호명이다.

"술? 네가 술을 마셨던 기억은 없는데."

"그게… 가끔은 그런 게 도움이 될 때도 있잖아요."

"미안해, 집에 술이 없단다."

"음, 그럼 저 위에는요?" 삼촌은 우리 가족 제단을 올려다보았다. "아빠나 꽁 삼촌은 기꺼이 술을 나눠주고 싶겠죠?"

"아, 원래 술들을 안 마셨으니까, 나도 제사에 술을 올릴 적은 없단다."

"좋아요, 그럼 가서 식사하세요. 전 술이 없으면 밥이 안 넘어갈 텐데…" 삼촌의 얼굴이 어두워졌다.

"기다려 봐요. 어쩌면 인 부인이 좀 있을지 몰라요. 잠깐 갔다 올게요." 내가 자리에서 일어났다.

다행히도 늘 그렇듯 이웃은 도움이 되었다. 술로 빚은 넵 모이[6] 한 병을 건네주면서 인 부인은 속삭였다. "남편이 직접 증류한 술인데 아무한테도 말하지 마라."

우리 집으로 돌아온 할머니는 작은 컵을 가져왔다. 닷 삼촌은 컵을 가득 채우고 한 번에 비우고서 입맛을 다셨다. "이건 정말 제대로 빚은 술이네요." 그는 병을 집어 냄새를 맡고는 또 다시 컵을 채웠다. "어디서 샀는지 물어봤니?"

"남편이 직접 담근 술이라고 했어요." 나는 바로 후회했다. "앗, 누구한테도 말하지 말라고 했는데…"

---

6   Nep Moi. 찹쌀로 빚은 베트남 전통 증류주.

"우리끼리 비밀이군." 닷 삼촌이 술을 한숨에 들이키며 껄껄 웃었다. 그는 내 쪽으로 몸을 기울였다. "그런데 만드는 법을 가르쳐 줘야 난 비밀을 지킬 것 같은데."

나는 술냄새에 얼굴을 찡그렸다.

"음식이 식기 전에 어서 먹어라." 할머니가 닷 삼촌의 그릇에 구운 소고기 한 점을 올려줬다.

"음, 정말 맛있네요. 정말 오랜만에 고기를 먹어봐요."

"많이 있다. 마음껏 먹어라." 할머니는 소고기 접시를 닷 삼촌 가까이 놓았다. 그는 또 한 점을 집어 후추와 소금이 든 레몬즙에 찍어 먹었다.

"엄마는 정말 잘하고 계신 것 같아요." 그는 주위를 둘러보았다. "이 큰 집에 자전거, 새끼 돼지까지."

"할머니는 정말 열심히 일하세요." 내가 말했다.

"선생님이 이렇게 월급을 많이 받는 줄 몰랐어요." 삼촌은 잔을 한 잔 더 비웠다.

"물론 아니지. 내가 계속 교사 일을 했으면 우리들은 지금도 무척 고생하고 있었을 거다." 할머니는 술병을 잡고 한 잔 더 채운 다음에 일어섰다. "내 아들, 오늘은 이 정도만 마시자."

"뭐라고요?" 닷 삼촌은 할머니가 교직을 그만둔 것에 충격을 받았는지, 술병이 없어진지 눈치도 채지 못한 듯했다.

"난 장사꾼이 되었단다." 할머니는 술병을 찬장에 넣어 두고 문을 닫았다.

"어, 전 더 마실 건데." 삼촌이 항의했지만, 할머니는 다시 식탁으로 돌아와서 삼촌의 그릇에 야채를 덜어주었다.

"이거 좋아했던 거 기억나니? 건새우를 넣어 볶은 시금치 요리." 할머니의 목이 꽉 잠긴 것처럼 들렸다.

"네, 기억나요. 고마워요." 삼촌은 고개를 숙였다. "그런데 장사꾼이 되었다니, 엄마는 정말 용감하네요."

"그게 우리를 구한 셈이지." 할머니가 밥을 떠서 삼촌 그릇에 담아 주었다.

"할머니 덕분에 학교에 다닐 수 있었어요, 삼촌. 제 친구들은 대부분 중퇴하고 일을 다녔거든요."

삼촌은 고개를 끄덕였다. "그래서 어디서 장사하세요?"

"올드 쿼터 주변에서. 몇 년째 하고 있다."

"프로가 되셨군요." 삼촌은 컵을 비웠다. "이 불구자를 직원으로 쓰는 건 어때요?"

"아들!"

"진심이에요, 어머니. 전 일자리가 필요해요. 이 두 다리도 없는데." 삼촌의 목소리가 떨렸다. 하지만 이내 목을 가다듬고 평온함을 되찾았다.

"아들아, 나도 진심이야. 넌 내 목숨이나 마찬가지야. 일자리를 구할 수 있을 거야, 약속할게." 할머니는 삼촌의 손을 쓰다듬었다.

"고마워요, 엄마." 삼촌은 다시 젓가락을 집어 들었다.

"자, 그런데 집에 돌아올 때까지 왜 이렇게 오래 걸렸니? 지금 10월이잖아. 6개월 전에 집에 올 수 있었을 텐데."

"지금은 얘기하고 싶지 않아요. 술 좀 더 마셔도 될까요?"

할머니는 한숨을 쉬었다. 난 안 된다고 할 줄 알았는데, 의외로 할머니는 일어서서 술병을 꺼내왔다.

"음식을 다 먹으면 마셔도 돼."

◆

할머니는 내 옆에서 평온히 주무시고 계셨다. 내 마음은 생생한 이미지로 가득했다. 폭탄 아래 밀림을 헤쳐가는 아버지의 모습, 비처럼 내리는 에이전트 오렌지를 맞아 떨어지는 나비와 새들, 쪼그리고 앉아 나무 새를 조각하고 있는 아버지, 그리고 새조각의 바닥에 내게 전하는 메시지를 새기고 있는 아버지의 손길.

'내 딸아, 너는 내 심장에 흐르는 따뜻한 피다.'

7장

토지 개혁

응에안, 1955

구아바, 1955년 3월 어느 날 오후, 네 할아버지가 술에 취해 집에 왔단다. 문지방에 걸터 앉아 신발을 벗으려 애썼다.

"도대체 당신 친구들은 술을 얼마나 마시게 한 거야?" 나는 신발 벗는 걸 도와주면서 물었다. 홍의 친구들은 넵 모이를 빚었고, 홍은 술꾼이 아니었다. 전혀 아니었다.

"친구들과 마신 게 아니야. 모임에 불려 갔었어." 홍은 비틀거리며 침대로 갔다. 처음 모임이란 말을 들었을 때 학교와 관련된 줄 알았다. 그런데 그건 정치 활동과 관련이 있었다. 10년 전, 베트민이 대기근에서 우리를 구해준 이후로 그는 지하조직원이 되어서 민중들에게 일치 단결해서 베트민을 지원해 달라는 팸플릿과 대자보를 쓰고 있었다.

나는 그를 따라 침실로 들어가 잠자리에 눕혔다. 그는 이불 아래서 떨고 있었고 이마는 열로 화끈거렸다. 술을 마시지 않았다면 풍한이 든 것처럼 보였다.

"무슨 모임이었는데?" 그의 머리 밑으로 푹신한 베개를 받쳐 줬다.

"그들이 내가 한 발언을 비판하는 거야. 그래서 왜 우리에게 민주주의가 필요한지 설명했지. 다당제가 있어야 진정한 선거를 치를 수 있다고도 했어."

홍은 누구에게든 자신의 의견을 숨기지 않았다. 그는 전쟁의 잔해에서 조국을 부흥하는 데 힘을 보태기로 결심했다. 베트민은 북부를 해방시키고 바오다이 황제를 퇴위시킴으로써 대중의 인기를 모았다. 또 1954년 디엔비엔푸 전투에서 프랑스군을 상대로 승리를 거두었다. 하지만 홍은 베트민이 북부에 일당체제를 확립하면서 중국과 소련공산당의 전철을 밟는 것을 달가워하지 않았다. 당시 소련공산당 지도자 스탈린은 수백만 명의 러시아인을 노동 수용소로 보냈고 또 자기 권력을 공고히 하기 위해 수백만 명을 죽게 했다.

"분명히 그들은 당신이 한 말이 마음에 안 들었을 거야." 나는 눈살을 찌푸렸다.

"그들이 나를 반역자라고 불렀지." 그는 배를 움켜쥐고 새우처럼 몸을 웅크렸다.

"누가 그랬어?"

그는 눈을 감았다. "아무래도 상관없어."

나는 그의 배에 손을 뻗었다. "뭘 마셨어? 아님, 뭘 잘못 먹은 거야?"

"직접 만든 주스라고 줬는데, 그게 뭔지도 모르겠어."

오빠가 집에 있었으면 좋았을 텐데 마침 그는 아이들을 데리고 친척집에 갔었다. 부엌에 가서 생강차를 가져 왔는데, 발에 납이라도 달린 것처럼 걸음이 무거웠다. 지난 밤 꽁 오빠는 홍이 좀 더 조심해야 한다고 충고했었다. 하지만 홍은 탁지를 치며 흥분했었다. "형님, 오직 민주주의만이 권력 남용을 막을 수 있습니다."

네기 치와 시원한 수건을 들고 침실로 돌아왔을 때, 그의 호흡은 상당히 거칠고 빨라졌다. 그는 차를 마시고 나서 물을 더 달라고 했다. 큰 사발로 가져오자 한숨에 들이켰다.

"물 더 갖다 줄까?" 나는 깜짝 놀라 물었다.

그는 고개를 절레절레 흔들었는데, 열 때문에 차가웠던 수건이 벌써 뜨듯해졌다.

"내가 가서 응우옌씨를 데려올게요." 나는 일어서서 한의사를 찾으러 나갈 준비를 했다.

"괜찮아. 잠 자고 나면 돼." 홍이 나를 올려다보았다. 그의 눈이 이상했다. 동공이 너무 작아졌다. 얼굴 근육에는 경련이 일었다.

"응우옌씨를 데려와야 해요." 나는 소리를 지르며 방을 뛰쳐나왔다.

투씨 부인도 절뚝거리며 다가왔다. "지에우란, 무슨 일이니?"

"훙이 아파요. 이모가 좀 돌봐주세요. 곧 돌아올게요."

마음 같아선 남편 곁에 있고 싶었지만, 전날 투씨 부인은 발목을 겹질러서 나갈 수가 없었다. 나는 기도하면서 마을 길을 달렸다. 한의사의 집에 도착했을 때, 그는 그곳에 없었다.

"괜찮으세요?" 그의 아들 비엣이 물었다. "아버지는 외출하셨어요."

내가 훙의 상태를 설명하자, 비엣은 왕진할 때 쓰는 구급상자를 들고 자신의 아버지를 찾아 나섰다. 우리는 이 집 저 집을 뛰어다녔다. 응우옌 씨를 찾아 데려오는 데 오랜 시간이 걸렸다. 앞마당에 들어서자 투씨 부인의 목소리가 들렸다. "훙아, 정신 차려!" 그녀는 울부짖고 있었다. 내 다리의 힘이 풀리기 시작했다. 비엣이 내 팔을 잡아줬고, 우리는 침실로 들어갔다. 훙은 격렬하게 발작하고 있었고, 그의 동공은 풀려 있었고, 입에서 거품이 일어났다.

"진정하세요, 여성분들! 그만, 소리지르세요!" 응우옌씨는 환자의 웃옷을 풀라고 지시했다. 우리는 그가 다치거나 침대에서 떨어지지 않도록 잘 붙잡았다. 한의사는 그의 호흡과 맥박, 눈을 확인했다. 눈물이 가득한 내 눈에도 그의 동공이 풀린 걸 알 수 있었다.

"독이야. 거품에 손대지 마." 그가 소리쳤다. "토하게 해야 해. 몸을 뒤집어요!" 그는 서둘러 천으로 손을 감쌌다. "투씨 부인, 어서 가서 비누로 손을 씻으세요. 그리고 따뜻한 물 좀 가져와요."

비엔과 나는 홍의 머리를 마루바닥 아래로 향하게 하고, 한의사는 그의 입을 억지로 벌려 구토를 유도했지만 별로 나오는 게 없었다. 투씨 부인이 물 한 주전자를 들고 방으로 달려왔다. 나는 그의 입을 닦아주고 부드러운 말로 달래주었다. 이제 발작은 완화되었지만 시지가 풀리고 있었다. 동공은 흔들리지 않았지만, 절망스러운 깜박임을 느낄 수 있었다.

"날 봐요! 버텨야 해요. 날 보고 말해 봐요!" 나는 다그쳤지만, 그는 대답하지 못했다. 눈이 서서히 감기고 있었나

"응우옌씨, 제발요…" 나는 간청했다. 한의사는 나무 상자를 열고 약 가루를 그릇에 담고 물과 섞었다. 홍을 다시 앉히고 그에게 물약을 먹이려 했지만, 도로 토해냈다. 그는 더 이상 삼킬 수 없었고 반응도 없었다. 우리는 천으로 손을 감싸고 그의 입을 벌려 억지로 물약을 삼키도록 했지만 효과가 없었다. 한의사는 고개를 저었다. "지에우란. 너무 늦은 것 같아요."

나는 무릎을 꿇고 빌었다. "제발 살려주세요, 응우옌씨. 이렇게 빌게요!"

한의사는 슬픔에 찬 눈빛으로 나를 일으켜 세웠다. "독이 너무 강해요. 이제 어쩔 수가 없어요."

"안 돼! 제발 구해줘요! 구해줘요!"

나는 그의 가슴에 얼굴을 묻었다. 그는 침묵할 뿐이었다. 글

자들이 다 지워진 종이처럼 침묵할 뿐이었다.

꽁 오빠는 돌아온 후 그 누구보다 참담해하고 분노했다. 주먹으로 가슴을 치며 분노를 다짐했다. 홍과 모임에 있었던 사람들이 누군지 밝혀냈다. 하지만 그들은 책임이 없다고 발뺌하며 고발을 멈추지 않으면 꽁 오빠를 감옥에 넣겠다고 협박했다.

구아바, 내가 더 과감해야 했어. 네 할아버지를 죽인 범인을 찾아내서 법의 심판을 받게 했어야 했어. 그런데 난 겁보였다. 꽁 오빠의 안전이, 무엇보다 내 아이들의 안전이 위태롭지 않을까 두려웠다. 그래도 오빠는 완강했지. 당국을 찾아갔어. 그가 체포될까 봐 나도 함께 갔다.

"누구도 당신 처남을 살해한 사람은 없소." 경관이 나를 쳐다보면서 꽁에게 말했다. "아마 자살이 아니겠소."

"응우옌 씨는 거의 실성했다니까. 도대체 무슨 증거가 있어? 계속 고발하겠다면, 당신과 저 돌팔이 한의사를 감옥에 쳐넣어야지. 당을 중상모략하는 것은 중죄이니 말이야." 또 다른 경관이 비웃으며 말했다.

나는 꽁에게 집으로 돌아가자고 애원했다. 홍이 자살했을 리는 물론 없었지. 구아바, 그는 우리를 사랑했고 자신의 삶을 사랑했다. 곧 동네에는 베트민이 반공산주의자들, 지식인과 부유층을 제거하고 있다는 소문이 돌기 시작했다. 당은 농민과 노동자의 것이어야지 홍과 같은 부르조아의 것이 아니라고. 소문의 진위야 알 수 없었지만, 정치가 하수구처럼 더럽다는 건 나도 알고 있었지. 난 다시는 정치에 발도 들여놓지 않겠다고 결심했다.

남편이 죽은 후 오랫동안 가족은 거의 풍지박산이 되었다. 당시 열일곱 살이었던 네 삼촌 민은 네 할아버지를 무척 따랐었지. 물론 네 어머니와 닷 삼촌, 투언 삼촌, 이모도 그렇고. 막내 상만 유일하게 무슨 일이 벌어지고 있는지 몰랐다. 고작 생후 4개월이었으니까. 아이들을 위해서라도 더 강인하게 버텨야 했는데, 그후로도 오랫동안 나 자신이 부서진 껍데기처럼 느껴졌다. 진정한 사랑은 귀한 것이니 놓치지 않도록 해야 한다. 그가 살아 있을 때 사랑한다고 너 자수 말했더라면 얼마나 좋았을까.

꽁 오빠는 정치와 거리를 두기로 했고 다시는 정부에 호소하는 일도 없었다. 오로지 가업에만 힘을 쏟았고 그래서 점점 더 번창했다. 민에게 경영을 가르쳤고 둘은 아주 많은 시간을 함께 보냈지. 우리는 열심히 일하고 더 많은 노동자를 고용했다. 우리의 논밭은 비옥했고 가축들도 늘어났다. 그렇게 우리 가족이 다시 일어설 수 있을 줄 알았다. 이미 불운은 충분히 겪었으니까 하늘이 더 많은 시련을 주시지 않으리라 믿었다. 하지만 내 생각이 틀렸다.

1955년 10월, 홍의 장례식을 치른 지 7개월 후에 또 다른 사건이 우리를 덮쳤다.

"지에우란, 비밀 지켜줄 수 있겠어요?" 투씨 부인이 내가 잘게 썬 게살을 죽이 담긴 뚝배기에 부으면서 물었다. 상 삼촌을 위한 이유식이었다. 나는 밭에서 막 돌아와서 점심 먹으러 나가기 전에 막내부터 이유식을 먹이고 싶었다. 마침 어머니의 친구 중 한 분이 칠순 잔치에 나를 초대해 주었다.

"뭔데요, 이모?"

"쯔엉 기억나요?" 투씨 부인이 속삭였다. "딘씨네 요리사로 일하는 쯔엉 말이에요, 오늘 아침 시장에서 만났는데, 딘씨네 가족이 모두 떠났대요. 국경을 넘어 남쪽으로 간대."

이상했다. 1년 전인 1954년 6월 제네바 협정에 의해 남부는 국교가 단절된 상태였으니까. 북쪽은 공산당이, 남쪽은 프랑스와 미국의 지원을 받는 응오딘지엠[1]이 통치하고 있었다. 프랑스군을 위해 일했거나 가톨릭 신자였던 사람들은 대부분 남쪽으로 이주했다. 사실 딘씨는 프랑스인을 싫어했고 가톨릭 신자도 아니었다. 대기근 이후 그들은 번영을 누렸고 빈푹 마을에서 부유한 가문이 되었다. 게다가 남북 국경은 이미 폐쇄된 상태였다. 그런데 어떻게 남쪽으로 갈 수 있을까?

투씨 부인이 내 옆에 바싹 붙어 목소리를 더 낮췄다. "쯔엉 말로는 딘씨 부인이 공산주의자들이 토지개혁인가 미친 짓을 시작할 거라고 했대요. 땅 없는 농민들이 부유한 지주들을 때려잡

---

1   베트남의 정치가(1901~1963). 프랑스 식민지 시절 엘리트 관료 출신으로 출발하여 후일 미국의 후원을 받아 1955년 10월 26일 베트남 공화국의 초대 총통이 된다. 그의 재임 동안 경제 성장에도 불구하고, 측근의 부패, 극단적인 반공주의, 불교계의 탄압 등으로 인해 국민의 반감을 샀다. 1963년 역시 친미 군부 쿠데타 세력에 의해 처형당했으며, 이듬해 8월 미국의 베트남 전쟁이 시작되었다.

을 수 있도록요. 그게 딘씨네가 떠난 이유래요."

나는 장작 연기가 자욱한 사이로 눈을 가늘게 뜨고 죽을 그릇에 퍼담았다. "저도 토지개혁에 대해 들었어요, 이모. 하지만 우린 걱정할 게 없어요. 베트민에게 쌀이랑 은과 금붙이를 얼마나 많이 기부했는지 기억하시죠?" 내가 하려는 말을 나 자신도 믿고 싶었다. "당은 봉기가 있더라도 우리를 보호할 거예요. 우리도 다른 지주들과 함께 그들에게 군자금을 지원했으니까요."

"알아요, 지에우란. 그래도 걱정돼요."

"우린 괜찮을 거예요. 우린 누구보다 열심히 일했고, 사람들에게 일자리도 줘요. 잘못한 게 없어요… 그리고 우린 이곳을 떠날 수 없어요. 일꾼들과 그들 가족들도 우릴 믿고 의지하죠. 또 부모님의 묘도 돌봐야 하고. 조상들이 목숨 바쳐 일궈놓은 곳이에요. 소문 때문에 도망칠 수는 없어요."

투씨 부인은 고개를 끄덕였다. 나는 그릇을 들고 부엌을 나섰다. 마당에는 용안나무가 꽃을 피우고 있었는데 그 광경은 내게 평화로운 순간도 한순간에 돌풍과 함께 사라질 수 있다는 것을 상기시켜 주었다. 딘 부부가 떠난다는 소식은 경고의 신호일 수 있었다.

"엄마, 보세요." 닷이 어깨에 햇살을 잔뜩 이고 나를 향해 달려왔다. 당시 닷은 열네 살이었는데, 나보다도 키가 크고 체격도 좋았다. 여덟 살이었던 투언과 일곱 살이었던 하인도 학교 가방을 들고 뛰어왔다. 닷은 손바닥을 벌려 떨고 있는 새를 보여줬다. 깃털도 없고 양 날개가 옆으로 축 처져 있었다. "참새예요, 엄마. 나무 밑에 떨어져 있었어요."

"내가 먼저 봤어." 하인은 고개를 저었다.

"아니, 내가 먼저 봤어요." 투언의 얼굴이 붉어졌다.

"그럼 모두 동시에 발견했다고 하는 건 어때?" 나는 웃을 수밖에 없었다. "불쌍한 새를 어서 나무로 데려가렴. 어미새가 찾고 있을 거야. 엄마 새가 안 오면 그때는 물하고 곤충을 줘야 해."

"나도 봐요, 나도." 대문 밖에서 소녀의 목소리가 들렸다. 구아바, 네 엄마 응옥이었어. 열다섯 살 예쁜 소녀였지. 빛나는 피부에 보조개가 선명했고, 손에는 책가방을 쥐고 있었지. 아이들은 한데 쪼그리고 앉아 새를 관찰하며 다음에 무엇을 해야 할지 의논했다. 나는 서둘러 침실로 들어갔다. 막내는 벌써 요람에서 일어나 울고 있었다.

"엄마 왔다." 나는 아이를 안았다. 큰 눈과 통통한 얼굴, 정말 귀여운 아기였지. 지나가는 마을 사람들마다 막내의 볼을 꼬집으며 아빠를 많이 닮았다고들 했지.

"엄마, 엄마." 상은 내 셔츠를 들추며 보챘다. 돌이 다 되었지만 아직 젖을 떼지 못했다. 일단 목을 축이고 나서, 막내는 죽을 가리켰다.

"배고파? 맘마 줄까?" 막내에게 이유식까지 다 먹인 후, 나는 초록색 실크 블라우스로 갈아입었다. 꽁 오빠가 천년 이상 비단 산지로 유명한 반푹 마을에서 주문한 제품이었다. 이 비단 직물은 여러 겹의 견사로 짠 정교한 문양의 천으로 고대 베트남어로 '복(福)'이라는 단어가 수놓아져 있었다. 비단 재질이 두꺼워서 선선한 가을 날씨에 딱 맞았다. 마지막 단추를 채우느라 고개를 숙이고 있을 때, 목소리와 달려오는 발소리가 들렸다.

"*Đả đảo địa chủ cường hào*(악덕 지주들은 척결하라)!" 반쯤 열린 창문을 통해 고함이 쏟아져 나왔다.

창문으로 뛰어가 미닫이문을 활짝 열었다. 한 무리의 사람들이 벽돌과 죽창, 칼로 무장하고 화난 얼굴로 큰 아들 민과 꽁 오빠를 마당으로 끌고 가고 있었다. 그들의 갈색 농부 옷은 찢 거진 채였고, 신발이 벗겨진 발은 피와 진흙투성이었다. 두 손은 등 뒤로 묶여 있었다. 사람들은 그들의 팔뿐 아니라 머리채를 잡고 질질 끌고 갔다. 한 시간 전만 해도 우리는 논에서 함께 있지 않았나.

"민아, 오빠!" 나는 울부짖었다. 사람들의 시선이 나를 향했다.

"저년을 잡아라. 부자 계집, 못된 지주!" 한 여자가 나를 가리키며 소리쳤다. 짱구 이마에 이빨은 토끼처럼 생긴 뻐드렁니를 보고 누구인지 난 알아 보았다. 마을의 정육점 주인으로 손님을 속이는 것으로 악명이 높은 여자였다. 나중에, 아주 먼 후일 나는 베트민이 의도적으로 불쌍한 농민들, 삶에 지치고 분노한 이들을 토지개혁의 선봉대로 세웠다는 것을 알게 되었다.

"악덕 지주들을 모두 척결하자!" 폭도들은 합창했다. 그리고 그 많은 손가락들이 나를 가리키고 있었다. 나는 막내 상을 들쳐 업고 미친 듯이 숨을 곳을 찾았다. 나는 마루바닥 밑으로 기어 들어갔다. 막내는 내 가슴에 꼭 달라붙어 있었다. 무엇보다 내 아기를 지켜야 했다.

문을 깨부수고 두 남자와 정육점 여자가 뛰어들었다. 그들의 눈에는 분노가 번뜩였다. "저년이 저기 있네. 끌어내. 밖으로 데려가!" 여자가 이를 드러내며 소리쳤고, 누군가 내 머리채를 잡고 끌어냈다. 내가 비명을 지르자 그 여자는 아이를 내게서 빼앗아 갔다. 남자들은 내 손을 비틀고 등 뒤로 묶었다.

"나가, 이년아! 얼마나 뚱뚱한지 봐. 전부 농부들의 피에서 나온 살이야." 나는 떠밀려서 대여섯 계단을 굴러 떨어졌다. 누가 나를 패대기치는 동안, 아이들을 찾으려고 애썼다. 민이 몸부림치는 모습이 보였다. "엄마!" 민의 뒤로는 백지장처럼 창백해진 꽁 오빠의 얼굴이 보였다.

"사악한 지주들은 지옥으로!" 많은 사람들이 분노로 일그러진 얼굴로 우리를 에워싸고 합창하듯 외쳤다. 아이들의 울음소리가 점점 높아졌다. 쉴없는 발길질 사이로 능옥과 닷, 투언과 하인이 투씨 부인의 품속에서 웅크리고 있었다. "아기야, 아기야, 상은 어딨어요?" 나는 비명을 질렀다.

"악덕 지주들을 모두 척결하라." 군중의 분노가 내 목소리를 삼켜버렸다.

"제발요, 제가 이 집의 가장입니다. 여자와 아이들은 죄가 없어요. 제발… 보내주세요." 꽁은 벽돌 바닥에 머리를 찧으며 애걸했다. 나는 흐느꼈다. 오빠가 떨고 있는 모습을 보니 마음이 아팠다. 찢어진 셔츠 사이로 그의 피에 젖은 살점이 보였다. 그때 마을 도로에서부터 마당까지 북소리가 울리기 시작했다. 앞으로 매달은 빨간 북을 두드리며 우리 쪽으로 행진하는 아이들에게 군중은 길을 내주었다. 구아바, 그 아이들 중 몇몇은 네 할아버지의 제자였어. 삼촌과 어머니의 친구였던 아이들도 있었지. 분명 그들은 우리 가족을 도울 거야. 적어도 몇 명은 그럴 거야.

관중들은 환호했고, 아이들은 더욱 흥분했다. 마당에 쿵쿵 부딪히는 아이들의 발소리에 내 뼛속까지 전율이 흘렀다. 그들의 눈에서 잔인한 반짝임을 보았다. 북소리가 멈추자 한 소년이 발을 들어 오빠의 얼굴을 걷어찼다.

나는 비명을 질렀다.

한 여자가 벽돌을 손에 높이 들고 앞으로 돌진했다. "이 악덕 지주야, 닥쳐! 입다물지 않으면, 네 멍청한 머리를 부숴버릴 테야."

고개를 들어보니 사람들과 우리 사이에 일렬로 의자가 배치되어 있었다. 그리고 몇몇 사람들이 그 의자에 앉혀졌다. 그들은 투씨 부인과 하이씨, 그리고 우리를 위해 일했던 농부들이었다. 나는 하이씨에게 눈으로 빌었다. 악귀로부터 구해준 그가, 이번에도 우리를 구해줄 수 있을까?

갸름한 얼굴의 남자가 나타났다. 농부처럼 옷을 입었지만, 피부는 평생 들판에 나가지 않은 사람처럼 희고 부드러웠다. 자신을 인민 농지개혁위원회의 책임자라고 했고, 또 농부라고 소개했지만 그의 외모와 행동이 사실이 아니라고 말하고 있었다.

그 남자는 목청을 가다듬었다. "오늘은 모두에게 중요한 날입니다. 이 마을에 토지개혁이 시작된 날이기 때문이죠. 수백 년 동안 지주들은 농부들을 착취해왔습니다. 오늘 우리는 착취에 대항하여 이 자리에 모였습니다. 우리의 권리를 되찾읍시다!"

북소리가 울려 퍼지고 사람들은 "악덕지주들을 척결하라."고 외쳤다.

"수 세대 동안 이 부르주아들은 시원한 그늘에 앉아 황금 그릇에 담긴 음식을 먹었지만, 우리들은 태양 아래 허리를 굽혀 일해야 했습니다."

또 북소리와 화난 함성들.

"이제 당신들이 정의를 구할 차례입니다." 그 남자는 투씨 부인과 하이씨, 그리고 일꾼들을 향해 고개를 돌렸다. "인민 재판의 시간입니다. 그들이 어떻게 착취했는지 말하시오."

"그런 적 없어요. 그들은 나를 가족처럼 대했습니다." 투씨 부인이 눈물을 흘리며 말했다.

"이런 바보들, 저들한테 세뇌당한 거야." 정육점 여자가 앞으로 뛰쳐나왔다. 지 여자가 내게서 상을 낚아챈 사람이었다. 내 아기는 어디 있지?

우리와 함께 가장 오래 일한 탄씨가 사실이라며 "급여도 잘

주고 우리 아이들을 학교에 보내주었어요."라고 말했다. "우리를 모욕한 적이 없어요." 하이씨가 말했다. "그들과 일해서 행운이었어요. 다른 사람들보다 운이 좋았죠." 하씨도 거들었다.

"닥쳐! 이런 한심하고 멍청한 사람들!" 한 사내가 앞으로 나서며 소리쳤다. 그는 손에 각목을 들고 누런 이를 드러내며 말했다. "저들이 여러분의 땀과 피로 부자가 된 게 보이지 않나? 그들이 너희들을 착취하고 세뇌시킨 거야."

"다른 마을에서도 지주들의 범죄가 속속 드러나고 있어. 착취, 구타, 심지어 강간까지. 말해 봐. 저들이 당신을 강간하고, 때리고, 곪겼나?" 그는 삭목으로 민의 머리를 내리쳐 바닥에 쓰러뜨렸다. 나는 아들을 향해 몸부림쳤지만 단단히 결박되어 앞으로 나갈 수 없었다.

총책임자라는 그 남자는 앞뒤로 오가며 군중 앞에서 연설했다. "이 지주들은 타고난 악당이오. 빈티엔 마을에서 한 여성이 자신의 아버지를 고발했소. 그녀는 아버지가 자신을 1959번이나 강간했다고 말했소. 1959번! 그것도 자기 딸을." 남자는 잠시 멈춰 서서 우리를 바라보았다. "그 지주는 머리에 총알을 맞고 처형당했지. 그의 딸은 과거 고통에 대한 보상으로 그 땅의 큰 필지를 받게 되었소." 그는 투씨 부인과 일꾼들을 향해 한마디 한마디를 이를 갈듯 말했다. "자, 두려워하지 마시오. 마을 사람들은 부자가 될 아무 희망도 없었는데, 저들이 가진 큰 집, 넓은 정원, 밭과 소를 생각하시오. 그게 누구의 피와 땀으로 벌어들였을지를."

"그들이 얼마나 열심히 일했는지 알아요." 투씨 부인이 울부짖었다. 그녀 옆의 일꾼은 오줌까지 지린 상태였다. "내 남편과 아들이 불에 타 죽었을 때, 쩐씨네 사람들이 날 돌봐줬어요. 내 가족이나 다름 없단 말이에요."

"얼른 데려가. 저 여자는 쓸모가 없네." 총책은 고개를 저었다. 투씨 부인은 끌려나오자, 내 아이들을 향해 달려갔다. 이제 그는 의자에 앉은 일곱 명의 남자를 향해 말했다. "여러분, 이제 선택을 하시오. 백치처럼 여기 계속 앉아 있을 것인지, 아니면 그들을 비판하고 재산을 나눠 가질 것인지. 우리는 도와주러 온 겁니다, 모르겠어요?"

젊은 직원 중 한 명인 퉁씨가 고개를 들어 우리 얼굴을 훑어보았다. "우리는 착취에 시달렸다!" 그는 벌떡 일어났다. "우리는 가난하고 저들은 부자야." 관중들은 환호성을 지르며 주먹을 불끈 쥐었다. "저들은 우리에게 장시간 노동을 시키면서 충분한 임금을 주지 않았소. 우리를 계속 가난하게 살게 했기 때문에 저들을 섬길 수밖에 없었던 거지!" 퉁씨는 또 외쳤고 군중은 포효했다. "이 모든 재산은 우리 것이오, 형제들." 퉁씨는 남은 여섯 명을 바라보았다. "우리의 노동의 결과를 되찾는 것이 당연하지 않소."

"아니요, 사실이 아닙니다!" 탄씨가 일어섰다. "모두가 굶주리고 있을 때 그들이 도왔지요. 자, 당신, 당신, 그리고 당신…"

그는 앞에 있는 군중의 얼굴들을 하나씩 가리켰다. "당신이 여기서 쌀을 받아가는 걸 봤어요. 쩐 부인에게 평생 감사할 거라면서요?" 그의 목소리는 절규에 가까워졌다. "여기 있는 사람 중 어느 누구도 대기근 때 이 가족한테 도움을 받지 않은 사람이 있나요?"

군중은 조용해졌다. 내 아이들도 울음을 그쳤다.

탄씨는 통씨를 비라보고 밀했다. "Đừng ăn cháo đái bát(그릇에 담기 전에 쌀죽을 먹지 말아라)."

"그만!" 총책은 탄씨의 얼굴에 대고 소리쳤다. "저들이 당신을 가장 많이 세뇌시겼군."

"악덕 지주들을 척결하라." 이번에는 외침과 북소리가 훨씬 약해졌다.

"지주들이 얼마나 교활한지 모르오." 총책이 기침을 하며 마당에 침을 뱉었다. "어쨌든 이번에는 빠져나갈 수 없을 거요. 공개 인민재판을 열 겁니다."

북소리가 더 크게 울렸다.

"그들의 재산을 나눌 거요. 땅 없는 농부들에게 골고루!" 총책이 외치자 군중도 함께 환호했다.

"제발 원하는 건 다 가져가세요." 오빠가 외쳤다. "원한다면 나를 비난해도 좋소. 대신 내 동생과 아이들은 보내주세요. 제발 부탁이오."

역시 말끔한 피부의 한 남자가 총책에게 속삭였고, 그는 고개를 연신 끄덕였다. "이 둘을 데려가." 그는 오빠와 아들 민을 가리켰다. "그리고 저 못된 여자도 계속 지켜 봐." 그는 나를 향해 손짓했다. "다시 한 번 찾아 올 테니 절대 도망 못 가게 해요."

오빠가 소리쳤다. "안 돼요. 민은 아직 어려요. 저 아이는 아무것도 몰라요."

"여러분, 이렇게 빌게요. 제발 오빠와 내 아들은 데려가지 않게 해주세요." 나도 군중에게 읍소했다.

총책이 손가락을 튕기자 여러 남자가 손을 뻗어 오빠와 민을 끌어올렸다. 오빠는 피 범벅이 된 얼굴로 나를 돌아보며 말했다. "걱정 마, 곧 돌아올거야. 우리는 잘못한 게 없잖아."

"엄마!" 민은 끌려가며 몸부림쳤다.

나는 그들을 쫓아가려고 했지만 우악스러운 손들이 나를 붙잡았다. 눈 깜짝할 사이에 큰아들과 오빠가 마당 울타리 뒤로 사라졌다.

◆

파리떼가 주위를 맴돌았다. 마치 세상을 점령한 악마의 불타는 눈처럼 보였다. 눈을 깜박여 봐도 어둠이 너무 깊어 앞을 볼 수 없었다. 몸부림쳐 봤지만 팔다리를 묶은 밧줄이 너무 강했다. 흐느끼고 싶어도 눈물이 모두 말라 버렸다. 또 얼마나 기다려야 군중들이 찾아 와 우리를 윽박지를까? 하지만 이제 난 슈가애플

나무둥치에 묶여 있는 힘 없는 여인일 뿐이다. 그들은 외양간을 부수고 들소와 물소, 돼지와 닭을 빼앗고 집에 난입해서 소파고 의자고 침대고 모두 약탈해 갔다. 모두 힘든 노동의 대가로 사들인 것이었다. 나는 폭도들의 얼굴을 뚫어져라 바라봤다. 모두 내가 아는 농부들이었다. 일곱 명의 우리 일꾼 중에는 나를 비판한 퉁씨만 가담했다. 그는 내 눈을 피했다. 얼마나 오래 우리 집 앞마당이 불탔던가? 폭도들은 환호성을 지르며 우리집 책들을 다 꺼내서 찢고 불길에 던져 넣었다. 그것들은 봉건 제도의 잔재라고 불렀다. 마을의 사원도 불에 타서 연기 기둥이 하늘로 치솟았다. 우리의 신성한 예배 장소가 사라졌다.

마지막으로 아이들의 울음소리를 들은 게 도대체 몇 시간 전이었나? 애들은 집 안에 동물처럼 웅크린 채 투씨 부인과 함께 있었다. 그녀도 다른 사람들처럼 우리를 버릴까?

그렇게 저녁까지 반나절을 나는 나무에 묶여 있었다. 아이들과 내가 탈출하지 못하도록 대문 앞에는 보초병을 세웠다. 그들이 담배를 피우며 욕설을 해댔다. 지금은 조용해졌다. 아마 잠이 들었나 보다.

"엄마, 아빠, 여보, 찐 언니." 나는 우리 가족들의 혼령에게 오빠와 민을 구출해달라고 기도했다. 무섭기도 했지만 화도 났다. 내가 그렇게 순진하지 않았다면 우리는 탈출할 시간이 있었을 것이다. 내가 수확철이라고 그렇게 열심히 일하지 않았었다면, 우리를 척결하겠다는 비밀 계획에 대해 뭐라도 들었을지도 모른다.

갑자기 부석거리는 소리. 나는 귀를 쫑긋 세웠다. 마른 나뭇잎이 누군가의 발밑에서 바스락거리는 소리였다. 심장이 쿵쾅거렸다.

"지에우란." 투씨 부인의 부드러운 목소리였다.

"저, 여기 있어요." 어둠 속에서 구세주가 다가오는 것 같았다. 그녀의 따뜻한 숨결이 내 귓가에 닿았다. "지에우란, 아이들을 데리고. 당장 떠나세요." 부드러운 손이 내 손에 닿더니 차가운 금속 조각이 느껴졌다. 그녀는 가위로 내 손에 묶인 밧줄을 잘라 주었다. 투씨 부인은 나를 끌어당겼다. 우리는 잠시 떨면서 서로 부둥켜안았다.

"이모, 저는 못 가요. 민이랑 오빠 꽁이랑…"

"지에우란 …" 그녀의 눈에서 흐른 뜨거운 눈물이 내 얼굴로 흘러내렸다. "하이씨가 알려줬어요. 그들이 꽁을 죽였대요. 지금 당장 떠나야 해요. 곧 당신을 잡으러 올 거야."

"안 돼!"

투씨 부인의 손이 내 입을 감쌌다. 나는 고개를 저었다. 우리 오빠가 죽었을 리가 없다. 오늘 아침에도 바로 내 옆에서 이야기하고 웃었는데. 누구도 다치게 한 적 없었으니 누구도 그를 해쳐서는 안 되었다.

"민은 도망쳤대요. 그러니 민을 잡기 전에 당신도 도망쳐야 해요."

나는 숨을 헐떡였다. 슬픔 속에서도 잠시 환희를 느꼈다. 투씨 부인이 내 손을 끌었다. 우리는 낙엽과 축축한 땅이나 밤이슬에 젖은 채소에 미끄러지고, 나무뿌리에 걸려 넘어지면서도 계속 걸었다.

"엄마!", "엄마, 정말 엄마야?" 작은 속삭임을 듣게 되어 정말 기뻤다. 반쯤 열린 문이 만져졌다. 어둠 속에서 더듬더듬 부엌으로 들어가 응옥, 닷, 투언, 하인의 눈물 젖은 얼굴을 만졌다. 그들이 내 몸과 하나가 되기를, 그래서 다시는 헤어지지 않기를 바라며 그들을 끌어안았다.

"산은 어디 있니?"

"여기 제가 안고 있어요, 엄마." 응옥이 내 손을 뻗어 아기를 만지게 해 주었다.

"자, 가야 해요." 투씨 부인이 재촉했다.

"이모, 하지만 첫째가 우리를 찾으러 올지도 모르는데." 내가 말했다.

"민은 멀리 도망쳤어요, 지에우란." 투씨 부인이 내 귀에 속삭였다. "여기 있으면 죽어요. 제발." 그녀는 내게서 고개를 돌렸다. "얘들아, 우리가 약속한 거 기억하지? 한 줄로 기어가야 해. 앞에 있는 사람 발목을 붙잡고 가는 거야."

"네, 이모할머니."

"바깥에 초소병들이 깨지 않도록 조심해요." 그녀는 내 등에 산을 포대기로 싸주었다. "지에우란, 아이들을 데리고 뒤쪽 울타리에 있는 개구멍을 통해 도망쳐요."

"이모, 우리와 같이 가지 않을래요?" 목이 잠겼다.

그녀의 손가락이 내 눈물을 부드럽게 닦아줬다. "아무도 없으면 이 집을 불태우고 제단도 부술 거예요. 난 있어야죠. 당신 부모님의 무덤도 지켜 줄게요."

"이모할머니, 이모할머니." 아이들이 울기 시작했다.

"쉿, 들킬 거야." 투씨 부인이 혀를 끌끌 찼다. "힘내서 어머니를 도와줘야지. 안전해지면 그때 나한테 돌아오렴."

"민을 어떻게 찾지요?" 내가 물었다.

"서로를 찾을 수 있도록 하늘이 길을 밝혀줄 거예요, 지에우란. 당신의 운명을 잘 견디세요" 날 쓰다듬어주던 그녀의 손이 떠났다. "닷, 이제 네가 장남이다. 동생들을 잘 돌보고, 이 식량 가방을 잘 보관해."

"네." 닷은 흐느끼며 대답했다.

뒤뜰을 가로질러 울타리를 통과하고 여러 개울을 건너 논밭을 달리는 동안 어둠은 우리를 지켜주었다. 공포에 질려 우리는 뛰고 또 뛰었다.

8장

남쪽으로의 여정

하노이, 1975

잠에서 깨어났을 때는 칠흑빛 밤이었고 할머니는 옆에서 주무시고 계셨다. 나는 주위를 더듬어 '선까'를 찾아 손에 꼭 쥐었다. 그리고서 오래도록 누워 가족들이 각기 겪어야 했던 시련을 생각했다. 내게 소원이 있다면 그저 가족이 함께 모여 먹고, 이야기하고, 웃을 수 있는 평범한 하루를 보내고 싶었다. 이 세상에 얼마나 많은 사람들이 그런 일상을 보내고 있는지, 또 그 하루가 얼마나 특별하고 귀중한지 모르고 있지 않을까.

더 이상 잠을 잘 수 없어서 모기장을 걷고 살금살금 밖으로 나갔다. 그런데 부엌에 있는 그림자가 나를 깜짝 놀라게 했다.

"삼촌, 잠이 안 와요?" 내가 속삭였다.

나는 나무 새를 탁자 위에 올려놓고 물 한 잔을 가져다 드렸다. 휠체어에 앉은 닷 삼촌은 쭈글쭈글한 노인처럼 보였지만 고작해야 서른네 살이었다.

"삼촌, 다시 자러 갈래요? 제가 도와드릴게요."

삼촌은 고개를 저었다. "요즘 잠을 도통 못 자."

"왜요?" 나는 그의 옆에 앉아서 물잔을 그의 손에 쥐어 주었다.

"악몽, 뭐 그런 거지." 삼촌은 한 모금을 마셨다.

"걱정하지 말고 다시 자러 가자."

"저도 잠이 안 와요… 삼촌, 지난 밤에 저를 구해주셔서 고마워요."

그 뚱뚱한 경찰이 다시 찾아 왔었다. 너무 무례하게도 같이 나가자고 찾아왔는데, 설마 삼촌이 있어서 자신이 봉변을 당하게 될 줄은 꿈에도 몰랐을 것이다.

"아마 그 녀석, 무척 겁먹었을 걸? 다신 못 찾아올 거야." 삼촌이 껄껄거리며 웃었다.

"다행이에요. 하지만 삼촌, 조심하세요. 할머니가 당국을 건드리면 감옥 간다고…."

"그 녀석이 당국자라고? 전혀. 그 녀석은 그저 사람들을 겁먹게 하는 끄나풀이야. 내 말이 험해도 이해해라. 어쨌든 날 건드릴 생각은 못 할 거야. 우리 귀향군인들은 나름 발언권이 있거든."

나는 천천히 물을 마시면서 머릿속을 정리하려고 애썼다. "삼촌, 아버지한테 새를 받은 후에 다시는 못 보았어요? 아빠 소식도 전혀요?"

"미안하다, 흐엉. 전쟁터가 얼마나 넓은데. 투언, 상, 또 네 엄마도 전혀 만나지 못했단다."

"엄마랑 막내삼촌은 내일 삼촌 보러 온대요. 무사히 와서 정말 행복해 할 거예요."

"행복? 넌 그들이 내 이꼴을 보면 행복해 할 것 같니?"

"다 괜찮아질 거예요, 삼촌."

그가 살포시 웃었는데, 그 웃음소리는 내가 들어본 것 중 가장 슬프게 들렸다. "몇 달 동안 고민했는데…, 집에 돌아오지 말았어야 했어. 이 상태로 친구와 가족을 마주해서도, 내가 사랑하는 사람들에게 부담을 줘서도 안 된다고 말이야."

"오, 아니에요, 삼촌. 우리가 돌봐줄 거예요." 나는 눈물을 참았다.

그는 휠체어에 맥없이 앉아 있었다.

"삼촌, 전… 남쪽 여행이 어땠는지, 삼촌이 아빠를 어떻게 만났는지 듣고 싶어요."

"지금?" 그는 새벽 2시를 가리키는 시계를 흘끗 쳐다보았다. "긴 이야기일 텐데… 너, 내일 학교 안 가니?"

"삼촌, 아빠 소식을 너무 오래 기다렸어요. 아빠가 어떤 상황이었을지 짐작이라도 하고 싶어요."

"진짜 술이 필요해." 닷 삼촌은 찬장을 바라보았다. "어젯밤에 다 마셔버려서 아쉽네."

"잠깐만요." 나는 벌떡 일어났다. 찬장을 뒤적여서 가득 찬 술병 하나를 내왔다. "할머니가 어젯밤에 사다 놓았어요… 삼촌이 잠든 후에요." 나는 킥킥 웃었다. "아마 삼촌이 찾을 거라고 생각하셨나 봐요."

"우리 어머니는," 삼촌이 웃으며 말했다. "정말 대단하신 양반이야!"

◆

삼촌은 내가 가져온 술잔을 마다하고 병에 입을 대고 마셨다. 그는 한참 동안 고개를 숙였다. 그리고 나서 얘기를 시작했다. 이제야 돌이켜 보면, 옛 기억들을 다시 소환하는 것이 얼마나 힘들었을지 짐작이 간다. 하지만 아버지를 찾는 조카를 도와주기 위해 그는 남쪽으로의 여정을 시작했다.

"그래, 네가 어린 소녀였을 때, 그 모든 것이 시작되었지. 1968년에 모든 남성은 입대하라는 소집령이 떨어졌어. 할머니는 어떻게든 다른 방법을 생각하려 했지만, 별 방법이 없었다. 상은 아직 열네 살이라 좀 더 미룰 수 있었지만, 매형과 투언, 그리고 난 징집되어 바비산의 신병훈련소로 끌려갔단다. 거기서 최소 20킬로그램 이상의 군장을 메고 산을 오르내리며 몇 주를 보냈지. 매일 오르내리고, 또 올랐어. 밤에도 행군 훈련을 했어."

삼촌은 고개를 저었다. "1천 킬로미터 이상 떨어진 전장까지 가야 했으니까. 미군과 남베트남군을 전멸하는 게 우리 목표였지. 당시에는 몰랐지만 호주, 한국, 뉴질랜드, 태국 등에서도 군대를 파병했다더군."

나는 몸을 떨었다. "정말 무서웠겠네요, 삼촌?"

"꼭 그런 건 아니야. 그땐 군대의 사기가 높았으니까. 우리가 항전하지 않는다면, 폭탄 속에서 산화되고 북베트남은 점령되었겠지. 그 여정을 떠나기 전에, 네 아빠와 투언, 나는 각기 다른 부대에 배치되었지. 투언은 우리가 토지개혁에서도 살아 남았으니 무적이라고 말했어. 매형도 전쟁이 끝나면 투언과 나를 합동 결혼식을 치러줘야겠다고 농담까지 했지. 우리 여자친구, 쭈와 느엉이 환송하면서 얼마나 슬프게 울었는지 매형도 봤으니까. 그렇게 우린 꼭 껴안고 작별인사를 했지. 어디로 갈지 전혀 듣지도 못한 상황이었어."

닷 삼촌은 잠시 말을 멈췄다. 계속 얘기하는 게 너무 힘들어 보여서 안타까웠는데, 삼촌은 목을 가다듬고 말을 이어갔다.

"북베트남군에는 차량이나 트럭, 기차가 넉넉하지 않았고 미군 폭격기가 늘 도로를 노리고 있었지. 그래서 밀림과 숲을 헤치고 쯔엉선 산맥을 넘어가는 게 더 안전했어. 실제로 수십만 명의 북부 병사들이 호치민 루트라고 불리는 그 길을 따라 밀림을 지나갔어. 걷는 데 6개월이 걸렸고, 옷, 약, 붕대, 해먹, 휴대용 삽, 샌들과 식기류 등을 각자 짊어지고 다녀야 했어. 나는 왼쪽 어깨에 5킬로그램의 쌀을 넣은 전대를 둘렀고, 오른쪽 어깨에는 소련의 AK-47 소총을, 허리에는 탄약 200발과 수통을 들고 행군했다."

닷 삼촌은 눈을 감았다. "나와 동지들이 행군을 시작했을 때는 초겨울이었어. 우리 군대의 군호는 '흔적도 없이 전진하고, 연기 없이 요리하고, 소리 없이 대화한다'였지. 적의 폭격기에 언제라도 발각될 수 있으니 소리 없이 움직여야 했어. 밤에는 걷고 낮에는 숨었는데 초록색 나뭇잎과 작은 나뭇가지로 위장을 했단다. 깊이 땅을 파고 불을 피운 뒤, 연기가 발각되지 않도록 긴 연통을 연결했고 말이지."

"너무 위험하게 들리는데요?"

"맞아. 암흑 속에서 걷는 것도 무척 위험한 도전이었어. 혼자 낙오되면 죽음이니까. 아침이 되면 텐트를 치고 쉬었는데 앉는 곳마다 거머리가 피부에 달라붙었단다."

나는 그 얘기에 무서움으로 온몸이 떨렸다. 그런 거머리가 피를 너무 많이 빨아먹어 결국 동그란 공처럼 부풀어 올랐다는 글을 읽은 적이 있었다.

"폭격이 너무 잦아서 나무 사이에 해먹을 설치하기 전에 땅굴을 파고 숨어야 했다. 해먹은 큰 천으로 되어 있는데 비가 올 때면 우비처럼 쓸 수 있었지. 또 이 천은 정말 중요한 거라고 말해야겠구나. 그건 사망한 병사의 시신을 감싸는 용도로도 쓰였지. 다시 말하면 우리의 수의나 마찬가지야. 처음에는 5일마다 하루씩 쉬는 날이 있었다. 무척 기다려지는 날이었지. 그때는 잠을 자거나 낚시나 먹을 수 있는 식물을 채집했거든. 또 대장이 12명의 병사로 분대를 구성해서 인근 군부대 캠프에 가서 다음 5일 동안 먹을 식량을 받아오게 했지. 러시아뿐 아니라 중국공산당이 전쟁을 지원했기 때문에, 주로 중국인들로부터 식량을 얻었다."

나는 눈을 감고 밀림 깊은 곳에서 낚시를 하는 아버지를 상상해 보았다.

"흐엉, 그런데 우리 몸이 그런 험한 밀림을 버텨낼 수는 없잖니. 행군한 지 한 달이 지나자 동지들이 하나둘씩 병에 걸리기 시작했고 나도 지칠 대로 지쳤다. 다행히 봄이 찾아와 우리가 목숨을 건졌지. 꽃들이 화려한 봉오리를 터뜨렸고 햇빛은 찬란했다. 공기에서 죽음이나 화약 냄새가 아닌 생명의 냄새가 났다. 네 아버지가 선물로 조각한 것과 같은 종류의 새도 우리에게 노래를 불러줬단다."

"그때 아빠를 만난 건가요?"

"아니, 그때 나는 말라리아에 걸려 있었어. 고열에도 추위를 느껴서 주체할 수 없을 정도로 벌벌 떨렸지. 내 몸속의 뼈가 다 으스러지는 것 같은 고통이었어. 걷지 못하고 길가 해먹에 누워만 있었지. 처음에 하나둘씩 아프기 시작할 때는 어떻게든 환자를 옮기려고 했어. 하지만 전우들도…. 그래, 남은 전우들은 이미 쇠약해진 상태였으니까. 야전병원으로 나를 데려가려 했는데, 너무 먼 거리라서 내가 거절하고 말았지. 그들에게 곧 회복되어 따라잡겠다고 약속했지. 그래서 전우들은 내게 음식과 약을 남기고 작별 인사를 했다.”

“삼촌, 그래도 그때 야전병원에 갔으면, 어머니를 만났을지도 몰라요.”

“누나가 아직 입대하지 않았을 시기야. 넌 네 엄마가 어디에 주둔했었는지 아니?”

나는 고개를 저었다. “엄마는 아무 말도 하지 않았어요. 그저 끔찍한 일을 겪었다고만 했죠. 누구에게든 일어나고 싶지 않은 일이라고요.”

“의사들도 누구보다 위험에 노출되었지. 단지 생명을 구하는 것뿐만 아니라 환자를 보호해야 하니까. 폭격이 있을 때마다 환자들을 대피소나 산 너머로 옮기고 새 야전병원단을 설치해야 했을 테니까. 때로는 총을 들고 싸우기도 했을 거야.”

사실 난 이런 생각은 해본 적이 없었다. 나는 침을 삼켰다. “삼촌, 엄마가 전쟁터에서 아기들을 받았을 수도 있었을까요?”

“왜 물어보는데?”

“그냥… 궁금해서요.”

“아기 출산을 도왔을 수도 있겠지. 의사들이 마을을 탈출한 민간인들을 도와야 했거든.”

나는 고개를 끄덕이며 가슴에서 무거운 짐을 내려놓았다. “이제 삼촌도 여기 있으니까, 엄마도 부디 집에 돌아왔으면 좋겠어요.” 나는 부엌으로 가서 볶은 땅콩 한 그릇을 가져왔다. 닷 삼촌은 몇 개를 입에 넣고 쩝쩝 씹었다. “할머니가 누나가 두엔네가 조용해서 그리로 이사갔다던데, 진짜 이유는 뭐니?”

“할머니와 크게 싸웠거든요.”

“뭣 때문에?”

“어머니는 할머니가 마을에서 도망치지 않았다면, 식구들이 전쟁터에 가지 않아도 됐을 것이고 투언 삼촌도 죽지 않았을 거라고 했어요.”

“뭐?” 닷 삼촌은 고개를 저으며 제단을 올려다보았다. “도망쳤으니 우리가 살 수 있었던 거야. 게다가 마을에 남아 있었다고 해도 결국 징집됐을 테고.”

“그럼, 이 모든 일로 할머니를 탓하지 않으시는 건가요?”

“말도 안 돼. 탓한다니… 네 어머니가 왜 그런 말을 하는지 모르겠네.”

“삼촌, 엄마에게 화내지 마세요. 난 그저 엄마가 집에 돌아왔으면 할 뿐이에요.”

“흐엉, 나도 누나가 집에 왔으면 한다. 걱정하지 마라.”

나는 선까를 집어 턱에 괴고 물었다. “삼촌, 그다음엔 어떻게 됐나요?”

닷 삼촌은 한숨을 쉬며 병에서 술을 한 모금 마셨다. “말라리아는 정말 끔찍한 병이야. 나는 해먹에 누워 덜덜 떨면서 열에 시달렸지. 여러 날이 지나갔고, 새로 부대가 캠프를 칠 때면 내게 밥을 갖다 줬지. 그런데 어느 날 아침, 누가 나를 흔들어 깨웠어. 꿈인 줄 알았는데 매형이 내 앞에서 웃고 있었어."

"아빠가요?"

"그래. 네 아버지는 함박웃음을 터트리며 '아, 이 죽은 통나무가 내 처남으로 변했다니 믿을 수 없네'라고 말했지."

"아빠는 어땠어요? 아주 말랐나요?"

"마른 편이었지만 괜찮아 보였어. 수염도 기르고. 네 아빠 말로는 엄마가 면도를 해주곤 했기 때문에, 엄마에 대한 선물로 수염을 기르고 있었다더구나."

나는 웃을 수밖에 없었다. "농담하시는 건 여전하셨네요."

"그래, 대단한 정신력이지. 그때 매형이 너를 위해 조각한 선까를 보여줬지. 네 아버지가 너를 얼마나 사랑하는지 말하지 않은 것을 후회한다고 했어. 네가 그가 가진 세상의 전부라고도 했고."

나는 고개를 끄덕였다. 닷 삼촌의 귀환은 내게 희망을 가지게 만들었다.

"그날 네 아빠가 삼시세끼를 직접 요리해줬지. 참으로 오랜만에 신선한 고기를 맛볼 수 있었다. 약도 구해 주었고. 너와 네 엄마, 하노이에서의 행복한 시절을 얘기해줬지. 해가 지기 시작하자 주머니에서 선까를 꺼내면서 먼저 집에 도착하면 너에게 전해달라고 부탁했어."

나는 새를 꼭 쥐었고, 뺨에는 눈물이 흘러내렸다.

"날이 저물지 않기를 바랐는데, 끝내 어둠이 내려왔지. 헤어질 시간이 됐어. 매형은 가지고 있던 쌀을 모두 내 가방에 부었지. 강에서 깨끗한 물로 수통을 채워줬고, 그리고 우리는 정말 힘찬 포옹을 했지. 매형은 둘 중 먼저 집에 도착하는 사람이 다른 사람에게 맥주를 사야 한다고 농담을 했단다."

"30분쯤 후에…" 삼촌은 재빨리 나를 흘끗 쳐다보면서 맑은 목소리로 말을 계속했다. "음… 그러니까 난 네 아빠가 좀 더 있었으면 했어. 매형의 부대에 합류해도 될 만큼 회복했다고 생각해서 해먹에서 몸을 일으켰는데, 다리가 말을 안 듣더군. 네 아빠의 짐이 될 순 없었으니 마음을 접고 떠나는 걸 지켜봐야만 했어. 2주후… 네 아빠가 떠나고 2주 후, 미제 폭격기가 나타났어. 폭탄으로 하늘이 온통 어두워질 정도였지. 폭탄이 쏟아졌고, 밀림은 뿌리째 뽑히고 들풀처럼 불탔지.

네 아버지의 약 덕분에 난 필사적으로 동굴까지 기어가 몸을 숨겼어. 남겨준 음식 덕분에 폭격이 계속되는 동안 버틸 수 있었고. 그렇게 적기는 떠나고 동굴 밖으로 비틀거리며 나온 나는 내 눈을 의심했지. 수백 명의 군인들이 나를 지나갔는데, 그 흔적을 따라 폭격기가 공습한 거야. 청년여단 자원자들 대부분은 여성이었는데, 그들이 그 길을 다시 보수했어. 주된 임무는 불발탄을 찾아서 해체하는 것이었다.

그리고 난 새로운 부대에 합류했는데, 이젠 밤낮을 가리지 않고 행군했다. 네 이모의 동급생 탄을 전우로 만난 것은 정말 우연이었어. 남쪽으로 가는 동안, 피폭된 구덩이를 수없이 봤는데, 마치 거대한 동물이 몰려다니며 이 지구에 족적을 남기고 간 듯했다. 때때로 행군 중에 머리 위로 비행기에서 가랑비가 흩뿌려지곤 했어. 그러자마자 식물들은 쭈그러들고, 나무들은 잎을 떨구었지. 우리 주변의 모든 것이 시들어 버렸어."

삼촌은 양손으로 쥔 술병을 바라보고 있었다.

"파괴된 지역을 지날 때는 참 우울했어. 새도, 나비도, 꽃도, 초록빛 나무도 더 이상 보이지 않았거든. 울부짖는 바람 소리는 성난 유령의 꽥꽥이는 신음처럼 들렸어. 전쟁 전에는 아버지를 제외하고는 죽은 사람을 만져본 적이 없었는데, 이제는 끊임없이 무덤을 파고 전우들을 묻고 있었지. 탄과 나는 친구가 되었어. 서로 반드시 살아남아 가족한테 돌아가자고 다짐했지. 탄은 작은 나무 구슬로 만든 염주를 보여 주었어. 그의 어머니는 옌뜨산[1]의 수천 계단을 걸어서 신성한 탑에 도착해서 주지 스님으로부터 아들을 지켜줄 염주를 받았다고 했어. 나는 탄에게 내 행운의 부적인 선까 새를 보여줬지."

나는 삼촌의 팔에 손을 뻗었고, 삼촌은 술을 한 모금 더 마셨다.

"몇 주를 걸려 중부 지역의 꽝빈에 도착했어. 강둑에 서 있는 순간 입이 떡 벌어졌어. 내 눈앞에 수백 마리의 새들이 에머랄

---

1   옌뜨산(Núi Yên Tử ·安子山)은 해발 1,068미터로 베트남 최고의 명산으로 13세기에 왕들이 즐겨 찾던 곳으로 웅장한 불탑이 많다.

드빛 물 위를 미끄러지듯 날아가고 있었지. 그리고 저 유명한 퐁냐 동굴도 지나갔어. 우리는 불빛을 켜놓은 듯한 천장에 달린 오랜 세월 동안 형성된 수천 개의 기묘한 종유석들 아래로 줄 지어 행군했다."

"그 동굴은 참으로 멋질 것 같아요, 삼촌."

그는 고개를 끄덕였다. "그래… 잠시 동안은 전쟁을 뒤로하고 평화의 세상에 온 듯 싶었지. 폭탄과 총알도, 죽음도 더는 없는 곳. 그저 간간이 배에 부딪히는 물결만 있는 곳. 그 동굴에서는 평화의 달콤함이 풍겼지. 흐엉, 난 그걸 들이마시며 평화를 염원했어. 퐁냐 중신부에 도착했을 때 강변의 모래사장에서 수천 명의 군인들이 쉬고 있더라고. 거기서 투언과 네 아빠를 찾아봤지만, 거기엔 없었어. 퐁냐는 사실 하나의 동굴이라기보다 거대한 동굴들이 연결된 수계라고 해야 할까. 내가 쉬던 곳은 높은 산 사이의 틈새로 햇빛이 쏟아져 들어오면, 바위마다 반짝이며 산이 우리를 보호해준 것 같아. 밤이 되면 하노이 출신의 예술가들이 노래와 춤을 추고 시를 낭독했다. 몇 달 만에 처음으로 웃을 수 있었어. 그리고 동굴에서 내 인생 최고의 밤을 보냈다. 그곳에선 더 이상 목소리를 내는 걸 두려워할 필요가 없으니까. 난 거기서 소녀 예술가의 손을 잡고 향긋한 머리냄새도 맡았지. 물이 똑똑 떨어지는 소리를 들으며 강둑에서 잘 땐, 응웬의 꿈을 꾸었지."

닷 삼촌은 술을 꿀꺽 삼켰다. 응웬 양? 어젯밤 삼촌의 여자친구가 저녁식사 때 잠깐 들렀었다. 그녀는 삼촌을 7년 동안이나 기다렸다. 그런데 삼촌은 시설을 피하고 그녀가 묻는 말에만 대답했다. 할머니가 차를 끓이는 동안 삼촌이 피곤해서 자러 간다고 자리를 떠버렸다. 할머니가 위로해 줬지만, 결국 그녀는 울면서 떠나버렸다. 그 동굴에서의 일 때문에 닷 삼촌이 응웬 양에 대한 마음을 바꾸게 된 걸까?

"흐엉, 그 동굴은 너무 평화로와서 영원히 그곳에 머물고 싶었지. 그곳에서 결혼하고 아이를 키우는 상상도 했지. 드디어 아침이 왔고, 결국 또 떠나야만 했어. 남베트남으로 가는 호치민 루트는 라오스와 캄보디아를 횡단하는 길이야. 물론 그곳에서도 미군의 폭격을 피할 수 없었어. 우리가 전쟁을 이웃나라까지 가져온 셈이었지."

나는 폭격을 피해 피난처로 도망쳐야 했던 이웃 나라의 아이들에게서 나 자신의 모습을 보았다. 세월이 흐른 후에야, 나는 국제적으로 '베트남 전쟁'으로 알려진 이 전쟁에서 수십만 명의 라오스인들과 캄보디아인들도 사망했다는 사실을 알게 되었다. 최근 베트남 정부는 "국가와 인민을 수호하기 위한 항미 전쟁"이라고 부르기 시작했다. 공식 명칭이 어떻든 간에, 이 전쟁은 땅 심장부에 수백만 톤의 불발탄을 남겨 놓아서 오늘날까지 베트남, 라오스, 캄보디아에서 어린이들의 희생이 잇따르고 있다.

삼촌은 침을 삼켰다. "곧 우리는 적군이 통치하는 남부 지역으로 이동했다. 탄과 나는 가까이 지냈어. 나는 행운의 부적을 의지해 밤마다 선까를 꺼내어 속삭이곤 했다. 우리 부대에서 약 절반 정도만 살아 남았어. 항상 경계를 늦출 수 없었지. 전쟁에서는 아주 작은 실수나 무신경함이 사람의 생명을 앗아가니까."

"하루는 물을 마시러 개울가에 들렀다. 동료 한 명이 수신호를 보냈지. 개울을 가리켰다가 자기 코를 가리키는 식으로. 나는 손바다으로 물을 떠 냄새를 맡았다. 비누 냄새가 났지. 대장은 몇 명을 상류로 정찰을 보냈고, 우리도 안전 거리를 유지하며 밀림을 우회해서 몰래 상류로 빠져나갔다. 잠시 후 희미한 웃음소리가 들렸는데, 가까이 디기가자 나뭇잎 틈 사이로 한 무리의 병사들이 보였어."

삼촌은 말을 멈췄다. 등유 램프가 깜빡이고 있었다.

"반대편 해안에서 10명 정도의 웃통을 벗은 남자들이 몸을 씻고 있었다. 열여덟 살에서 열아홉 살 정도밖에 안 된 앳된 애들이었어. 몇몇은 백인에 금발 머리였고, 다른 사람들은 피부가 너무 검어서 숯으로 그을린 것처럼 보였다. 두 소년이 개울 한 가운데 서서 물을 튀기며 장난치고 있었고 따사로운 햇빛이 그들의 몸을 비추며 시냇물 표면에서 반짝였다. 공기에서 행복한 냄새가 났다. 너무나 평화로운 광경이어서 넋을 잃은 채 바라보고만 있었지. 그 순간 총소리가 나를 뒤흔들었다. 눈 깜짝할 사이에 외국 청년들은 개울가 뒤로 넘어졌다. 그들의 얼굴은 공포로 뒤틀려 있었어. 총알이 관통하여 살점이 공중으로 날아가는 동안 나는 얼어붙은 채로 있었다. 개울을 따라 흘러내리는 피를 보면서 문득 그들의 어머니가 겪어야 할 눈물과 슬픔이 떠올랐어. 너와 할머니, 네 어머니, 그리고 누이 하인이 생각났다. 나는 미국과 그 동맹국들을 훨씬 전부터 증오했단다. 우리 국민에게 폭탄을 투하하고 민간인을 죽인 그들을 미워했지. 하지만 그날부터 난 전쟁이 싫어졌어."

삼촌의 말은 나를 생각에 잠기게 했다. 나도 미국을 미워했다. 하지만 미국인의 책을 읽으면서 그들의 다른 면, 즉 인간성을 보았다. 그리고 사람들이 서로에 관한 책을 읽고 다른 문화의 관점에서 이해한다면 지구상에 전쟁은 일어나지 않을 것이라고 확신했다.

"아마 나를 구한 건, 적에 대한 동정심 때문인 것 같다." 닷 삼촌은 고개를 저었다. "한번은 가까운 부대에 중요한 메시지를 전달하기 위해 혼자 숲속을 지나고 있었다. 그때 헬리콥터가 다가오는 소리가 들렸지. 그 순간 더는 숨을 곳이 없어서 썩은 나뭇잎으로 몸을 가리고 누웠다. 내 시야에 헬리콥터가 날아다녔고, 거기에는 키가 크고 어깨가 넓은 백인 남자가 M-60 기관총을 손에 쥐고 아래 숲을 살펴보고 있었지."

나는 숨이 멎는 듯했다.

"그 외국병사가 총으로 나를 겨눴어. 분명히 날 봤겠지. 헬리콥터가 뿜어내는 바람에 내가 덮고 있던 나뭇잎이 다 날아갔거든. 나는 숨을 들이마시고 그저 총소리가 들리기를, 총탄이 내 육신을 뚫고 지나가기를, 죽음이 나를 데려가기를 기다렸지. 하지만 그 남자는 그저 나를 물끄러미 쳐다만 봤어. 그러고는 고개를 흔들며 손가락을 튕기자, 헬리콥터는 천천히 떠올라 사라졌지. 내 위로는 파란 하늘뿐이었어. 그 남자가 누구인지, 왜 나를 쏘지 않았는지 궁금해. 어쩌면 그는 전쟁에 반대했을 수도 있어. 아니면 단순히 내가 죽었다고 판단했을 수도 있었겠지만, 그건 사실이 아니야. 그 순간 우리는 마치 거울을 보듯 시로의 눈을 바라보았거든.

흐엉, 하지만 전쟁은 친절하지도 동정도 보이지 않는단다. 전쟁은 죽음과 슬픔, 비참함이다. 내가 부상을 입었던 최익의 전투는 사이공 남서부, 누이바덴 산에서 일어났지. 우리는 커다란 대나무 숲 아래 참호를 팠기 때문에 어느 정도 안전하다고 생각했어. 그런데 곧 적들에게 우리 위치가 발각되었지. 그들은 지상군을 투입하기 전에 폭격기로 먼저 공습해왔어. 우리가 그중 헬리콥터 두 대를 격추하고 나서야 전투가 끝났다. 적은 퇴각했지만 우리는 곧 새로운 은신처를 찾아 이동할 줄 알았다. 그런데 왠일인지 대장은 거기서 하룻밤 더 머물기로 결정했다. 게다가 그는 병사 몇 명을 보내 캄보디아 국경까지 가서 돼지를 사 오라고 했어. 승리에 도취했었달까. 수일을 굶었으니 제대로 먹고 어려운 행군을 떠나야한다고 생각했는지도 몰라. 식사가 준비되어 참호 곳곳에서 나와 수저를 드는 순간, 하늘에서 굉음이 울려왔다. 마치 벼락 같더군. 누군가 B-52 폭격기라고 외쳤고 나는 미친 듯 눈에 가장 먼저 보이는 공동 참호로 달려갔다. 내가 제일 먼저 뛰어들었고 탄과 또 다른 여섯 명이 차례로 뒤를 따랐다. 폭탄이 눈앞에서 터져서 귀가 먹먹했고 앞이 캄캄해졌어. 바위와 흙이 우리 위로 쏟아졌다. 더 많은 폭발이 일어났다. 방공호가 무너질 줄 알았는데 갑자기 폭격이 멈췄지. 모든 것이 조용해졌어."

삼촌은 등유 램프를 바라보았다. 삼촌의 얼굴에 미세한 경련이 일었다.

"물론 그건 끝이 아니야. B-52기는 융단 폭격이 주특기이거든. 곧이어 두 번째 폭격이 시작되기 전에 나는 원래 있었던 벌집 모양의 참호가 더 안전할 거라고 생각했어. '나는 원위치로 복귀하겠다. 탄 동지, 나와 함께 가자!' 그때 탄이 떨며 가지 않겠다고 말했어. 참호 밖을 나가는 위험을 감수할 수 없다고 생각했던 거지. 전우 두 명이 따라왔고 탄은 남았어. 참호 밖은 돌과 대나무 가지, 그리고 미처 먹지 못한 돼지 조각들이 흩어져 있었다. 방향이 맞는지 확신도 못 하고 달려서 마침내 내 참호를 찾아 들어갔지. 그들도 각자 있었던 참호로 들어갔어. 그리고 두 번째 폭격이 시작된 거야.

결국 폭격이 끝나고서 부대원들이 모였다. 그날 밤 B-52 폭격으로 부대원의 절반인 36명의 병사가 죽었다. 그중 공동 참호에서 나오지 않았던 네 명이 모두 죽었지. 일부는 형체를 알아볼 수 없을 정도로 뭉그러졌고, 일부는 사지가 흩어졌지. 탄은 그저 염주 팔찌로 알아볼 수 있었어. 오는 내내 많은 동지들을 잃었지만 그날 밤이 가장 힘들었다. 아무런 표식도 없는 무덤에 서른여섯 명이 묻혔다. 나는 가장 친한 전우의 가족을 생각하며 괴로워했다. 작별의 눈물도, 슬픔을 드러내서도 안 되었어. 감정을 드러내도록 허용되는 건, 적에 대한 적개심뿐이었으니까."

삼촌은 주먹을 불끈 쥐었다. 나는 선까를 붙잡았다. 한참 후 닷 삼촌이 다시 말했다.

"우리가 이동하는 동안 머리 위에서 천둥이 쳤다. 비가 내 슬픔을 감춰줄 수 있으니 실로 몇 년 만에 처음으로 난 울음을 터뜨렸다. 폭발하는 듯한 천둥이 칠 때마다 나는 주먹으로 가슴을 치며 비명을 질렀어. 공동 참호로 탄을 이끌고 가지 않았어야 했는데, 그를 데리고 벌집 참호로 갔어야 했는데, 그를 구할 수 있었는데…"

나는 삼촌이 자책하지 않도록 위로해 주고 싶었지만 또 한편으로는 그의 감정을, 한을 큰소리로 토로하는 과정을 방해할까 두려웠다. 이렇게 내면을 고백하는 과정이 그가 어떻게 살아남았고 또 동시에 죽었는지 이해하는 과정이기도 했다.

"이제 하노이에 돌아왔으니, 탄의 가족을 생각해야겠지. 그분들을 만나봐야 하고 또 탄이 얼마나 특별했는지 말해주고 싶은데, 그런데 시신이 어디에 묻혔는지 물어볼까 봐 난 그게 걱정이다. 난 도저히…기억할 수 없어. 그 대나무 숲은 너무 광활했고 우리는 묘석도 만들지 못했어. 북부 병사들은 인식표도 없었어. 숲과 길, 도랑, 절벽과 계곡의 부유물에서 썩어가던 시신들뿐이었지.

난 그렇게 쉽게 이름 없는 시신으로 남지 않겠다고 결심했다. 그래서 페니실린 항생제 병에 내 이름과 생년월일, 출생지를 적은 쪽지를 넣어 다녔지. 그런데 그 병은 강을 건널 때 급류에 휩쓸려가고 말았어. 하지만 선까만은 가슴 주머니에 그대로 있었다. 이 새조각이야말로 내게 엄청난 행운을 가져다주었다. 그러던 어느 날 전쟁이 끝나갈 무렵 지뢰를 밟았다.

그 후에 나는 병원에서 깨어났지. 잘린 다리 뭉텅이를 보니 이렇게 사느니 차라리 죽고 싶다는 생각이 들었어. 다리가 없는 사내라니⋯ 타인에게 의지해야 생존할 수 있는 사람이 무슨 일을 할 수 있을까?"

닷 삼촌은 술을 집어 들고 마셨다. 그는 손등으로 입을 닦으며 빈 병을 탁자 위에 두드렸다.

"미안해요, 삼촌. 미안해요."

삼촌은 얼굴이 눈물에 젖은 채 나를 바라보았다.

"나도 네게 미안하다, 흐엉, 네 아빠에게 무슨 일이 있었는지 알 수 없지만, 어디에 있든 너를 아주, 아주 많이 사랑하고 있다는 건 알 수 있어."

9장

피난

응에안-탄호아, 1955

구아바, 여태껏 내가 너한테 네 외할아버지, 큰외할아버지 꽁, 삼촌 민에 대해 얘기하지 않았는지 말해줘야 할 것 같구나. 교과서에서 넌 토지개혁이나 베트민의 내분에 관해서는 아무것도 배우지 않았겠지. 우리나라 역사의 일부는 헤아릴 수 없이 많은 사람들의 생명과 함께 지워졌다. 지난 실패와 권력층의 과오에 관한 어떤 사건도 말할 수 없도록 금지되었고 역사를 새로 쓰기가 자행되었다. 하지만 너도 이제 나이가 들었으니 이 점을 이해할 거야. 역사는 민중의 기억들에 아로새겨진 것이며, 그 기억들이 살아 있는 한, 우리는 더 나은 존재가 될 것이라는 믿음을 가질 수 있다는 것을.

그렇다면 우리 가족이 선대의 고향에서 도망친 그날 이후로 무슨 일이 있었을까…?

◆

차가운 물방울이 내 이마에 튀었다. 눈을 떠보니 이슬 젖은 풀밭에 쓰러져 있었다. 다섯 아이들이 내 주위에 서로를 꼭 껴안고 있었다. 아무 죄 없는 아이들의 얼굴을 보고 있자니 속이 뒤집히는 것 같았다. 내 오빠가 죽었다. 그를 죽인 저들은 우리 가족을 송두리째 뿌리뽑고 말살하려 했다. 그러나 나는 굴하지 않겠다. 오빠의 생명의 횃불을 대신 들고 언젠가는 그의 죽음에 대한 심판을 구할 것이다.

마음 한편으로 민을 찾을 수 있기를 희망하며 주변을 꼼꼼히 살폈지만, 아무것도 보이지 않았다. 어린 벼들이 초록색 카펫처럼 깔려 있었고, 나무 숲과 저 멀리 보이는 마을이 지평선에 점점이 흩어져 있었다. 가까이에는 개울이 세차게 흐르고 있었다. 뭔가 이상했다. 이 지역 농부들은 워낙 부지런해서 항상 해가 뜨기 전에 밭에 나오곤 했다. 그런데 그날 아침 해가 떴는데도 밭에는 인적이 없었었다. 농지개혁으로 사람들이 생업을 포기한 게 분명했다. 전날 밤, 우리는 목숨을 걸고 도망쳤다. 우리가 지나간 마을에서 비명과 울음이 터져 나왔다. 밤하늘을 밝히는 횃불과 불꽃은 악마의 혀처럼 보였다. 우리는 쓰러질 때까지 달리고, 비틀거리고, 일어나고, 달릴 수 있는 한 계속 달리다가 이 밭고랑에 쓰러진 것이다.

배고팠던 나는 물소리가 나는 쪽으로 걸었다. 무릎을 꿇고 시냇물에 얼굴을 댄 채, 물을 마셨다. 발이 욱신거렸다. 나는 갑자기 끌려가서 신발도 신지 않은 상태였다. 가시가 발바닥 깊숙이 파고들었다. 다행히 막내를 제외한 다른 아이들은 신발을 신고 있었다. 개울가에 야생 바나나 한 그루가 있었지만 열매는 없었다. 주변을 둘러봐도, 고구마나 마니옥, 먹을 만한 야채는 없었다. 난 대기근 때 바나나 나무로 연명했던 기억이 났다. 겉껍질을 벗겨내자 하얀 속살이 보였다. 내 아이들을 위한 음식이 될 터이다.

뭔가 움직였다. 내 손바닥 절반만한 남방톱날꽃게[1]였다. 바위 위에서 일광욕을 하고 있는 게를 발견하고, 나는 고양이처럼 살금살금 다가가 잡을 수 있었다. 막내에게 젖을 먹이면서 나는 투씨 부인이 준 천 가방을 열었다. 바나나 한 다발, 잘 익은 슈가애플 세 개, 참깨강정 한 줌이 들어 있었다. 향긋한 냄새를 맡으며 투씨 부인의 애정을 느꼈다. 우리가 살아남아야만 그녀에게 돌아갈 수 있다. 나는 아이들을 흔들어 깨웠다. 투언과 하인이 고개를 들었다. 응옥과 닷은 눈을 비비며 일어나 앉았다. 나는 아이들을 데리고 개울가로 갔다.

"먼저 물부터 마시고 씻어." 그리고 풀밭으로 돌아와 바나나 줄기를 내밀었다.

"그건 돼지들 먹이잖아요." 닷이 말했다.

---

[1] 동남아 일대 맹그로브 숲에 서식하는 붉은 민물게로 머드크랩(mud crap)이라고
도 한다

"돼지가 먹을 수 있다면 우리도 먹을 수 있겠지." 나는 미소를 지으며 한 입 베어 물었다. 육즙이 풍부하고 아삭아삭해서 갈증을 해소해 주었다. 응옥은 한 입 베어 물고는 고개를 끄덕였다. "맛있네요." 닷은 고개를 절레절레 흔들면서 베어 먹었다. 나는 꽃게 다리를 잘라 와삭와삭 깨물어 먹었다. "한번 먹어 봐라." 진저리치는 아이들을 달래며 말했다. "한참 걸어야 할 거야."

"어머니, 우리 어디로 가요?" 닷이 물었다.

"하노이." 어디로 갈지 나는 오래 고민했었다. 수도에 가서 어릴 적 스승을 찾는다면, 틴 선생님이 분명 우리를 도와줄 것이다. 어쩌면 일자리를 찾을 수도 있겠지.

"꽤 먼 곳이네요." 응옥은 말했다.

"그래. 300킬로미터야." 입에 넣은 게를 이빨로 깨고 씹느라 삼키는 것도 잊었다.

"그런데 거기까지 어떻게 가죠?" 닷은 씹는 것을 멈췄다.

"국도를 따라가면 될 거야."

"정확히 어떻게요?" 닷의 두 눈썹에는 물음표가 떠올랐다.

"걸어서 가야지." 모르는 사람한테 차를 태워달라기엔 너무 위험하고, 돈도 없었다. 폭도들에게 모든 것을 빼앗겼으니까. 돈이 든 상자를 강탈당할 때 난 거의 자포자기 상태였다. 그들은 거의 늑대와 같아서 저항할 수 없었다.

"걸어서 300킬로미터를요?" 두 아이가 합창이라도 하듯 동시에 외쳤다.

"쉿, 조용히 하고, 일단 멀리 가보자."

"형은 곧 만나겠죠? 저 나쁜 놈들한테 잡히면 형은 어떻게 되나요?" 닷은 눈물을 흘리며 나를 바라보았다. 둘은 한 침대에서 자고, 같이 나무를 타고 축구를 하며 놀았으니까 누구보다도 더 가까웠다.

"다시 만나게 될 거야, 민은 아주 빨라. 아무도 못 잡을 거야."

응옥은 나에게 구겨진 종이를 건넸다. "하이씨의 메모에요. 창문 옆에 작은 돌맹이에 싸매둔 걸 찾았어요."

"긴급! 지에우란, 애들을 데리고 이시 떠나요! 꽁은 바로 제 눈앞에서 살해당했고 민은 벌써 도망쳤어요. 아들을 기다리지 말고 빨리 피해야 해요. 처형을 할 인원 수가 정해져 있다고 그들이 말했어요. 부디 서둘러요!"

그 다급한 글귀에 눈물이 떨어져 얼룩졌다. 우리가 뭘 잘못했길래 사형을 받아야 한단 말인가? 멀리서 북소리와 고함소리가 들렸다. 토지 개혁이 밤잠에서 깨어나고 있었다. 또 한 번 북소리가 울려 퍼지자 투언과 하인도 벌떡 일어섰다. 우리는 허겁지겁 도망쳤다. 한낮에 우리는 잠시 뱅나무 그늘 아래에서 앉았다. 잠시 쉬기엔 여기가 안전해 보였다. 우리 뒤로는 개울 둑을 따라 우거진 덤불 숲이 줄지어 있었다.

막내는 내 블라우스를 들추며 젖을 찾았다. 응옥은 바나나 줄기를 닷과 나눠 먹었다. 투언과 하인은 더 큰 슈가애플을 차지하겠다며 다퉜다. 음식의 절반 이상이 바닥났다. 나는 아이들에게 멀리 도망가야 하며, 친척들에게도 갈 수 없다고 설명했다. 응옥은 고개를 끄덕이며 더 큰 가시를 써서 내 발바닥에 박혀 있던 작은 가시를 빼내는 데 성공했다.

"응옥은 나중에 대단한 의사가 될 거야." 하인과 투언이 환호했다.

"잠깐만요, 어머니." 닷은 천 가방에서 남은 음식을 꺼낸 후, 가방을 길게 찢어서 내 발에 둘둘 감아줬다. 이제 난 사랑으로 만든 신발을 갖게 되었다. 아이들을 보면서 단지 살아남는 걸 넘어서 잘 살고 싶다는 욕망이 가슴에 솟구쳤다. 저들이 내가 항복을 할 거라고 생각한다면 틀린 생각이다. 내가 어미로 있는 한 절대 포기하지 않을 것이다.

갑작스럽게 쏟아진 비에 흠뻑 젖고, 작열하는 태양에 고스란히 드러난 채로 몇 시간을 걸으면서, 아이들은 배고프고 지친 채로 칭얼댔다. 그때 닷이 "저기 보세요, 엄마"라고 말했다. 한 남자가 논두렁에 구부정한 자세로 서 있었다. 논라에 얼굴은 감춰져 있었고, 용설란과 대나무 줄기로 엮은 우비를 쓰고 있었다. 나도 아이들도 걸음을 멈췄다.

"우리, 숨어야 해요?" 응옥이 속삭였다.

농부는 허리를 곧게 펴고 잡초 덩어리를 개울에 던졌다. 팔을 휘두르는 모습에 '그'가 여자임을 깨달았다. 그녀의 눈과 내 눈이 마주쳤다.

"가만 있어 봐. 엄마가 얘기해 볼게." 나는 힘겹게 앞으로 나섰다. "안녕하세요."

여자는 모자를 뒤로 젖히며 고개를 끄덕였다. "어디서 왔어요?" 그녀는 우리 옷을 살펴봤다.

"우리는… 저기 사는 친척을 방문하고 가는 길이에요." 나는 저 멀리 오른쪽에 있는 마을 방향을 가리켰다.

"티엔선 마을? 저도 거기 살아요. 누구를 방문했나요?"

"누구? 아, 삼촌이요. 삼촌이 갈수록 늙고 몸이 안 좋으세요."

"삼촌이 쯔엉 씨에요, 아니면 디오 씨예요?"

가장 가까운 마을을 고른 내가 얼마나 어리석었는지. 이제 그 여자는 우리가 도망치는 중이란 걸 알아챌 것이다. 그녀가 논두렁을 올라 와 우리 앞에 올 때까지 난 어쩔 줄을 몰랐다.

"지금은 돌아다니기 좋은 때가 아니예요." 그녀는 우비를 벗어 풀밭 위에 내려놓았다. 그리고 이어서 갈색 긴소매 옷도 벗어 놓았다. 나도 들판에서 일할 때면 자외선을 피하느라 그런 옷을 입었었다. "당신이나 아이들 옷은…비싸 보여서 쉽게 의심을 살 거예요." 여자는 우리 주변을 힐끗 둘러보며 말했다. 그 말에 내 블라우스를 살펴봤다. 군데군데 찢기고 진흙이 튀어지만, 녹색 비단은 여전히 광택이 흘렀다. 그 여자의 말이 맞았다. 나는 전혀 가난한 농부처럼 보이지 않았다.

"이걸 입으세요. 지금은 세상이 거꾸로 돌아가니까." 그 여자는 자신이 벗어둔 겉옷을 내게 주며 입도록 도와주었다. "아이들도 좀 가난해 보여야죠." 그녀는 축축하고 더러운 천으로 아이들 얼굴에 검댕을 묻혀 주었다. 투언과 하인은 움찔했지만 닷과 응옥은 동생들을 달랬다.

"대도시로 가세요. 숨을 곳을 찾아봐요." 여자가 속삭였다. "행운을 빌게요."

"저, 국도까지 어떻게 가죠?"

그녀는 앞쪽을 가리켰다. "저 마을 근처에는 가지 마세요. 사나운 개들이 많아요. 몸조심하세요"

응옥과 닷은 고맙다고 인사를 꾸벅하고 그녀는 우리가 떠날 때까지 제자리에 지켜서 있었다. 그녀의 논라가 광활한 푸른 밭에서 흰 꽃처럼 빛났다.

◆

우리가 풀밭에 몸을 웅크리고 쉬고 있을 때 하인이 내 손을 꼭 잡으며 "엄마, 무서워요."라고 말했다. 우리 머리 위로는 별들과 주황색 달이 하늘을 밝히고 있었다. 하지만 하늘의 빛은 우리에게 닿기엔 너무 멀었다. 우리는 어둠 속에 누에고치처럼 갇힌 신세였다.

"무서워할 것 없어. 엄마가 여기 있잖아." 나는 하인의 눈물 젖은 뺨에 입을 맞췄다.

"엄마, 나 배고파요." 투언이 말했다.

"내일 먹을 것을 찾아볼게. 잠 좀 자야 해." 우리는 사흘 동안 달렸는데 더 이상 먹을 것이 없었다. 톱날꽃게와 달팽이를 좀 찾긴 했지만 아이들에게 날것으로 줄 수는 없었다. 닷과 하인은 이질에 걸렸고 응옥은 열이 났다.

"배가 아프니?" 나는 닷에게 손을 뻗었다.

"이제 좀 나아졌어요, 엄마." 아이의 목소리는 노인처럼 피곤했다. 상은 우리 사이에 웅크려서 한참을 울다가 새우잠을 잤다. 내 젖은 거의 말라가고 있었다. 앞으로 가야 할 먼 길을 생각하니 마음이 아팠다. 우리는 국도를 찾아 걷기 시작했지만 배고픔과 피로로 인해 갈수록 속도가 느려지고 있었다.

"엄마, 나 배고파." 또 다시 투언의 목소리가 어둠 속으로 들려왔다.

"입 다물어. 막 잠 들려고 했는데." 하인이 오빠에게 투덜거렸다.

"쉿, 내가 자장가를 불러줄게. 들어봐, 황새가 밤에 먹이를 찾으러 나갔네/ 너무 약한 나뭇가지에 앉았더니/ 똑하고 부러졌네/ 황새는 머리를 연못에 풍덩 담갔다네…."

구아바, 너 이 동요를 아니? 그래, 네 엄마가 네게 자주 들려주던 노래니까.

그날 밤, 나는 아이들의 호흡이 규칙적으로 돌아올 때까지 부드럽게 노래를 불렀다. 사방은 고요해서 하늘이 내 기도를 들을 수 있을 것 같았다. 나는 가슴에 손을 얹고 민이 무사하고, 오빠의 영혼이 천국에 가기를, 또 우리 때문에 투씨 부인과 하이씨네 가족이 해를 입지 않기를 기도했다. 또 논길에서 만난 여인을 위해서도 기도했다. 그녀의 셔츠가 따뜻하게 몸을 감싸며 내게 위로와 힘을 주었다. 과연 민은 찾을 수 있을까? 하이씨가 남긴 쪽지에는 민이 어디로 도망쳤는지는 적혀 있지 않았다. 마음 같아선 도로 돌아가서 묻고 싶은 심정이었다. 여전히 응옥의 열은 내리지 않았다. 불을 피운 석탄처럼 뜨거웠다. 길가나 논두렁의 도랑으로 가서 빗물을 채워 응옥을 먹이고 몸의 열을 식히는 데 썼다.

◆

늦은 밤, 닷의 흐느낌이 나를 깨웠다. 아이의 볼에 입맞췄을 때, 짭조롬한 눈물 맛이 났다.

"엄마, 민 형이 잡히는 꿈을 꿨다."

"네 형은 고양이처럼 날쌔니까 괜찮을 거야. 날 믿어."

"형이 보고 싶어요, 어머니."

"꼭 찾을 거라고 약속할게."

"꽁 삼촌과 아빠도 보고 싶어요." 닷의 눈물에 내 얼굴도 달아올랐다. "왜 우리 가족에게 나쁜 일이 계속 일어나는 거죠?"

"모르겠다. 하지만 고통받는 사람들은 우리만이 아니야. *Trời*

có mắt(하늘에도 우리를 보는 눈이 있어). 나쁜 짓을 한 사람들은 벌 받을 거야."

"어머니, 하노이에선 안전할까요?"

"나도 그러길 바란다." 나는 닷의 머리를 쓰다듬었다. "너와 민이 우리 집 처마에서 새 둥지를 발견했을 때 기억나? 우리 함께 알이 부화하는 걸 지켜봤었잖아."

"우리는 아기새들이 날아갈 수 있을 만큼 커질 때까지 곤충을 먹였어요."

"언젠가 우리도 고향에 돌아갈 수 있어. 그때 온 세상의 새들도 와서 우리와 함께 둥지를 틀게 될 거야."

닷이 잠든 후에, 나는 뒤척였다. 암흑은 점점 옅어지고, 지평선에 드리운 마을의 그림자는 힘에 겨워 돌아누운 여인의 앙상한 등처럼 보였다. 어머니가 그랬던 것처럼 이제는 나의 차례인 것이다. 하늘이 장밋빛으로 물들 때쯤, 나는 도랑가로 가서 세수를 했다. 물로 배를 채우니 속이 더 허전해졌다. 논두렁 옆에 쪼그리고 앉아 벼 이삭이 있나 손으로 훑어보았다. 하지만 벼가 영글려면 너무 이르다.

어렸을 때 나를 논으로 데리고 나갔던 분은 아버지였다. 아버지는 굵은 벼줄기를 따서 껍질을 벗기고 우윳빛 쌀꽃을 내게 주었다. 입안에 맴돌던 그 향긋한 단맛, 그리고 나를 들쳐 업고 논둑을 말처럼 달리던 아빠의 등 뒤에서 내가 얼마나 꺄르르 웃었던지. 나는 국도를 바라보았다. 이 길에서 아버지는 목이 베이고, 아버지가 남긴 핏자국은 사람들과 짐승들에게 짓밟히고, 차량이 지나가고, 폭풍과 비에 씻겨내렸다. 아버지는 여성도 책임감을 가질 수 있다는 의미로 내게 물소 수레를 몰게 했다. 아버지는 나를 믿었으며 이제 내게도 나 자신과 아이들을 구할 수 있다는 믿음이 생겼다. 아버지의 목소리가 나를 재촉하고 있었다.

나는 벼 두어 그루를 뿌리째 뽑았다. 뿌리와 잎을 벗겨내고 가는 줄기를 입에 넣었다. 생각보다 맛이 나쁘지 않았다. 내 손은 맹렬히 움직였다. 아이들을 깨워 벼 줄기를 주자 응옥은 싫다고 했다. 눈은 부어올랐고 얼굴은 빨갛게 달아올랐다.

"우린 음식이 필요해." 나는 가장 가까운 마을을 바라보았다. 더 이상 도망만 다닐 수는 없었다.

"그래도 화난 사람들이 있을 거예요." 응옥의 입술이 떨렸다.

"그들은 어머니를 다시 묶을 거예요." 하인이 말했다.

"그리고 우리에게 소리칠 거야." 투언의 얼굴이 일그러졌다.

"조심할게." 나는 옷을 살펴봤는데 찢어져서 누더기처럼 보였다. 하지만 갈색 셔츠 아래에는 실크 블라우스가 그대로 있었다. 오빠의 선물이므로 마지막 추억을 간직하고 싶었다.

"좋은 생각이 있어요." 닷이 말했다. "모두 여기서 기다리는 게 어때요? 나 혼자 가는 게 더 안전할 거예요."

"안 돼! 또 아들을 잃을 수는 없어." 나는 고개를 저었다. "같이 가자. 우리는 한 팀이야."

우리는 한 떼의 헐벗은 짐승들처럼 마을을 향해 갔다. 다가갈

수록 더 크게 울려 퍼지는 격렬한 고함과 북소리에 다리에 힘
이 풀렸다.

"어머니, 무서워요." 응옥이 내 팔을 꽉 움켜쥐었다.

◆

우리는 흙길을 걸었다. 빽빽한 대나무 숲이 높이 솟아 있었고,
나뭇잎이 바람에 바스락거렸다. 푸른 이끼로 덮인 벽돌 탑 한
쌍이 마을 입구에 서 있었다. 볏짚으로 지붕과 벽을 두른 첫 번
째 집이 눈에 들어왔다. 나는 손가락을 입술에 대있나. 아이들
은 입을 꽉 다문 조개처럼 조용히 있었다. 다행히 막내는 내 등
에서 자고 있었다. 우리는 집 울타리에 더 가까이 다가갔다. 집
뒤에는 초록색과 황금색 열매가 가득한 파파야 나무가 있었다.
부드럽고 달콤한 파파야 한 조각을 생각하니 군침이 돌았다. 나
는 울타리를 넘어 정원을 가로질러 뛰어나갔다. 격렬하게 짖는
소리와 함께 개 한 마리가 집 밖으로 튀어나왔다. 순식간에 개
가 뛰어올라 내 얼굴을 위협했다. 울타리가 흔들렸고, 우리는
뒤로 물러섰다.

"멍멍아, 그러면 나빠, 안 돼." 이웃집에서 고함이 터져 나왔
다. 한 할머니가 빗자루를 휘두르며 개를 향해 다가왔다. 세월
은 할머니의 얼굴에 깊은 주름을 새기고 머리카락을 은백색으
로 탈색시켰다. 그녀는 친절해 보였다. 아이들을 이끌고 나는

아줌마에게 다가갔다.

"고마워요, 아줌마." 나는 미소를 지었다. "남은 밥 있으면 좀 주시겠어요? 우리 애들이 아파요."

그녀는 우리를 위아래로 훑어보더니 낯을 찡그렸다. "너희 거지들은 불운을 가져온다지. 아침부터 개시도 안 했는데, 저리 꺼져." 그리곤 급하게 집으로 들어갔다.

비참한 기분 대신 오히려 웃음이 났다. "잘됐네, 그렇지? 이제 아무도 우리를 못 알아보겠네."

"악덕 지주들을 척결하라!" 가까이 들리는 그 외침에 나는 입을 다물지 못했다.

"엄마, 저 사람은 시장에 가는 거예요?" 하인이 앞을 가리켰다. 건너편 길에서 대나무 지게를 어깨에 멘 한 여자가 빠르게 앞으로 걸어가고 있었다. 장대 양쪽 끝에는 녹색 채소가 가득 담긴 대나무 바구니가 매달려 있었다.

"시장이래요. 음식이 많을 거예요. 저 아줌마를 따라가요." 닷이 속삭였다.

그 순간 여자는 골목으로 사라졌다. 우리가 다시 따라잡았을 때는 마을의 아침 시장이 시끌벅적하고 다채롭게 열리고 있었다. 채소, 쌀, 콩, 생선, 고기 등 음식이 담긴 바구니 뒤에 행상인들이 줄지어 있었다. 공기에는 이제 두려움의 냄새가 아닌 행복과 흥분의 냄새가 가득했다. 닷은 내 팔을 잡아당겨 왼쪽을 보게 했다. 석탄 난로 위에 놓인 커다란 냄비에서 연기가 자욱하게 피어올랐다. 식욕을 돋우는 쌀국수의 향기가 나한테까지 흘러왔다.

"소고기 국수, 갓 끓인 소고기 국수에요!" 여자가 노래하듯 손님을 끌었다.

우리는 가까이 다가갔다. 아이들은 입술을 핥으며 남녀노소들의 탁자 위에 놓인 커다란 그릇을 바라보았다. 피어오르는 김에 그들의 얼굴이 어렴풋이 보였고, 후르륵대는 소리가 식욕을 참기 힘들게 했다.

"거지들, 저리 가." 국수 장수가 갑자기 소리치며 젓가락을 휘둘렀다. "벌써부터 동냥질이냐. 아침부터 재수 없게시리."

나는 아이들을 뒤로 끌어당겼다. 파리가 들끓는 쓰레기 더미에서 먹을 게 있는지 찾아봤지만 썩은 내는 구토만 날 뿐이었다. 찾은 거라곤 너덜너덜해진 놀라뿐이었고, 난 그걸로 얼굴을 가리려고 머리에 눌러썼다. 사람들이 몰려드는 시장 입구에 도착했다. 우리는 음식이 필요했다. 이제 할 일은 하나밖에 남지 않았다. 나는 먼저 시범을 보여 손바닥을 펴고 무릎을 꿇었고 아이들한테도 따라하라고 시켰다.

"선생님, 한푼만 주세요. 부디 우리를 불쌍히 여겨주세요." 나는 블라우스를 들쳤다. 젖은 말라 있었고 상은 배고프다고 보채며 울기 시작했다. 주위 사람들은 웃고 얘기하고, 흥정하거나 다투고 있었다. 나는 우리 앞을 지나가는 발걸음을 바라보았다. 그리고 가족이 함께 나누었던 행복한 식사, 음식이 쌓인 접시,

황금빛 벼로 가득 찬 들판에 대해 생각했다.

"선생님, 선생님, 도와주세요. 배고파서 죽을지도 몰라요." 아이들의 목소리가 떨렸다. 하지만 우리는 투명인간이 된 것 같았다. 아무도 걸음을 멈추지 않았다. 아무도.

◆

우리는 한참을 앉아서 빌었다. 막내는 가끔 흐느끼는 것 외에 지쳐서 거의 늘어져 있었다. 마침내 누군가가 멈췄다. 하인의 손바닥에 행복한 딸깍 소리를 내며 동전이 떨어졌다. "옛다, 받아라." 한 여자의 목소리가 들려왔다.

"할머니, 고마워요." 아이들이 소리쳤다.

고개를 돌려보니 긴 검은 머리의 날씬한 여자가 미소를 짓고 있었다. 그녀가 채소 좌판으로 가서 미나리 한 묶음을 집어 드는 모습을 눈으로 쫓으며 옛날 어머니의 모습을 떠올렸다.

"자비심을 보여주세요. 동냥 좀 해주세요." 아이들은 새로운 에너지를 얻은 듯 목소리가 더욱 단단해졌다. 지나가는 행인들에게 스스럼 없이 손바닥으르 내밀었다. 점차 절망에 빠져 있을 때 투언의 목소리가 들려왔다. 한 남자가 허리를 굽혀 동전 몇 개를 손바닥에 올려놓았다. 그가 자취를 감추는 동안 연신 고맙다는 인사를 올렸다. 그런데 느닷없이 채찍질하는 소리가 공기를 갈랐다. 나는 화들짝 놀라 아이들을 내 쪽으로 끌어당겼다. 한 남자가 손에 죽창을 들고 울그락불그락한 얼굴로 우리를 쳐다봤다. "이 마을에는 거지가 들어올 수 없어. 당장 떠나."

"죄송합니다, 몰랐어요." 나는 논라를 더 눌러 썼고, 아이들은 내 치맛자락에 달라붙어 서둘러 자리를 떴다.

우리는 쌀국수 가게에서 조금 떨어진 큰 나무 아래에 도착했다. 아이들이 함께 동전을 세는 동안 응옥은 나무에 기대어 쉬었다. "12동이에요, 엄마." 닷은 활짝 웃었다. 나는 상을 닷에게 맡기고 동전을 들고 쌀국수 가게로 갔다. 가게는 손님들로 북적였고, 국수 장수는 하얀 쌀국수를 그릇에 담고 소고기, 파, 고수 조각을 얹어 내놓느라 바빴다. 나는 바삐 국자질을 하는 그녀에게 얼마냐고 물어봤다. 그녀는 미간을 찌푸리며 5동이라고 대답했다.

"한 그릇만…아니, 두 그릇 주세요." 나는 머뭇대며 축축한 손바닥에서 동전을 꺼냈다.

"돈부터 보여줘요." 동전을 흘끗 보고 그녀의 눈빛이 부드러워졌다. "자리에 앉으세요."

음식이 온다고 하니 아이들이 펄쩍펄쩍 뛰었다. 우리는 식탁에 둘러앉아 뒤틀리는 배를 움켜쥐었다. 물을 한 주전자 가득 비우고 또 달라고 부탁했다. 그릇을 나르는 소년은 너무 동작이 굼떴다. 국수 아주머니의 불평은 그를 더 혼란스럽게 만들었고 엉뚱한 식탁에 음식을 갖다 주었다.

나는 일어섰다. 닷은 의자를 옆으로 밀고 나와 함께 섰다.

"여기 두 그릇어치 돈이에요. 제발, 지금 당장 국수를 먹을 수 있을까요? 아이들이 너무 굶주렸어요."

"배고프다고 인내심도 잃었나 봐요?" 그녀의 시선이 닷에게 머물렀다. "아, 꽤 튼튼해 보이네. 일할 수 있는 나이에 왜 구걸하니?"

"제가 어디에서 일할 수 있을까요, 아주머니?" 닷의 얼굴이 환해졌다.

"여기 일손이 한 명 필요해. 저 느린 굼벵이는 내보낼 참이니까." 그녀는 접시를 나르는 소년을 향해 턱을 치켜들었다.

"제가 대신 일해도 될까요?" 나는 서둘러 말했다. "전 요리를 도와드릴게요."

"내가 바보 같아요? 아이가 몇 명이나 되세요? 다섯? 일하는 새 다 잃어버리겠네."

그녀는 김이 모락모락 나는 그릇 두 개를 우리 쪽으로 내놓았다. 아이들은 음식 속으로 뛰어들었다. 막내는 새처럼 입을 벌리며 손뼉을 쳤다. 음식이 이렇게 맛있었던 기억은 처음이었다.

"엄마, 여기서 일해도 돼요?" 닷은 숟가락을 들고 고개를 들었다.

"안 돼. 오늘 하노이로 떠나야 해. 우리 목적지가 어디인지 기억나지?"

"엄마, 계속 가는 건 너무 끔찍해요. 이러다 죽겠어요. 여기 있어요. 일자리를 찾아봐요." 응옥은 눈을 동그랗게 뜨고 내게 애원했다.

"북소리 안 들리니? 여긴 안전하지 않아." 나는 목소리를 낮췄다.

"아무도 우리가 누군지 몰라요. 그냥 불쌍한 거지인 줄 알죠." 닷은 껄껄 웃었다.

"아니, 위험해…"

"저, 오줌 누고 올게요." 닷은 자리에서 일어나 쓰레기장으로 향했다. 하지만 중간에 돌아서서 쌀국수 아줌마 쪽으로 갔다.

"닷, 하지 마." 나는 자리에서 일어섰다.

"그냥 둬요." 응옥은 나를 앉게 했다.

닷은 쌀국수 아줌마와 이야기를 나누고 있었다. 그녀는 무언가를 말하며 등 뒤에 있는 양철 지붕의 판잣집을 가리켰다. 닷은 사라졌다가 머리를 빗고 깨끗한 셔츠를 입고 다시 나타났다. 아이들은 닷이 김이 모락모락 나는 그릇을 집어 손님에게 나르는 모습을 보며 킥킥 웃었다.

"닷을 보세요, 정말 빠르네요." 응옥이 말했다.

"저 손님들이 보고 웃고 있어요." 하인이 속삭였다.

투언은 마지막 국물 한 방울까지 말끔히 들이마셨다. 그가 하도 요란하게 입맛을 다셔서 사람들이 모두 웃음을 터트렸다. 우리는 나무 그늘로 다시 이동했다. 거기에 앉아서 문제가 일어나지 않기를 바랐다. 죽창을 든 남자가 계속 시장을 둘러보고 있었다. 그는 또 다른 거지 두 명을 쫓아냈다. 이번에는 욕설뿐만 아니라 채찍도 마구 휘둘렀다. 나는 막내를 안고, 나무에 등을 기대고 누워 있는 아이들에게 다리 베개를 해줬다. 수백 개의 뿌리가 땅에서 솟아나와 가지를 떠받치고 있는 모습을 보고 문득 그 나무가 보리수라는 걸 깨달았다. 부처님은 보리수 아래에서 명상을 하고 깨달음을 얻었다. 내 얼굴을 어루만지는 시원한 바람에서 부처님의 축복을 느꼈다. 내 눈은 납처럼 무거웠다. 나도 모르게 시나브로 잠에 빠져들었다. 그러다 맛있는 냄새가 나를 깨웠다. 닷이 손에 그릇을 들고 쪼그리고 앉아 있었다. 동생들에게 음식을 나눠 먹이며, 그는 내게 일자리를 얻었다고 했다.

"얼마나 준대?" 내가 물었다.

"하루에 10동이래요."

"쌀국수 두 그릇 값인데, 거의 착취 수준이야."

"하지만 음식을 먹을 수 있잖아요." 닷은 투언과 하인의 머리카락에 붙은 마른 잎사귀를 떼주었다. "엄마, 잠깐 쉬었다 가야 해요. 내가 해볼게요. 며칠 후에 봐요."

아이들은 눈으로 나를 애원했다. 나는 고개를 끄덕였다.

"나쁜 소식이 있어요." 닷이 말했다. "아무리 애원해 봐도, 가게에서 저만 재울 수 있대요."

"그럼 우리는 어쩌지?" 응옥이 잠깐 나를 바라보더니 어깨를 으쓱했다. "그래도 주변에 덤불이 많을 테니까 괜찮아요."

"닷, 올 거야, 말 거야?" 화난 목소리가 울려 퍼졌다. 쌀국수 아줌마는 입술에 붉은 빈랑 즙이 묻은 채로 도착했다.

내가 일어섰다. "아주머니, 제가 아들보다 더 잘 도울 수 있어요. 아이들은 서로 돌보면…"

"흥." 쌀국수 아줌마는 눈을 동그랗게 뜨며 한 입 가득 머금었던 빈랑 즙을 내뱉었다. "토지 개혁에 대해 내가 못 들었을 줄 알아? 내가 당신을 일 시킬 만큼 그렇게 멍청해 보여요?" 그녀가 내게 바싹 다가서자 불쾌한 냄새가 났다. "저들이 당신을 부자, 착취자, 부르조아라고 처형할 수도 있어." 그러더니 껄껄 웃었다. "난 당신 아들을 고용하는 게 아니야, 알겠어? 저 아이는 먼 곳에 사는 친오빠의 아들이고, 그저 도와주러 온 것뿐이지."

"가자." 그녀는 닷을 끌어당겼다. "그 그릇도 가져와. 설거지할 그릇이 아주 많으니까." 또 그녀는 나를 향해 말했다. "애들 데리고 나가요. 여기 있으면 안 돼요." 그녀는 대나무 막대를 든 남자를 힐끗 쳐다보며 걸어갔다.

"엄마." 닷은 내 쪽으로 몸을 기울이며 속삭였다. "오늘 밤 어디서 만날까요? 음식과 물을 가져올게요."

"마을 문 밖, 대나무 숲 뒤에서 보자." 눈물이 흘렀다. "조심해, 사람들이 널 알아보지 못하게 해, 아들아."

"저기 솥단지에 검댕 좀 보세요. 검은 콧수염을 그리면 제게 잘 어울릴 것 같지 않나요?" 닷은 무쇠 솥단지를 가리키곤 윙크를 하더니 서둘러 사라졌다.

밤은 뜨겁고 짙고, 윙윙대는 곤충으로 부어올랐다. 상은 내 품에서 천사처럼 잠이 들었다. 쌀국수를 먹어서인지 다시 젖이 돌기 시작했다. 응옥은 내 모자로 연신 부채질하며 모기를 쫓았다. 깊은 잠에서 막 깨어난 후 열은 가라앉은 상태였다. 어두운 길 저편에서 깜빡이는 점이 나타났다. 그 점은 점차 공중에 떠오르는 작은 불꽃으로 변했다.

"닷! 형이 왔어."

"조용히 해, 다른 사람일 수도 있어."

"형이 맞아요, 난 알아요." 투언이 뛰어가며 목소리가 멀어졌다.

"투언, 이리 돌아와." 내가 속삭였다.

"형, 여기야, 여기." 투언이 환호했다.

불꽃이 흔들리더니 사라졌다. 우리는 다시 어둠 속으로 가라앉았다. 내 심장 박동 소리와 마른 나뭇잎을 밟는 발자국 소리, 그리고 투언의 웃음소리가 들렸다.

"오, 닷아." 나는 사랑하는 내 아들을 품에 안고 이마에 키스해줬다.

"닷아", "오빠." 응옥과 하인도 손뼉을 치며 반가워했다.

"쉿." 닷은 껄껄 웃었다. "배고프지? 내가 뭘 좀 가져왔어."

우리는 더듬거리며 바닥에 쪼그려 앉았다. 닷은 내 손에 꾸러미를 쥐어주었다. 신선한 바나나 잎과 말캉한 삶은 고구마와 마니옥의 향을 들이마셨다. 나는 아이들에게 음식을 나눠줬다.

"여기 물도 마셔요, 어머니." 닷은 나에게 물병을 주었다. "거기서 일하는 것도 나쁘지 않아요"

"그 여자가 널 함부로 대하지는 않니?"

"괜찮아요, 어머니."

"다시 봐서 얼마나 좋은지 몰라, 오빠." 하인이 말했다.

"아니, 내가 더 보고 싶어했는 걸." 투언이 말했다.

"쉿, 다들 조용히 해." 닷은 웃었다.

◆

오, 구아바, 정말 특별한 밤이었다. 서로 얼굴도 안 보일 정도로 깜깜한 밤이었고 모기가 맨살을 사정없이 물어뜯었다. 위협하는 듯한 북소리와 함성이 이따금 저 멀리서 들려 왔지만, 이바삭바삭 소리나는 대나무 숲이 우리를 엄호해주는 듯했다. 닷은 떠날 시간이 되자 다음 날 밤에 다시 오겠다고 약속했다. 나는 그를 쌀국수 가게 근처까지 데려다 주었다. 작별 포옹을 나눈 후 밤의 장막에 숨어 나는 닷을 더 사랑해야 한다고 다짐했다. 내가 돌아왔을 때 아이들은 잠들어 있었다. 나는 누워서 대나무숲의 바스락거림에 몸을 맡겼다.

얼마가 지났을까? 사람들이 숙덕이는 소리에 나는 잠에서 깼다. 하늘에서 부드러운 빛이 흩어지고 있었다. 아침 이슬이 내 옷을, 우리가 잠든 낙엽층을 적시고 있었다. 빽빽한 대나무 줄기 사이 샛길에서 남자 세 명이 소달구지를 세워 놓고 나와 등을 지고 있었다. 지퍼가 내려가는 소리. 오줌이 땅에 부딪히는 소리.

"그년과 애들이 대체 어디에 있다는 거야?"

그 남자의 목소리에 겁이 덜컥 났다. 누군지 알 것 같았다. 나는 바닥에 엎드려 막내를 쳐다봤다. 아기가 울면 어떻게 해야 할까?

"젠장, 곧 인민재판이 열릴 텐데, 우리들이 완전 등신 천치처럼 보일 거예요." 또 다른 목소리가 말했다.

"멀리는 못 갔을 거야. 그들을 찾을 때까지 모든 마을을 샅샅이 뒤져봐야죠." 첫 번째 남자가 말했다.

또 다른 목소리가 껄껄 웃었다. "뛰어봐야 벼룩이지. 그렇게 많은 아이들을 매달고 어디까지 도망치겠어."

남자들이 다시 달구지에 올라타는 동안 나는 숨을 참았다. 그들이 마을의 낡은 입구 진입로로 사라지자마자, 나는 응옥, 투언, 하인을 흔들어 깨웠다.

"떠나야 해. 그들이 우리를 찾으러 왔다."

"형은요?" 투언은 잠이 덜 깬 눈을 비볐다.

"다음 마을에서 만나야 해. 서둘러!" 나 자신도 거짓말이 씁쓸했다. 닷은 똑똑했다. 일단 벌어 먹고 살 수 있으니 더 안전할 것이다.

막내를 등에 업고 우리는 서둘러 도망쳤다. 저들에게 잡히면 사형선고를 받을 게 분명했다. 닷에게서 멀어지는 발걸음마다 가슴이 아렸다. 아들을 낯선 사람에게 버리고 떠나다니, 도대체 나는 어떤 어머니일까? 하지만 그편이 더 나을 것 같았다. 닷은 먹을 것과 잠잘 곳이 있었고 쌀국수 아줌마의 조카로 알려졌으니까. 하지만 닷이 대나무 숲으로 돌아와 아무도 없는 것을 발견하는 순간이 더 두려웠다. 그때 그가 얼마나 절망할지 상상이나 할 수 있을까?

◆

닷을 두고 떠난 날로부터 몇 넌이 지났지만, 나는 그때의 결정에 대해 여전히 의문을 품고 있다. 이 문제에 대해 우리 가족끼리 여러 번 얘기했었는데, 내가 어머니로서 충분하지 못했다는 부채의식을 지울 수 없었다. 구아바, 그래서 난 매일매일 더 노력하고 있다. 어머니가 된다는 건 결코 쉽지 않다. 그건 실패하고 배우고 또 실패하는 과정의 연속이다.

　네 엄마는 다음 마을에 닷이 없다는 걸 깨달았을 때 비명을 질렀다. 응옥은 돌아가서 동생을 데려와야 한다고 졸랐는데, 나는 그럴 수 없었다. 그런 위험을 감수할 수는 없었다. 응옥이 발을 질질 끌며 흐느끼는 소리를 들으면서, 딸의 용서를 영영 받을 수 없을까 봐 점점 더 두려워졌다. 이튿날 피난길에서 우리의 생명을 구한 것은 바로 닷의 덕분이었다. 그가 가져다 준 고구마와 물, 성냥개비 한 상자가 우리를 살게 해줬다. 여기저기서 작은 불을 피워 달팽이나 게를 구워 먹을 수 있었다.

하노이를 향해 걷는 도중 하인이 그만 식중독에 걸리고 말았다. 하인은 심하게 토하고 설사를 했다. 심한 탈수 증세로 시든 잎사귀처럼 축 처져 있었다. 한눈에 봐도 점점 더 나빠지고 있음을 알 수 있었다.

나는 응옥에게 투언과 막내와 함께 기다리라고 말했다. "우르르 한꺼번에 들어가면 위험할 거야." 우리는 빠르게 흐르는 개울을 건너 에머랄드빛 논이랑을 가로질러 마을에 닿기 직전 그늘진 수풀 아래 멈췄다.

"하인을 어디로 데려가는 거에요?" 응옥은 동생을 더 꽉 껴안았다.

"약이 필요해." 나는 하인을 업고 걸었는데, 마을에 가까워질수록 더욱 공포에 질렸다. 정문을 피해 작은 골목으로 들어섰다. 한적한 집을 발견한 나는 대문 가까이 다가갔다. 내 나이 또래의 여자가 바로 눈에 들어왔다. 그녀는 집 우물에서 채소를 씻고 있었다. 노란 수세미꽃이 그녀의 머리 위에 펄럭이는 나비처럼 화사했다.

"도와주세요." 내가 부드럽게 불렀다.

그 여자는 내 어깨 너머로 고개를 떨구고 있는 딸의 모습을 보고 대문을 바로 열어주었다. 우리는 하인을 대나무 평상에 눕혔다. 아이는 물을 마시려고 입을 벌렸지만 눈을 감은 채로 있었다. 우리는 젖은 천으로 하인의 열을 식혔다. 마치 자신이 고통스러워하는 것처럼 그녀는 혀를 끌끌차며 하인의 얼굴을 어루만졌다.

"어디 아프니, 아가?"

하인은 배에 손을 얹고 눈을 뜨더니 옅은 미소를 지었다.

"제 딸이 식중독에 걸렸어요."

"생강차를 마시게 해보죠." 여자는 밖으로 달려 나갔다.

"우리는 운이 좋구나. 곧 괜찮아질 거야." 나는 하인의 이마에 키스했다. 그 여자는 머리도 빗지 않고 퀭한 눈, 누더기 옷에 썩은 생선 냄새가 나는 우리를 쫓아낼 수도 있었다. 나는 하인에게 물을 더 먹였다. "잠을 좀 자보렴, 아가야." 자장가 소리에 내 마음도 훈훈해졌다.

방에는 아까 그 여자와 남편의 결혼식 사진이 걸려 있었다. 그 옆에는 더 최근의 사진도 붙어 있었다. 몇몇 증명서를 보니 여성의 이름은 타오, 유치원 교사였으며 남편은 공무원이었다. 타오 부인이 생강을 한 줌 들고 돌아왔다. 나는 그녀를 따라 부엌으로 들어갔다. 진흙 벽에 그을음으로 검게 그을린 냄비와 프라이팬이 난로 위에 매달려 있었다. 우리는 생강 껍질을 벗기고 썰었다. 타오 부인은 난로에 불을 붙이고 볏짚으로 불을 지피고 냄비에 물을 끓여 남은 쌀을 부었다. "죽을 좀 먹여야 할 거예요." 그녀는 내가 생강을 구울 수 있도록 또 다른 난로에 불을 지폈다. "구걸을 해도 걱정은 돈뿐이죠. 어떤 엄마들은 자신이 얼마나 운이 좋은지 잘 모를 거예요." 타오 부인의 눈은 타오르는 불에 고정되어 있었다.

"수년 동안 사원과 탑을 돌아다녔고 하노이 근처의 유명한 흐엉 사원까지 다녀왔어요… 아직도 아이를 달라고 끝없이 기원하고 있죠."

머릿속이 소용돌이쳤다. 네 명의 아이들을 모두 하노이에 데려갈 수 없다는 것은 나도 알았다. 타오 부인은 친절해 보였다. 하지만 어떻게 낯선 사람에게 또 다시 아이를 맡길 수 있을까? 프라이팬 위에서 앞뒤로 노릇하게 구워지는 생강의 강렬한 향에 눈시울을 붉혔다.

"저… 제가 옷가방을 시장에 두고 왔어요. 누가 가져가기 전에 어서…."

"그럼 어서 가서 가져와요." 그런 친절한 여자에게 거짓말을 하다니 정말 끔찍했다. 하지만 어떻게 진실을 말할 수 있을까? 결국 그녀의 남편도 공무원인데 말이다.

"제가 가고 나면, 제발 아이를 잘 돌봐주세요."

"에구, 걱정도 많네요. 아이는 내가 끓인 죽하고 차를 마시기 전엔 움직이기 힘들 거예요." 타오 부인이 웃었다.

방에는 여덟 살짜리 천사가 자고 있었다. 기억 속의 그 아이의 모습을 떠올려 봤다. 달걀 같은 얼굴에 긴 속눈썹, 발그레한 뺨. "안녕, 내 사랑아, 다시 데리러 올게."

대문이 내 뒤에서 쾅 닫혔다. 나는 덤불 뒤에 서서 집을 기억하기 위해 그 집을 살폈다. 언젠가는 다시 돌아와서 아이를 데리러 와야 했다. 그때가 언제가 될지 몰랐고 그래서 가장 힘들었다.

"정말 어떻게 이럴 수가 있어요! 엄마는 우리를 하나씩 하나씩 버리는군요." 그녀의 말에 담긴 진실이 날카로운 칼처럼 나를 찔렀다.

"더 안전해지면 아이들을 데리러 올 거야. 하인이 얼마나 아픈지 너도 봤잖아. 하느이까지 버틸 수가 없어."

"어디다 버렸어요?"

"버리다니?" 나는 몸을 떨었다. "응옥. 아이가 없는 선생님이라 그분이 잘 보살펴 줄 거야…"

"그럼 하인한테 우리가 잠시 떠나 있겠다고 말했어요?"

나는 응옥의 물음에 대답할 수 없었다.

"봐요, 우리를 버리고 있잖아요. 우리를 낯선 사람들에게 떠넘기고 있잖아요." 응옥은 고개를 숙이고 어깨를 떨다가 다시 나를 바라보았다. "우리한테 이런 짓을 한 엄마를 절대 용서하지 않을 거예요. 절대로." 응옥은 며칠 동안 내게 말을 걸지 않았다. 이제 우리는 네 명만 남았지만, 상황은 더 나아지지 않았다. 성냥이 다 떨어져서 더이상 불을 피울 수도 없었다. 배고픔과 피로는 우리의 동행이었다.

어느 날 밤, 아이들이 잠든 사이에 용감하게 마을 근처까지 갔다. 보름달이 내 길을 밝혔다. 보름달이 내 도둑질의 목격자였다. 나는 땅콩 줄기를 두어 그루를 서둘러 뽑아 왔다. 나는 아이들을 깨우고 첫닭의 울음이 들리자마자 허겁지겁 도망쳤다.
내가 주머니에서 땅콩을 꺼내자 투언과 응옥은 깜짝 놀란 표정
이었다.

"어디서 구했어요?" 응옥이 물었다.

"어젯밤에 훔쳤어." 나는 웃었다.

응옥은 땅콩 껍질을 까서 투언에게 주었다. "엄마, 닷형이랑
하인은 어디 있어요?" 투언이 물었다.

"곧 보게 될 거야. 엄마 친구들이랑 같이 있어."

"나도 형이랑 동생이랑 같이 있고 싶어!" 투언이 소리쳤다.

"쉿. 곧 보게 될 거야." 나는 투언의 걸음을 재촉했다. 나는 점
점 나쁜 엄마에 거짓말쟁이가 되고 있었다. 구아바, 난 네 엄마
의 눈에서 분노를 느꼈다. 내 아이한테 저지른 잘못에 대해 어
떤 비난이든 받아 마땅했다. 하지만 그들을 구해야 했다. 우리
는 하룻밤을 쉬면서 머물렀다. 응옥은 우리와 떨어져 조용히 땅
콩을 먹었다. 나는 더 이상 용서를 구할 수 없었다. 응옥은 마음
을 바꾸지 않을 것이다.

또 다른 마을에서는 마니옥을 훔쳤는데, 불이 없어서 날것으
로 먹어야 했고, 그때문에 복통으로 고생했다. 그때부터 우리는
물과 간간이 길가에서 딴 작은 야생과일에만 의존해야 했다. 어
린 벼줄기와 풀로 연명했다. 나는 어떻게든 하노이까지 가겠다
고 굳게 결심했다.

그런데 투언이 아프면서 모든 상황이 바뀌었다. 이번에는 설

사가 아니라 다른 질병이었다. 그의 머리부터 발끝까지 빨간 발진이 뒤덮었다.

"엄마, 어지러워요. 누나, 도와줘. 다리가 너무 아파!"

찬물로 열을 내리려고 했지만 도움이 되지 않았다. 아이의 온몸이 떨리고 열이 나고 있었다. 의사를 찾을 수 있을까?

나는 상을 네 엄마에게 맡기고 돌아올 때까지 기다리라고 했다. 응옥은 아무 반대를 하지 않았다. 그 아이는 나 대신 투언한테 가서 꼭 안아주며 사랑한다고 말해주었다. 그리고 나를 가게 해 주었다.

나는 깃털처럼 가벼운 투언을 안고 가까운 마을을 찾아갔다. 의사를 구할 수 있을까? 내가 가진 2동의 돈을 받고 기꺼이 치료해줄까? 흙투성이 마을 어귀에 들어서자, 함성과 북소리, 협박하는 외침으로 뒤덮인 일대 소란과 마주쳤다. 군중들이 몰려다니고 있었고 여기서도 토지 개혁은 생생한 현장이었다. 나는 앙상한 논라에 얼굴을 가리고 마을 더 깊숙이 들어갔다. 다가오는 군중과 마주쳤을 때 심장은 마구 두방망이질쳤다. 그들 손에 쥐여진 죽창들을 흘깃 보고서, 나는 길가로 피했다. 여윈 투언의 얼굴을 내보이면서 나는 손바닥을 내밀고 구걸했다. "우리를 불쌍히 여겨주세요. 배가 너무 고파요."

모자 챙 사이로 보니까 이마가 튀어나오고 토끼처럼 생긴 이빨을 가진 여자가 보였다. 우리 마을의 정육점 여자였다! 아직도 나를 찾고 있다는 게 믿기지 않았다. 후일에야 우리 마을이 토지개혁의 선도 마을이었다는 사실을 알게 되었다. 중요 관리들이 공개 인민재판을 위해 하노이에서 올 예정이었다. 그런 상황에서 지방당국은 나와 민을 찾지 못하자 난감한 상황이 되었고, 그래서 추격대를 인근 마을들에까지 보낸 것이다. 정육점 여인은 눈을 부릅뜨고서 지나가는 사람들의 얼굴을 찬찬이 살폈다. 그 여자는 아마 내가—한때 시원한 그늘에 앉아 금 접시에 음식을 먹던 부유한 지주—가 이렇게 누추한 여인이 되어 여섯 명의 건강한 자녀들 대신 온몸에 발진이 난 사내아이를 들쳐업고 있으리라고 생각도 못했을 것이다.

군중이 지나가자마자 나는 자리에서 일어섰다. 인적이 드문 골목으로 들어섰다가, 노파 한 사람을 발견했다. 그녀는 대나무 지팡이에 의지해 천천히 걷고 있었다.

"할머니, 제 아이가 아파요. 의사가 어디 있는지 아세요?"

그 노파는 얼굴을 옆으로 돌려 나를 올려다보았다.

"아이에게 무슨 문제가 있나요?"

"저도 모르겠어요, 열이 높고 발진이 심해요."

나는 투언을 내려놓았다. 여인의 주름진 손이 그의 이마에 한동안 머물렀다.

"정말 심각하게 아픈 것 같네." 노파는 얼굴을 찡그렸다. "우리 마을에는 이제 의사가 없네. 부유한 지주라는 비난을 받고 처형당했거든. 머리에 총을 맞았지. 착한 사람이었는데." 그녀는 한숨을 쉬며 다시 길로 돌아섰다. 지팡이가 딸깍 소리를 내며 앞으로 나아갔다. 노파의 목소리에서 동정심을 느낀 나는 그녀를 무작정 따라갔다. 마침내 그녀는 걸음을 멈추고 다시 나를 바라보았다. "이 길을 끝까지 따라가서 좌로 돌았다가 우측 길로 가시오. 보리수나무 뒤로 마을 탑이 있는데, 거기 비구니가 아주 친절해요."

나는 감사 인사를 하고 서둘러 자리를 떴다. 탑은 마치 늙고 구부정한 사람처럼 보였다. 수백 개의 뿌리에 거대한 보리수나무 뒤에 이끼 낀 지붕이 덮인 탑이 서 있었다. 가까이 갈수록 향기로운 향의 연기가 탑을 감싸고 있었다. 어린 아이들의 재잘거림이 나를 맞이했다. 어떤 아이들은 바닥에 앉아 놀고 있거나 또 녹색 구아바를 씹고 있기도 했다. 또 다른 아이들은 재기를 차고 놀고 있었다. 열린 문틈으로 부처님 앞에 무릎을 꿇은 승려가 보였다. 승려의 기도 소리와 목탁의 울림이 평온함을 파도처럼 여기저기 퍼뜨렸다. 나는 어깨에 닿을 정도로 긴 부처님의 귓불을 바라보았다. 어머니는 그 귀로 부처님이 민중의 고통스러운 외침을 듣는다고 말씀해 주셨다. 아마도 오늘 부처님은 나의 울부짖음을 들었을 것이다. 나는 투언을 품에 안고 무릎을 꿇었다.

아이들은 하던 놀이를 멈췄다. 그들은 내 등 뒤에 서서 속삭였다. 탑 안에 있던 승려는 올라가 종을 쳤다. 그녀는 이마를 바닥에 대고 부처에 절을 했다.

"누가 찾아 왔어요." 승려가 자리에서 일어나자마자 한 아이가 알려주었다. 승려는 우리에게 다가와 인사말 대신 염불을 외었다.

"나무아미타불." 나도 그녀에게 염불로 화답했다. 승려는 나를 데리고 서둘러 건물 옆으로 향했다. 채소와 꽃으로 가득한 정원을 지나서 방에 들어갔을 때, 나는 투언을 눕혔고 아이는 여전히 고통에 몸부림쳤다. 승려는 아이를 진찰했다. "뎅기열이군요. 물을 많이 마시지 않으면 위험할 거에요. 충분히 쉬고 영양 섭취를 해야 회복이 될 거예요."

몇 년 전 우리 마을에서 뎅기열이 발생했던 일이 떠올랐다. 몇몇 아이들이 그때 죽었다. 하지만 난 뎅기열에 대해 아무런 지식이 없었다. 그전에는 늘 모기에 물리지 않게 조심했었으니까.

"마실 것 좀 가져올게요." 승려는 자리에서 일어나 문을 닫고 나갔다.

나는 투언의 다리와 팔을 주물러주며 달래주었다. 승려가 돌아왔을 때는 혼자가 아니고 한 소년이 함께 있었다. 승려는 소년이 들고 있는 갈색 액체 그릇을 가리켰다. "볶은 쌀가루로 만든 즙에 소금을 좀 쳤죠." 승려는 내게 설명하며 데리고 온 소년에게 조금씩 투언에게 먹여주라고 말했다. 내가 감사의 인사를 중얼거리고 있을 때, 승려가 나를 방 한쪽 구석으로 데리고 갔다. "당신이 지에우란이죠?" 승려가 물었다. "사람들이 당신을 찾으러 다니고 있어요. 당신이 가난한 농부들을 착취했다며 피의 대가를 치를 거라고 말하더군요."

"나인 줄 어떻게 알았어요?" 내 말이 무심코 튀어나왔다.

"하!" 승려의 눈이 깜빡였다. "어렵지 않죠. 중부 지방 억양이 잖아요? 긴 머리, 하얀 치아, 아이들과 도망다니고 있고⋯." 그녀는 나를 더욱 두렵게 만드는 말을 또 했다. "지에우란, 다른 아이들은 어디 있어요? 어디 있냐고요?"

그때 대답이 들려서 나를 깜짝 놀라게 했다. "저에요. 제가 그분 딸이에요."

돌아보니, 글쎄, 구아바, 네 엄마가 상을 안고 문가에 서 있었다. 오후 햇살에 비친 그 앙상한 몸이라니⋯.

"응옥, 너 여기서 뭐하고 있니?" 나는 급히 응옥에게로 갔다.

"전 제 동생을 찾아야 하니까요." 응옥은 침대로 갔다. "투언, 누나가 여기 있어. 난 너를 버리지 않을 거야."

상은 나를 보고 울기 시작했다. 내가 손을 뻗어 상을 안아 가슴에 품었다. 도대체 승려가 어떻게 할까? 우리를 체포하게 할까?

"고생했다. 이제 가서 보리수나무 아래에 앉아 있으렴. 만약 화난 사람들이 또 몰려오면 여기로 빨리 와서 알려 줘야 해." 승려는 소년을 내보낸 뒤 문을 닫고 나를 향해 말했다. "자, 미안하지만 이제 떠나 주세요."

"스님, 그 사람들이 하는 말은 다 거짓이에요. 우리는 부당하게 괴롭힘당하고 있어요. 오빠와 전 정말 열심히 일했어요. 우리는 사람들에게 일자리를 줬고 보수도 넉넉히 주었어요. 왜 벌을 받아야 하는지 이해할 수 없어요."

승려는 한숨을 쉬었다. "이 마을에도 끔찍한 일이 일어났지만, 어쨌든 당신을 도울 수 없어요. 여기 아이들이 다칠 수도 있으니까요."

응옥은 사발을 집어들고 투언에게 즙을 마저 먹이기 시작했다.

"누나, 뭐 먹을 거 있어? 나 너무 배고파." 투언이 말했다.

"미안해, 투언." 응옥이 말했다.

승려는 나를 쳐다보았다.

"스님, 21일 전에 토지개혁이 우리 가족에 몰아닥쳤어요. 오빠는 살해당하고 내 첫째 아들은 사로잡혔죠. 우리 가족은 탈출할 수 밖에 없었는데, 음식도, 돈도 없어요."

승려는 눈을 감고 또 한숨을 쉬었다. "수프가 좀 남았을지도 모르겠네요."

승려는 밥과 생선을 가지고 다시 나타났다. 아이들이 음식을 먹어치우는 동안 나는 승려와 함께 문틈 사이로 탑의 도로 앞을 감시했다.

"떠나기 전에 뭐 하나 물어봐도 될까요?"

"말씀하세요."

"내게 일어난 모든 일이… 제 운명인가요? 점술을 믿지는 않았지만, 한 점쟁이는 제가 머나먼 도시를 떠도는 거지가 될 거라고 예언한 적이 있었거든요."

승려는 내 손바닥을 펴고 손금을 살폈다. 그녀는 고개를 끄덕였다. "운명을 바꾸려면 대도시로 가야 해요. 당신의 운명을 예측해주는 별자리가 조금 바뀌었으니 그곳에서 먹고 살 방법을 찾을 수 있을 거예요. 더 이상 구걸을 하지 않아도 될지 모르겠지만… 이 세 아이를 데리고 그런 먼길을 갈 수 있을지 의문이군요." 그녀는 아이들을 바라보았다. "대도시까지는 너무 멀고 당신 앞에 수많은 시련이 있을 거에요. 지에우란, 더 조심해야 해요."

"스님… 아이가 뎅기열에 걸렸는데 괜찮을까요?"

"휴식과 적절한 음식을 섭취하면 며칠 안에 일어날 거예요."

나는 눈을 감고 심호흡을 했다. 입이 차마 떨어지지 않았다. "앞마당에 있는 애들은… 스님이 보살펴 주시나요?"

"네, 그 아이들은 고아였거나 부모에게 버림받은 아이들이에요. 그 아이들 덕분에 우리 탑이 화재를 피했다고 생각해요."

"스님, 어쩌면 투언을…"

"안 돼요, 이미 먹여 살릴 입들이 너무 많아요. 당신도 떠나야 하고…" 승려는 잠시 고민하다가 내게 물었다.

"투언은 열 살도 안 된 것 같은데요?"

"올해 여덟 살이예요."

"그럼 여기 있어도 돼요. 우리 불교도들은 힘없는 사람들을 돕기 위해 여기 있는 것이니까요."

"저도 머물러도 될까요?" 응옥이 일어섰다. "어린 아이들을 돌보는 일은 저도 할 수 있어요."

"안 돼요, 안 돼요." 승려는 손을 휘휘 저었다. "도울 사람은 필요 없어요. 열 살 이상의 아이는 안 돼요. 그들이 여기 급습이라도 하면…"

나는 투언에게 다가갔다. 투언은 눈을 크게 떴고, 거무죽죽한 뺨에는 눈물이 흐르고 있었다.

"엄마, 닷형이랑 하인한테 했던 것과 똑같이 내게도 하려구요? 그들처럼 저를 여기 남겨 두려는 거예요?"

"투언, 밖의 세상은 너무 험하구나. 할 수 있는 한 빨리 돌아올 거야. 반드시 널 찾으러 오마, 약속해."

"투언, 착한 소년이니까 어머니를 보내 드리렴. 여기에는 먹을 것도 많고 놀 친구들도 많을 거야." 승려가 말했다.

"누나, 나를 꼭 잊지 않고 데리러 올 거지?" 투언은 응옥의 손을 꼭 잡았다.

"그래, 맹세해." 응옥은 투언을 꼭 안았다. 막내를 품에 안고 나는 승려에게 절을 올렸다. "제 목숨 같은 아이를 스님께 맡기겠습니다."

"네, 조심하시고 안전해지면 그때 돌아오세요."

◆

우리는 다시 길을 나섰다. 막내는 내 품에 안겨 잠들었고, 응옥은 내 뒤에서 발을 끌며 따라왔다. 내가 걸음을 멈추고 자신을 기다리자, 응옥은 말했다.

"계속 가세요. 저도 필요 없잖아요."

"제발, 딸아, 우리 함께 하노이까지 갈 수 있어."

"왜 어머니를 믿어야 하죠? 엄마는 절대 우리와 떨어지지 않겠다고 했지만 정반대로 하고 있잖아요."

"미안해. 다른 선택이 없구나." 내가 속삭였다.

"네, 맞아요. 모든 엄마는 선택을 해야 해요. 자기 아이를 돌보는 선택을요." 그녀는 발을 쿵쿵 굴렀다.

눈물에 앞이 흐릿했다. "그래, 난 실패했어. 너희 모두에게 보상할 거야. 하노이에서 수많은 사람들 중에서 반드시 성공할 거야. 새로운 삶을 시작할 수 있도록."

"그럼 그냥 가세요." 응옥은 뒷걸음질치며 이리저리 나를 피했다.

"기다려, 내가 어떻게 해야 할지 말해줄래?"

"엄마는 똑똑하잖아요. 언제든 뭘 해야 하는지 제일 잘 알고 있죠." 그 말을 뒤로 하고 응옥은 내 곁을 떠났다.

나는 다음 골목에서 응옥을 따라잡았다. 딸한테 어떤 사과의 말을 해야 할지 곰곰이 생각해봐도 적당한 말을 찾을 수 없었다. 최악의 어머니가 되었다는 사실만이 뼛속 깊이 스며들었다. 앞으로 어떤 일이 일어나든, 아이들이 나를 용서하지 않을 것만은 분명했다. 잠시 후 응옥은 돌아서서 나무 울타리 뒤로 사라졌다. 그리고 거기서 대여섯 명의 아이들이 작은 조약돌로 젓가락 한쌍을 들고 있는 아이를 맞춰 탈락시키는 사방치기 놀이를 하고 있었다. 구아바, 너도 네 엄마가 얼마나 이 사방치기 놀이를 잘 하는지 기억나지? 아주 이른 나이부터 이 놀이를 잘했던 응옥은 어느새 아이들의 인기를 끌고 있었다. 그 뒤로는 대나무 판자로 벽을 두르고 마른 볏짚으로 지붕을 얹은 집 한 채가 있었다. 부유하지는 가난하지도 않은 전형적인 농부의 집이었다. 열린 문으로 한 여자가 아기를 허리춤에 안고 나타났다. 나는 그녀의 눈에 띄지 않게 몸을 숨겼다.

"엄마, 새 친구가 생겼어요. 땅따먹기를 참 잘해요." 아이들이 그 여자를 엄마라고 불렀다.

응옥이 예의바르게 인사하고, 곧이어 자갈이 공중에서 던져지고 잡히는 딸깍딸깍 소리가 들렸다. 아이들은 환호하고 박수를 쳤다.

"넌 어디서 왔니?" 여자가 물었다.

"부모님은 작년에 돌아가셨어요. 아줌마, 전 일을 찾아 돌아다니고 있어요."

"불쌍하네. 그럼 넌 집이 없어?" 한 소녀의 목소리가 들렸다.

"그래."

"엄마, 우리랑 같이 지내면 안 돼요? 제발요." 한 소년이 말했다.

"그런 말은 쉽게 하지 마라, 아들아. 우리 먹을 것도 모자란데, 사람을 쓸 순 없어." 그 여자가 말했다.

"내 밥을 함께 나눠 먹을 수 있어요." 한 소녀가 말했다.

"나도요. 나도요." 다른 목소리도 이어졌다.

"잠깐 들른 친척 아이처럼 살게 해주세요. 시키는 건 뭐든 할 게요. 먹을 것과 잘 곳만 있으면 돼요." 응옥이 말했다.

"글쎄다, 남편에게 먼저 물어봐야 해서."

"아빠도 동의할 거에요. 늘 일손이 모자르다고 불평했잖아요." 소년이 말했다.

"저는 아이들에게 읽고 쓰는 법을 가르칠 수 있어요. 부모님이 좋은 학교에 저를 보냈었으니까요. 가정교사한테도 배웠어요." 그 말은 사실이었고, 응옥은 옛 기억을 떠올리며 눈물을 흘리기 시작했다.

"엄마, 엄마, 제발 여기 있게 해주세요." 아이들이 졸랐다.

다시 고개를 들어 울타리 너머를 들여다봤을 때 딸의 모습은 더는 보이지 않았다. 모두 사라지고 마당은 비어 있었다.

10장

어머니의 비밀

하노이, 1975-1976

그날 밤 닷 삼촌과 나란히 앉아 얘기를 듣고 나서 나는 전쟁이 끔찍하다는 것을 깨달았다. 전쟁의 세파를 겪은 사람은 죽지는 않더라도 그 영혼의 일부를 영원히 뺏겨서 절대 온전해질 수 없게 된다. 흐느끼는 소리가 들렸다. 어둠 속에서 할머니가 눈물을 흘리며 모습을 드러냈다.

그녀는 두 팔을 벌려 닷 삼촌을 감싸 안았다.

"정말 힘든 여정이었구나. 아들아."

"어머니, 미안해요. 제가 돌아올 때까지 너무 오래 걸려서…"

"이젠 상관없어. 네가 왔으니까 됐다."

뱅나무가 바람에 크게 흔들려 나뭇가지가 지붕에 바스락거렸다. 높은 나뭇가지에 둥지를 짓고 있는 갈색 새 한 쌍을 보았다. 그 새들이 우짖으며 서로를 부르는 소리를 들었다. 아직 해가 뜨기 전이었지만 내 앞에는 빛이 보였다. 닷 삼촌이 집에 왔으니 어머니도 곧 돌아오실 것이다.

"차 드릴까요?"

할머니는 재킷을 꺼내 입었다. "둘 다 다시 자러 가려무나." 할머니는 자전거 손잡이를 잡고 빙글빙글 돌며 닷 삼촌을 향해 미소를 지었다. "응옥과 상 둘 다 너를 보면 정말 기뻐할 거다."

내가 주전자에 물을 붓고 있을 때, 닷 삼촌이 목소리를 가다듬었다.

"흐엉, 부탁이 있어."

"네, 말씀하세요." 나는 그가 술을 더 가져다 달라고 부탁할 것을 기대하며 고개를 끄덕였다.

"응웬이 혹시 돌아오면, 나는 집에 없다고 전해 줘."

"왜요, 삼촌?"

"글쎄… 상황은 변하고 사람도 변해."

나는 입술을 깨물었다. 어젯밤 응웬은 너무 절망한 듯 보였다. "미안해요, 삼촌. 거짓말을 할 수는 없어요. 응웬씨는 할머니에게 외숙모보다도 더 친절했어요. 할머니 직업을 개의치 않고 우리집을 찾아주는 얼마 안 되는 지인이에요. "

"흐엉, 우리 사이는 끝났어."

"응웬씨가 내게 자전거 타는 법도 가르쳐…"

"난 신경 안 쓰고 싶다. 그녀와 더 이상 말하고 싶지도 않아, 알겠니?" 삼촌의 목소리는 메마른 듯 느껴졌다.

아침식사를 마친 후에 내가 꽥꽥거리는 돼지들에게 먹이를 주고 있을 때 문가에서 어머니가 부르는 소리를 들었다. 문을 열자, 눈물로 얼룩진 어머니의 얼굴이 보였다.

"흐엉, 네 삼촌은 어디 있니?"

닷 삼촌은 우리를 등지고 있었는데, 그때까지 마치 얼어붙기라도 한 듯 꼼짝하지 않았다.

"닷!" 엄마가 소리치며 삼촌 쪽으로 뛰어갔다.

미동도 하지 않던 삼촌의 어깨가 잠시 후 들썩거렸다. 그는 휠체어 바퀴를 잡고 방향을 돌렸다. 아침 햇살을 흠씬 받은 삼촌의 몸은 셔츠 아래 여윈 상체가 느껴졌고 수척해진 얼굴에는 수염이 돋아 있었다. 그리고 그의 다리… 그 끔찍한 상처들…

"응옥 누나." 그의 얼굴이 미소로 뒤틀렸다.

"네가 마침내 집에 왔구나." 어머니는 무릎을 꿇고 삼촌의 잘린 다리 상처를 어루만지며 말했다. "네 다리… 정말 미안하구나."

"엄마가 누나는 전쟁터에 갔었다고 말했어. 누나가 살아 돌아올 수 있어서 얼마나 다행인지 몰라."

"저들이 차라리 내 팔다리를 대신 가져갔으면 더 나았을 거야."

"누나, 왜 그런 말을 해? 무슨 일 있었어?"

어머니는 대답하지 않았다. 그저 자기 자신보다 더 큰 짐을 짊어진 듯 구부정한 등만 드러낼 뿐이었다.

"누나, 도대체 어떤 일이 있었던 거야. 내게는 말해 줘." 닷 삼촌은 어머니의 눈물을 훔치며 말했다. "우리 사이에 비밀은 없어, 알지?"

어머니의 얼굴에는 내게 잠시 자리를 비켜달라는 뜻을 읽을 수 있었다. 어머니에게는 내게 알리고 싶지 않은 비밀이 분명 있었다.

돼지의 꿀꿀대던 소리가 더 높고 더 날카로워졌다.

"이런, 돼지들한테 먹이 좀 주고 올게요." 나는 중얼거리며 자리를 피했다. 내가 돼지 여물통에 먹이를 더 넣어주는 동안, 거실에서는 어머니가 찻잔에 차를 따르고 있었다. 손을 바지춤에 대충 닦고, 나는 내 방으로 들어갔다. 문을 꽉 닫지 않았기 때문에, 엿듣기가 수월했다. 집이 원체 작은 데다가 부엌과 내 방의 거리가 가까운 데 고마울 따름이었다.

"엄마가 네가 호앙을 봤다고 말씀하시더구나."

"바비산맥에서 매형과 같은 신병 훈련소에 있었어. 불행하게도 남쪽으로 가기 전에 다들 헤어져야 했어. 몇 주 후에 매형을 봤는데, 그때는 말라리아에 걸려서 길가 텐트에 있어야 했지."

"매형은 어디로 갔는지 아니? 다시 본 적은 있니?"

어머니의 질문은 아버지와의 행복한 추억에 대해서는 말하길 원치 않는다는 뜻처럼 들렸다.

"아니, 다시 만나지는 못했어. 매형도 남쪽으로 갔다는데 정확한 위치는 몰라. 그는 살기 위해서, 또 누나한테 돌아가기 위해서 최선을 다할 거라고 내게 말했어."

"닷, 난 그럴 만한 가치도, 자격도 없어." 어머니의 그 말은 칼보다도 더 앞으로 수년 동안 나를 아프게 했다.

"누나, 왜 그런 말을 해? 무슨 일이 있었던 거야?"

"도저히 말할 수가 없구나. 나 스스로도 너무 부끄러워. 너무 나쁜 짓을 했고… 난 그냥 아주 나쁜 사람이야."

내 손바닥에 땀이 났다. 내 의혹은 사실이었다. 어머니가 전장에서 누군가를, 죄가 없는 사람을 죽인 게 틀림없었다.

"들어봐, 누나. 나를 보라고, 내가 누나를 평가할 일은 없을 거야. 날 믿어."

침묵이 흐르는 가운데 어머니의 발자국 소리만이 들렸다. 또 떠나려는 걸까? 어머니를 말리려고 문 손잡이에 손을 얹었다.

"누나, 우리는 살아남으려고 필사적으로 싸워야 했어. 죄책감을 느낄 필요는…"

"그게 아니야. 상황은 더 최악이었어."

"말해봐. 난 그런 상황을 아주 많이 봤어… 아니면 차라리 엄마한테 털어놓으면 도움이 될 거야."

"아냐, 엄마한텐 말할 수 없어. 게다가 나 스스로 역겨워. 엄마한테도, 호앙한테도 난 그럴 가치가 없어."

"무슨 일이 있었는지 모르겠지만, 매형을 위해 누나가 목숨을 내건 것만으로도 매우 존중받아야 해. 그리고 가는 내내 많은 환자들을 구해줬을 테고."

또 다시 침묵. 나는 손바닥을 오무려 내 입을 가렸다.

"누나, 이제 그만 집에 돌아오는 게 어때? 흐엉을 생각해야지.

언제나 슬픈 눈을 하고 있어.”

“난 그애한테 아무것도 해줄 게 없어. 내 고통 때문에 그애까지 엉망이 될 거야. 아직 난 마음의 준비가 되지 않았어.”

“그럼, 언제 준비가 될까? 나도 누나가 필요해. 내 방에는 침대도 두 개야. 돌아와서 내 다리가 되어 줘, 부탁이야.”

◆

낫 삼촌이 온갖 노력을 했는데도, 어머니가 집에 돌아올 때까지 일주일이 더 걸렸다. 할머니는 성대한 환영 식사를 준비하며 마치 둘이 한 번도 싸운 적이 없는 사람처럼 행동했다. 그런데 어머니는 거의 먹지도, 말하지도 않았다. 우리는 조용히 식탁에 앉았고, 어머니는 자기 방에 틀어박혔다.

다음날 어머니와 아침식사를 한다는 기쁨에 난 일찍부터 일어났다. 하지만 그녀는 자신만의 세계에서 나올 생각이 없었다. 항상 식사 시간에는 조용했고, 틈틈이 닷 삼촌의 빨래를 도왔다. 그들의 모습을 보노라면 부러움 때문에 서러움이 목까지 치밀어오르는 느낌이었다. 내가 스스로 자해라도 하면 그땐 어머니는 나를 건드리기라도 할까?

“도대체 엄마는 뭐가 문제래요?” 다음날 할머니와 어머니가 일하러 나간 후, 나는 닷 삼촌에게 물었다. 삼촌은 책상에서 할머니가 책장에서 꺼내 준 책들을 훑어보고 있었다.

"나도 잘 모르겠구나." 책장을 넘기며 말했다. "아직 내게도 아무 말 안 해. 조금만 더 시간을 주도록 하자."

"보는 사람마다 내게 어머니한테 시간을 주라고 하죠. 얼마나 오랜 시간이 필요할까요?"

"글쎄다." 삼촌은 책을 덮고 또 다른 책을 꺼내 들었다. "내 친구들도 대부분 자신 있게 말하기 어려워하지. 각자는 자신만의 적응할 시간이 필요하거든."

나는 고개를 가로저었다. 어떻게 해야 어머니의 신뢰를 얻는다는 말일까?

삼촌은 책들을 밀치며 말했다. "이 책들은 전부 따분하구나. 더 재미 있는 책은 없을까?"

"난 엄마가 누군가… 그러니까, 아기를 죽였다고 생각해요. 그래서 알리고 싶어 하지 않는 거죠." 마음속에 담아뒀던 말이 불쑥 튀어나왔다. "엄마가 말하는 걸 들었어요. 자면서 잠꼬대를 했거든요."

닷 삼촌은 나를 물끄러미 바라봤다. "그런 말은 하지도 마라! 난 네 엄마를 알아. 절대 무고한 사람을 의도적으로 해칠 사람이 아냐."

나는 학교 가방을 들고 삼촌한테 간다는 인사도 없이 나왔다. 삼촌이 나를 도와줄 거라고 생각했는데, 그저 나무랄 뿐이다.

또 며칠이 지나갔다. 어머니가 삼촌한테 무슨 말을 하는지 주시했지만, 새로운 소식은 없었다. 어머니는 여전히 차갑고 멀게만 느껴졌다. 우리 가운데 이방인이었다. 그런데 할머니는 왜 다른 노력을 하지 않았을까? 할머니는 집에 올 때마다 요리와 빨래, 청소에만 매달려 계셨다. 허드렛 살림이 어머니를 치유해 줄 것처럼 말이다. 나는 이 집의 숨 막히는 분위기, 비밀들, 어두운 역사를 뒤로하고 떠나고 싶은 마음뿐이었다. 할머니가 돈을 숨겨 둔 곳을 아니까 언제든 버스나 기차 표를 끊고 음식을 살 돈은 구할 수 있었다. 북쪽에서 남쪽으로 가면서, 아버지의 흔적을 찾을 수 있지 않을까? 아버지를 찾지 못했다고 해도, *di một ngày đàng học một sàng khôn*(각각의 여행은 지혜의 바구니를 주는 법이다). 여행이 힘들면 사이공의 하인 이모네에 들러도 좋을 것이다. 이모의 행운의 별 아래에서 우리 가족에 따라다는 액운을 피할 수 있을지도 모른다.

하지만 그런 생각은 할머니의 깊게 패인 주름을 보면 부질없게 느껴지곤 했다. 자식들이 돌아올 때마다 할머니는 주름만 늘 뿐이었다. 할머니는 나를 폭탄으로부터 보호해줬으니, 어쩌면 이제 내가 그들이 매순간 우리의 삶에 떨어뜨리는 무기에서 할머니를 도와야 할 차례다. 그래서 나는 떠나지 않았다. 그리고 어머니와 다시 친해질 방법을 찾으려고 노력했다. 하지만 어머니는 그녀만의 세계에서 모든 문을 닫아걸고 내가 두드리는 소리를 외면했다.

어머니가 돌아온 지 일주일 후, 나는 저녁 식사가 준비되었다는 것을 알리려 어머니 방으로 향했다. 그때 고개를 숙이고 공책 위에 펜으로 뭔가를 쓰고 있는 어머니의 모습이 보였다. 어머니는 나를 보고 입이 벌어졌다. 수첩을 뒤로 숨겼다.

"노크를 해야지."

"와서 식사 하세요." 나는 못 본 척 돌아섰다.

그때부터 어머니가 집을 비울 때마다, 내 가슴에 불이 났다. 가끔 방 앞에서 서성이었는데, 닷 삼촌이 항상 거기 있었다. 나는 종종 도와주는 척, 때로는 물잔을, 술병을, 땅콩 접시나 책을 갖다주는 척 틈을 엿보았다. 어머니의 가방은 방바닥에 있었고, 대나무 옷장은 꽉 다문 입술처럼 닫혀 있었다. 닷 삼촌이 외출할 일은 없을까? 그는 징집 전에는 공대생이었다. 이제는 직장 경험도, 학위도, 다리도 없는 그를 고용하려는 사람은 아무도 없었다. 할머니는 아는 사람들에게 삼촌 얘기를 했지만 모두 헛수고였다.

이틀 후 식탁에서 휴대용 라디오를 듣고 있던 닷 삼촌에게 먼지가 너무 많아서 방을 청소하겠다는 핑계를 대고 그들의 방에 들어갔다. 먼저 어머니의 가방을 뒤졌다. 어머니는 언제라도 떠날 것처럼 가방에 옷가지를 풀지 않고 있었다. 공책은 없었다. 나는 옷장을 열어 닷 삼촌의 소지품 사이를 마구 뒤졌다. 침대 사이 틈도 살폈다. 아무것도 없었다.

얼마나 바보 같은지⋯ 아주 작은 공책이라 어머니가 가지고 다닐지도 모른다.

또 며칠이 흘렀고 기회는 돌아오지 않았다. 어느 날 하루 닷 삼촌의 쪽지가 식탁에 놓여 있었다. 그의 친구들이 찾아와 옛 스승의 장례식에 조문하러 간다고 적혀 있었다. 나는 방으로 달려갔다. 자물쇠는 있었지만 방 안쪽에는 걸쇠가 없었다. 할머니와 어머니가 언제든 들어올 수도 있으니 문에 의자를 갖다 놓고 또 의자 하나를 더 쌓았다. 누가 들어오려고 하면 내가 알아차릴 수 있을 것이다.

어머니의 가방에 손을 뻗자 이번에는 낡은 노트가 만져졌다. 나는 숨을 들이마시고 한장 한장 펼치기 시작했다. 어머니의 손글씨가 줄줄이 적혀 있었는데, 내 기억대로 정돈된 글씨체가 아니라서 마치 폭풍우에 쓰러진 벼처럼 휘갈겨 쓰여져 있었다. 나무와 허브의 이름과 약효에 대한 설명이 적혀 있었다. 각각의 치료법도 페이지마다 빼곡했다. 몇몇 난해한 식물 학명도 있었고, 그때마다 그 식물의 줄기와 가지, 이파리를 그려넣기도 했다. 마지막 장을 펼치니 한약재에 관한 기록이 더 있었다. 어떤 단어는 물방울이 번져 얼룩져 있었다. 아마 밀림에서 꽤 오래전에 쓰여진 것 같았다. 누구에게서 이런 약초 치료법을 배웠을까? 내가 알기로는 어머니는 전통 의학과는 거리가 멀었다.

공책을 덮었다. 확실히 그날 밤 어머니는 뭔가 내게서 숨겨야 할 것을 적고 있었다. 그리고 그 공책은 분명히 이것보다 더 작은 것이었다. 펼치기 전에 잠시 주저했다. 아마 어머니가 전쟁터에서 아버지를 만났고 둘 사이에 끔찍한 일이 일어났을지도 모른다. 배를 바닥에 대고 침대 밑을 살펴봤다. 먼지가 켜켜

이 쌓여 있었다. 나는 재채기를 하며 일어났다. 어머니의 베개를 옆으로 치우고, 침대 바닥에 깔린 돗자리를 벗겨 뒤졌다, 역시 아무것도 없었다.

그때 문득 베개가 약간 비뚤어져 보였다. 베개를 집어 들고 꼭 쥐었다. 내 손에서 딱딱한 무언가가 잡히자 가슴이 내려앉았다. 부드러운 솜 안에 숨겨져 있고 고무줄로 묶인 또 다른 공책이었다. 나는 첫 페이지를 펼쳤다. 어머니의 손글씨였다. 다른 공책에서 보았던 것처럼 삐뚤빼뚤했다.

1975년 5월 16일
내 아들아,

날 용서해줄래? 네 꿈을 꾸는 밤이 셀 수 없이 많았단다. 너의 새파랗게 질린 얼굴을 꿈꿨었다. 지금은 땅속에 묻혀 있는 그 새파란 얼굴. 오, 내 아기야, 제발 나를 용서해 줘.

일기장이 내 손에서 침대 위로 떨어졌다. 어머니에게 아들이 있었다고? 나는 일어서서 앞뒤로 걸음을 옮겼다. 계속 읽고 싶었지만 두려웠다. 어머니가 두옌 고모의 집으로 이사한 후에 쓰기 시작한 것이 분명했다.

나는 나 자신을 비웃을 뻔했다. 어머니의 비밀의 열쇠를 찾았다고 생각했지만 막상 문을 열자마자 잠그고 열쇠를 버리고 싶어졌다. 때로는 어떤 일이 너무 끔찍해서 존재하지 않는 척해야 할 때도 있다. 벽시계가 다섯 번 울렸다. 어머니, 할머니, 닷삼촌은 언제든 집에 올 수 있었다. 나는 일기장 표지를 쳐다보았다. 어머니의 슬픔을 살짝 엿본 나는 그것이 어떤 종류의 괴물인지 확인해야 했다. 게다가 이 세계는 이미 산산조각이 났고, 이제 무지를 가장한다 해도 구할 수 없었다. 두 번째 페이지를 넘겼다.

1975년 5월 18일

사랑하는 호앙, 당신은 어디 있어요? 이제 전쟁이 끝나고 많은 병사들이 집으로 돌아가고 있어요. 왜 연락이 없죠? 여보, 내 사랑이 폭탄과 총알을 이겨낼 수 있을 만큼 강할 거라 믿었어요, 그래서 당신을 찾아서 미안하다고 말할 수 있을 거라 생각했어요. 정말 미안해요. 당신을 전쟁터로 보낸 내가 바보였어요. 당신이 떠난 후에야 알았어요. 오, 내 사랑, 내게서 떨어지지 마세요. 제발 집으로 돌아와 나를 용서해 줘요. 어젯밤 꿈에서 당신은 나를 차갑게 바라보았어요. 당신의 눈은 내가 더 이상 당신의 아내가 될 자격이 없다고 말하고 있었어요. 정말 미안해요.

1975년 5월 21일

어젯밤 두옌이 나를 흔들어 깨웠다. 밤은 시원했지만 온몸이 땀으로 흠뻑 젖었다. 목이 따가웠다. 두옌은 내가 비명을

지르고 있었다고 말했다. 나는 악몽을 꾸었을 뿐이라고 고
개를 주억거렸다. 그리고서 두옌이 다시 잠든 후에도 나는
어둠에 웅크리고 앉아 있었다. 잠들거나 어둠이 다가올 때
마다 그들은 내게 달려들었다. 그들은 나를 밀림 바닥에 쓰
러뜨리고 손으로 내 목을 조였다. 또 다른 한 쌍의 손은 나
를 땅과 바위, 나무뿌리에 밀어부쳤다. 그들이 웃을 때마다
그들의 입은 불처럼 빨갛게 달아올랐디. 타는 석탄처럼 뜨
거운 고통이 내 몸을 관통했다. 나는 백만 조각들로 찢어진
다. 그 괴물들은 지금 어디 있을까? 그들이 밀림과 계곡에
서 썩어버리고 그들의 영혼이 다시는 집으로 돌아살 수 없
기를 바란다.

난 전문을 다시 읽어보았다. 무슨 얘기지? 또 그들은 누구였
을까?

1975년 5월 30일

난 바깥을 나갈 엄두도 내지 못하고 있는데, 두옌이 강에서
신선한 공기를 마시면 기분이 더 나아질 거라고 했다. 두옌
의 집에서 얼마 가지 않았을 때 오두막 하나가 눈에 들어왔
다. 다른 집들과는 달리 밀림의 진료소처럼 나뭇잎과 나뭇
가지로 지붕이 덮여 있었다. 반사적으로 몸이 움추려 들었
다. 내 옆에는 더이상 두옌도, 하노이도, 평화로운 홍강도

없었다. 나는 쯔엉선의 오두막집으로 돌아와 있었고, 머리에 붕대를 감은 어느 젊은 병사가 내 손 아래서 신음하고 있었다. 멀리서 총소리와 수류탄이 터지는 소리가 들렸다. 호아 간호사가 뛰어들었다. "적이 오고 있어요!" 우리는 서둘러 다친 병사들을 밀림 속 비밀 은신처로 데려갔다. 걸을 수 있는 사람들은 모두 우리를 도왔다. 뛰고, 헐떡이고, 또 뛰었다. 폭발음이 점점 더 가까이 다가왔고, 우리는 몸을 숨긴 채 흔적을 덮으려고 돌아갔다. 오두막에 와 보니 여전히 부상당한 병사들이 간이 침대로 쓰는 대나무 널조각에 누워 있는 걸 보았다.

"전투 자세로." 나는 호아에게 소리를 지르며 오두막 귀퉁이에 있던 소총을 들었다. 폭발음이 땅을 뒤흔들었다. 옆 오두막에서 고함 소리가 들렸다. 베트남 남부 방언이었다. 한 남자가 열린 문을 지나가며 안으로 무언가를 던졌다. 언제 방아쇠를 당겼는지 모르겠으나 내 어깨에 AK 소총의 개머리판이 계속 부딪친 기억뿐이다. 달리던 그 남자는 가슴을 움켜쥐고 무릎을 꿇고 바닥에 쓰러졌다. 그가 던진 수류탄이 흙바닥에 굴러다니고 있었다. 나는 급하게 몸을 날렸다. 강력한 폭발음. 내 세상은 공허해졌다.

두옌의 목소리가 나를 불렀다. 눈을 깜빡여 보니 남자, 여자, 아이들에 둘러싸인 채 홍강 강둑에 있었다. 그들은 나를 쳐다보며 속삭이고 있었다. 나는 사라지고 싶었다. 사람들의 눈에는 내가 미쳐서 유령에 홀린 것처럼 보였으리라. 여자 중 한 명이 두옌에게 무당을 찾아 제물을 바쳐야 내 영혼을 훔쳐간 죽은 귀신을 쫓아낼 수 있다고 말했다.

1975년 6월 3일

요즘 나는 외출할 엄두를 내지 못하고 실내에서만 시간을 보내고 있다. 오늘 아침 내 창문 아래로 한 젊은 남자가 지나갔다. 그는 두 팔을 잃었다. 그렇게 잘생긴 인물인데도 말이다. 나와 함께 남쪽으로 이동하던 남자들도 잘생겼다. 그들의 눈에는 희망이 있었고, 입술에는 노래를 머금었고, 마음에는 웃음이 맴돌았다. 하지만 진료소로 나를 찾아온 남자들은 더 이상 노래를 부르지 않았다. 어떤 이들은 배에서 내장이 쏟아져 나왔고, 어떤 이들은 반쯤 잘린 팔과 다리가 늘어져 있었으며, 또 어떤 이들의 얼굴 절반이 날아간 상태였다. 마취 없이 그들을 수술해야 하는 나를 얼마나 증오했을까? 그들은 임시 수술대에 묶인 채로 자신의 의사와 상관 없이 내게 절단 수술을 받아야 했다. 어떻게든 그들의 사지를 살려야 했나? 네이팜탄에 산 채로 타 버린 두 남자의 살갗에서 피어오르는 연기는 내 눈물로도 끌 수 없었다. 내가 그들을 구하기 위해 더 많은 일을 할 수 있었을까?

1975년 6월 15일

요리를 하고 있는데 이웃집에서 끔찍한 소리가 들렸다. 한 남자가 기르던 개를 발로 차며 고함치고 있었다. 개의 내짖는 소리가 또다시 밀림 바닥에 손이 등 뒤로 묶인 채로 누워 있는 내 모습을 불러왔다. 다리에는 통증이 솟구치고 피가 흘렸다.

"이 쌍년!" 한 남자가 내 배를 세게 걸어 찼다. "네가 내 친구를 죽였어."

발길질이 끝나고 나는 공처럼 둥그렇게 몸을 웅크리며 울지 말자고 스스로에게 다짐했다. 내가 운다면 적에게 만족감을 줄 뿐이다. 주위를 둘러보았다. 내 진료소 오두막은 조금 떨어진 곳에 있었고, 시커먼 연기 기둥이 지붕 위를 휘감고 있었다. 속이 뒤틀렸다. 오두막에 남아 있던 다친 병사들은 어떻게 된 걸까?

또 다른 남자가 내 머리채를 잡아 흔들었다. "네가 동지들을 숨긴 곳을 안내해!" 그는 사방으로 내 머리를 위아래로 잡아흔들며 소리쳤다. "도대체 어디에 숨긴 거야? 알려주면 목숨은 살려 주겠다."

나는 눈을 감았다. 적의 약속을 믿지 않았다. 저들을 믿는다면 내가 바보일 것이다. 다행히도 대피소는 오두막 반대편 멀리 떨어진 곳에 있었다. 숨어 있는 환자들 중에는 적군이 노리는 고위 장교가 있었다. 그를 지키는 호위병들이 있었지만, 적이 은신처를 발견한다면 몇몇 호위병들만으로는 계란으로 바위를 치는 격이 될 것이다.

"당장 말해, 이 씹창할 빨갱이 년아!" 발길이 내 갈비뼈에, 또 내 얼굴에 작열하듯 떨어졌다. 울부짖는 것 외엔 피할 수가 없었다.

두옌의 아이들이 찾아와서 괜찮냐고 물어봤다. 아니, 나의 모든 것이 잘못되었다. 내게 귀신이 씌었다는 말이 사실일지도 몰라. 어쩌면 저들이 내 영혼을 가져간 뒤, 지금의 나는 빈 껍데기만 남았다.

나는 일기장을 가슴에 대고 내 세포 하나하나에 어머니가 겪어야 했을 고통을 새겼다. 어머니가 마주했던 공포는 상상하기 쉽지 않았다. 죽음의 손아귀에서 빠져나온 것만으로도 얼마나 행운인가. 또 동지를 위해 버텨낸 용기가 얼마나 대단한가. 어머니께 내가 그분의 딸인 게 얼마나 자랑스러운지 말씀드리고 싶었다.

나는 머리를 들었다. 문 쪽에는 인기척이 없다. 시계를 다시 한 번 쳐다보았다. 시간은 내게서 슬금슬금 도망치고 있었다. 나는 양손으로 일기장을 받치고 최대한 부드럽게 한장 한장을 넘겼다.

1975년 6월 17일

어젯밤 꿈속에서 적의 폭격기가 굉음을 내며 날아왔다. 폭발음이 밀림을 뒤흔들고 연기에 눈이 따가웠다. 공기에서 살이 타는 냄새가 났다. 전날 내가 봉합했던 쯔엉의 배 위로 진료소 기둥이 무너져 내렸다. 쯔엉의 옆에는 산 간호사의 신체 일부가 흩어져 있었다. 환자를 대피소로 서둘러 데려가야 한다는 것을 알았지만, 나도 모르게 진료소 밖으로 뛰쳐나갔다. 그리고 하늘을 향해 얼굴을 꼿꼿이 들고 저 높은 곳 전투기 조종석에 앉아 있을 겁쟁이를 향해 소리를 질렀다.

울음에 목이 메어 잠에서 깨어났다. 매일 밤 이런 일이 일어난다. 머리가 욱신거렸다. 물이 필요했지만 일어날 수가 없었다. 내 손은 산 간호사의 피로 끈적끈적거렸다. 우리에게 폭탄을 투하한 조종사를 만나고 싶다. 그녀의 피를 그 녀석의 얼굴에 문대어 그녀의 고통을 맛보게 하고 싶다.

1975년 6월 20일

두옌은 자기 공장에 일자리가 났다며 상사에게 내 이야기를 말했다고 했다. 내가 원한다면 그 일을 맡을 수 있다고 했다. 별다른 기술이 필요하지 않으며, 새로 제작한 옷에 다림질해서 상자에 접어 넣기만 하면 된다고 했다. 처음에는 고개를 절레절레 흔들었지만, 어머니는 육체 노동이 내게 좋을 거라고, 정신이 황폐해지는 걸 막을 수 있다고 했다. "게

다가 언제까지 엄마의 노동에 기대어 살 수는 없잖니." 나는 그 말을 마음속 깊이 새겼다. 어머니 말이 맞았다. 나는 어머니, 흐엉, 그리고 모두에게 짐이 되고 있었다. 두옌에게 며칠 동안 생각해 볼 수 있는지 물어봤다. 일을 해야 한다는 건 알고 있다. 하지만 사람들을 만나는 게 두렵고, 그들의 질문이 걱정된다. 적어도 두옌은 내게 많은 질문을 하지 않았다. 남쪽으로의 여정에 대해 모든 것을 말했지만 내 몸이 더럽혀졌다는 사실만은 말하지 않았다. 그리고 아기에 관한 이야기도. 두옌이 안다면 남편이 돌아오고 나면 말할 테지. 그리고 그가 알면 더 이상 나를 만지지 않을 것이다. 다른 남자에게 짓밟힌 여자를 누가 안고 싶어 하겠어?

오늘은 피가 날 때까지 몸을 문질렀다. 내 살갗의 더러움을 모두 씻어 내고 싶지만 너무 늦었다.

1975년 6월 21일

흐엉이 나를 찾아왔다. 내 딸은 지금 나보다 키가 크고 아름답다. 그 아이의 피부는 젊음으로 광채가 나고, 눈빛은 순수함으로 빛난다. 딸을 보고 있노라면 나와 호앙의 가장 최상의 모습을 볼 수 있다. 삶에 대한 결단력과 사랑이 보인다. 그녀는 오늘 매우 행복해 보였다. 나는 편지를 읽어주는 딸의 부드러운 목소리에 귀를 기울였다. 왜 내 딸인 그녀에게 사랑한다고 말하지 못하는 걸까? 우리 가족에게 사랑은 말로 표현하는 것이 아니라 행동으로 보여주는 것이었다. 어머니도 나를 사랑한다는 말을 한 적이 없으며 대신 나를 돌보고 요리하는 것으로 사랑을 표현한다. 이제 나는 흐엉을 돌보고 요리해 줄 수는 없으니, 얼마나 사랑하는지 용기를 내서 말해주고 싶다.

하지만 흐엉은 나를 미워할 것이다. 내가 흐엉의 아버지에게 전쟁에 나가라고 부추겼다는 사실을 말하다니, 얼마나 멍청한가. 바보, 바보, 바보다!

1975년 7월 1일

어머니가 왔다. 어머니의 앙상한 어깨에서 불거진 뼈를 보며 옛 민요의 한 구절이 떠올랐다 "내 늙은 엄마는 나무에 달린 잘 익은 바나나 같네. 바람에 흔들려 떨어지면, 나는 고아가 된다네."

어머니는 올해 쉰다섯 살로 아직 나이가 많지는 않지만 더 이상 젊어 보이지는 않았다. 내 무거운 짐을 등에 졌으니 언제 쓰러질지 모른다는 두려움이 엄습한다. 어머니를 탓하다니, 나는 정말 나쁜 딸이다. 어머니에게 던진 말을 도로 삼키고 싶지만 말은 물과 같아서 한 번 입 밖으로 나오면 주워 담을 길이 없다. 말은 칼과 같아서 눈에 보이지 않는 상처를 남겨 계속 피를 흘리게 한다.

어머니는 굳이 우리의 말다툼을 꺼내지 않는다. 내게 같이 시내로 가자고 했다. 잘 아는 유명한 치유사에게 도움을 받자고 했다. 나는 어머니의 자전거 안장에 앉아 어머니의 등에 얼굴을 기대었다. 정말 깨끗하고 신선한 냄새가 났다. 먼 유년 시절 우리 마을의 논밭에서 불어오는 바람처럼 신선했다. 오빠와 동생들의 웃음소리처럼 싱그러웠다. 눈을 감으니 투언과 민 오빠의 웃는 얼굴이 보였다. 그들은 죽었을 리가 없다. 반드시 내게 돌아와야 한다.

올드 쿼터에 들어섰을 무렵, 난 고개를 들었다. 자전거는 작은 소로를 따라 달렸다. 한때 호앙과 내가 수없이 걷던 길들. 박마 사원의 휘어진 처마 아래에서 나와 결혼하고 싶다고 말하며 남겼던 키스가 아직도 내 입술에 뜨겁다. 그는 언제 돌아올까? 그가 다시 내게 키스할 수 있을까? 단 하루라도 나 자신을 용서할 수 있는 날이 올 수 있을까? 자전거가 전통 약방 거리에 가까워지자 약초 냄새가 코를 찔렀다. 나는 몸을 떨었다. 내 눈 앞에는 니노 부인이 단지에 밀림의 약초를 끓이고 있다. 그녀는 응축된 액체를 그릇에 붓고 내 앞에 놓았다. 그녀는 내가 확실한지 물었다. 나는 대답하는 대신 내 배를 내려다보았다. 내 안에 둥지를 틀고 있는 이 작은 생명. 내 살과 내 피, 내 아이. 쓰디쓴 액체를 삼키는 동안 눈물이 앞을 가렸다. 나는 아기를, 내 소중한 아기를 죽이고 있다.

"흐엉, 뭐 하는 거야?" 나는 눈앞에 나타난 어머니의 모습에 소스라치게 놀랐다. 어머니는 내 손에서 일기장을 낚아챘다. "어떻게 감히?"

"엄마…"

어머니는 일기장을 얼굴에 대고 큰 소리로 울부짖어 나는 뛸 듯이 뒤로 물러났다. 무슨 말을 해야 할지 고민하고 있었는데 어머니가 샌들을 집어 들고 내게 던졌다. 나는 몸을 피했고 샌들은 쿵하는 소리와 함께 벽에 부딪혔다.

"내 개인적인 일기장인데, 어떻게 그걸!" 어머니가 고래고래 소리쳤다.

나는 내 앞에 있는 여자를 바라보았다. 얼굴이 붉고 머리가 헝클어져 있었다. 내가 아는 어머니를 찾으려 애썼고, 일기장에서 잠깐 봤다 싶었는데, 결국 또 다른 낯선 사람과 마주하게 된 것이다. 그 낯선 사람이 나를 때리고 싶어한다. 그 낯선 사람만이 다른 남자와 아이를 가지고 자신의 죄를 감추려고 태어나지도 않은 아이를 중절했다.

"엄마는 아이를 죽였잖아요!" 나 자신의 외침소리가 낯설게 들렸다. "아빠를 배신했어요! 아빠가 오면 다 얘기할 거에요."

"좋아, 가서 아빠부터 찾아. 말해! 아빠한테 말하라고!"

대문을 쾅 닫고 뛰었다. 어디로 가야 할지 몰랐지만, 더 이상 어머니를 보고 싶지 않았다. 울음이 솟구쳐 걸음을 멈췄다. 어느새 나는 홍강을 가로질러 아치형으로 뻗은 롱비엔 다리까지 달려왔다. 어쩌면 아버지도 이미 돌아가셨을지 모른다. 어쩌면 강물만이 나를 아버지에게 데려다 줄지도 모른다.

눈을 감으니 어린 시절 할머니가 점쟁이에게 저주를 받는 모습이 보였고, 밀림에서 약초를 마시고 아기를 낙태하는 어머니의 모습이 보였다. 쩐 가문은 대대로 저주를 받았다. 이제 끝내야 했다. 나는 나 자신에게 더 앞으로 가라고 재촉했다.

강은 내 앞에서 붉은 황토 색으로 굽이치고 있었다. 그 빠른 물살을 내려다 보았다. 투이와 내가 여기서 강물에 발을 담그고 있었고, 우리의 웃음소리가 여전히 귓가에 맴돌았다. 나는 더 이상 친구가 없었다. 나를 아끼는 가족도 더 이상 없었다.

"흐엉." 누군가 내 손을 낚아채서 뒤로 잡아당겼다. "미안해."

나는 어머니를 밀어내고 계속 걸었다. 어떤 말로도 어머니가 내게 한 짓을 되돌릴 수 없었다.

그녀는 내 길을 막았다. "네가 내 슬픔의 뿌리를 발견했지만, 그건 진실의 절반에 불과해…. 내게 설명할 기회를 주겠니?"

◆

우리는 찻집 구석에 앉았다. 어머니는 내게 두유 한 컵을 주문했지만 나는 잔에 손대지도 않고 기다렸다.

"내 질문에 대답해 주실 건가요?" 내가 물었다.

그녀는 고개를 끄덕이며 텅 빈 가게 내부를 조심스럽게 둘러보았고, 주인은 길거리에 나가 이웃과 이야기를 나누고 있었다.

"아기의 아빠가 누구죠?"

그녀는 찻잔을 꽉 쥐었는데 손가락 마디가 하얗게 변했다. "나도… 잘 모르겠어."

"모른다니 무슨 말이죠?" 뭔가 목구멍까지 구역질이 치밀어 올랐다. "봐요. 말 못하잖아요. 어머니는 아빠를 배신했으니까.."

"제발…" 어머니가 손을 들었다. "진실은 너를 더 아프게 할 뿐이야."

"상처를 준다고요? 다른 남자의 아이를 가졌다는 사실을 아는 것보다 더 나쁜 게 있을까요?"

어머니의 얼굴이 찡그려졌다. 그녀는 입을 열었지만 말 대신 정신 나간 웃음소리가 입술에서 흘러나왔다.

"그 애의 아버지가 적이라면 더 나쁠까?"

나는 그녀를 쳐다보았다. 그녀는 제정신이 아닌 것 같았다.

"그래, 맞아. 난 그들에게 저항할 만큼 강하지 않았기 때문에 네 아버지를 배신한 거야."

"그게 무슨 뜻이에요?"

어머니는 내 옷깃을 움켜쥐고 자기 쪽으로 끌어당겼다. "적들이… 한 무리의 사내들이… 나를 붙잡아… 나에게 끔찍한 짓을 했다. 그들 중 한 명의 아기를 낳은 거야."

나는 고개를 저었다. 방금 그녀가 한 말을 받아들일 수 없었다. 어머니가 내 멱살을 풀어주고는 손으로 얼굴을 감쌌다.

"그 남자들은 남베트남 사람들이었어. 남부 사투리를 썼거든."

지금도 나는 어머니가 일기장을 들고 나를 발견한 그 순간으로 돌아가고 싶다. 내가 읽은 내용에서 어머니가 아기를 낙태한 이유를 짐작할 수 있었어야 했다. 그런데 한편으로 나는 첫 키스도 경험하지 못한 열다섯 살 소녀였고, 아기가 어떻게 생기는지 알지 못했다.

"흐엉, 이런 식으로 알게 해서 미안해." 어머니가 속삭였다.

"미안한 건 나예요, 엄마. 엄마를 의심했으니까…." 난 엄마 손을 꼭 부여잡았다. "일기장에서 나를 사랑한다고 썼잖아요. 내겐 엄마가 필요해요."

"오, 내 사랑. 너는 내 전부야." 우리는 서로를 부둥켜안으며 서로의 얼굴에 눈물을 흘렸다.

"이해해줘요. 난 엄마가 어서 나아서 다시 한 가족이 되었으면 좋겠어요. 포로로 얼마나 잡혀 있었던 거예요? 그리고 어떻게 탈출했어요?"

"그들이 나를 며칠 동안 붙잡아 두었어. 나를 죽일 줄 알았는데, 그들 무리의 한 군인이 나를 도망칠 수 있게 도와줬거든."

"적이 엄마를 구해줬다고요?"

"그래, 남베트남 군인이었지. 밤에 그가 나를 풀어주고 밀림으로 데려갔어. 그는 내 일기장에서 네 사진을 봤는데, 자기도 같은 나이의 딸이 있다고 하더라."

"그리고는 무슨 일이 있었나요?"

"밀림 속을 방황하면서 죽고 싶었는데, 너와 할머니의 목소리가 나를 붙잡았지. 정신을 차렸을 때는 마을을 버리고 동굴로 피난 온 주민들에게 둘러싸여 있었어. 그들 중 한의사가 있어서 나를 약용 식물로 치료해 줬어. 내가 그곳에 있는 한 달 동안 전통의학에 대해 많은 것을 배웠다. 몸이 회복되고 난 후에는 동굴에서 나와 또 다른 의무부대에 배속되었지."

"임신 사실은… 언제 알게 되었어요?"

"새 부대에 배속된지 몇 주 후의 일이었다. 달거리가 나오지 않아서 내 신체 변화를 알아챘지. 임신 사실을 확신했을 때 다시 그 한의사한테 돌아가야 했어. 거기서 아이를 낳고 싶지 않았어. 차마 적의 아이를 키울 수는 없었어. 너나 네 아빠, 네 할머니가 이 사실을 알게 되지 않기를 바랐다."

나는 냉철한 이성을 찾기 힘들었다. 아가의 새파래진 얼굴이, 희미한 울음이 내 가슴을 파고 들었다. 어머니는 크게 숨을 들이켰다.

"임신 중절 결정은 가장 힘든 순간이었어. 동굴에서 비틀거리며 나왔을 때, 네 아버지를 계속 찾고 싶었지만 더 이상 버틸 힘이 없었어. 그때 내가 전쟁에 맞서고 남편을 찾을 수 있다고 믿은 게 얼마나 바보였는지 깨달았다. 다시 하노이까지 걸어서 돌아오면서, 폭탄이 무서웠던 게 아니고, 그가 내 황폐해진 몸을 보고 내가 죄 없는 영혼을 죽였다는 사실을 알게 될 것이 두려웠어."

나는 한마디 위로의 말도 찾지 못한 채 어머니의 어깨를 으스러지도록 안았다.

　"가끔은 아버지가 이 모든 걸 알기 때문에 돌아오지 않는다고 생각해." 그녀는 한숨을 쉬었다.

　집에 돌아왔을 때, 거실에 사람들이 모여 웅성이고 있었고, 할머니가 통곡하고 있는 걸 보았다. 집에 돌아와서 대문이 활짝 열려 있고 의자들이 복도에 나뒹그라져 있는 걸 보고 몹시 놀란 듯 했다. 우리를 보자 할머니는 울고 웃으며 내가 숨도 못 쉴 정도로 꽉 끌어안았다.

　다음 날 저녁, 할머니는 어머니와 함께 외출했다. 두 분은 얼굴이 빨개지고 눈이 부은 채로 돌아왔다. 할머니는 새로 산 등유 램프에 불을 붙인 다음 어머니의 침대 옆 의자에 올려 놓았다. 그날 밤부터 몇 년 동안 어머니는 그 램프를 환하게 켜놓고서야 잠을 잘 수 있었다. 어머니는 더 이상 혼자가 아니었다. 이제는 닷 삼촌과도 얘기를 나누기 시작했다. 저녁에 방 앞을 지날 때마다 그들의 중얼거림이 들렸다. 나는 종종 아기에 대해 궁금해했다. 친자매를 사랑하듯 아기를 사랑할 수 있었을까? 아니면 어머니의 영혼을 죽이려 고갈시킨 그 남자의 피를 반쯤 물려받았다는 이유로 아기를 미워했을까?

　악몽은 여전했지만, 그래도 이제 어머니는 스스로만의 세계에 고립시키지는 않았다. 공장에서 집에 돌아오면 요리를 했다. 내게 학교 얘기를 물어보고 할머니께 올드 쿼터의 생활에 대해 물어봤다. 어머니는 때때로 삼촌을 휠체어에 태워 산책을 시키고 운동을 도와주었다. 어느 날 말린 약초 꾸러미를 집으로 가져왔다. 그리고서 뿌리, 줄기, 꽃, 씨앗을 잘게 썰어 냄비에 끓였다. 그 약은 닷 삼촌을 위한 약이었다. 어머니는 그 약이 삼촌에게 도움이 되기를 바랐고, 한의사에게 배워 수첩에 기록해 둔 여러 치료법 중 하나를 사용했다.

어머니가 내게 영혼을 내어준 지 2주 후, 뱅나무는 머리를 감을 수 있는 그늘을 만들어 주었고, 등유 램프는 어머니가 내 숙제를 도와줄 수 있는 불빛이 되었다. 어머니는 내게 최고 난이도의 수학 문제를 풀 수 있는 방법을 여러 개나 알려줘서 나를 놀라게 했다.

조금씩 아주 조금씩, 응웬 양은 삼촌의 삶으로 돌아갈 수 있는 방법을 찾았다. 때때로 삼촌이 즐겨 듣던 노래가 담긴 카세트와 책들을 가져다 주기도 했다. 닷 삼촌은 밤늦게까지 그 음악을 듣곤 했다. 어머니 말로는 닷 삼촌은 여전히 응웬 양을 사랑하지만, 다른 남자와 결혼한다면 더 행복한 삶을 살 것이라고 믿었다고 한다.

유일하게 돌아오지 않은 사람은 막내삼촌 상이었다. 어느 날 어머니를 모시고 삼촌네 집을 들렀다. 삼촌은 우리 집에 한 번도 와본 적이 없었지만, 여전히 삼촌네 부부는 할머니의 음식을 계속 먹었다. 일주일에 두 번씩 할머니는 다른 음식을 돌아가면서 만들었고 나는 그 요리를 배달해야 했다.

어느 날 밤, 자전거를 끌고 삼촌의 아파트로 올라간 날은 밤이었다. 삼촌이 문틈으로 고개를 내밀었다.

"누나, 안녕. 흐엉도 왔구나." 삼촌은 내 빈 손을 힐끗 보고 실망한 표정이 얼굴에 스쳤다.

"잘 지냈어?" 어머니는 자전거를 현관 안으로 밀어 넣자, 삼촌이 문을 닫았다. "난 잘 지내, 누나."

"난 네가 많이 아픈 줄 알았네! 너무 아파서 닷도 못 보러 오는구나 생각했지."

"쉬, 목소리 좀 낮춰. 호아는 벌써 자고 있어." 삼촌은 어머니의 손을 잡고 어두운 아파트 안으로 더 깊숙이 끌어당겼다. "안자, 누나. 흐엉, 너도"

삼촌은 바닥에 깔린 갈대 매트를 향해 손짓했다.

"앉을 필요도 없어. 왜 닷을 보러 집에 안 오지?" 어머니의 목소리는 차가웠다.

"상황이 복잡해." 삼촌은 이마를 잔뜩 찌푸렸다. "나는 자본가, 부르주아, 상인들을 없애기 위한 캠페인을 이끌고 있어. 그리고 어머니는… 알잖아, 장사치잖아."

"그래서 엄마를 그렇게 대하는 거야? 남들 앞에서는 엄마를 경멸하면서 네 종처럼 부리는 거야?"

"아니, 누나는 나를 완전히 오해하고 있어."

"내가 어떤 면에서 틀렸는지 말해줘."

"목소리 낮춰." 삼촌은 눈썹을 찡그렸다. "물론 엄마한테 고맙지. 하지만 노동자와 농민의 노동 위에 나라를 재건해야 해. 자본가, 부르주아, 상인들과 어울려서는 안 됐다고."

"자본가, 부르주아, 상인? 막내야. 어머니는 노동자일 뿐이지 부르주아가 아니야."

"나는 '인민의 적들과 교류해서는 안 된다'는 당규를 따를 뿐이야." 삼촌은 거듭 주장했다.

"그럼 당이 너의 신이라도 된다는 얘기야? 그래?"

"누나, 우리는 우리나라의 평화를 지키기 위해 힘들게 싸웠어. 우리의 생명을 희생한 것도 자본가 같은 착취 계급을 쫓아내기 위해서야."

"착취 계급이라고? 넌 정말 세뇌당했구나. 토지개혁 때 우리한테 무슨 일이 있었는지 알잖아. 당은 우리 가족을 부당하게 대우했고, 우리를 착취자라고 비난해서 죽이고…."

"닥쳐. 난 지주 계급과는 아무 상관이 없다고."

"알아, 넌 서류를 위조했지. 가족의 뿌리를 지워서 당원이 될 수 있었겠지. 안타깝구나. 하지만 잊지 마. 어떻게 아버지가 돌아가셨는지."

"당장 나가."

"난 너와 말다툼하러 온 게 아니야. 네 형을 만나러 오겠니?"

"방문할 수는 있지."

"닷은 다리를 잃었어. 멀쩡한 다리를 잃어서 걷지도 못한다고."

"휠체어가 있으니…"

따귀를 한 대 붙이는 소리가 났다. 그 순간 어머니가 삼촌의 뺨을 때렸다.

"넌, 무슨 형제가 이래? 그런 정치 이데올로기 때문에 네 가족을 싸구려로 팔아 넘기다니…"

삼촌은 믿기지 않는다는 듯이 자기 뺨을 만졌다. 그의 얼굴이 역겨운 표정으로 일그러졌다. "이 미친 여자! 당장 꺼지지 않으면 체포하겠어!"

"그럼 날 체포해. 날 체포하라고!" 어머니는 주먹으로 자기 가슴을 마구 두드렸다.

"엄마! 그만 가요."

어머니는 눈물이 그렁그렁해서 나를 바라보셨다. "흐엉, 잠깐만." 그리고 허리를 곧게 펴고 삼촌을 마주했다. "네가 얼마나 힘들게 사다리를 오르고 있는지 알고 있다. 상, 하지만 너무 높이 올라가진 마. 넌 여전히 내 동생이야. 지금은 민 오빠가 없으니 내가 집안의 첫째야. 내가 널 가르쳐야 할 책임이 있어."

"누구의 가르침도 필요 없어. 그만 내 집에서 나가 줘."

어머니는 기침을 하며 바닥에 침을 뱉었다. "이제부터 너는 내 가족이 아니야. 네 아이들은 너보다 낫기를, 또 자기 뿌리를 잊지 않았으면 한다."

밖으로 나왔다. 어머니가 할머니의 편에 선 것이 자랑스러웠지만, 한편으로는 어린 시절 막내삼촌을 잃은 걸 슬퍼하고 있었다. 중추절 가을 달빛 아래에서 형형색색의 연등을 함께 만들며 웃던 어린 시절의 삼촌이 그리웠다.

아침을 먹지 못해 출출한 상태로 학교 계단을 뛰어 올라갔다. 주위는 모두 조용했다. 3층의 긴 복도로 들어섰다. 내가 지나간 교실에서는 이미 수업이 시작되었다. 열린 창문 사이로 몇몇 남학생들이 나를 훔쳐보는 시선이 느껴졌다. 나는 샌들 소리 때문에 부끄러워 몸이 더 작아졌으면 했다. 교실 안의 왁자지껄한 소음이 나를 반겨주었다. 선생님의 흔적은 보이지 않았다. 나는 서둘러 내 자리로 갔다.

"무슨 일이야? 왜 늦었어?" 쯔란이 급히 왔다.

"늦잠 잤어." 그녀는 내 친한 친구 중 한 명이었다. 언젠가 우리 집에 놀러 오면 좋겠다고 생각했다.

등 뒤에서 "조심해"라는 목소리가 울렸고, 이어서 요란한 웃음소리가 들렸다. 남자애들이 또 바보 같은 게임을 하고 있다는 건 안 봐도 뻔했다. 쯔란이 내 머리에서 뭔가를 꺼냈다. 날개에 내 이름이 써져 있는 종이 비행기였다. "남이 보냈네. 널 좋아하나 봐."

"글쎄, 난 별로야." 나는 가방을 열고 공책을 꺼냈다.

"딘 선생님이다." 누군가 외쳤다. 반 친구들이 허둥지둥 각자 책상으로 돌아가 정렬을 하고 앉았다. 역사 선생님이 나타났지만 혼자가 아니었다. 그 옆에는 키가 큰 남자아이가 있었는데, 반 아이들과 달리 피부가 농부처럼 까무잡잡했다. 우리는 단체로 일어나 선생님께 인사했고, 선생님은 미소를 지으며 그만 앉으라고 고개를 끄덕였다.

"우리 반에 온 새 친구다. 이름은 떰이라고 하지." 딘 선생님이 소년을 가리키며 손짓했다. "새 친구가 학교에 적응할 수 있도록 잘들 도와줘, 알았지?"

"네, 선생님." 우리는 합창했다.

"문제가 생기면 나를 찾아와라." 딘 선생님이 떰에게 말했다. "오늘 학교가 끝나면 우리 반 회장인 티엣이 교내를 보여 줄 거야."

"티엣이 아파요, 선생님." 누군가가 말했다.

"그럼 누가 안내해 줄까?" 딘 선생님이 교실을 둘러보다가 나와 눈이 마주쳤다. "흐엉이 맡아라, 알겠지?"

"네, 선생님." 속으로는 얼른 집에 가서 닷 삼촌과 수다를 떨고 싶다는 생각뿐이었지만 나는 어물거리며 대답했다. 사실 난 삼촌에게 미안한 마음이 들었다. 처음 돌아왔을 때 도와주겠다고 약속했음에도 불구하고 삼촌을 짐으로 여겼던 순간들이 있었다.

◆

수업이 끝나는 종 소리에 반 친구들은 벌집을 빠져나오는 벌들처럼 교실 밖으로 쏟아져 나왔다.

"새 귀염둥이를 안내하는 데 도움이 필요하니?" 쯔란이 킥킥 웃으며 다가왔다.

"고마워, 하지만 금세 끝낼려고." 나는 공책을 가방에 넣었다. 어떻게 이 남자애가 잘생겼다고 쯔란은 생각했을까? 그리고 이름은 뭐였더라? 쯔란이 교실 뒤쪽을 힐끗 쳐다보았다. 나도 그녀의 시선을 따라갔다. 전입생은 아직도 책상에 앉아 책을 읽고 있었다. 무엇을 읽고 있는지 궁금했다.

"안녕, 흐엉." 누군가 나를 불렀다. 남이다. 그는 나를 향해 긴장된 미소를 지었다. "나랑 같이 갈까?"

나는 종이 비행기를 반쯤 열린 가방에 도로 떨궜다. "오늘은 일이 있거든. 교내 안내를 맡았어."

"오." 그는 머리를 긁적였다.

"대신 나랑 같이 갈래?" 쯔란은 남의 팔을 잡아당겼다. 그들이 교실을 거의 빠져나갈 무렵 쯔란은 고개를 돌리고 입 모양으로 말했다. "재밌게 놀아."

나는 책상을 치웠다. 이제야 소년의 이름이 기억났다. 떰. 그의 이름은 '선한 양심'이라는 뜻이었다. 내가 가까이 가도 떰은 여전히 책을 읽고 있었다. "갈 준비 됐어?"

그는 얼굴을 들어올렸다. 눈은 짙은 갈색에 속눈썹이 매우 길었다. "어디로?"

그의 묵직한 중부 지방 억양이 나를 놀라게 했다. 할머니도 이 억양이 있었지만 집에서만 썼다. 떰은 왜 중부 지역을 떠나 이곳으로 왔을까?

"교내를 돌아봐야지. 기억나?" 사실 쯔언한테 이 일을 넘기고 싶었지만, 어떤 학생이든 선생님이 하는 일에 토를 달 수는 없었다. 우리는 진급을 해야 했고, 그럴려면 성적표에 '품행 방정'이라는 네 글자가 필요했다.

"아, 그렇구나. 고마워." 떰이 일어섰다.

우리는 교실을 나섰다. 복도는 텅 비었다. 하늘에는 짙은 회색 구름이 교내 마당에 이슬비를 뿌리고 있었다. 우리는 발코니에 서서 축축한 땅을 내려다보았다.

"전교 학생들은 약 500명이야." 나는 재킷 지퍼를 채웠다. "한 시간 일찍 등교하는 월요일을 제외하고 매일 아침 7시 30분에 시작해. 그날은 국기를 게양하며 국가를 부르는 조회를 하지. 이 나무 뒤로는 매점이 있고, 저 건물 뒤편에는 축구장이 있어."

"도서관이 있니?"

"응. 하지만 솔직히 그렇게 흥미로운 책들은 아니야. 네가 읽는 책은 괜찮니?"

"아, 너무 좋아. 멈추기 아까울 정도로."

떰이 책 표지를 보여줬다. 『노트르담의 꼽추』.

"그래, 빅토르 위고는 정말 대단한 작가이지." 나는 미소지었다. "나는 특히 그의 시를 좋아해. 작년에 그 책을 읽고 프랑스를 찾아가 그 웅장한 성당을 보는 꿈을 꿨어."

"그래, 알아." 떰은 책을 가방에 다시 넣었다. "나도 언젠가

파리를 방문하고 싶어… 그리고 우리 도서관에 훌륭한 장서가 있었으면 좋겠네. 여동생을 위해 내 책들을 고향 마을에 두고 왔거든."

"그렇구나. 내가 책이 좀 있으니까, 몇 권은 빌려줄 수 있을 것 같아."

"정말?" 뗌의 눈빛이 밝아졌다. "그럼 좋겠네. 고마워. 여기서 멀리 떨어져 사니?"

"나는 컴티엔 거리에 있어. 네 고향은 어디냐?"

"하띤성… 너네 동네인 컴티엔은 폭격이 심했지? 안타깝구나."

나는 고개를 끄덕이며 슈가애플 나무를 바라봤다. 가지들이 앙상해서 바람에 스산해 보였다. 나는 학교 운동장 곳곳에 흩어져 있는 갈색 뚜껑을 가리켰다. "저곳들이 방공호 대피구야. 가장 큰 방공호는 매점 앞에 있어. 폭탄이 떨어지면 어디로 도망가야 하는지 알아야지."

"그럴 일은 없었으면 좋겠다. 이 지구상에서 다시는 전쟁이 일어나지 않기를 바래."

뗌처럼 말하는 애는 처음이었다. "전쟁에 참전한 친척이 있니?"

"음, 내 아버지… 돌아오셨지만 몹시 불행해 하셔. 그래도 돌아오지 못한 다른 마을 사람들보다는 운이 좋았어. 너희는?"

"투언 삼촌은 전사하셨고, 닷 삼촌은 두 다리를 잃었어. 그리고 나는 아직 아버지를 기다리고 있어." 눈가가 시큼해져서 잘 알지도 못하는 소년 앞에서 울지 않으려고 입술을 꾹 깨물었다.

"미안… 아버지는 오래 전에 떠나셨니? 얼마나 오래 못 뵌 거야?"

"7년 9개월 25일." 나는 주머니에서 선까를 꺼냈다. "아빠가 밀림에서 나를 위해 새겨주신 거야." 나는 더 이상 눈물을 참을 수 없었다.

"쉿." 떰은 입술에 손가락을 갖다 댔다. 그는 새를 귀에 가져갔다. "음음… 흠, 고마워, 작은 새야…" 그는 고개를 끄덕였다. "지금 얘기하고 싶어, 새야? 좋아, 여기 있네." 그리고 내 귓가에 선까를 놓았다. "너도 새소리가 들려?"

나는 고개를 절레절레 흔들며 웃고 눈물을 닦았다.

"새가 말하기로는 네가 아주 특별한 소녀래. 그래서 나랑 어울리기에는 좀 그렇대."

"왜 안 되는데?"

"나는 시골 사람이니까." 떰은 자신을 촌뜨기라고 불렀다. 그는 갑자기 밭을 가는 시늉을 하며 허리를 낮게 숙였다. 그리고 주먹으로 등을 쿵쿵 두드리며 얼굴에 흐르는 땀방울을 닦는 척하고 다시 괭이질을 시작하는 척했다. 그 모습이 너무 웃겨서 나는 웃지 않을 수 없었다.

집으로 돌아오는 내내 나는 떰을 머릿속에서 지울 수가 없었다. 그의 미소와 따뜻한 목소리가 자꾸 떠올랐다. 어머니를 해친 사람처럼 남자들은 위험할 수 있다고 생각했다. 떰이 어떤 유형인지는 모르겠지만, 그를 너무 쉽게 믿어서는 안 된다. 집에 도착하니 바닥에 앉아 휘파람을 불고 있는 닷 삼촌을 발견했다. 돼지를 위한 구유통을 만들고 있었다. 어머니는 부엌에서 음식을 만드느라 분주했고, 맛있는 냄새가 피어올랐다. 어머니는 어깨 뒤로 나를 바라보며 말했다. "돼지들에게 먹이 좀 주렴, 아마 나처럼 미칠 지경일 거야."

"확실히 그러네요." 나는 웃었다. "뭐 요리해요?"

"오늘 메뉴는 토마토 소스와 고수를 넣은 두부 요리다."

"점심은 곧 준비되나요? 응웬이 곧 올 거예요." 닷 삼촌은 시계를 흘끗 쳐다보았다.

"나도 보고 싶구나." 어머니가 지글지글 끓는 팬에 시금치 한 다발을 던져 넣었다.

돼지에게 먹이를 주고 돌아왔을 때 식탁 위에 음식이 차려져 있었다. 응웬 양이 젓가락을 나눠주었다. 그녀는 너무 말라서 손등에 푸른 핏줄이 보일 정도였다. 나는 닷 삼촌이 그녀를 잘 돌봐주길 바랐다.

"새 학교는 마음에 드니, 흐엉?" 응웬 양이 미소를 지었다.

"이젠 새 학교도 아니죠. 하지만 아주 좋아요." 나는 다시 떰을 생각했다.

"나중에 대학에 가면 무엇을 공부하고 싶니?"

대학은 거창하게 들렸다. 그러고 싶지만, 나는 숨을 들이켰다. "아직 모르겠어요." 뭔가 아름다운 글을 쓰고 싶지만 작가가 될 만큼 용감한지는 확신이 없었다. 당시 나는 펑꽌, 쩐단, 흐엉

캄, 레닷 등 베트남 문예운동[1]으로 투옥된 작가들의 책을 읽고
있었다. 1950년대 중반에 언론의 자유와 인권을 요구한 이들
의 삶은 험난했다. 시인 풍콴은 "서커스 줄타기 곡예사는 숨 막
히는 어려움 속에서 균형을 잡는다. 그러나 진실을 밝히는 길에
서 평생을 헌신해야 하는 작가가 된다는 것은 더 힘든 일이다."
라고 썼다. 내가 글을 쓴다면, 풍콴처럼 내가 본 그대로의 진실
일 수밖에 없다는 것을 잘 알았다. 권력자의 구미를 맞추기 위
해 진실을 왜곡할 수는 없었다.

"네가 의사가 되길 바란다, 흐엉." 닷 삼촌이 말했다. "네 어
머니가 전통 약초학에 대해 가르쳐줄 수 있을 거야. 약초에는
마법의 힘이 있거든." 그는 얼굴을 붉힌 응웬 양에게 윙크를 보
냈다.

어머니는 미소를 지으며 삼촌의 그릇에 두부를 더 떠 넣었다.

"언제 떠나야 하니?"

"30분 후에 나가요."

"탄의 제단에 바칠 오렌지와 향을 준비했어요." 응웬 양이 말
했다.

어머니는 고개를 끄덕였다. "탄의 부모님께 가져다 드릴 작은

---

1   베트남 문예운동이라고 불리는 년반-자이펌(Nhan van-Giai Phẩm Move-
     ment)은 1950년대 베트남 문인과 예술인, 학생들이 잡지 〈년반〉과 계간지 〈자이
     펌〉을 통해 사상과 창작의 자유와 민주주의를 요구한 문예운동이었다. 특히 당의
     관료주의와 분파주의, 개인 숭배주의의 폐지를 요구해서 향후 베트남의 민주화 운
     동에 큰 영향을 미쳤다.

쌀 한 봉지도 챙겨두었어."

"두 분 정말 멋지세요." 삼촌이 속삭였고, 나는 어머니와 응웬 양이 오후에 반차를 내고 삼촌과 동행할 수 있어서 기분이 좋았다. 3년 전 이날 삼촌 친구는 대나무 숲에서 숨을 거뒀고, 닷 삼촌은 제사에 향을 피우러 찾아가는 길이었다. 사실, 슬픔에 잠긴 가족에게 B-52폭격기에 희생된 아들의 마지막 순간을 전하기는 힘들었을 것이다. 삼촌은 부엌 찬장을 보려고 고개를 여러 번 돌렸다. 그 앞에 물 한 잔이 놓여 있었는데 계속 그 잔을 쳐다보고 있었다.

"괜찮아요?" 응웬 양이 물었다.

삼촌은 고개를 저었다. "누나… 술 좀 가져다 줄래?" 그리고 응웬 양을 바라보며 말했다. "아직 듣지 못했다면, 내겐 알코올 문제가 있어요."

그녀는 젓가락을 내려놓았다. "그래요, 당신 어머니한테 들었어요. 술을 끊는 게 쉽지는 않겠지만, 적어도 당신이 노력했으면 좋겠어요."

어머니가 부엌으로 가서 술병을 가져왔다.

"제 앞에 다 두지 마세요." 삼촌이 말했다. "지금은 작은 잔 하나면 충분해요."

어머니로부터 잔을 받은 닷 삼촌은 냄새를 맡았다. 그리고 한 입에 다 마시고는 눈을 감았다.

11장

종착지

탄호아-하노이, 1955-1956

구아바, 그날 나는 잎이 무성한 덤불 울타리가 있는 집 밖에서 네 어머니를 기다렸다. 상은 내 팔에서 잘 안겨 있었다. 눈에 띄지 않으려고 맞은 편 나무둥치에 찰싹 붙어서 기다렸다. 나는 거지, 희망을 구걸하는 거지였다.

응옥이 어린 여자아이의 손을 잡고 나올 때까지는 꽤 시간이 걸렸다. 뛰어나온 그들은 쭈그리고 앉아서 소근거리며 놀고 있었다.

"언니, 우리 여기서 숨바꼭질 하고 놀까?" 여자아이가 키득거렸다.

응옥은 나와 시선이 마주쳤다. 응옥의 머리는 막 감아서 등 뒤로 부드럽게 흘러내리고 있었다. 먼지와 더러움을 닦아낸 얼굴은 반들반들 윤이 났다. 깨끗한 셔츠와 바지로 갈아입은 응옥은 정말 재스민 꽃처럼 예쁘고 풋풋했다.

"저 나무 아래로 빨리 뛰어볼까?" 응옥은 내 뒤쪽 너머를 가리켰다. 소녀가 달려서 나를 지나갔고 응옥은 거의 내 허리춤에 손이 닿을 거리에서 천천히 걷고 있었다. "난 일자리를 얻었어요, 엄마." 응옥은 내 열린 손바닥에 주먹밥 두 개를 떨궜다. "가세요, 전 괜찮아요. 틈나는 대로 투언도 챙길게요."

"정말 남을 생각이니, 응옥?" 아무 대답도 없었다. 벌써 응옥은 나를 떠나 새 동생한테로 달려가고 있었다.

◆

그렇게 해서 막내만 업은 채, 나는 하노이를 향한 긴 피난길을 계속했다. 그 와중에 네 명의 아이를 잃은 나는 날개를 잃은 나비나 이파리를 모두 떨군 나무나 다름없었다. 죄책감으로 마음은 먹먹했지만 어쨌든 계속 움직여야 했다. 나 자신을 채찍질하며 밤낮으로 걸었다. 살아남으려고 논밭에서 훔칠 수 있는 것들을 먹었다. 막내는 내가 주는 젖과 약간의 음식으로 견뎠다. 날씨가 점점 추워져서 나는 막내를 투씨 부인의 포대기에 싸서 안았는데, 거기에 배인 냄새가 나를 눈물짓게 했다. 그러나 눈물한 방울에도 에너지를 낭비할 수 없다는 걸 알았다. 자식들을 다시 보려면 서둘러야 했다.

국도는 하노이까지 가는 가장 짧은 길이었다. 어느 날 새벽,

국도로 가서 태워달라고 애원해 본 적이 있었다. 그 시간대에는 통행이 드물었으며, 차와 물소 수레가 어쩌다 지나갈 뿐이었다. 아주 드물게 차나 수레를 멈추는 사람도 있었지만, 결국은 모두들 내 간청을 거절하고 말았다. 국도 곳곳에 검문소가 있었는데, 여행 허가증 없는 낯선 나를 태우는 건 지나친 모험이었다. 나는 다시 국도에 나란히 난 흙길을 걸었다. 그러다 뭔가를 떠올렸다. 생각해 보니 꽤 비싼 옷을 입고 있었다. 그래서 덤불 뒤로 가서 갈색 겉옷을 벗어버렸다. 그리고 조심조심 실크 블라우스를 벗었다. 땀에 젖어 더러워졌지만 망가지지는 않았다. 오빠가 최고의 소재로 골라준 데다 윗옷을 입고 있었기 때문이다. 블라우스에 얼굴을 대고, 잠시 꽁의 인자한 얼굴과 미소를 떠올렸다. 하이씨가 그의 시신을 잘 수습해 주었기를 바랄 뿐이었다. 이렇게 우리 가족이 폭력에 고스란히 노출되리라고는 예상조차 하지 못했었다. 한편으로 내가 아는 모든 사람들이 끔찍한 폭력 앞에 가족 일부를 잃었다. 실로 폭력의 악순환이 아닐까.

개울을 찾아서 흐르는 물에 블라우스를 담그고 세탁을 했다. 정교한 초록색 비단 직물에는 한자로 쓰여진 수많은 '복' 문양이 햇빛 아래 빛났다. 한 손에는 블라우스를 들고 다른 손으로는 막내와 손을 잡고서 함께 걸었다. *Cái khó ló cái khôn*(어려움은 지혜에 빛을 준다). 이 셔츠는 우리가 하노이에 도착할 수 있는 티켓이 될지도 모른다.

막내 상은 정말 착한 아이였다. 꽃과 나비, 또 국도 위를 딱정

벌레처럼 천천히 지나가는 자동차와 수레를 가리키며 옹알이를 하곤 했다. 그러더니 길가에 있는 나무를 가리켰다. 가까이 다가갔을 때, 막내는 또 대나무 바구니 한 쌍을 가리켰다. 바구니 안에는 구아바와 오렌지, 아레카 견과류, 빈랑잎 작은 묶음이 들어 있었다. 바구니 한 쌍은 밧줄로 대나무 장대와 연결되어 있었다. 바구니 지게[1]의 주인 여자는 나무에 기대 바닥에 쪼그리고 앉아 모자로 부채질하고 있었다.

"안녕하세요." 나는 그녀 옆으로 몸을 낮췄다. 막내는 내 손에서 기어 나와 과일을 향해 기어갔다. "만지면 안 돼." 내가 말렸다.

"하나 먹어도 돼요." 여자는 황금빛 구아바를 집어 들었고 잘 익었는지 확인한 후 막내에게 주었다.

"구아브아, 구아브아!" 막내는 손뼉을 치며 옹알이했다.

"너무 귀엽구나." 그녀는 막내의 뺨을 꼬집었다.

"방금 시장에서 돌아왔어요?" 내가 물었다.

"시장…이라고 해야 할지 모르겠네요. 아무도 사려고 하지 않고 팔려고만 하니까요."

"제안 하나 해도 될까요?" 나는 블라우스를 내밀며 그녀의 뺨에 대고 문질렀다. "이건 반푹 마을에서 짠 비단으로 만들었어요."

---

1   꽝 가인(Quang ganh). 대나무 장대 양쪽에 물건 바구니를 메고 어깨에 짊어지는 베트남식 전통 지게를 뜻한다.

"정말 부드럽네요." 그녀는 웃었다. "실크가 어떤 건지 항상 궁금했어요."

"오빠가 내게 준 귀한 선물이에요." 꽁과의 마지막 추억을 잃기 싫었지만 다른 선택의 여지가 없다는 것을 알았다. 나는 블라우스를 여자의 손에 쥐어주었다. "당신한테 잘 어울릴 거예요. 입어 보세요."

"안 돼요." 그녀는 나를 위아래로 쳐다보며 뒤로 밀었다.

"내가 훔친 게 아니에요. 제 오빠가 비싼 값을 쳐주고 사온 거에요."

"그럼 왜 저한테 주려고 하세요?"

"이걸 받고 저 꽝 가인을 제게 주세요. 이 꽝 가인으로 장사에 나설려고요." 여자는 나를 뚫어져라 보았다. 나는 그녀에게 50동을 더 얹어 주었다. "이거하고 블라우스 한 벌이면 어때요?" 나는 그녀를 끌어당겨 내 블라우스를 입혔다. 막내는 손뼉을 치며 이쁘다고 칭찬했다. 여자는 빙글빙글 돌아보며 웃었다. 그녀의 눈꼬리가 환해지는 걸 보고 나는 거래가 성사되었음을 알았다.

◆

"아, 재미나다!" 막내는 내 걸음에 맞춰 위아래로 규칙적으로 흔들리는 바구니에 앉아서 행복해 하며 재잘거렸다. 뒤쪽 바구니에는 구아바와 오렌지가 반쯤 담긴 또 다른 바구니가 위아래로 튕기듯 흔들렸다.

"가만히 앉아 있어." 내가 처음에는 천천히, 그다음에는 더 빨리 걸어 가자, 막내가 양손으로 밧줄을 잡고 부처님처럼 앉아 있었다. 막내는 고개를 들어 깔깔 웃으며 짙푸른 하늘을 가로질러 커다란 브이자 모양으로 빠르게 날아가는 새떼를 바라보았다.

"착하지, 막내야. 가만히 앉아 있으면 금방 하노이에 도착할 거야." 나는 좀더 국도 변에 바싹 붙어 갔다. 대나무 지게가 있으니 길을 여행하는 이유가 생긴 셈이다. 다음 마을 시장까지 간다고 하면 되니까. 누구도 아기를 데리고 돌아다니는 가난한 행상꾼을 붙잡고 시비를 걸지는 않을 것이다.

"*Ai mua ổi 'ây, cam 'ây*(구아바 사세요! 오렌지 사세요!)" 입에서 붉은 즙이 흘러나오는 가운데, 나는 큰 소리로 노래를 불렀다. 나는 하얀 이를 변색시키는 빈랑을 씹고 있었다. 실크 블라우스를 받은 대가로, 그 여자는 가진 것을 모두 주었다. 바구니 안에 든 오렌지와 구아바를 팔면 장사 밑천이 될 것이다.

"구아브아! 오레!" 막내는 새로운 여행 방식을 즐기며 나를 따라 중얼거렸다. 아직 혀 짧은 발음을 해 더 앙징맞게 들렸다.

"길에서 비켜요!" 등 뒤에서 고함소리가 들렸다. 고개를 돌려 보니 물소 수레를 탄 한 남자와 여자 여러 명이 보였다.

"저… 구아바는 집에서 직접 키운 거예요… 설탕처럼 달아요." 내가 그들에게 외쳤다.

"구아브아! 오레!" 막내는 손뼉을 치며 외쳤다.

"아기가 너무 귀여워요." 한 여자가 말하자 나머지 사람들도 웃음을 터뜨렸다.

수레가 멈추고 여자들이 내려서 다가왔다. 헐떡이는 물소들이 내 눈을 사로잡았다. 아버지가 수레 옆에 서서 나를 보고 웃고 있었다. 오, 아버지.

"하나에 얼마죠? 내 말 못 들었나요?" 한 여자가 내 옷소매를 잡아당기고 있었다.

눈을 깜빡이자 다시 아버지의 모습이 사라졌다. 여자가 다시 내 팔을 잡아당기자 나는 그녀를 향해 고개를 돌렸다.

"아, 미안해요. 하나에 5동이에요."

"5동? 비싸네!" 다른 여자가 외쳤다.

"여기까지 오느라 고생 많았어요. 과일이 아주 부드럽고 과즙이 많아요."

여자들은 고개를 절레절레 흔들었다. 나를 구해준 것은 막내였다. "구아브아! 오레!" 여자들은 다시 웃음을 터뜨렸다.

"좋아요, 오렌지 3개와 구아바 2개 주세요. 이 귀염둥이 때문에 사는 거예요." 한 여자가 전대를 채운 옷핀을 풀며 키득거렸다. 그녀는 동전 더미를 꺼냈다.

"네가 해냈어!" 수레가 사라지자 나는 무릎을 꿇고 막내를 안았다. "몇 분만에 쌀국수 두 그릇을 팔았다." 막내와 나는 반나

절 동안 과일을 모두 팔았다. 그날 구아바를 판 돈으로 쌀국수 스무 그릇을 살 수 있을 정도였다.

◆

몇 주 동안 나는 피난을 가면서 돈을 열심히 벌었다. 국도 검문소의 초소병들은 늘 우리를 멈춰 세웠지만, 나는 그들에게 뇌물을 주고서 마을 시장에 가는 중이라고 둘러댔다. 사실 막내가 그 초소병들을 구워삶는 데 대단한 역할을 해냈다. 그래, 구아바… 지금은 네 삼촌이 아주 진지한 청년이지만 그때는 정말 귀엽고 활발한 내 도우미였단다.

좋은 물건을 받아 올리려면 근처 마을로 가야 했다. 해 뜨기 전에 시장에 가면 좋은 과일을 싼 가격에 살 수 있었다. 그때부터 내 치아는 빈랑 열매로 붉게 물들었고 피부는 까맣게 변해 있었다. 몸도 야위었다. 추격꾼들이 더 이상 나를 쉽게 알아보지 못할 거라는 걸 알았지만 여전히 위험은 날카로운 가시처럼 나를 에워싸고 있었다. 하노이에 가까워질수록 중부 지방 억양 때문에 다른 사람들보다 더 잘 눈에 띄었다.

나는 최대한 북쪽 억양을 흉내 내려고 노력했다. 샌들과 따뜻한 옷이 생겼고 막내에게 논라도 사줬다. 막내는 햇볕이나 비를 맞으며 하루 종일 앉아 있었기 때문에 모자가 절실했다. 또한 막내에게 논라를 살짝 기울여 씌우면, 모든 사람이 우리 과일을 사고 싶게 만드는 효과까지 있었다. 나는 논라를 쓰고 있을 때면, 내 아이들이 나한테 보채던 소리가 들리는 듯했다. 생각을 오래 할수록, 틴 선생님을 찾아가야 살길이 트일 것 같았다. 아버지는 내 옛 스승과 매우 가까웠고, 하노이에 갈 때면 선생님 부부와 자녀 두 명과 함께 지내곤 했었다.

희망을 길잡이로 삼아 나는 여행을 계속했다. 가끔 마을에 들어가 사람들에게 하룻밤을 묵게 해달라고 부탁할 때도 있었다. 그 시절에는 도둑 떼가 돌아다닐 때가 많았는데도, 대부분 시골 사람들이 우리에게 기꺼이 문을 열어줬다. 더러운 바닥에서, 또 운이 좋을 때는 마른 짚단을 잘 깔아 잠자리를 마련해주기도 했다. 그 시절을 돌이켜보면, 마른 볏짚 냄새가 그립다. 마치 잠을 불러오는 향수와도 같았다. 그렇게 나는 걷고 또 걸었다. 어디를 가든 민을 찾았지만 흔적이 전혀 없었다. 하루가 끝나면 지쳐버렸고 절망의 순간도 많았다. 지금도 가끔 꿈속에서 광주리 한 가득 실은 대나무 지게를 메고 영원처럼 펼쳐진 피난길을 떠나는 내 모습을 보곤 한다. 그리고 등줄기까지 땀에 축축하게 젖은 채로 잠에서 깼다.

한 번은 마을로 가는 길에 나도 모르게 울음을 터뜨렸다. 내 주변에서 벼들이 초록색 잎새를 내밀며 바스락거리기 시작했다. 마치 내게 편안한 자장가를 불러주는 것처럼 느껴졌다. 사람이 좌절할 때마다 우리를 구해줄 수 있는 것은 자연뿐임을 난 깨달았다. 나는 단호하게 막내와 나 자신을 향해 계속 노래했다. 그때 내 목소리가 들리는 한, 여전히 내가 살아 있음을 절절히 깨달았다.

마을에서 도망친 지 두 달 뒤인 1955년 12월, 나는 막내와 함께 하노이의 겨울을 맞이했다. 도시에는 차가운 이슬비가 온통 흩뿌리고 있었다. 모든 것이 신비한 안개에 가려져 있었다. 나는 두툼한 겨울 재킷과 모직 스카프를 준비했지만 추위에 떨었다. 오후 늦은 시간, 키 큰 나무로 둘러싸인 포장도로에 도착했다. 집 몇 채가 황량하게 서 있었다. 사람 한 명 보이지 않았다. 누구한테 실버 스트리트로 가는 길을 물어볼 수 있을까?

나는 어두워진 하늘을 올려다보다가 바구니를 잘 덮었다. 바구니 안에는 따뜻한 옷을 입은 막내가 작은 고개를 빼꼼 내밀고 있었다.

"불." 길모퉁이를 막 돌아섰을 때, 막내가 가리키며 중얼거렸다. 나무 뒤에 사람들이 커다란 모닥불 주위에 모여 있었다. 바람과 비에 아랑곳하지 않고 장작이 탁탁 타오르고 있었다. 사람들은 모두 험상궂어 보이는 사내들이었다. 배고픔과 분노가 그들의 눈에 번뜩이고 있었다. 나는 바구니가 뒤집히지 않게 지게의 균형을 잘 잡으면서 서둘러 걸음을 옮겼다. "가만히 있어." 나는 막내에게 말했다. 마치 *tránh vỏ dưa gặp vỏ dừa*(멜론 껍질을 피하려다 코코넛 껍질에 걸려 넘어진 것) 같은 상황이랄까?

"이봐, 왜 그렇게 서둘러?" 누군가 외쳤다. 웃음소리가 터져 나왔다. 친절한 웃음은 아니었고, 남자 몇 명이 도로로 뛰어들어 가는 길을 막았다. "왜 우릴 피해서 떠나냐고 물었잖아." 한 남자가 투덜거리는 목소리로 말했다. 눈은 푹 꺼져 있었고 뺨은 움푹 패였으며 옷에서는 고약한 술 냄새가 풍겼다. 그는 내 머리에서 논라를 낚아챘다. "이쁜 얼굴 좀 보여 줘." 투씨 부인이 묶어줬던 천이 길 위로 펄럭였다. 나는 뒤로 물러서서 지게의 밧줄을 더 꼭 쥐고 막내를 내려다보았다. 무슨 일이 있어도 아기를 지켜야 했다. "제발… 보내주세요. 남편과 친구들이 우릴 기다리고 있어요."

"오, 정말 귀여운 중부 지방 억양이네." 이빨이 싯누런 남자가 내게 몸을 기울였다. "남편? 어디에 있는데? 그 운 좋은 놈은 어딨어?"

나는 똑바로 앞을 가리켰다. 손이 떨렸지만 어쩔 수 없었다. 남자들은 고개를 뒤로 젖히며 웃었다.

"저 여자가 자넬 엄청 무서워하는데?" 수염 난 남자가 누런 이빨의 사내를 쿡쿡 찌르며 말했다. "저 여잔 거짓말하고 있어. 따끔한 교훈을 가르쳐줘." 또 다른 남자의 목소리에 환호성이 뒤따랐다.

막내는 울기 시작했고 나는 아기를 안아 가슴에 안았다. 콧노래를 불러주며 달랬지만 아기는 겁에 질려 계속 비명을 질렀다. "제발 우리를 보내주세요. 아기가 겁먹잖아요." 눈물이 앞을 가렸다. "닥치라고 해." 누군가가 소리쳤다.

막내의 울음소리가 더 높아졌다. 그때 노란 이빨을 가진 남자가 위협하는 소리와 함께 막내의 뺨을 때렸다. "닥쳐, 작은 괴물아!" 나는 맨손으로 막내를 감싸안고 소리쳤다. "이렇게 어린 아이를 때리다니, 너야말로 괴물이야!"

남자의 손에서 무언가가 반짝였다. 칼이었다. 칼끝이 내 스카프 아래로 미끄러져 내 목젖을 눌렀다. "소란 피우지 마라." 남자가 손바닥으로 내 입을 가렸다. 나는 막내를 꽉 안았다. 남자들이 내 옷을 수색하는 동안 나는 이를 악물었다. 내가 움직이면 아기를 해칠 수 있었다.

"젠장, 이년은 부자네." 그들은 껄껄 웃었다. "이 모자에 다 집어넣어. 어차피 네 것이 아니야." 한 목소리가 고래고래 소리질렀다. 그들은 내 주머니를 뒤져 동전과 지폐를 꺼내갔다. 그건 나의 땀과 슬픔이 배어 있으며, 아이들에게 다시 돌아가기 위해 필요한 것이었다.

"이 돈은 내 생명이나 마찬가지야." 나는 외치려 했지만, 칼에 눌려 내 목에는 알아듣기 힘든 쉰소리만 나왔다.

"가만히 있지 않으면 네 목을 베어버릴 거야." 칼이 내 목을 세게 눌렀고, 날카로운 통증이 엄습했다.

"누가 온다. 서둘러, 이 멍청이들아."

폭도들은 내 바구니 지게도 빼앗아갔다. 그들은 도망치기 시작했다.

"강도야, 강도! 도와줘요! 누가 좀 도와줘요!" 나는 소리를 질렀지만 남자들은 안개 속으로 사라지고 있었다. 그들은 투씨 부인의 천까지 가져갔다. 다행히 떨고 있는 막내는 다친 곳은 없었다. 나는 막내를 가슴에 부여안고 울었다. 달려오는 발소리가 들리더니 대나무 지게를 멘 여자들이 우리 쪽으로 달려왔다.

"괜찮아요?"

"무슨 일이에요?"

나는 내 몸을 샅샅이 뒤져봤지만 손에 잡히는 건 아무것도 없었다. "강도들이… 내 돈을 다 가져갔어요."

"이럴 줄 알았어." 한 여자가 장대 한쪽 끝을 도로에 쿵쿵 내리치며 화냈다.

"하노이는 위험한 곳이에요." 다른 여자가 말했다. "어두워지면 혼자 돌아다니지 마세요."

나는 뿌리 뽑힌 나무가 된 기분이었다. 나는 정말 믿을 수 없을 정도로 바보였다. 장사를 하느라 시간만 낭비했고, 이제 가진 돈도 다 잃었다. 한푼도 없이 이 도시에서 어떻게 생존할 수 있을까? 누군가 고구마 껍질을 벗겨서 막내에게 건네주었다. 막내는 울음을 멈추고 우걱우걱 씹어 먹었다. 불쌍한 녀석, 또 배가 고팠나 봐.

우리를 둘러싼 여자들은 열다섯 명 남짓했다. 그들의 바구니를 덮은 천 아래로 삶은 고구마, 감자, 마니옥의 달콤한 냄새가 났다.

"나는 과일을 팔고 있었어요." 나는 여자들에게 말했다. "강도들한테 심지어 내 바구니 지게까지 뺏겼어요."

"정말 끔찍하네요! 그럼, 앞으로 어떻게 할 거에요?"

"올드 쿼터로 가야 해요. 실버 스트리트를 찾아야 돼요."

"걸어가기엔 너무 멀고 어두워요."

안개가 더 짙게 깔려 한치 앞길도 분간되지 않았다. 차가운 공기에 이슬비는 계속 흩뿌리고 있었다.

"오늘 밤엔 가야 해요." 내가 고집스럽게 말했다. "제발, 길 좀 알려 주실 수 있나요?"

여자들은 한 발짝 물러나 머리를 맞대고 상의했다. 그중 한 명이 내게 다가왔다. "길을 돌아가기로 했어요. 실버 스트리트까지 데려다 줄 게요."

"정말… 정말이요?"

"거기 가서 물건을 팔아 보는 것도 나쁘진 않을 거에요."

인생은 이렇게 멋진 것이다, 구아바. 내가 쓰러질 때마다 항상 나를 일으켜주는 친절한 사람들이 있었으니까 말이다.

◆

어두워졌을 때야 올드 쿼터에 도착했고, 낡은 판잣집들을 따라 미로처럼 골목길들이 펼쳐져 있었다. 나는 전봇대 꼭대기의 가로등을 올려다봤다. 그곳은 훨씬 분주했다. 사람들이 포장도로에 쏟아져 나왔고, 집집마다 밖에 나와 요리를 하거나 빨래를 하고, 차를 마시고 있었고, 바람결에 그들의 나직한 목소리가 실려왔다.

"여기가 실버 스트리트에요. 행운을 빌어요." 한 여자가 내 손에 가방을 쥐어주었다. "우리 각자 조금씩 모았어요. 그냥 싸구려 고구마이지만요."

목에 걸렸던 팽팽한 줄이 조금은 느슨해진 기분이었다. 낯선 사람들의 친절은 언제나 나를 놀라게 한다.

막내는 작은 손을 흔들었다. "이모들, 고마워요." 내가 아기의 말을 대신 통역해줬다.

"고마워, 이모." 막내가 혀 짧은 소리로 반복하자, 여자들도 쿡쿡 웃으며 손을 흔들었다.

나는 심호흡을 했다. 눈앞에 있는 이 수백 채의 집들 중에 선생님은 어디에 계실까? 사실 선생님 집 주소를 몰랐다. 부모님이 은세공업을 했다는 것만 기억해 냈다. 나는 도로 한가운데에 서서 길 양쪽을 살펴보고 불빛이 더 환한 방향으로 가기로 결정했다.

"와, 예쁘다." 막내는 화려한 조명이 켜진 문과 창문을 가리켰다. 우리가 가는 길에는 상점이 늘어서 있었다. 긴 유리 진열대 안에는 은색과 금색 장신구들이 반짝이고 있었다. 두꺼운 겨울 외투 차림의 사람들이 웅숭그린 채 둘러보고 있었다. 나는 한 남자가 카운터 뒤에 앉아 금팔찌를 세공하고 있는 가게 안으로 들어섰다. 그는 안경을 내리고 나를 올려다보았다.

"안녕하세요, 아저씨." 나는 고개 숙이며 인사했다. "어릴 적 스승을 찾고 있어요. 틴 선생님이라는 분인데 혹시 아세요? 이 거리에 그분 가족들이 살고 계신다고 들었어요."

"틴 선생님?" 금세공업자의 이마에 주름이 깊이 패었다. "한동안 하노이를 떠나 응에안에서 가르치지 않았나요?"

"네, 그분이에요! 저는 응에안에서 온 제자예요."

"아, 그분은 내 형님의 동급생였죠." 그는 안경을 내려놓았다. "틴 선생님은 오래전에 돌아가셨어요."

가슴 깊은 곳에서 울음이 터져 나왔다. 선생님을 볼 기회가 사라졌다. 떠날 때 선생님은 작별 선물로 오빠와 내게 자신이 소장하는 책들을 절반씩 나눠주셨다. *"배우고자 하는 의지를 절대 잃으면 안 된다. 너희들 가슴 속에 배움의 열정을 꼭 간직해야 한다."*

나는 금세공인에게 애절한 눈빛으로 간청했다. "아저씨, 전 그분 가족들과 얘기하고 싶어요."

"더 이상 여기 안 산다오. 그분 아내와 자녀들은 남쪽으로 떠났어요. 프랑스군을 따라갔거든요." 그는 막내의 얼굴을 살폈다. "단순히 안부 인사차 온 건가요, 아니면 다른 일이라도?"

"틴 선생님 친척 중 아직 이 근처에 사는 분은 있나요?"

"모르겠어요." 그는 목소리를 낮췄다.

"남쪽으로 떠난 사람들과는 어떤 식으로든 연결되면 안 돼요. 알다시피, 그들은 이제 우리의 적이에요." 그는 안경을 다시 끼고 다시 일을 재개했다.

그 소식에 내 희망이 송두리째 사라진 것 같았다. 아무 대안 없이 무작정 왔다니, 얼마나 어리석은가. 그 순간 어머니의 목소리가 마음 속에 울려 퍼졌다. *Còn nước còn tát*(물은 마르지 않는다).

"아저씨, 아직 그분 집에 사는 사람들과 얘기할 수 있을까요?"

"그럼, 행운을 빌어요. 이 거리에서 네 집 건너 뱅나무가 있는 가게라오."

길을 나서자 겨울이 뼛속까지 스며들었다. 나는 막내의 목도리를 더 단단히 싸맸다. 어떤 장애물이 있더라도 아이들을 다시 만나기 위해선 싸워야 했다. 어느새 틴 선생님의 집 1층 가게에 도착했다. 나는 불빛에 눈을 부셔 하며 밖을 서성이고 있었다.

그때 가게 층계참에서 중년 여성이 활기차게 걸어 나왔다. "어서 오세요. 뭘 찾으시나요? 반지, 팔찌, 목걸이?"

나는 다 떨어진 샌들과 물집이 잡힌 발이 깨끗한 가게 바닥에 닿는 걸 의식하면서 가게 안으로 들어갔다. 여자는 카운터 뒤로 가 미소를 짓고 있었다. 그녀의 귀에는 금 귀걸이가 매달려 있었고 손목에도 금색 장신구가 있었다.

"부인," 나는 숨을 깊게 들이마시며 말했다. "전 틴 선생님의 제자였어요."

여자는 내 머리부터 발끝까지 훑어 보았다.

“그분은 오래전에 돌아가셨어요. 왜 찾으시나요?”

“친척이신가요, 부인?”

“그건 당신이 알 바 아니잖아요!”

“죄송해요, 캐물으려던 건 아니었어요”

“그럼 말해봐요. 전 그분 조카며느리예요.”

여자는 불운을 쫓아내려는 듯 천을 집어 들고 유리 카운터를 툭툭 쳤다.

“틴 선생님은 5년 동안 우리 형제를 가르치셨어요. 제 아버지와도 가장 가까운 친구였구요. 저희 가족과 핀푹 마을에 사셨죠.”

“그래서 뭐요? 뭘 원해요?” 여자는 이마를 찡그렸다. 그녀의 시선은 꼬리를 흔드는 고양이 모양의 커다란 벽시계를 보며 구경하며 내게 달라붙어 있는 막내에게로 옮겨갔다.

“일자리를 구하고 있어요. 저희는 가업을 잃고 살던 집도 잃었어요. 틴 스승님이 살아계셨다면 저희 가족을 돕고자 했을 거예요. 제겐 삼촌이나 마찬…”

“삼촌? 도와달라고요?” 여자는 웃었다. “말도 안 돼! 당신이 정말 그를 아는지도 모르는데.”

“무슨 문제라도 있어요, 차우?” 한 남자가 계단을 내려오며 물었다. 그의 덥수룩한 눈썹과 초롱초롱한 눈동자가 스승을 떠올리게 했다.

“안녕하세요, 선생님. 저는 응에안에서 틴 선생님의 제자였어요." 나는 고개를 숙였다.

"요즘은 아무도 믿지 마, 토안." 여자는 천을 튕겼다. "세상이 온통 도둑 천지이고."

"중부 지방 억양이 있긴 하네요." 남자가 가까이 다가왔다. "틴 삼촌이 응에안에 대해 말해줬어요. 이름이 뭐죠?"

"지에우란이에요." 나는 숨이 막혔다. "오빠는 쩐 민 꽁, 부모님은 쩐 반르엉과 레티만이었어요. 틴 선생님은 1930년부터 1935년까지 우리를 가르치셨어요. 당시 우리 가족과 함께 지내셨죠. 선생님은 중국어와 프랑스어를 말하고 쓸 수 있었어요. 본명은 딘반틴으로 용띠였고 단니를 아주 잘 연주했어요."

"네, 그분은 내 삼촌이고 학자셨죠." 남자는 미소를 지었다.

나는 선생님의 이름이 동생의 이름과 합쳐지면 '번영'을 의미한다는 것을 기억해 냈다. "틴 스승님에게는 브엉이라는 남동생이 있다고 했어요. 동생분이 은세공 가업을 이어받은 덕분에 틴 스승님이 학문을 계속 공부했다고 했죠."

"그분이 우리 아버지예요. 그럼 당신은 진짜 지에우란이군요." 그 남자는 내 두 손을 꽉 쥐었다. "언제 하노이에 오셨어요?"

"이 사람, 저 사람, 틴 삼촌이 아는 모든 사람에게 자선을 베풀 수는 없잖아요." 여자가 말했다.

그는 내가 앉을 수 있도록 의자를 가져다주었다. "당신의 아버지가 물소 수레를 끌고 여기 오곤 했어요. 1942년 후에는 더 이상 오지 않았던 걸로 기억하는데요? 삼촌이 많이 슬퍼했어요."

"예, 1942년이었어요. 아버지는 틴 스승님을 뵈러 하노이로 가시다가… 사고로 돌아가셨죠. 그 이후로 끔찍한 우리에게 많은 일이 일어났어요. 전 엄마와 동생, 남편을 잃었죠." 나는 울기 싫었지만 눈물이 흘러 뺨이 뜨뜻해졌다. "제발, 일자리를 주세요. 청소, 요리, 빨래, 집안일 뭐든 할 수 있거든요."

남자는 잠시 눈을 감았다가 여자를 향했다. "차우, 당신도 아이들 때문에 힘든데, 도움을 받으면 좋을 것 같아."

"저렇게 어린 아기가 달라붙어 있는데 뭘 할 수 있겠어? 부담만 더 커질 거야."

"제 아들을 돌봐줄 사람을 찾아볼게요. 집안일도 잘 해요."

"전 낯선 사람은 믿지 않아요." 그 여자가 말했다.

남자는 고개를 저었다. "아내와 얘기 좀 해야겠어요. 내일 오후에 알려드리겠어요."

"얘기할 것도 없어요. 도와주면 큰일날 거야."

"입 다물어요. 악한 사람들에게 물들지 말라고." 남자가 소리쳤다.

자리에서 일어났지만 나는 어디로 가야 할지 몰랐다. 문밖에 짙게 깔린 어둠은 강도로 돌변한 사내들을 떠올리게 했다. 틴 사부님의 조카가 어디서 잘 거냐고 묻지 않을까 하는 희망을 품고, 나는 막내를 무릎 위에 앉히고 다시 자리에 앉았다. 스카프를 벗어 막내의 머리를 감쌌다. 저 길에서 자려면, 아기를 따뜻하게 해야 했다.

"잠깐만요." 남자가 외쳤다. "목이 왜 그래요, 지에우란? 피가 나요."

강도 사건에 넋이 나가 미처 몰랐는데, 그제서야 통증이 느껴졌다. 나는 손가락으로 끈적끈적한 액체를 더듬었다. 피였다. 꽤 많은 양이었다. 스카프로 가려서 행상인들과 차우 부인에게 보이지 않았는데, 이제 보니 꽤나 눈에 띄는 모양이었다.

"우웩." 여자가 말했다. "내 말을 믿지 않았지만, 안 보여요? 정말 액운이 있다니까요."

"한의사 반씨를 만나야 해요. 데려다 줄게요."

"아니, 안 돼요. 친 부인이 귀거리를 찾으러 올 텐데 아직 작업을 다 못했잖아요."

"부인 말씀이 맞아요. 한의사네 가는 길은 알려주시면 찾아갈 수 있어요." 나는 그 남자에게 절을 했다.

"여기서 몇백 미터 떨어져 있어요." 남자는 한숨을 쉬며 오른쪽 길을 가리켰다. "가다가 사람들에게 킴응안 사원으로 가는 길을 물어보세요. 거기 사원 관리인이에요."

가게 밖에 나서자 머리가 핑했다. 한의사를 찾더라도 돈도 없이 나를 치료해줄까? 나는 사람들과 그들의 행복으로 가득한 집과 상점을 지나쳐 실버 스트리트를 배회했다. 아이들을 떠올리니 마음이 울컥했다. 결국 둥지 없는 새, 뿌리 뽑힌 나무가 될 것인데 하노이까지 걸어올 생각을 하다니 얼마나 잘못된 판단이었을까.

사원 입구의 고풍스러운 대문을 열고 들어섰다. 넓은 마당을 지나자 하얗고 긴 머리의 한 남자가 눈을 감고 등을 곧게 편 채로 좌선을 하고 있었다.

막내는 내 품에 안겨서 조용히 쳐다보고 있었다. 한참 후, 남자는 심호흡을 몇 번 한 뒤 눈을 떴다. 내가 인사하며 다가가자 그도 고개를 끄덕이며 인사를 했다. 그의 침착함은 전래동화에 늘 등장하는, 불행한 사람들에게 축복을 가져다주는 현자의 모습을 떠올리게 했다. 직감적으로 그가 반 씨일 것 같았다.

"선생님이 한의사라고 들었는데 전 돈이 없어요." 그 말이 내 입 밖으로 나오자 부끄러움에 개미처럼 작아지는 기분이 들었다. 나는 내 목을 보여주었다.

"깊은 상처네요." 반 씨는 움찔했다. 그는 약 상자를 꺼내 상처를 치료했다.

"누가 칼로 베었네요? 어떻게 된 거죠?"

"강도들이요. 오늘 한참 전에 당했어요."

"그나마 다른 피해를 입지 않아서 다행이군요. 당신처럼 젊은 여성은 이런 혼란스러운 시기에는 자신을 보호하는 방법을 알아야 합니다."

그날 밤 우리는 길거리에서 밤을 보냈다. 공기는 차가웠지만 마음만은 따뜻했다. 반 씨는 치료비를 청구하지 않았다. 나는 아이를 돌봐줄 수 있는 사람을 아느냐고 물었고, 그는 이웃인 티 부인의 집으로 데려다주었다. 그녀는 닥종이로 동물을 만드는 공예가였다. 내가 그녀의 집을 청소하고 옷을 빨아주는 대신 그녀가 막내를 돌봐주기로 했다. 물론 우리의 계약은 비밀이었다.

점심시간이 지나서야 다시 가게에 도착했는데, 전날 밤보다 더 크고 더 밝아진 가게가 눈에 들어왔다. 틴 선생님의 조카가 카운터 뒤에 있었다.

"안녕하세요, 선생님." 내가 인사를 건넸다.

"토안이라고 불러주세요." 그는 목소리를 낮추며 가게 입구를 주시했다. "제 아내가 동의했어요. 하지만 여기 있는 동안 왠만하면 아내 눈에 띄지 않는 게 좋겠어요. 또 가게에도 나오지 마세요. 누가 물어보면 며칠 묵는 사촌인 척해주세요. 그리고 문제가 생길 것 같으면…"

"그럼 바로 떠날게요."

그날 오후, 나는 차우 부인의 경계하는 눈빛을 느끼며 내내 집안을 청소하고 빨래를 하고 저녁을 준비하고 학교에서 돌아온 아이들을 목욕시켰다. 난 활기찬 표정을 잃지 않으려고 했고, 구아바, 그건 내 세포 하나하나가 어둠에 잠식당하지 않기 위해서였다. 여기서 나는 다른 아이들을 돌보면서 나의 아이들은 버려둬야 했다. 나는 일요일 반나절을 제외하고는 매일 12시간씩 일했다. 차우 부인은 마지못해 나를 고용한 것 같은데, 내심 나를 종처럼 부려먹는 걸 즐기는 것 같았다. 월급이 너무 적어서 공예가 집의 뒷방 월세를 지불하고 막내와 나를 위해 빈약한 음식을 사고 나면 남는 게 없었다. 어떻게 하면 하노이에 집을 마련하고 아이들을 데리고 올 수 있을까? 더 나은 일자리를 찾고 싶었지만 실업자들이 거리에 널려 있었다. 월급 인상을 부탁했지만 돌아온 것은 불평뿐이었다. 토안씨에게 도움을 요청하고 싶어도 감히 엄두가 나지 않았다. 하노이 뉴스에는 지주에 대한 처벌 소식이 넘쳐나고 있었다. 마을마다, 촌락과 읍내마다 부유한 지주를 고발하고, 때리고, 처형할지에 대해 각각 할당량이 주어졌다. 가난한 마을에서는 작은 땅을 가진 농부들까지 살해당하고 재산을 빼앗겼다.

토안씨가 이런 상황을 알고 있는지 궁금했다. 그는 내게 단한 번도 질문하지 않았다. 진실을 아는 게 두려웠던 것 같았다. 그렇게 며칠이 지났다. 집안일을 하고, 토안씨의 아이들과 노래를 부르고 웃으며 지냈다. 밤이 되도 잠이 오지 않았다. 나는 어둠 속에 누워 민, 응옥, 닷, 투언, 하인을 생각하며 그들이 무사하기를, 또 살아 있기를 기도했다. 아이들을 다시 찾을 수 없을지도 모른다는 두려움에 떨었다. 나는 종이 위에 아이들을 두고 온 지도를 그려놓고 밤마다 상에게 들려줬다. 나중에라도 내게 무슨 일이 생기면 상이 자신의 형제를 찾을 수 있도록 말이다. 그리고 틈만 나면 하노이를 돌아다니며 민을 찾았다. 거리에서 민처럼 보이는 젊은이들의 뒷모습에 쫓아간 게 몇 번일까? 민이 하노이에 없다면 어떻게 다시 그를 찾을 수 있을까?

"평정을 찾으세요. 그러면 당신의 운명은 바뀔 수 있어요."
히엔 승려의 말을 떠올리며 나 스스로 계속 되뇌었다. 내 운명을 예언한 별이 움직이고 있고 곧 방법을 찾을 수 있을 것이다.

감사의 인사를 전하기 위해 킴응안 사원을 다시 찾았을 때, 그가 공짜로 호신술을 가르쳐 준다는 사실을 알게 되었다. 나 자신뿐만 아니라 주변 사람들을 보호하기 위해 마음과 몸을 단련해야 한다는 것을 실감하고 있었다. 그래서 매주 일요일 오후마다 막내와 함께 사원으로 갔고, 막내는 그 길을 따라다니며 걸음마를 연습했다. 플루메리아 꽃 향기가 가득한 절 마당에 도착하면 공부하는 데 전념했다. 막내는 같은 반 아이들과 베란다나 플루메리아 나무 그늘 아래에서 놀았다. 호신술 수업은 내게 큰 축복이었다. 많은 무술 대회에서 우승한 경험이 있는 반 사범은 차고 찌르고 때리는 3단계 호신술을 개발했다. 예를 들어 남자가 주먹을 날릴 때, 여자는 뒤로 물러나 팔로 주먹을 막고 기세를 모은 다음 남자의 사타구니를 똑바로 차는 것이 중요하다. 남자가 고통에 몸을 웅크리는 동안, 여자는 그의 머리채를 잡고 무릎 꿇린 다음 팔을 사용해 그의 목을 천둥처럼 내리치는 것이다.

구아바, 내가 시범을 보여줄게. 그래, 그렇게 차는 거야. 하지만 세게, 더 세게, 발바닥을 잘 이용해야 해. 좋아, 잘하고 있어. 웃지 말고 또 한 번! 잘했어! 자, 이제 내가 아파서 몸을 수그리면 어떻게 해야 할까? 그래, 내 머리채를 잡고 내 목을 내려쳐야 해. 그래. 더 강하게 해라. 앞으로 자주 연습하도록 하자.

반 사부님의 수업은 내 팔 근육을 단련하는 데 도움이 되었다. 또 위급한 상황에서 집중력과 침착함을 유지하기 위해 명상을 했다. 우리는 빨리 판단하고 행동하는 법을 배웠다. 반 사부님은 상대방이 무기를 들고 있는 경우, 어떻게 무장 해제하고 바닥에 쓰러뜨릴 수 있는지도 알려주었다. 우리는 땀을 뻘뻘 흘리고 근육이 아파서 비명을 지를 정도로 연습했다. 내가 충분히 잘한다고 확신이 들자 그는 같은 반 남자들에게 실제 칼과 가짜 총을 들고 나와 대련시켰다.

어머니는 "행운은 불운 속에 숨어 있다"라고 말씀하셨는데, 정말 맞는 말이다. 강도들은 돈을 훔쳐갔지만, 그 부상으로 인해 반 사부님을 만나게 되었고, 사부님은 내 운명을 바꿀 수 있도록 도와주셨다.

◆

하노이에 도착한 지 거의 석 달이 지난 1956년 2월 말경에 사건이 일어났다. 그날도 토안 부부의 집을 청소하고 있었다. 점심시간이었고 거리는 조용했다. 바닥을 쓸기 위해 가게로 나오는데 덩치 큰 남자가 한 손으로 차우 부인을 안고 다른 손으로 목에 칼을 대고 있었다.

"금과 은. 모조리 가방에 넣어. 빨리! 소리지르면 이 여자의 목을 딸 거야."

카운터 뒤에서 토안씨는 유령처럼 창백해 보였다.

"가방을 채워, 서둘러." 남자는 부인을 향해 칼을 더 세게 눌렀다. "죽고 싶어, 이년아?"

카운터에 갈색 가방이 놓여 있었다. 토안씨는 그 안에 보석을 집어넣기 시작했다. 고양이처럼 조용히 나는 강도의 옆으로 다가갔다. 내 손가락은 강력한 발톱이 되어 강도의 손목을 움켜쥐고 잡아당기며 세게 비틀었다. 오랜 훈련 덕분에 엄청난 힘이 생겼다. 칼이 바닥에 덜컹거렸다.

내가 강도를 제압하는 동안 차우 부인은 히스테리를 일으켰다. 나는 토안씨에게 밧줄을 찾으라고 소리쳤다. 강도의 얼굴에서 피가 흘러내렸다. 이웃이 경찰에 신고했고 강도를 잡아들였다. 토안씨와 차우 부부는 너무 큰 충격을 받아 하루 종일 가게 문을 닫았다.

다음 날 아침 출근했을 때 차우 부인이 나를 침실로 불렀다.

"문 닫아요." 그녀가 내게 말했다. "그렇게 싸우는 건 어디서 배웠어요?"

"사원에 계신 반 사부님께 배웠죠."

"그렇군요." 그녀는 내 얼굴을 살폈다. "지에우란, 당신은 싸움을 잘하더군요. 이런 실력을 가진 사람이 무슨 일을 할 수 있을지 모르죠. 덩치 큰 남자를 쓰러뜨릴 수 있다면, 나 같은 여자는 가볍게 제압하겠죠? 그럴 마음만 먹는다면 날 실신시킬 수도 있겠네요.”

나는 깜짝 놀랐다. “하지만 전 당신을 구해줬어요. 당신 재산
도 지켜줬구요.”

“그래요, 하지만 뭘 위해서 구해준 건가요? 당신이 무슨 속
셈인지 누가 알겠어요. 내 남편은 매우 성공한 사업가이니 좋
은 낚시감이 될 테죠. 특히 가난하고 절박한 여자라면 운을 찾
고자 한다면요.”

“그건 전혀 사실이 아니에요.” 나는 예의를 지키긴 했지만 화
가 났다.

“내가 바보 같아요? 그가 당신을 바라보는 눈빛을 봤어. 누구
인들 뭐라겠어요? 당신의 그 큰 눈, 매끄러운 피부와 긴 다리,
큰 가슴. 게다가 여봐란 듯이 구는데…”

“말도 안 돼요!”

“순진한 지에우란. 파리 한 마리도 해치지 않겠죠. 하지만 그
가 당신을 바라보는 눈빛을 봤어요. 옛 속담에도 이런 말이 있
죠. *Nuôi ong tay áo*(옷소매에 벌을 키워선 안 된다). 그러니
지에우란, 이제 나가줘야 해요.”

“나를 해고한다고요?”

“여기 마지막 월급이 있어요. 다시는 돌아오지 말아요. 안 그
러면 당신 인생을 비참하게 만들 테니까.”

그녀는 침대 위에 작은 전대를 던졌다. 나는 그것을 주우려고
허리를 굽혔다. 가벼웠다. 이 동전 몇 개로 무엇을 할 수 있을

까? 토안씨는 아래층에서 손님을 응대하고 있었는데, 나는 조용히 그를 지나쳤다. 따로 작별 인사는 하지 않았다. 차우 부인은 하동 사자[2], 즉 질투심이 많은 여자였다.

숙소로 돌아와서 막내와 함께 돗자리에 앉았다. 직업이 없다면 이제 어떻게 해야 할까? 언제쯤 아이들을 품에 안을 수 있을까? 막내는 천 가방을 향해 기어갔다. 그가 가방을 열자 반짝이는 금화와 은화 몇 개가 떨어졌다. 나는 숨을 헐떡이며 그들을 붙들었다. 금세공인 지아프씨에게 동전을 보여주자 질문이 가득한 표정으로 나를 쳐다보았다. "이건 어디서 구했어요?"

"틴 사부님의 친척이 내게 주었어요. 아저씨, 이게 진짜예요?"

그는 나를 향해 눈을 질끈 감았고 아내에게 가게를 봐달라고 부탁한 후 밖에서 기다리라고 말하며 서둘러 자리를 떠났다. 어디로 가는지 알 수 없었지만, 그의 분노에 찬 표정에 아무런 질문도 하지 못했다. 동전이 진짜 금과 은이라면 내 운명은 달라졌을 것이다. 하지만 차우 부인이 장난을 치고 있다면 어떨까? 주위를 둘러보았다. 손님들이 많은 바쁜 시간대인데도 지아프씨는 아직 보이지 않았다. 막내는 내 얼굴에 손을 뻗었다.

"엄마, 엄마."

---

2   하동은 하노이에서 약 30킬로미터 떨어진 지역으로 사자가 많이 출몰한다고 알려져 있다. 하동사자는 생활력 강하고 가정에 주도권이 강한 베트남 여성을 뜻한다

12장

시골뜨기 소년

하노이, 1976

매미 울음소리가 하늘 높이 퍼져나갔다. 여름의 무더위로 손발의 붓기도 심해졌다. 얼굴에는 연신 땀이 흘렀고 등에 맨 책가방은 벽돌 같았다. 나는 몸을 숙이고 페달을 열심히 밟았다. 한낮의 더위를 피해 어서 집에 가야 했다. 발 아래에서 삐걱거리는 소리가 들렸다. 페달을 밟아도 불길한 찰칵 소리가 났다. 인도의 가로수에 자전거를 세웠다. 양쪽 크랭크에서 떨어져 나간 자전거 체인은 뾰족한 금속 톱날을 드러내고 있었다. 나는 자전거 몸체 사이로 손을 휘저으며 끼인 체인을 풀려고 애썼다. 꿈쩍도 하지 않았다. 진득한 검은 기름이 손에 달라붙었다.

"도와줄까?" 고개를 드니, 떰의 얼굴이 봉황목의 포인시아나 꽃의 붉은빛 융단에 반쯤 가려져 있었다. 몇 달 동안 그와는 얘기를 나눈 적이 없었다. 가슴이 두방망이질쳤다. 나는 검은 손을 등 뒤로 숨긴 채 머뭇거리며 인사를 했다.

"아, 체인이 문제네." 떰은 내 옆에 쪼그리고 앉아 자전거를 살펴봤다. 남자는 나쁘다고, 그러니까 마음이 끌려선 안 됐다고 내 머릿속 목소리가 말했다. 하지만 또 다른 목소리도 말했다. 넌 저 아이를 좋아하잖아. 그는 아빠나 닷, 투언 삼촌처럼 친절하고 따뜻해.

내가 인도에 꼼짝 못하고 있는 동안, 그는 나뭇가지를 가지고 와서 두 개로 부러뜨렸다. "다음부터는 손가락을 쓰지 않는 게 좋겠어." 그의 눈에는 미소가 번졌다. "이 기름때는 제거하기 어렵거든."

떰은 옷소매를 걷어 올렸다. 나도 모르게 그의 팔 근육을 보면서 논에서 괭이질하면서 생긴 것인지 궁금해졌다. 그는 자전거를 거꾸로 뒤집은 다음 꺾은 나뭇가지로 체인을 들어 올렸다. 그리고 끼어 있던 부분을 천천히 푼 뒤, 체인을 다시 크랭크에 잘 끼웠다. "난 매일 오후마다 삼촌과 함께 자전거를 수리하고 있어." 떰은 페달을 돌려봤다. "체인이 너무 헐거워서 또 이런 고장이 생길 거야."

"이번 주에만 두 번이나 이런 현상이 있었어." 대답하는 내 얼굴에 홍조가 피었다. 같은 반 여자애들이 떰에 대해 수근대고 있었다. 그들 중 상당수가 그에게 반해 있었다. 그가 그런 사실을 알고 있을지는 의문이었다.

떰은 자전거를 다시 똑바로 세워놓았다. "그럼 고쳐야겠네."

그는 정면을 바라보더니 갑자기 얼굴이 밝아졌다. "저기 보이지?"

저 멀리서 한 남자가 보였다. 그는 인도에 쪼그리고 앉아 양철 대야처럼 생긴 물건을 구부리고 있었다. "자전거 수리공 말이야?"

떰은 웃으며 고개를 끄덕였다. 그가 내 자전거를 밀었다. 우리는 나란히 걸었다. 시원한 바람이 달콤한 꽃향기를 퍼뜨렸다. 길 건너편 연못에는 거대한 잎과 분홍색 꽃들이 가득했다. 연꽃이었다. 왜 전에는 몰랐을까?

"넌 이곳에 적응을 아주 잘하는 것 같아." 나는 귀 뒤로 머리핀을 꽂으며 한편으로는 떰한테 잘 보이고 싶은 나 자신이 싫었다.

"난 여기가 정말 마음에 들어. 벌써 다섯 달이 지났다는 게 믿기지 않아."

5개월. 그에게 교내를 안내한 지 벌써 시간이 꽤 흘렀다. 대화한 적은 없었어도 나도 그가 나를 지켜보는 걸 알고 있었다.

"너희 어머니가 박마이에서 다시 의사로 일하게 되어 잘 됐어. 닷 삼촌도 점점 나아지고 있다고 들었어." 떰이 말했다.

"그런데 어떻게… 어떻게 알고 있어?"

"물론 네 소식을 물어봤지. 아직 아버지 소식은 없니?"

나는 고개를 절레절레 흔들었다.

"음… 사실 우연히 만나게 되면 얘기 좀 하고 싶었어."

"무슨 얘기?"

"글쎄, 넌 우리가 나눴던 많은 이야기를 기억하지 못하나 봐?"

나는 미소를 숨긴 채 돌아섰다. 우리가 서로에게 했던 모든 말이 머릿속에서 계속 흘러나오는 노래 같았다고 말할 수는 없었다.

자전거 수리공은 하늘에서 떨어진 뭉게구름처럼 백발이 흰 노인이었다. 그는 물통에 자전거 바퀴의 튜브를 담그고 공기를 주입한 펌프를 작동해 보고 있었다. 그 옆에 한 여자가 앉아 지켜보고 있었다. 튜브에서 바람이 솟구쳐 수면 위로 거품이 올라오자 그녀는 숨을 헐떡였다.

"구멍이 크네요. 타이어가 퍼진 게 당연해요." 노인이 여자 손님에게 말했다. 그는 이쑤시개를 거품이 이는 튜브 안으로 밀어 넣었다. "이건 구멍이 난 곳을 표시하려는 것이고 나중에 고쳐야 해요. 구멍이 또 있는지 한 번 보자고요."

수리가 끝나길 기다려야 하는 줄 알았는데, 뗌이 공구를 좀 빌릴 수 있냐고 물었다.

"마음껏 쓰시오." 노인이 장비 상자를 가리키며 말했다.

뗌은 책가방을 길바닥에 놓고 자전거 수리를 시작했다. 체인을 벗겨서 짧게 줄인 다음 다시 끼우는 동안, 그의 얼굴에 땀이 흘러내렸다. 페달을 돌려 부드럽게 돌아가는 소리가 나자, 그는 고개를 끄덕였다. 이어서 브레이크를 조이고 타이어를 점검한 다음 핸드 펌프로 공기를 주입했다.

"전문가처럼 보이네요. 어디서 이런 훌륭한 청년을 만났소?" 수리공이 내게 물었다. 그는 불을 피우고 금속 젓가락으로 고무 조각에 열을 가하고 있었다.

"뗌은 제 동급생인 걸요." 나는 얼굴이 빨개지는 것을 느꼈다.

"두 사람은 사이 좋은 커플 같네요." 여자가 윙크를 했다.

"그러게 말이오." 수리공은 이제 공기가 빠진 튜브를 나무판 자 위에 올려놓았다. 이쑤시개를 제거하고 가열된 고무 패치로 구멍을 막았다. 그 위에 납작한 금속 조각을 올려놓고 몇 번 두드린 다음 튜브를 대야에 담갔다. 물이 지글거리며 연기와 수증기를 내뿜었다.

나는 그 모습을 보는 척하면서 속으로는 제발 커플 같다고 한 여자의 말을 뗌이 듣지 못했으면 좋겠다고 생각했다.

"다 됐어요." 뗌은 공구를 돌려준 뒤, 수리공이 타이어를 자전거에 다시 장착하도록 도와주었다.

"고맙네, 젊은이." 수리공은 감동한 표정을 지었다.

여자가 내 쪽으로 고개를 기울이며 말했다. "놓치지 마세요."

수리공이 물통을 들어 올렸지만 비어 있었다. 연꽃이 핀 연못을 가리키며 말했다. "저기에서 손 좀 씻어야겠네요."

나는 순간 뗌의 가방을 들어주고 싶었지만, 검은 기름이 묻은 손으로 다른 아주마가 뗌에게 가방끈을 둘러주는 모습을 멍청이처럼 쳐다만 봐야 했다. 그는 아주머니에게 고마움을 표한 뒤, 내게 돌아섰다. "이제 갈까?"

떰은 자전거를 끌고 길 건너 연못 둑에 도착했다. 저 멀리 바람에 물결치는 연못 뒤로 연꽃이 꽃잎을 활짝 피우고 있었다. 떰은 자전거를 고목나무에 기대어 놓았다. 가방을 풀밭에 내려 놓은 뒤, 그는 둑에 쪼그리고 앉아 연못 물로 손을 씻었다. 나도 가방을 내려놓고 따라가고 싶었지만 연못에 빠질까 봐 걱정되었다. 연못은 깊어 보였고 나는 수영을 할 줄 몰랐다.

"너로 이리 와서 손을 씻어." 그리고는 내가 대답하기도 전에 내게 물을 한줌 뿌렸다.

나는 몇 걸음 뒤로 물러섰다. "하지 마…"

떰은 껄껄 웃으며 허리를 굽혀 물을 한줌 더 퍼올렸다. 나는 피하려고 뛰다가 튀어나온 나무 뿌리에 걸려 넘어졌다.

"흐엉!" 떰이 소리치며 내게 달려왔다. "다쳤니? 괜찮아?"

나는 깔깔대며 다시 일어서려고 했다. 떰은 손을 내밀어 나를 일으켜 세웠다. 하마터면 그와 부딪힐 뻔했다. 그의 체취에 내 심장이 두근거렸다. 이제 너무 가까워졌다. 내 얼굴에 그의 숨 결이 느껴졌다.

"이제 내 차례야." 내가 말을 하자마자, 손을 들어 그의 뺨에 기름을 묻혔다. 떰의 눈이 번쩍 떠졌다. 나는 빙글빙글 돌며 달리기 시작했다. 떰이 내 허리를 붙잡아 끌어당겼고, 그의 가슴이 내 등에 닿았다가 서로 마주보았다. 나는 시선을 내리깔고 그의 눈을 피했다. 요동치는 감정이 나를 휩쓸고 지나갔다. 우리는 머리 위로 불어오는 바람을 느끼며 잠시 침묵 속에 서 있었다.

"나, 난 가야 해." 온몸이 얼얼해진 나는 그에게서 몸을 빼냈다. "늦었을 거야."

"그럼 손은 씻고 가." 떰은 내 팔을 잡고 연못으로 데려간 뒤, 물을 떠서 내 손에 묻은 기름때를 닦아냈다. 나도 허리를 굽혀 손수건을 물에 담갔다가 그걸로 그의 얼굴을 닦아줬다. 그가 옆에 있으니 더 이상 빠질까 겁나지 않았다. 내가 검댕을 부드럽게 닦아준 후, 그는 감았던 눈을 뜨고 입가에 환한 미소를 짓고 나를 바라봤다. "나 좀 도와줄래?"

"응?" 나는 그의 긴 속눈썹과 도톰한 입술을 쳐다보지 않으려 애썼다.

"내 손 잡아볼래? 그리고 다른 손으로는 저기를 잡고." 그리고는 고목의 튀어나온 뿌리를 가리키며 손짓했다.

"하지만… 정말 괜찮을까?" 나는 뿌리를 잡고 다른 손으로 떰의 손을 잡았다. "조심해."

떰은 한 손으로는 내 손을 꼭 붙잡고, 연못 위로 몸을 쭉 내밀고 멀리 있던 연꽃에 손을 뻗었다. 내가 눈을 질끈 감았다가 떴을 때, 분홍색 연꽃잎은 이미 그의 가슴에서 흔들리고 있었다. 그는 내게 꽃을 건넸다. "세상에서 가장 매력적이고 지적인 소녀를 위해."

나는 연꽃 뒤로 미소를 숨기며 향기를 들이마셨다.

"야, 이 도둑놈들아!" 어딘가에서 화난 고함이 터져 나왔다.

우리를 향해 한 남자가 정신없이 노를 저어 오고 있었다.

"내 꽃 돌려 놔."

"이런." 우리는 서둘러 가방을 챙겨 잔디밭을 가로질러 자전거를 세워둔 곳으로 달렸다.

"아저씨, 미안해요! 제가 여자한테 처음 꺾어준 꽃이에요. 용서해 주세요!" 떰은 보트 안의 남자한테 소리쳤다. 그가 제대로 들었는지는 모르겠다. 그는 여전히 화가 나서 계속 노를 열심히 젓고 있었다. 떰은 자전거 뒤에 나를 태우고 도로로 나갔다. 그의 허리를 붙잡고 셔츠 사이로 그의 근육을 느끼자, 손가락 끝까지 화끈거리는 듯했다. 떰은 교통 체증 속을 곡예하듯 헤치며 자전거를 달렸다.

"괜찮아?"

"물론." 꽃은 내 가슴속에 넣어둔 채로 우리의 웃음소리도 함께 피어올랐다. 주변에는 여름이 만개했고, 내 가슴속에도 알지 못했던 감정이 부풀어 올랐다.

"자, 그럼 이제 어디로 갈까?" 떰이 물었다.

"아, 맙소사. 지금 몇 시야?" 혼자 있는 닷 삼촌이 도움이 필요하다는 걸 까맣게 잊고 있었다. "서둘러 집에 가야겠어."

"좋아, 데려다 줄게." 떰은 하노이의 구석구석에 놓인 미로 같은 샛길을 잘 알고 있어서 곧 컴티엔으로 가는 지름길을 찾아냈다.

대문을 열자 할머니가 서 있었다. "어디 갔었니?" 할머니의 얼굴에 시름이 보였다.

"안녕하세요, 할머니." 떰은 고개를 숙여 인사한 뒤 내게 말했다. "그럼, 내일 봐."

할머니는 유심히 떰을 쳐다볼 뿐 한마디 말도 하지 않았다.

"누구니?" 내가 자전거를 밀고 안으로 들어가자 할머니가 물었다.

"할머니가 좀 더 친절하게 대했으면 좋았을 텐데요. 들어오라고 인사해도 좋잖아요."

"초면이 아니냐. 그리고 너희들 어디에 갔다 온 거야?"

"난 친구 좀 사귀면 안 돼요?" 나는 연꽃을 들고 책가방은 마루에 던져 두었다. 이제 떰은 나를 싫어할지도 모른다.

"흐엉 말이 맞아요, 어머니." 휠체어를 탄 닷 삼촌이 옆에서 거들었다. "이제 다 자랐는데, 자유를 좀 주세요." 그리고 나를 향해 웃으며 꽃이 예쁘다고 칭찬했다.

"다행히 누군가는 알아봐 주네요." 나는 연꽃을 삼촌에게 건넸다.

그는 식탁을 향해 손짓했다. "빨리 먹자, 음식이 다 식었어."

할머니는 찬장을 뒤져 꽃병을 찾으며 한소리 하셨다. "네 나이에는 여자 친구가 더 좋을 거야."

"쟤도 같은 반 친구예요, 할머니." 나는 눈을 동그랗게 떴다.

"그런데 왜 전에는 본 적이 없었을까? 그리고 그 중부 지방 억양은 …"

"그는 몇 달 전에 하띤성에서 이사 왔어요."

"우리 마을에서 멀지 않은 곳이네." 닷 삼촌은 연꽃의 향기를 들이마셨다. "하띤 출신 남자들은 정직하고 근면한 것으로 유명하죠."

삼촌이 내 편이라는 사실이 기뻤다.

"그거야 두고 봐야지." 할머니는 꽃병에 연꽃을 꽂아 식탁 위에 올려놓았다. 그리고 내게 물 한 잔을 따라 주며 말했다. "닷, 지난 번 말한 것처럼 하인에게 신문 광고를 또 내달라고 부탁했어. 제발 이번에는 네 형이 꼭 봤으면 좋겠구나."

"남쪽에 있을 것 같아요, 어머니?"

"확실해." 할머니는 나를 보고 말했다. "네 고모가 네 아빠를 찾는 광고도 냈다니까, 무슨 소식이 있으면 바로 알려줄 거야."

나는 고개를 끄덕이며 이모에게 더 자주 편지를 써야겠다고 다짐했다. 옛 속담에 'Xa mặt cách lòng(얼굴이 멀어지면 마음도 멀어진다)'는 말이 있지만, 이모는 1천 킬로미터나 떨어져 있는데도 늘 우리 곁에 가까이 있었다.

식사를 마치고 내가 식탁 위의 접시와 그릇을 치우는 동안, 할머니는 바람을 넣지 않은 고무 타이어 광주리를 식탁 위로 올려놓았다. 닷 삼촌은 힘은 들지만 직접 식탁 의자를 옮겨놓았다. 여러 달 동안 삼촌은 팔을 단련시켜서 꽤 무거운 물건도 나를 수 있었다. 어서 의족이 도착하면 더 편안한 생활을 할 수 있을 것이다. 할머니는 새끼돼지들을 팔았고 하인 이모와 엄마도 의족을 살 돈을 보탰다. 삼촌 키에 맞는 의족이 도착하려면 꽤 오래 기다려야만 했다. 너무 많은 상이군인들이 있었고 의족을 필요로 하는 사람들도 늘어났다.

삼촌은 상체를 앞으로 숙여 식탁 위의 바구니에서 커다란 가위를 들어올렸다. 할머니는 샌들 밑창 모양의 판지 조각을 집어 고무 덩어리 위에 올려놓았다.

"오, 좋아요." 닷 삼촌이 가위질을 시작했다.

"이게 다 뭐예요?" 내가 물었다.

"네 삼촌이 취직했다. 샌들 만드는 일이야. 멋지지 않니?" 삼촌아 웃으며 대답했다.

"투언비엣 협동조합에서 일하게 되었다." 할머니가 설명을 덧붙였다. 닷 삼촌이 고무 샌들 한 벌로 그 힘든 밀림 행군을 여섯 달이나 버텼다. 이 샌들은 튼튼하고 저렴해서 점점 더 인기를 얻고 있었다.

"이 일은 누워서 떡 먹기야." 닷 삼촌에게선 더 이상 술 냄새가 나지 않았다. 다행히도 응웬 양은 삼촌이 가장 필요할 때마다 곁에 있었다. 그들은 함께 시간을 보냈고 가끔 닫힌 문 너머로 부드러운 신음소리가 들렸다. 나는 닷 삼촌과 응웬 양이 키스하는 모습을 상상했다. 그렇게 떰과 키스하는 모습도 상상하니 몸이 달아올랐다. 언제 다시 그와 이야기할 수 있을까? 닷 삼촌은 하띤 출신 남자들은 정직하다고 말했다. 진실함은 내가 친구에게 가장 필요로 하는 것이었다.

"난 다시 일하러 가야 해." 할머니가 말했다. "닷, 실수하더라도 걱정하지 마. 타이어 재료는 아주 싸니까."

"내 샌들이 시중에 판매되는 것들보다 훨씬 좋을 거에요. 장담해요." 닷 삼촌의 시선은 가위에서 떨어지지 않았다.

"할머니, 길 조심하세요." 나는 할머니의 자전거를 대문 밖까지 밀어드렸다. 할머니가 나를 휘두르는 건 싫었지만 진심으로 아끼는 것만은 확실히 느낄 수 있었다. 페달이 잘 돌아가는지 시험해보며 말했다. "말린 생선이 아주 좋더라구요. 오늘 밤엔 제가 요리할게요."

◆

오후 내내 계속된 소나기로 하늘이 어둑어둑했다. 어머니는 나부끼는 나뭇잎처럼 떨면서 집으로 돌아왔다. 나는 어머니를 침실로 모시고 가 몸을 말리고 옷을 갈아입도록 도와드렸다. 갈비뼈가 선명히 드러난 앙상한 몸에 눈시울이 시큰해졌다. 최근 어머니의 악몽이 다시 심해지기 시작하면서, 어머니의 침대를 나와 할머니 침대 옆에 나란히 두고 밤에는 할머니와 내가 번갈아 엄마가 발작이 심해질 때 지켜주곤 했다. 꼭 안아서라도 그 끔찍한 기억들을 떨쳐버릴 수만 있다면.

하지만 어머니는 더 이상 동정을 바라지는 않았다. 옷을 갈아입자마자, 어머니는 빗을 들고 내 머리를 빗겨 주었다. 학교 생활은 어떤지 또 자신의 병원 얘기도 들려주었다. 사실 병원은 환자가 많은데 의사는 적고 약은 더더욱 공급이 부족해서 어려움을 겪고 있었다. 어머니는 자포자기 상태로 낭비한 지난 몇 달을 후회했고 이제 쓸모 있어진 현재에 만족했다.

저녁에 응웬 양이 와서 닷 삼촌과 함께 식탁에 앉았다. 삼촌은 그녀에게도 부업으로 고무 샌들을 만드는 일을 함께하자고 제안했다. 공부를 하다가 잠시 쉴 겸 부엌에 가보니 새 샌들 한 켤레가 그들 앞에 놓여 있었다. 그들은 서로 대화하고 부드럽게 웃으면서 또 새로운 샌들을 만들고 있었다. 나는 다시 책으로, 정확히는 뗌의 얼굴처럼 빛나는 연꽃에 빠져들었다. 어머니는 침대에서 여러 종류의 말린 약재를 뿌리, 열매, 나무껍질, 꽃, 줄기 등등으로 분류하고 있었다. 비닐 백에 넣어 라벨을 붙였다.

"이 약재들은 한의학연구소에서 막 도착한 거야. 전통 약재를 공부하고 면허를 취득할 거야."

"뭐에 대한 면허인데요?"

"약초를 제대로 다루려면 면허가 있어야 해."

"엄마는 벌써 훌륭한 의사잖아요? 서양 의학 지식이 한의학에 도움이 될까요?"

"그렇고 말고. 인간의 장기가 어떻게 기능하는지 알고 있어서 한약재를 더욱 효과적으로 쓸 수 있지."

나는 고개를 끄덕이며 뿌리 하나를 집어 들어 냄새를 맡았다.

달콤한 향기가 콧속을 맴돌았지만, 맛은 아주 쓰디쓴 것 같았다. 몇 주 전에 나는 심한 독감에 걸려서 어머니가 약재를 달여주었다. 금세 회복했지만 다시는 그 검은 액체를 한 모금도 마시고 싶지 않았다. 그 맛에 대한 기억에 몸서리쳤다.

"왠지 오늘 좀 달라 보이네." 어머니는 미소를 지었다. "얼굴이 발그레한데… 뭔가 내게 말해주고 싶은가 봐?"

"엄마는, 참…." 나는 당황했다.

"아무 말 안 해도 돼." 그녀는 작은 천칭을 꺼내 갈색 나무껍질의 무게를 측정한 후 비닐백에 넣었다. "왠지 행복해 보여서 물어보고 싶었어."

나는 고개를 끄덕였다. "정말 행복해요. 오랜만에요. 어머니가 집에 와서 행복하고, 닷 삼촌도 나아지고 있고요."

"그리고 어떤 남자애 때문에?" 어머니는 계속 웃고 있었다.

나는 엄마의 등 뒤로 얼굴을 숨긴 채 주먹으로 콩콩 쳤다. "내 얼굴에 다 써 있기라도 해요?"

"맞아. 나도 한때 네 나이였잖아, 기억나?"

"그 사람이…" 나는 망설이며 말했다. "내게 연꽃을 주고 자전거도 고쳐 줬어요."

"아항, 네 아버지처럼 손재주가 좋은 모양이구나."

"그래서 좋아하는 것 같아요. 아빠처럼 나를 웃게 하는 방법을 알아요."

"그럼 그 사람에 대해 더 얘기해 주렴."

"저랑 동갑이에요. 열여섯이고, 이름은 떰이래요." 나는 떰이라는 발음조차 마음에 들었다. "누구한테도 말하지 마세요."

"그럼, 약속할게." 어머니는 나를 품에 안았다. "멋진 비밀이야. 내게 말해줘서 정말 기뻐."

◆

다음 날 학교에 갔을 때 떰과 이야기를 나누고 싶었는데, 벌써 반 친구들 중에서 떰이 내 자전거를 고치는 장면을 목격한 아이들이 있었다.

"떰과 흐엉은 커플이래. 흐엉과 떰은 커플이야." 친구들이 놀려대는 바람에, 나는 어색해졌고 그도 부끄러웠을 것이다. 수업이 끝나면 떰과 같이 하교하는 남자아이들이 많았기 때문에, 며칠 동안이나 나는 차마 말을 걸 엄두를 내지 못하고 모른 척 지나가야 했다. 그래서 학기말 시험에 우선 집중했다. 뭘 하든 떰의 얼굴이 계속 떠올랐고, 그의 그윽하고 깊은 목소리와 웃음소리가 계속 들렸다. 그가 무척이나 그리웠다. 날이 갈수록, 내 마음에 채울 수 없는 큰 구멍을 남기고 방황하도록 내버려 두는 그가 원망스럽기까지 했다.

시간이 흘러 일주일이 지나자 연꽃은 시들었다. 나는 떨어진 꽃잎을 주워 쓰레기통에 버렸다. 나는 떰을 만나지 않기 위해 귀가길을 바꿨다. 오늘 밤 나는 책상에서 노트북을 열었다. 내 눈앞에는 어려운 수학 문제가 놓여 있었다.

문을 두드리는 소리. 응웬 양이 들어왔다. "흐엉, 떰이라고 어떤 남학생이 널 보러 왔는데?"

"앗, 잠깐 기다리라고 하세요." 나는 자리에서 벌떡 일어났다. 멍한 상태로 서둘러 옷장으로 가서 가장 좋아하는 옷을 꺼냈다. 옷을 하나씩 고르면서 곧 마음이 바뀌곤 했다. 마침내 하나를 골라 입고 거실로 나갔다. 그런데 떰이 거기 없었다. 너무 오래 걸려서 떠나 버린 걸까? 삼촌과 응웬 양은 석유 램프 불빛 아래 앉아 이야기를 나누고 샌들을 만드는 모습이 마치 한 쌍의 원앙새 같았다.

할머니가 다가왔다. "그 남학생은 밖에서 기다린다."

"혹시 힘들게 한 건 아니죠?"

"아니야. 왜 그런…"

나는 문으로 향했다. 뱅나무 아래, 떰은 손을 등 뒤로 모은 채서 있었다. 그는 내가 기억했던 것보다 훨씬 큰 키였다. 달빛이 그 주위에 흩어져 얼굴을 비추고 있었다.

"안녕, 흐엉." 그가 말했다.

"아, 안녕." 나는 팔다리를 놀리는 것조차 어색하게 느끼며 그를 향해 걸음을 옮겼다.

"이 손수건을 돌려주려고. 아직도 연꽃 냄새가 나네." 그의 손바닥에는 깨끗하고 직사각형으로 접힌 내 손수건이 있었다.

"원하면 가져도 좋아." 내가 말하고 나서도 나 스스로도 대담

한 제안에 깜짝 놀랐다.

"이건 네 선물이니?" 떰은 웃었다. "그럼 그 보답으로 줄 게 있어."

그는 등 뒤에서 다른 손을 꺼냈다. 연꽃이었다. 웅장하고 반쯤 개화된 연꽃 한 다발. "그때 그 뱃사공에게 돌아가서 용서를 빌고 대신 이걸 샀지."

"너는 정말 대단하구나." 나는 웃었다. 연꽃은 보일락 말락 꽃을 피우는 약속과도 같았다. 일주일 동안 말을 걸지 않았던 떰을 용서하기로 했다. 나는 다른 말 없이 꽃들을 내려다보며 감탄하고 있었다.

"지난 번에 내게 책을 좀 빌려줄 수 있다고 했는데." 떰은 나를 보고 웃었다. 그가 기억해줘서 다행이라 생각하며 고개를 끄덕였다. 그가 더 많이 빌릴수록 내가 그와 다시 이야기해야 할 이유가 더 많아질 테니까.

"안으로 들어올래? 고를 만한 책들이 꽤 많거든."

"괜찮다면 여기서 기다릴래. 네가 가장 좋아하는 것 골라주면 좋겠어. 세 권 정도?"

"만약에 예전에 읽은 책이라면?"

"그럼 다시 읽어볼게."

나는 집 안으로 들어가서 할머니한테 꽃다발을 넘겨줬다. "그 꽃들을 줘서 제가 책을 빌려주기로 했어요. 할머니는 잘 모르겠지만, 그 친구는 아주 열렬한 애서가이니까요." 할머니의 눈썹이 안심한 듯 퍼졌다.

내가 첫 번째 책을 건네주자 뗌이 말했다. "톨스토이의 『전쟁과 평화』? 많이 들어봤어."

"다 읽으면 어떻게 생각하는지 말해 주기를. 아주 긴 장편소설이야." 그리고 다른 두 권도 보여줬다. "이 책들도 좋아할지 모르겠다."

"아, 쑤언뀐과 응웬빈의 사랑에 관한 시들을 좋아해? 나도 가장 좋아하는 시인이거든."

"그래… 하지만 좋게 말하려고 애쓸 필요는 없어. 모두가 시를 좋아하는 건 아니니까. 원한다면 소설로 바꿔줄게."

"아니." 뗌의 눈빛은 진지했다. "난 정말로 시를 좋아해. 지금은 사랑 시가 내 기분에 맞아."

"아." 내 얼굴이 화끈거려서 고개를 돌릴 수밖에 없었다.

"미안해, 흐엉. 우리 동급생들이… 사실 매일 학교에서 말을 걸고 싶었는데, 네가 당황해할까 걱정됐어."

"네가 절대 나를 당황스럽게 할 일은 없을 거야. 네가 내 친구라서 기뻐." 나는 약간 멍한 눈빛으로 그를 올려다보았다.

"나도 그래." 뗌은 미소를 지었다.

"그런데 네가 알아야 할 게 있어. 우리 할머니는 장사꾼이야." 나는 입술을 지그시 깨물었다. 목구멍에서 쓴맛이 올라왔다.

"상관없어." 그는 단호하게 말했다. "사람들은 누구나 장사할 권리가 있어."

나는 그처럼 말하는 사람을 들어본 적이 없다. 수업 시간에 선생님들은 상인과 자본가들에 대해 "사회에서 청소해야 할 찌꺼기들"이라고 비난했다. 그는 소설책을, 나는 시집을 들고 우리는 나란히 동네를 걸었다. 어느새 하늘은 태양의 열기를 흡수하고 별빛을 내뿜고 있었다. 보름달이 우리가 가는 길에 달빛을 뿌렸다.

"넌 어디 살아, 떰?"

"동다 쿼터에."

"거긴 너무 머네."

"너무 멀지 않아, 걷기에도 좋고."

몇몇 아이들이 떰과 나 사이의 좁은 틈을 비집고 달려들었다. 아이들은 웃으며 달아났다. 나는 고개를 절레절레 흔들며 웃었다. 나도 어렸을 때 연인들을 그런 식으로 놀리곤 했다.

"네 아버지와 너를 위해 조각했다는 새에 대해 생각해 봤어. 아주 특별한 분인 것 같아."

나는 고개를 끄덕이며 아버지가 얼마나 소중한 존재였는지 얘기했다. 그리고 닷 삼촌이 어떻게 선까를 가져다주었는지 그 여정에 대해서도 말했다. 그리고 투언 삼촌의 죽음, 전쟁에서 돌아온 어머니, 할머니의 직업, 막내삼촌의 이상한 행동에 대해서도 얘기했다.

"그런 일을 겪고도 학교를 잘 다니고 있는 걸 보면 네가 나보다 훨씬 대단한 것 같아." 떰이 내게 말했다.

"아주 좋은 성적은 아니야. 더 열심히 공부해야겠어."

떰은 장난스럽게 어깨를 부딪치며 놀렸다. "설마 정말 그렇게 생각하는 건 아니지? 어제 수학 시험에서 만점을 받은 사람은 너 하나뿐이었는데."

"너도 나쁘지 않았어. 98점을 맞았으니 말이야."

"너 그거 알아? 우리반 남학생들이 네 성적이 너무 좋아서 겁이 난다더라."

"응? 설마 그럴 리가?"

"그래. 하지만 난 그들이 틀렸다고 생각해. 넌 오히려⋯." 떰은 잠시 말을 흐렸다.

우리는 어느덧 뱅나무 아래에 서 있었다. 몇 분의 침묵이 흘렀다.

"너도 이제 들어가야겠구나. 할머니가 걱정하실 테니까."

떰의 손가락이 내 손가락에 닿았다. "잘 자. 좋은 꿈 꾸고." 그가 속삭였다.

내가 돌아서서 자리를 뜰 때 그의 표정은 정말 부드러웠다. 할머니는 떰에 대해 정말 많은 질문을 해댔는데, 떰이 수학을 잘한다는 말에 표정이 조금 부드러워졌다. 그래도 할머니는 절대 우리 둘만 있어서는 안 된다고 당부했다.

"할머니, 엄마한테 있었던 그런 일이 내게도 일어나게 놔둘 것 같아요?"

나는 화를 냈다.

"흐엉, 넌 아직 어려. 제발 조심해라."

"제가 할머니를 믿듯이 저도 믿어 주셔야죠."

◆

엄마와 상 삼촌 사이에 있었던 다툼을 할머니도 알게 되었다. 할머니는 잠시 음식을 보내는 걸 미뤘지만, 호아 숙모가 막달이 되면서 뱃속의 아기까지 굶는 걸 원하지는 않았다. 그래서 일주일에 두 번, 어머니가 야간 근무를 하는 날이면 내가 삼촌의 아파트로 음식을 가져다주었다. 삼촌은 할머니가 가끔 아래층에서 기다린다는 걸 알면서도 단 한 번도 만나지 않았다. 마치 음식 조달이 우리의 의무인 것처럼 행동했다. 닷 삼촌과는 응웬 양의 주선으로 차를 한 번 마신 적은 있었는데, 만남은 좋지 않게 끝났다. 닷 삼촌은 막내 삼촌이 선전 선동물에 심취해 있다고 했다. 형제자매 가운데 상 삼촌은 비교적 운이 좋은 편이었다. 전쟁에서도 무사히 돌아왔고, 할머니의 피난길에서도 유일하게 남겨지지 않은 아이였다.

"엄마가 막내를 버릇없이 키웠어. 생각해보면 막내라고 항상 무르게 대하셨거든." 닷 삼촌이 내 어머니에게 한 말이다.

사실 그 말이 맞았다. 막내삼촌은 할머니와 유대감을 형성할 충분한 시간이 있었는데, 오히려 그점을 심리적으로 이용했다. 막내삼촌이 보기 싫었던 나는 뜸이 음식 배달을 함께해주어서 정말 다행이라고 생각했다. 떰의 삼촌이 구형 자전거를 사주자 그는 매우 기뻐하면서 안장을 푹신한 것으로 교체했다. 저녁 때 떰이 자전거를 몰고 오면, 그 뒷좌석은 내 자리였다. 우리는 가는 길 내내 많은 이야기를 나눴고, 떰의 가족에 대해서도 잘 알게 되었다. 그의 부모님은 농부였다. 그들은 논밭에서 힘들게 일하면서도 떰은 하노이 삼촌네로 보내 대학 진학을 준비하게 했다. 떰에게는 오빠보다 늘 더 잘하기를 바라는 여동생이 하나 있고 조부모님은 외할아버지만 생존해 있다. 그분은 까탈스럽고 몸이 아픈 데다 방에 틀어박혀 있기를 좋아하는 성향이다. 종종 외할아버지가 울면서 혼잣말로 중얼거리는 소리를 엿듣기도 했던 터라 어떨 때는 제정신이 아닌 듯 보인다고도 했다.

"뭔가 충격적인 일을 겪으셨던 건 아닐까? 외할아버지랑 대화를 시도해 봤어?" 나는 어머니가 돌아오신 직후의 일을 떠올리며 말했다.

"그랬지. 그런데 외할아버지는 내게 온갖 욕설을 퍼붓고 심지어 때리려고도 했어."

"너무 끔찍하구나! 왜 그렇게 불행하신지 어머니에게 물어봤어?"

"어머니는 별 말씀 안 하셨어. 외할아버지는 어머니라고 해서 가까이 하시는 분이 아니야. 사실 어머니는 성격이 완전히 딴판이라서 두 분이 모녀 사이라는 느낌도 없을 정도지."

떰은 부모님과 여동생이 그립긴 하지만 삼촌과 하노이에서 사는 것을 행운이라고 생각한다고 했다. 삼촌은 몇 년 전에 상처하고도 그 후로 다른 여자를 쳐다본 적도 없는 분이라고 했다.

"삼촌 말로는, 진정한 사랑은 인생에서 단 한 번만 있다고 하셨어."

나는 뗌의 말을 들으며 닷 삼촌과 응웬 양의 사랑이 꽃피는 모습을 생각했다. 드디어 의족이 도착했다. 닷 삼촌은 처음에는 의족을 싫어했지만 응웬 양의 도움을 받아 이제는 꽤 익숙해졌다.

"닷 삼촌은 더이상 술을 마시지 않아. 매일 밤 응웬 양이 찾아와서 함께 샌들을 만들며 이야기를 나누기 때문일 거야."

"그분들은 정말 좋은 팀이야. 마치 우리처럼, 안 그래?"

뗌의 말에 부끄러워진 나는 얼굴을 붉히며 그의 등을 두드렸다.

◆

"*Tay em tem trầu, lá trầu cay xứ Nghệ*(내 손에는 응에안의 매콤한 빈랑잎이 들려 있다네)…" 할머니의 잔잔한 노랫소리가 부엌을 가득 채웠다. 한 소녀가 손님에게 빈랑잎을 대접하는 내용의 이 민요는 어머니가 가장 좋아했던 노래였다. 그래서 나는 어머니가 흥얼거리며 따라 부르길 바라며 슬쩍 쳐다보았다. 어머니의 입술에서는 아무 소리도 나오지 않았다. 어머니는 부드러운 목소리를 빼앗긴 것 같았다. 닷 삼촌은 키가 크고 남자다운 모습으로 식탁으로 걸어왔다. 얼굴에 있던 초췌함은 사라지고 화색이 돌았다.

"좋아 보이는구나, 아들." 할머니는 김이 모락모락 나는 야채를 식탁 위에 놓인 큰 그릇에 부었다. "약혼식을 올리기에 딱 적당한 때야."

"앗, 정말요?" 나는 화들짝 놀라 숨을 헐떡였다.

"못 들었니, 흐엉?" 어머니가 밥솥을 식탁 위에 내려놓았다. "닷과 응웬은 곧 약혼할 거야."

나는 삼촌에게 달려가 껴안았다.

"이봐, 진정해, 진정해." 내 어깨를 집고 균형을 잡으며, 삼촌이 웃었다. "난 정말 행복하고 모두에게 고마울 따름이야."

어머니는 의자를 가져와 삼촌이 앉을 수 있도록 도와주었다.

"솔직히 말해서, 응웬의 부모님이 안 된다고 할까 봐 두려웠어." 할머니는 젓가락을 나눠주었다. "알고 보니 응웬이 잘 설득했더라고. 정말 조상님이 지켜주신 덕분이야." 할머니는 우리 가족 제단을 올려다보았다.

"아직도 제 운이 믿기지 않아요." 삼촌이 말했다. "너무나 오랜 시간이라, 응웬이 저를 다시 보고 싶어할 거라고는 생각지도 못했거든요."

"네가 응웬을 과소평가했던 거야, 아들." 할머니는 우리 그릇에 밥을 퍼줬다.

"그런 것 같아요." 삼촌이 고개를 끄덕이며 말했다. "하인도 약혼식에 올 수 있을까요, 엄마?"

"일단 편지를 써야겠다. 네 소식을 궁금할 테고 우리와 함께 축하하고 싶어할 거야."

나는 언제쯤 우리가 사이공의 이모네를 방문할 수 있을지 궁금했다. 이모네 가족들은 일이 잘 풀려서 이제 뚜언 이모부는 육군 장교로 승진했다.

"뚜언이 재교육 수용소나 남부 사람들을 처벌하는 일에는 휘말리지 않았으면 좋겠는데." 할머니는 한숨을 쉬었다. "북부 사람이든 남부 사람이든 우리는 모두 베트남인이야. 부디 모두가 평화롭게 살 수 있었으면 좋겠구나."

"혹시 민 형이 그런 수용소 중 어딘가에 있을지도 모른다고 생각하세요? 남쪽으로 갔다면 미국 편에서 싸웠을지도 모르잖아요." 닷 삼촌이 속삭였다.

"그럴 리는 없을 거야. 우리와 싸우고 싶지 않았을 테니까." 어머니는 내 그릇에 시금치 튀김을 얹어 주었다.

"만약 형이 징집되었다면요? 어쩔 수 없이 싸울 수밖에 없었다면요?"

"민이 무슨 짓을 했든 상관 없다. 어쨌든 민을 찾지 못하면 난 설사 죽는다고 해도 눈을 감지 못할 거야." 할머니가 말했다.

"우리가 반드시 찾을 거예요, 엄마. 또 전쟁이 끝났으니 형도 우리를 찾아올 거구요." 닷 삼촌이 말했다.

"하이씨에게 내가 또 전보를 보냈어. 만약에 민이 우리 마을에 소식을 전해 온다면 하이씨가 바로 알려줄 거야."

닷 삼촌이 갑자기 나를 돌아보며 말했다. "요즘 누가 아주 행복해 보이던데? 뭔가 멋진 일이 한창 피어나는 중인가 봐."

난 무슨 말을 해야 할지 몰라 말없이 밥만 삼켰다.

"이제 떰은 집으로 오라고 해라. 둘이서 거리를 쏘다니는 것보다 여기가 낫지 않겠니?" 할머니가 말했다.

"그럼 허락하시는 거예요, 할머니?" 나는 할머니의 손을 잡았다.

"나한테 무슨 선택권이 있겠니? 손녀가 옆으로 걷는 게라면 할머니가 포기할 수밖에." 할머니가 어깨를 으쓱했다.

"네, 할머니. 나는 꽃게처럼 고집이 세다 한들, 누구를 보고 배웠겠죠." 나는 씨익 웃었다.

어머니가 웃음을 터뜨렸다.

"이 집안에는 고집 센 사람들이 참 많아." 삼촌도 껄껄 웃었다.

◆

할머니는 초조해 보였다. 국립 산부인과 병원 앞을 왔다갔다하느라 땀에 젖은 옷이 등에 착 달라붙어 있었다.

"호아는 어떻든? 애는 어때?" 할머니는 나를 보자마자 물었다.

"호아 숙모는 아직 진통 중이에요. 저도 아직 보지 못했어요."

상 삼촌이 할머니의 출입조차 막다니 얼마나 잔인한가. 동료들이 병원을 찾아올 수 있으니 자신의 직장을 잃을 위험을 감수할 수 없다는 게 그 이유였다.

"아직도 산통 중이라고? 벌써 한참 지났는데, 괜찮을 것 같니?" 나는 어깨를 으쓱했다. 의사들과 대화할 수 있는 사람은 삼촌뿐인데다, 심지어 나도 삼촌을 만나지 못했다. 오로지 삼촌의 조수가 할머니의 죽을 더 받아 오라고 내게 빈 도시락통을 들려 보낸 게 전부였다.

"이건 미친 짓이야!" 할머니의 고함에 나는 깜짝 놀랐다. 할머니는 팔을 크게 휘둘러 빈 도시락통을 길바닥에 내동댕이쳤다. "더 이상은 나도 못 참겠어."

"할머니, 어디 가세요?"

"호아를 보러 간다. 막내와도 이제 그만하라고 말할 때가 되었구나."

복도는 사람들로 가득 찼다. 삼촌이나 삼촌의 조수는 보이지 않았다. 할머니는 서두르는 간호사를 멈춰 세웠다. "며느리가 출산 중이에요. 응웬 티 호아는 어디 병실에 있죠?"

"응웬… 티… 호아?" 간호사가 명단을 훑어보더니 복도 끝을 가리켰다. "저쪽 수술실에 있네요."

"수술실? 무슨 문제라도 있나요?" 할머니의 말이 고함처럼 터져 나왔다.

"응급 상황이에요." 간호사가 서둘러 지나갔다.

나는 할머니의 팔을 잡아당겼다. 여기저기 사람들이 누워 있거나 바닥에 앉아 있는 복도를 지나 수술실 앞에 도착했을 때, 흰색 가운을 입은 세 사람이 나타났다. 그들은 긴장한 표정으로 서로에게 속삭이고 있었다.

　"이봐요, 어디 들어가요?" 누군가 소리쳤다.

　"난 환자 시어머니에요." 할머니가 문을 밀치고 들어갔고 나도 따라갔다. 강한 약품 냄새가 코를 찔렀다. 호아 숙모는 침대에 누워 있었고 막내삼촌이 그 옆에 서 있었다. 우리 발자국 소리에 삼촌이 고개를 돌렸다. 할머니를 보고 나무랄 줄 알았는데, 삼촌의 얼굴은 괴로움에 일그러져 있었다. "어머니!" 삼촌이 울었다.

　"아기는 괜찮니?" 할머니는 침대로 달려갔다.

　나는 손으로 입을 막았다. 호아 숙모 옆에 있는 것이 아기일까? 아기의 머리가 가슴의 세 배 크기였고 이마가 불룩 튀어 나와 있었다. 그리고 팔도, 다리도 없었다.

　"안 돼, 안 돼!" 할머니는 아기를 들어 올려 가슴에 안았다. 아기는 아무런 반응이 없었다. 이미 생명은 꺼졌다. 삼촌은 할머니를 품에 안고 숨이 넘어갈 듯 꺼이꺼이 울먹였다. 호아 숙모는 겁에 질려 보였다. 그녀의 손을 맞잡아주었다. 안아주고 싶었지만 숙모는 조용히 나를 외면했다.

　조금 후, 서류 더미가 어수선한 책상 위에 가득 쌓여 있는 사무실에서, 한 늙은 의사는 할머니와 삼촌에게 미안하다고 말했다.

"동무, 전쟁 중에 어디에서 싸웠나요?" 의사는 삼촌에게 물었다.

"주로 꽝찌에서 싸웠어요. 왜요, 의사 선생님?"

"꽝찌, 그렇군요. 에이전트 오렌지에 노출된 적이 있나요?"

막내삼촌이 일어서서 벽 쪽으로 걸어갔다. 그의 어깨가 흔들리기 시작했다. 삼촌이 의사에게 돌아섰을 때, 그의 얼굴은 하얗게 질려 있었다.

"에이전트 오렌지? 네, 그야 수없이 맞았죠. 옷을 흠뻑 적실 정도로. 그 고엽제는 나무를 파괴하기 위한 것이 아니었나요?"

의사가 의자에서 일어났다. "에이전트 오렌지가 인체에 어떤 영향을 미치는지는 아직 확실하지 않아요. 하지만 고엽제에 노출된 많은 참전 용사들이 사망하거나 기형아를 낳았어요."

삼촌은 주먹으로 벽을 두드렸다. 할머니는 삼촌의 손을 잡아 뒤로 당겼다. 우리 가족에게 이런 일이 일어날 수는 없다. 닷 삼촌과 응웬 숙모는 괜찮을까? 그들의 아이는 무사할까?

며칠 후, 우리는 식탁에 둘러앉았다. 상 삼촌은 초췌한 모습으로 옷 가방을 앞에 두고 있었다.

"제수씨가 너를 나가달라고 했다니 믿을 수가 없구나." 닷 삼촌이 말했다.

"우리 사이가 이젠 원만하지가 않아요. 그리고 나를 볼 때마다 에이전트 오렌지의 악령이 되살아나는 것 같대요."

지붕에는 뱅나무의 부러진 가지가 굴러가는 소리가 났다. 언제쯤이면 전쟁이라는 악령의 손아귀에서 우리 가족이 풀려날 수 있을까?

"내가 싸웠던 지역도 고엽제 살포가 심했어." 닷 삼촌은 울먹이는 목소리로 말했다. 숙모는 그의 손을 잡아 입술에 가져다 댔다. 그녀의 눈에서 눈물이 반짝였다. "무슨 일이 있어도 우리 아이는 키울 거예요."

"걱정하지 마라." 어머니가 말했다. "사람들은 화학물질 노출에 제각기 다른 반응을 보일 수 있어. 많은 귀환병들이 정상적이고 건강한 아기를 낳았단다." 어머니는 숙모에게 시선을 옮겼다. "우리 병원에서 초음파 기계를 도입할 거야. 출산 전에 문제가 있는지 진단할 수 있어."

숙모는 막내삼촌의 얼굴을 감싸며 말했다. "당신도 응옥 누님 말씀 들었죠? 우린 괜찮을 거예요. 무슨 일이 있어도 함께 이겨낼 거예요."

할머니는 코를 풀었다. "막내야, 네가 우리 집에 와 있어서 다행이구나."

"하룻밤만 묵을 거예요. 내일 다른 숙소를 찾을 거예요."

"여긴 네 집이야. 왜 다른 데를 찾아간단 말이니."

상 삼촌은 방을 둘러보았다. 기타줄처럼 팽팽한 긴장이 느껴졌다. "이런 화려한 생활은…. 그럴 수 없네요. 제가 여기 오늘 밤 묵는다는 소리도 아무한테 하지 마세요. 내일 새벽에 떠날 테니까요."

어머니는 고개를 절레절레 흔들었다. 상의 아기 일로 슬픔은 컸지만, 어머니는 그날의 논쟁 이후로 삼촌과는 전혀 대화가 없었다. 사실 삼촌에 관해 어머니가 한 말이 옳았다. 삼촌은 정치 이데올로기 때문에 우리를 팔아넘겼다.

"알았다." 할머니는 한숨을 쉬었다. "막내야, 네게 단 하나의 부탁만 해도 되겠니? 너는 남쪽에 많은 인맥이 있잖니. 네 형을 찾는 데 써줄 수 있겠니?"

"큰형이 남쪽으로 갔다는 증거는 없어요."

"그가 아직 여기 있었다면, 지금쯤 우리 마을로 돌아왔겠지. 제발 부탁이다."

"바다에서 바늘을 찾는 것이나 다름 없어서 장담은 할 수 없지만 무슨 방법이 있을지 찾아보겠어요."

나는 더이상 막내삼촌을 믿지 못했다. 민 삼촌이 남베트남에 있다면, 출세의 사다리를 오르려는 막내삼촌의 꿈이 무너질 테니까.

◆

공부하고 있던 내게 어머니와 닷 삼촌이 다가왔다. 어머니는 머리를 땋아주며 말했다. "흐엉, 네게 물어볼 게 있다."

"네, 엄마."

"전쟁이 끝난 지 1년이 넘었어. 여기저기 수소문 해봐도 아직 네 아버지에 대한 소식이 없구나. 살아 있었다면 지금쯤 집에 왔을 텐데…"

나는 일어섰다. "아빠는 분명히 살아있어요. 전 알아요."

"흐엉, 내 말 들어봐. 네 아빠가 부상을 당했다면, 기어서라도 여기로 돌아왔을 거야. 아니면 편지를 쓰거나."

"곧 집에 오실 거예요. 아빠의 새가 매일 제게 말해줘요."

"나도 그렇게 믿고 싶구나. 하지만 네 아빠의 영혼이 고향을 찾지 못하게 해선 안 돼. 우리가 향을 피우지 않는 한, 그의 영혼도 길을 찾지 못할 거야."

"엄마, 향은 죽은 사람에게 드리는 거예요!"

어머니는 내 어깨를 움켜쥐었다. "흐엉, 제단을 만들자. 네 아버지의 영혼이 집으로 돌아오게 해달라고 빌어야 해."

나는 어머니를 밀어냈다. "아빠는 죽지 않았어요."

"흐엉, 너한테 할 말이 있어." 닷 삼촌이 끼어들었다. "내가 처음 돌아와서 밀림에서 매형을 만났을 때의 일을 얘기했었지. 우리가 작별 인사를 나누고, 매형이 떠난 지 2주 후에 폭탄 습격이 있었다고…. 진실은… 네 아버지가 떠난 지 얼마 되지 않아서였어. 폭탄이 터지기… 불과 30분 전이었어. 사실 얼마나 멀리 갈 수 있었을지…"

나는 손바닥으로 얼굴을 감싸고 비명을 질렀다.

"미안해, 흐엉. 매형을 찾고 싶었지만 나는 그때 말라리아에 걸려서 기어다니는 게 고작이었지. 그리고 폭격은 며칠 동안 계속됐어. 나중에 기력이 회복된 뒤에, 동굴을 떠나 네 아버지를 찾으러 나섰지만… 밀림은 거의 초토화되었고, 살아 있는 사람을 찾을 순 없었다.”

“삼촌은 내게 거짓말을 했어요. 뭐 때문에요?”

“희망은 우리를 살게 해주니까, 흐엉. 네 아버지가 살아있기를 바랐지만 이제 때가 됐어.”

“또 무슨 거짓말을 했나요? 그동안 내가 고통스러워하는 걸 보고 기분이 어땠던가요?”

“미안해. 좀 더 빨리 말하지 못해서 정말 미안하다.” 삼촌의 얼굴에 눈물이 흘러내렸다.

나는 아무말 없이 집을 뛰쳐나왔다. 거리가 흐릿하게 지나갔다. 귓가를 스치는 공기는 폭탄이 떨어질 때 나는 윙윙거리는 소리처럼 들렸다. 땅을 밟는 쿵쿵거리는 발자국 소리가 폭발음처럼 온몸을 떨게 했다. 밀림 속에서 화염에 휩싸인 아버지가 보였고, 아버지가 빗발치는 폭발음 속에서 내 이름을 부르는 소리가 들렸다. 나는 울부짖었다. 주변에서 사람들이 소리치며 나를 향해 달려왔다. 차량들이 경적을 울리며 내 앞을 지나쳤다. 도로에 주저앉아 가슴을 치며 울었다. 어느새 어머니가 내 곁에 와 있었다. 어머니는 무릎을 꿇고 두 팔을 벌려 나를 감싸 안았다.

“미안하다, 사랑하는 딸아.” 어머니는 숨을 헐떡였다. “네가 원하지 않는다면 제단은 차리지 않을게." 어머니는 흐느낌이 가라앉을 때까지 내 등을 문지른 다음 나를 부드럽게 밀어냈다. 그리고서 내 뺨을 어루만져 주셨다. "너 좀 봐. 이제 나보다 키가 크네. 더 똑똑하고, 더 예쁘고. 네 아빠는 너를 자랑스러워할 거야."

"보고 싶어요, 엄마."

"네 아버지는 바로 여기 우리와 함께 있어. 절대 우리를 떠나지 않았어." 어머니는 자신의 가슴에 손을 얹었다.

◆

그날 밤 늦게 떰의 자전거를 타고 호숫가로 나갔다. 나는 눈을 감고 아버지의 얼굴을 떠올렸다. 8년하고도 65일이 흐를 때까지 아버지는 내내 내게 미소를 보내주었다. 우리 머리 위로 달이 별의 장막을 배경으로 어둠의 지붕 위를 떠 가고 있었다. 저위에 천국이 있다면, 아마 아버지는 이 세상의 모든 고통에서 벗어나 계실 것이다. 우리 앞에 펼쳐진 응옥카잉 호수의 수면 위로 차 행상꾼들의 등유 불빛이 어른거리고 있었다. 떰은 나를 내려준 후에 자전거를 보도에 세워놓았다. 넓은 풀밭을 가로 질러 호숫가에 도착했다. 달빛에 빛나는 잔물결이 우리를 향해 일렁였다.

"같이 있어줘서 고마워. 떰, 난 아빠를 너무 사랑해서 차마 떠나보낼 수 없었나 봐."

"흐엉, 그분은 네 마음 속에 살아 계셔. 너의 아이들, 그리고 손자들을 통해서도 계속 살아계실 거야."

그가 나를 껴안았다. 그의 체취가 내 주위의 공기를 달콤하게 만들었고 뗌의 심장이 내 가슴 안에서 뛰었다. 나는 얼굴을 들어 그를 마주했다. 침묵하는 하늘 아래에서 우리는 키스했다.

13장

행복으로 가는 길

하노이-응에안-하노이, 1956-1965

금세공업자 지아프씨가 군중 속으로 사라지고 나자, 나는 위장이 뒤집히는 듯한 느낌이었다. 그를 기다리는 동안 나는 길가에서 막내의 걸음마 연습을 시켰고, 따분해할 즈음엔 아이스크림을 사줬다. 막내가 다 먹고 나서야 드디어 지아프씨가 돌아왔다. 그는 내가 일하던 가게에서 돈을 훔친 게 아닌지 오해했다고 사과했다. 토안씨는 만약 내 도움이 없었다면 가게가 망했을 것이라며, 그 은화는 최소한의 감사의 표시로 준 것이라고 해명했다고 한다. 지금 생각해 봐도 그때 은화가 없었다면 내 운명이 어떻게 되었을지 상상할 수가 없다. 나는 그 돈으로 당장 하노이 시내 외곽에 작은 오두막집과 여행 허가증을 구했다. 반 선생님은 내게 차와 믿을 수 있는 운전기사를 빌릴 수 있도록 도와주었다.

하지만 내 인생에서 가장 행복했던 그날은 두려움이 가장 컸던 날이기도 했다. 1956년 3월 3일, 나는 민, 닷, 응옥, 투언, 하인을 찾으러 하노이를 떠난 날이었다. 아이들을 마지막으로 본 지 거의 5개월이 지나서 아기새가 내 둥지에서 벗어나 날개를 펴고 떠나 다시는 보지 못할지도 모른다는 생각에 조바심이 났다.

"물소." 막내 상은 풀밭 둔치에 흙무더기처럼 앉는 물소 한 마리를 가리켰다. 그 너머로 뉘엿뉘엿한 햇살이 퍼진 논바닥은 불길이 번진 것처럼 보였다.

"그렇네, 물소네." 나는 물소를 따라 부르며 막내를 끌어안았다. 운전기사가 창문을 내리자, 시골의 푸르른 향기가 콧속을 가득 채웠다. 내 시야에 들어오는 얼굴들을 볼 때마다, 부디 첫째 민이기를 절실히 바랐다. 차가 탄호아성 키동 마을에 도착했을 때는 거의 한낮이었다. 운전기사에게 마을에서 조금 떨어진 곳에서 기다려 달라고 부탁했다. 자동차 때문에 부자로 보인다면 또 다른 말썽이 생길지도 몰랐다. 나는 마음속으로 나는 이 마을을 몇 번이나 다시 찾았는지 모른다. 이제 기억은 구불구불한 길을 따라 우리를 이끌었다. 나무 밑에 도착한 나는 잎이 무성한 나무 울타리가 있는 건너편 집을 바라보았다.

구아바, 그곳이 어디인지 알겠니? 그래, 네 엄마가 있던 바로 그 집 대문 앞에 도착했던 거야.

귀를 기울였지만 아무런 인기척도 들리지 않았다. 계속 서성였지만 아무도 나오지 않았다. 마치 수천 마리의 개미가 내 피부를 훑고 가는 듯한 기분이었다.

"응옥아! 응옥이 있니?" 내가 부르는 소리에 막내도 따라 웅얼거렸다.

대답이 없었다. 나는 열린 대문을 지나 마당으로 들어갔다. 불쾌한 불평 소리에 놀라서 멈칫했다. 돌연 우락부락하게 생긴 사내가 나타났는데, 어딘가 하노이에서 만났던 강도들을 떠올리게 했다.

"원하는 게 뭐야?" 그는 손바닥으로 한쪽 눈을 가리고 소리쳤다.

"내 딸 응옥을 찾아요. 여기 있나요?"

"왜 내 집에서 네 딸을 찾는 거야?" 그는 삐뚤삐뚤한 이를 드러내며 위협적으로 굴었다. "정말 미친 아낙네이군. 썩 꺼져."

나는 더 가까이 다가갔다. "선생님, 몇 달 전에 열다섯 살짜리 소녀가 여기로 일자리를 구하러 왔을 거예요."

그때 남자 뒤에서 어린 소녀가 나타나 무언가를 말하려는 듯 손을 미친 듯이 흔들었다. 예전에 응옥과 숨바꼭질을 했던 바로 그 소녀였다.

남자가 돌아섰다. "이 바보야, 여기서 뭐 하는 거야?" 그 소녀는 잽싸게 도망쳤다.

"저 아이가 내 딸을 알아요." 나는 항의했다.

"미친 아낙네, 어서 나가라고."

나는 길가에 울고 있는 막내를 품에 안고, 응옥에 대한 오만 가지 걱정으로 머릿속은 뒤엉킨 실타래처럼 복잡했다. 그때 두꺼운 덤불 울타리 뒤에서 어린 소녀가 우리를 향해 뛰어왔다. 나도 그 아이에게로 달려갔다.

"응옥 언니는 아빠한테서 도망쳤어요." 아이는 숨을 몰아 쉬며 말했다.

"지금은 어디 있는지 아니?" 나는 이가 갈렸다.

"며칠 전 시장에서 구걸하는 것을 봤어요. 제발… 언니를 찾아주세요." 그런 뒤에 소녀는 다시 자기 집으로 뛰어갔다.

나는 서둘러 시장으로 갔다. 모두 한낮의 더위를 피해 집으로 돌아간 후인지 시장 바닥은 황량한 땅뙈기뿐이었다. 그런데 저 멀리 나무 아래 거적때기 같은 게 보였다. 너덜너덜한 담요에 싸인 게 꼭 사람 모습처럼 보였다. 혹시 응옥일까? 나는 두근거리는 가슴을 누르며 나무를 향해 달려갔다. 무릎을 꿇고 담요를 들어 올렸을 때, 내 꿈을 가득 채웠던 얼굴, 내 이름을 부르던 입술, 내 박수에 맞춰 아기 걸음마를 하던 발을 찾았다.

"세상에, 응옥, 내 사랑스러운 딸아." 나는 막내를 내려놓고 응옥을 안아 올렸다.

"엄마! 엄마!" 응옥은 내 가슴에 얼굴을 파묻고 떨고 있었다. 딸의 떨리는 몸이 내 가슴을 뛰게 했다. 우리는 울고 웃었다. 그리고 또 웃고 울었다. 절까지 가는 동안, 응옥은 막내를 직접 안고 가겠다고 고집했다.

"길거리에서 생활한 지는 얼마나 됐니?"

"2주 정도에요, 엄마."

"정말 미안해. 혹시 저 남자가 너에게 무슨 짓을 했니?"

"그럴려고 했어요. 하지만 호락호락 당하진 않았어요. 싸운 뒤에 필사적으로 도망쳤어요."

나는 주먹을 불끈 쥐었다. 마음 같아서는 당장이라도 그 남자를 가만두고 싶지 않았지만, 자칫하면 모두가 위험해질 수 있었다. 하늘에 맹세코 그에게 언젠가는 복수하겠다고 다짐했다. *Không ai trốn khỏi lưới trời*(어떤 죄악도 하늘의 그물을 피할 수는 없다). 나는 응옥을 꽉 껴안고서 그동안 겪은 아픔을 보상해 주겠다고 다짐했다. 우리는 아주 오랜 세월 버려진 듯 보이는 탑 앞에 도착했다. 이끼 낀 지붕은 기울어져 있었고, 기왓장들이 떨어져 나간 사이로 군데군데 골조가 드러나 있었다. 앞마당에 있던 아이들이 우리 주위로 모여 들었다. 뼈가 앙상했고 발은 새까맣게 더러워진 상태였다. 나는 아이들의 얼굴을 살폈다. 투언은 그들 중에 없었다.

"저기에요, 아줌마." 그들 중 한 명이 뒷마당에서 쪼그리고 앉아 땅을 파고 있는 두 소년을 가리키며 말했다.

"투언!" 내가 부르자 한 소년이 고개를 돌렸다. 얼굴은 흙으로 얼룩져 있었다. 소년의 입가가 실그러졌다. 나는 쓰러지듯 소년에게 다가갔다. 투언의 몸과 맞닿았을 때 얼마나 따뜻했는지. 내 살과 피, 내 생명. 나는 내 피붙이를 가슴에 안았다. 아들의 눈물을 닦아주면서 아들을 살리기 위해 언제든 내가 죽어도 좋다고 느꼈다.

히엔 승려는 방 안에 앉아 아픈 아이의 등을 토닥여주면서 자장가를 흥얼거리고 있었다. 내가 반쯤 열린 문을 열고 들어섰을 때, 그녀의 얼굴은 오후의 햇살을 받아 환하게 빛났다. "지에우란?"

마당으로 나온 히엔 승려는 아이들의 상태에 대해 미안함을 전했다. 최근 정부가 종교 시설에 대한 통제를 더욱 강화하면서, 사람들은 더 이상 기도하러 오지 않았다. 그들의 시주가 끊겼으니, 아이들은 구걸로 연명해야 했다. 마침 네 엄마 응옥이 투언과 절간의 다른 아이들을 먹일 음식을 가져왔다.

"정말 고마워." 히엔 승려는 응옥의 손을 꽉 잡았다. "여기서 너를 함께 챙겨주지 못해서 미안하구나."

나는 히엔 승려를 옆으로 끌어당겨서 작은 정성이라며 돈을 쥐어주었다. 그녀는 거절하려 했지만 나는 아이들을 위한 것이라고 고집을 부렸다. 히엔 승려는 나를 위해 향을 태워주고 복을 빌어줬다. 나는 히엔 승려 옆에 무릎을 꿇고 부탁했다. "스님, 제 미래를 다시 한 번 점쳐 주세요."

승려는 가만히 내 손을 잡더니, 내 손가락을 손금 위로 오무리게 했다. "길흉을 점친다는 것은 의미가 없어요. 우리에게 닥친 시련에는 반드시 그 목적이 있어요. 시련을 극복하고 다른 사람들에게 자비를 베풀 수 있는 사람은 열반에서 부처님과 함

께할 수 있습니다. 지에우란, 당신은 강한 여성입니다. 그 어떤
어려움도 이겨낼 수 있을 거예요." 승려는 미소를 지으며 목탁
을 내게 쥐어 주었다. "이건 제가 드리는 선물이에요. 부처님께
서 당신의 기도를 들어주실 거예요. 그분이 당신에게 오셔서 평
화를 주실 거예요."

구아바, 이제 네 할머니의 목탁이 얼마나 소중한 것인지 알겠
지? 낯선 이들 사이의 연민을 보여주는 신성한 증표란다. 언젠
가는 너와 함께 히엔 승려를 찾아갈 수 있기를 바랐건만, 몇 년
전 그분의 사원을 찾아갔을 때 폭격으로 전소된 절터만이 남아
있더구나. 마을 사람들은 잔해 아래에서 아이들을 자신의 팔로
감싸안은 히엔 승려의 시신을 발견했다고 전해주었다. 폭탄은
그들의 시신을 제대로 알아보기도 힘들 정도로 태워버렸다. 아
직까지도 히엔 승려를 위해 나는 기도한다. 그분은 나와 투언의
생명뿐만 아니라 내 영혼을 구원해 주신 분이다. 그녀에게 감화
받아 나는 불교 신자가 되었다. 염주 반지를 돌리며 인내를 배
우고 타인에 대한 사랑을 배웠다. 오로지 사랑만이 이 세상의
악에서 인류를 구원할 수 있지 않겠니?

◆

다음에도 차는 마을 밖에 세워두고, 응옥, 투언, 그리고 막내를
데리고 나는 논두렁 사이를 걸어갔다. 타오 부인의 집 앞에 도

착했다. 문은 닫혀 있었다. 연못의 수면 위로는 노란 연꽃잎이 떠 있었다.

문을 두드렸다. "누구 없어요?"

"하인, 하인아!" 응옥이 동생을 불렀다.

미닫이문이 열리고 누가 얼굴을 빼꼼히 내밀었다. 구아바, 네 이모 하인이었어. 우리 모두 소리쳐 불렀다. 하인이 긴 머리를 나부끼고 눈물이 얼룩진 얼굴로 뛰쳐 나왔다. 그동안 하인의 키가 얼마나 훌쩍 컸는지.

"엄마!" 내 아기. 내 아름다운 딸.

그 집은 시원하고 예전처럼 온기가 넘쳐 흘렀다. 벽을 장식한 다채로운 그림들로 인해 더 행복한 가정으로 보였다.

"집에 아무도 없니?" 내가 물었다.

"타오 엄마와 티엔 아빠는 모두 일하러 갔어요." 하인은 그들을 자연스럽게 친부모처럼 불렀다. 그러더니 그림을 가리키며 환하게 웃었다. "모두 제 그림이예요. 엄마 타오가 그림 그리는 걸 도와주었어요."

즐거운 가족, 꽃, 새, 동물 등을 그린 그림은 참으로 아름다웠다. 하인이 그림에 소질이 있었다는 것은 나도 알고 있었지만, 그 재능을 최대치로 이끌어 낸 사람은 타오 부인이라는 것도 인정해야 했다. 하인은 여기서 만족할 만한 보살핌을 받고 사는 것 같았다. 이 아이가 우리와 함께 가고 싶어할까?

그 순간 하인을 부르는 목소리가 들렸다. 나는 정문을 바라보앉다. 타오 부인이 미소를 짓고 있었다. 하인은 한달음에 새 어머니를 향해 달려갔고, 그녀는 하인을 들어 올렸다. 하인이 타오 부인에게 귓속말을 하자, 그녀는 하인의 손을 잡고 빠른 걸음으로 나를 지나쳤다. 집 안에 들어간 그녀는 우리를 외면한 채로 가족 제단 아래에 서 있었고, 하인도 그녀 옆에 있었다.

"제 이름은 지에우란입니다. 딸을 마음대로 맡겨서 미안해요. 이제 어렵게 새 집을 꾸렸고 하인이 우리와 함께 갔으면 좋겠어요."

침묵이 흘렀다. 하인은 타오 부인에게 가까이 다가갔다. "엄마, 타오 엄마."

"오, 나의 소중한 아가야." 타오 부인은 무릎을 꿇은 채 하인을 품에 안았다. 잠시 후 몸을 일으켰을 때 그녀의 목소리에서 분노가 느껴졌다. "뭐라 해야 할지! 당신이 돌아오지 않았을 때, 더 이상 딸을 원하지 않는다고 저는 확신했어요. 너무 오랜 시일이 흘렀잖아요."

"미안해요, 제 상황을 설명할 수 있었으면 좋았을 텐데."

"지금 바로 설명해 주세요!"

아이들이 큰 눈으로 나를 지켜보고 있었다. 타오 부인의 남편은 공무원이니 위험을 감수해야 했지만, 그렇더라도 더 이상 거짓말을 할 수 없었다. 그녀는 진심으로 하인을 사랑하고 있었다.

"저는 여섯 아이들을 데리고 일하는 농부랍니다. 토지 개혁의 광풍이 몰아쳤을 때, 다른 농부들을 착취했다는 부당한 비난을 받았죠. 하나뿐인 오빠는 살해당했고 제 큰아들은 실종되었어요. 그래서 살아남기 위해서 전 아이들과 함께 도망쳐야 했어요."

"모두 당신 자녀들이예요?" 타오 부인은 응옥, 상, 투언을 향해 가리켰다.

나는 고개를 끄덕였다. "아들 닷을 찾아 가야 해요. 그리고 여전히 실종 중인 큰아들 민의 소식도 수소문해야 할 테죠."

타오 부인은 고개를 숙였다. "토지 개혁으로 너무 많은 사람들이 부당하게 고통받았어요. 전 하인에게 가족에 대해 물어봤었죠. 이기적인 생각이지만, 그래도 전….."

그녀는 한참 동안 하인을 안고 있더니 하인의 이마에 입을 맞췄다. "항상 사랑할게, 내 아가야. 이제 친어머니에게 가서 좋은 딸이 되렴." 그녀는 나를 돌아보며 말했다. "지금 아이를 데려가세요. 빨리 떠나지 않으면 남편이 막아설 거예요."

◆

나는 하인에게 노래를 불러주었다. 차가 출발할 때, 타오 부인은 세찬 비처럼 흐느껴 울었다.

구아바, 지난 몇 년간 나는 여러 차례 네 이모 하인을 데리고 타오 부인네를 찾곤 했다. 그분은 하인의 제2의 어머니이고, 그분의 사랑은 하인의 삶을 풍요롭게 한 귀한 밑거름이 되었다.

대나무 숲과 이끼 낀 벽돌 탑을 다시 보니 내 심장 박동은 마구 요동쳤다. 아이들은 내 손을 잡고 구불구불한 흙길을 지나 마을 시장으로 데리고 갔다. 늦은 오후 시간이었고 손님들로 붐비는 쌀국수 가게를 보고 내 가슴은 벅차올랐다. 몇몇 사람들이 서서 자리가 비기를 기다리고 있었다. 그 옆을 지나가다 김이 모락모락 나는 쌀국수 그릇을 나르고 있는 한 소년을 봤다. 그는 깡마르고 까무잡잡했다. 구아바, 바로 네 삼촌 닷이었어.

"닷!" 내가 불렀다.

"닷이다! 닷!" 응옥과 투언과 하인은 펄쩍펄쩍 뛰었다.

닷은 잠시 얼어붙은 채 서 있었다. 쌀국수 그릇이 손에서 미끄러져 바닥에 산산조각이 났다. 닷이 우리를 향해 뛰어오자, 참았던 울음이 터졌다. 내 주변의 모든 것이 흐릿해졌다.

"무슨 일이야?" 누군가 외쳤다. 쌀국수 가게 주인이 나타났다. 그녀는 닷을 노려보며 고함쳤다. "당장 일하러 가, 이 멍청아!"

"아니요. 저 아이는 우리랑 같이 갈 거예요." 내가 말했다.

"내 가게가 뭐라고 생각해요? 아들이 필요 없을 때 버리는 곳인가요?" 여자가 큰 소리를 쳤다.

"목소리 좀 낮춰주세요." 나는 지폐 한 움큼을 그녀의 손바닥에 밀어 넣었다. "이걸로 깨진 그릇을 사고 다른 사람을 고용하는 데 도움이 될 겁니다."

여자는 눈을 가늘게 뜨며 돈을 세었다. "두 배로 주세요. 이 멍청이는 더 많은 접시를 깨뜨렸거든."

"말도 안 돼요." 닷이 말했다. "접시를 깨뜨린 것도 이번이 처음이고, 게다가 아줌마는 나를 개처럼 부렸잖아요."

"다시는 여기 오지 마. 다시는…" 여자가 고함치는 동안, 벌써 우리는 멀어진 뒤였다.

차 안에서 아이들은 웃고 울며 얼마나 서로 보고 싶었는지, 얼마나 그동안 무서웠는지 털어놓았다. 그 아이들을 보면서 내 모든 세포에 기쁨이 흘러 넘쳤다. 나는 새로 가지를 뻗는 나무 그루터기가 되었고, 날개에 새 깃털이 돋는 새가 되었다. 행운의 별이 나를 비추는 것 같았고, 잃어버린 아들 민과 투씨 부인, 하이씨도 만날 수 있다는 확신이 들었다.

고향인 응에안에 도착했을 때는 어둠이 짙게 깔렸다. 바스락거리는 대나무 숲 뒤편의 숙소에서 아이들을 재운 후에 나는 발코니로 나섰다. 그리고 제단 앞에 서서 돌아가신 부모님과 남편, 오빠, 시누이를 생각했다. 수많은 폭풍이 고향을 송두리째 흔들었지만, 우리는 여전히 굳건하게 서 있었다. 나는 어깨에 짊어진 책임의 무게를 느꼈고, 마음 깊은 곳에서 긍지를 느꼈다.

운전사가 내 편지를 하이씨와 투씨 부인에게 전달하기 위해 차를 몰고 떠날 때는 아직 동 트기 전이었다. 시간은 달팽이처럼 천천히 흘러갔다. 오전이 지나고 또 정오가 되었다. 그리고 오후가 되자 나는 무척 안달이 났다. 왜 이렇게 오래 걸릴까? 혹시 운전사가 다른 문제를 겪고 있는 게 아닐까?

그때 문을 두드리는 소리가 들렸다. 하이씨! 나는 그의 굳센 팔에 와락 달려들었다. 평생을 논밭에서 삶을 일군 그의 팔, 부당하게 고통받는 사람들에게 쉴 곳을 주었던 바로 그의 팔이었다.

"다시 만나서 정말 반가워요, 지에우란." 그는 발코니에 서서 하노이에서 가져온 사탕을 하나씩 쥐고 침대에 누워 있는 나의 아이들을 보며 말했다.

"아저씨, 민 소식은 들었나요? 그리고 투씨 아주머니는 어디 있나요?"

"당신은 민의 소식을 들었기를 바랐는데요." 그의 말이 벽력처럼 귀에 꽂혔다. "하지만 민은 똑똑하고 용감하니까 곧 찾을 수 있을 거예요."

"투씨 부인은 어디 있어요? 왜 오지 않았나요?"

"무슨 일이 있었는지 말해줄게요."

우리가 도망친 후, 마을은 큰 혼란에 빠졌다고 그는 말했다. 관리들은 우리를 찾는 사람들을 보냈고 곧 다시 잡아들일 수 있다고 확신했다. 투씨 부인은 우리 가족은 다른 농민을 착취한 적이 없다고 강력히 옹호했다. 그들은 훔친 돈이라며 그녀가 저축한 돈을 모두 빼앗았다. 우리 가족의 제단을 부수고 집안의 세간을 부수고 귀중품은 약탈했다. 정육점 주인을 포함한 일곱 가족이 우리 집에 입주를 허가받았다. 그들은 좋은 자리를 차지하려고 서로 싸우고 방 안에 가벽을 세웠다. 마당과 정원을 어떻게 나눠 가질지에 대해서도 갑론을박을 벌였다. 내가 집을 떠난 지 5개월 만에 고향집과 땅은 모두 몰수되었다. 농지개혁위원회는 우리 가족의 논밭을 땅 없는 농부들에게 나눠줬고, 그들은 서로 더 큰 몫을 차지하기 위해 싸웠다. 마을에는 탐욕이 잡초처럼 퍼졌다. 불쌍한 투씨 부인. 그녀는 혼자 작은 땅때기로 이사해야 했다. 하이씨와 그의 아들은 그녀를 위해 오두막을 짓는 것을 도왔다. 투씨 부인은 채소를 심어 팔면서 생계를 유지하면서도 신념을 굽히지 않았다.

하이씨는 내 어깨에 손을 뻗었다. "지에우란, 당신이 탈출한 지 두 달쯤 됐을 때 한 농부가 길에서 투씨 부인을 봤는데… 그녀가 나무에 목 매달려 있었다고 해요."

나는 그를 멍하니 쳐다보았다. "제가 잘못 들은 거겠죠? 아저씨, 투씨 부인이 아직도 저를 기다리고 있다고 말해 주세요!"

그는 주위를 흘끗 쳐다보았다. "쉿! 오두막집에 유서가 있었어요. 더는 버틸 수 없다고 적혀 있었고요."

"하지만, 투씨 부인은 글을 몰라요."

"알아요, 그녀는 살해당했죠." 하이씨는 고개를 저었다. "투씨를 도울 수 없어서 유감이요. 당신 가족 외에도 우리 마을에 끔찍한 일들이 너무나 많았다오. 지에우란, 제발 멀리 떨어져 살아요. 민에게 연락이 오면, 내가 어떻게든 바로 소식을 전할게요."

하노이로 돌아와서 나는 제단에 투씨 부인을 위한 향로를 추가로 놓았다. 구아바, 나는 그녀의 사랑과 관대함을 결코 잊지 않을 것이다. 그분이 없었다면 지금까지 난 살 수 없었을 테고, 너도 여기에 있지 못했겠지. 지금까지도 넌 내 심장소리를 들을 때마다 투씨 부인의 노래하는 목소리를 느낄 수 있을 거야. 그녀의 노래가 내 영혼을 키워주었기에 나 역시 노래를 부를 수 있었다. 그리고 나의 노래가 지난 날의 트라우마에 시달리던 응옥, 닷, 투언, 하인에게 큰 도움이 되었다.

새 집에 온 첫 주 동안, 아이들은 절대 자기들 곁을 떠나지 말라고 내게 애원했다. 그래서 음식을 사러갈 때도 모두 함께 나갔고, 한 이부자리를 덮고 모여 잤다. 하지만 여전히 아이들은 악몽에 시달렸다. 우리는 각자 이야기를 나누고 괴로운 경험을 극복하기 위해 힘을 보탰다. 나는 반 사부님께 일주일에 한 번씩 집에 와서 우리만을 위한 수업을 진행해 달라고 부탁했다. 그의 명상 수련은 아이들을 진정시키는 데 큰 도움이 되었다. 또 호신술을 익히면서 아이들은 자신감을 되찾을 수 있었다.

구아바, 이런 속담을 들은 적이 있니? *Lửa thử vàng, gian nan thử sức*(불 속에서 금은 제련되고, 역경 속에서 남자가 된다). 네 엄마, 삼촌들과 이모가 겪은 시련이 오늘날의 가치 있는 삶을 만든 게야. 그들은 학교로 돌아가서 우수한 학업 성적을 거뒀다. 또 남의 집을 청소하거나 거리를 쓸고 신문을 파는 등 가리지 않고 열심히 일했다. 우리 가족은 한 푼 두 푼 재산을 모으고 음식과 옷은 최대한 아끼며 살았다.

남과 북 사이에 전쟁이 시작되었을 때, 북쪽에서는 사회주의 혁명이 한창 진행 중이었다. 도시에 살던 사람들은 이제 '부르조아지 개혁'이라는 정부 캠페인에 따라야 했다. 하노이에서는 집과 재산을 빼앗기고 식구들이 뿔뿔이 흩어지는 가족들이 늘어났다. 옛 고용주였던 토안 씨네 부부도 자산이 몰수당한 후 북쪽에 있는 산악 지대로 1년 이상 지속된 재교육 프로그램을 받기 위해 떠나야 했다. 그들을 돕고 싶었지만 나는 그저 고개를 숙인 채 열심히 일해야 했다. 지위 고하를 불문하고 정부 정책에 의문을 품는 사람들은 감옥으로 보내졌다.

나는 롱비엔 시장에서 과일을 팔면서 많은 돈을 벌지는 못했어도 아이들을 굶주리게 하지는 않았다. 응옥, 닷, 투언 그리고 하인이 학교에 다니기 시작한 후에 나는 교사가 되기 위해 야간 수업을 들었다. 우리는 서로를 돌보았고, 우리의 오두막은 아늑한 보금자리가 되었다. 몇 년 후, 우리는 그 보금자리를 팔고 컴티엔 거리에 있는 지금의 집을 사서 이사했다.

내가 하노이에 도착한 지 2년이 지난 1957년, 정부는 토지 개혁 과정에서 많은 잘못이 있었다고 발표했다. 그들은 '부의 재분배'라는 아이디어는 옳았지만 그 실행 과정에서 통제 불능 상태가 있었다고 인정했다. 하지만 그들이 많은 발표를 했지만, 실수를 되돌리기 위한 실질적인 조치는 아무것도 이뤄지지 않았다.

마침내 나는 고향 마을로 자유롭게 여행할 수 있었다. 하이씨는 나를 남단숲으로 데려갔다. 그곳에는 내 어머니의 무덤과 그 옆에 오빠와 투씨 부인의 무덤이 있었다. 그분들 무덤 앞에 서서 나는 눈물을 흘렸다. 푸른 나뭇잎 사이로 불어오는 바람결에 그들이 내게 속삭이는 소리가 들려오는 듯했다. 고향의 집과 논밭을 되찾고 싶었지만, 구아바, 그건 달걀로 바위를 치는 격이었다. 더 이상 선대부터 내려온 집도, 조상 대대로의 땅도 없었다. 많은 무고한 사람들이 인민 앞에서 두들겨 맞고 공개적으로 모욕을 당했다. 일부는 처형당했고 어떤 이는 스스로 목숨을 끊었다. 그중에는 모든 걸 잃고 미쳐버린 사람들도 있었다. 토지 개혁이 끝난 2년 후, 159번이나 자신을 강간했다며 아버지를 고발했던 그 여자는 자살했다. 그녀가 목을 매 자살한 나무는 아버지의 무덤 옆이었다고 한다.

◆

나는 계속해서 민을 찾았다. 반 사부님은 아마 그가 남쪽으로 갔을 거라고 했다.

매일 하루도 빠짐없이 나는 전쟁의 불이 어서 꺼지기를 기도한다. 그러면 네 큰삼촌이 우리가 잃은 잿더미를 딛고 집으로 돌아올 것이다. 분명 그럴 것이라고 나는 믿는다.

14장

나의 삼촌, 민

나트랑, 1979년 6월

나는 할머니의 손을 잡고 좁은 소로로 들어섰다. 잠시 동안 할머니가 분주히 오가는 발걸음 소리만 들렸다. 24년 동안 쌓인 그리움의 발걸음이었다.

할머니, 어머니, 닷 삼촌, 그리고 나는 2박 3일 동안 삐걱거리는 기차와 덜컹거리는 트럭을 갈아타며 하노이에서 수백 킬로미터 떨어진 남부 나트랑에 도착했다. 잠시 후 이모가 우리를 마중하러 역에 도착했다. 한 해 못 보던 사이에 이모는 사이공 사람이 다 되어 있었다. 어깨 위로 깔끔하게 머리를 잘라 펌을 했고, 피부는 파우더를 발라 매끈했고 자르고 입술에는 장밋빛 립스틱을 칠했다. 나로서는 결코 닿지 못할 꿈처럼 이모에게서는 사치의 향기가 느껴졌다.

나는 미리 외워둔 숫자를 찾았다. 72번지. 우리가 가는 길가 양쪽으로 도랑에 접해 있는 낡은 판잣집에 그 숫자가 적혀 있었다. 강렬한 악취가 뜨거운 공기 속으로 스며들었다. 한 여자가 집 계단에 앉아 양동이에 가득 찬 빨래에 비누를 비벼 빨고 있었다. 그녀는 우리를 졸래졸래 따라오는 아이들한테 뭐라고 소리치자 아이들은 새처럼 뿔뿔이 흩어졌다. 도랑 근처에 앉아 있는 한 무리의 남자들은 소주를 따른 듯 보이는 작은 술잔을 주고받고 있었다. 그들의 남부 억양은 더운 열기 속을 나른하게 떠돌았다. 우리가 지나가자 그들은 말을 멈췄다. 그들은 반쯤 졸린 눈으로 우리를 지켜보았다.

커다란 검은 무쇠솥과 석탄 난로를 차선까지 내놓고 국수를 파는 노점상을 지나쳤다. 할머니의 목덜미에서는 땀방울이 뚝뚝 떨어졌다. 이제 머리도 흑발이라기보다는 반백에 더 가까웠다. 할머니는 우리가 찾고 있는 주소가 적힌 전보를 들고 있었다. 3일 전에 우리 집에 도착한 전보에 적힌 간단한 두 줄을 보고 할머니는 잠시 실신했다. 정신을 차리자 할머니는 당장 하노이를 떠나자고 했다.

저만치 우리 앞에는 어머니가 말린 약초를 가득 담은 배낭을 짊어지고 먼저 가고 있었다. 돌아온 지 4년이 지났지만 어머니는 여전히 너무 야위어서 강풍이 불면 날아갈까 봐 두려울 정도였다. 아버지를 찾는 일은 계속되었고 악몽도 끝나지 않았다. 적어도 민 삼촌에 대한 연락을 받았지만 좋지 않은 소식일지도 몰랐다. 판잣집이 보이자 할머니는 나를 떼 놓고 달려갔다. 녹슨 양철판이 지붕과 가벽을 세우고 있었고, 흔들흔들하는 문짝에는 72라는 숫자가 낙서처럼 휘갈겨 있었다. 우리도 함께 문을 두드리며 민 삼촌을 소리쳐 불렀다. 아무 소리도 들리지 않았고, 뜨거운 열기 아래 양철판이 뗑겅거리는 소리뿐이었다.

"집 안에 사람이 있을 거에요. 그냥 들어가세요." 노변에 있는 쌀국수 장수가 우리에게 말했고, 그녀 주변에는 마치 엄마 닭을 에워싼 병아리들처럼 아이들이 웅크리고 있었다.

닷 삼촌이 문을 밀었다. 문은 금방이라도 무너질 듯 한쪽으로 기우뚱하다가 삐걱 소리를 내며 열렸다. 빛이 집 안을 비췄다. 너덜너덜한 대나무 침대 외에는 가구 하나 없는 방이었다. 돗자리 위에는 해골처럼 보이는 사람이 누워 있었다. 그는 옆으로 누워 우리 쪽을 바라보고 있었다. 대머리에는 주름이 져 있었고, 벌거벗은 등에는 누런 살갗에 뼈가 앙상히 드러나 있었다.

"민아, 내 아들아!" 할머니가 울부짖었다.

그 남자는 몸을 뒤척이며 우리를 향해 고개를 돌렸다. 그의 뺨은 푹 꺼져 있었고 눈은 움푹 패여 있었고 입술은 종기가 나서 부어 있었다.

"엄마, 오셨군요." 삼촌은 뼈만 남은 손을 내밀었다.

할머니는 삼촌을 향해 비틀거리며 다가가서 그의 앙상한 어깨에 기대 오열했다.

"형, 형." 닷 삼촌이 민 삼촌을 끌어안으며 말했다.

어머니는 침대 옆에 무릎을 꿇었다. 민 삼촌이 전보를 통해

병환 중이라고 했지만 이 정도로 심각할 줄은 몰랐다. 그는 마흔한 살이 아니라 거의 팔순 노인처럼 보였다. 옆에 있는 수건에는 핏자국이 묻어 있었다. 그의 초췌한 얼굴에 눈물이 흘러내렸다.

"엄마와 동생들이 얼마나 보고 싶었는데…." 삼촌의 목소리는 격렬한 기침으로 끊어졌다. 우리가 민 삼촌을 부축했으나, 몸은 걷잡을 수 없이 경련을 일으켰고 입에서는 피가 흘러나왔다. 할머니는 손수건으로 삼촌의 얼굴을 닦아주고, 기침이 가라앉을 때까지 부드러운 말투로 달래주었다. 닷 삼촌이 베개와 담요로 등받이를 만들어주는 동안, 하인 이모는 얼굴을 가리고 돌아서 있었다. 가난과 질병이 어떤 냄새를 풍기는지 잊어버린 이모를 탓하고 싶지는 않았다. 나도 과거 엄마의 병원을 찾을 때 비슷한 경험을 했으니 말이다.

내가 물컵을 갖다 드렸을 때, 민 삼촌의 지친 눈동자가 나를 알아보는 듯했다. 나는 우리를 묶어주고 있는 침묵의 끈을 느꼈다. 그것은 할머니가 삼촌에게, 그리고 나에게 불러주었던 조상대대로 전해오는 자장가를 통해 이어진 끈이었다.

"얘는 내 딸 흐엉이야."라고 어머니가 나를 소개하자, 삼촌의 눈빛이 밝아졌다. 삼촌은 입을 열려 했지만 어머니는 삼촌에게 아무 말하지 말고 있으라고 얘기한 뒤, 삼촌의 맥박을 검진했다. 할머니는 더위를 식혀주느라 우리에게 연신 부채질을 해줬다. 아직 오전이었지만 끈적끈적한 공기가 피부에 착착 달라붙었다. 양철 지붕은 불에 달궈진 것처럼 탁탁 소음이 계속되었다.

"안심해도 될 거야. 응옥이 정말 대단한 의사 아니냐. 넌 금방 회복될 거야."

고개를 끄덕이는 삼촌의 입꼬리가 희미하게 올라갔다. 삼촌은 절대 놓아 주지 않으려는 듯 할머니의 팔을 꽉 부여잡고 있었다. 어머니는 청진기를 민 삼촌의 가슴에 대고 조용히 눈을 감고 청진했다. 그런 후에 삼촌의 눈과 코, 입, 성대를 차례로 확인했다. 청진기를 접어서 가방에 넣는 어머니의 손가락이 살짝 떨리고 있었다.

"오빠, 그동안 고통이 엄청났을 텐데, 어떻게 참았어? 진통제를 맞으면 어떨까?" 어머니가 민 삼촌에게 물었다.

삼촌은 눈을 감고 좋다고 대답했다. 어머니는 알코올로 손을 닦고 삼촌의 가느다란 팔에 주사를 놓았다. "아직은… 말하지 않는 게 좋겠어. 내가 오빠 폐의 가래를 가라앉히는 데 도움이 될 한약재를 끓일 거야. 하지만 일단 영양가 있는 음식부터 먼저 먹는 게 좋겠어."

"잠깐 기다려 봐요." 나는 내 가방에서 펜과 공책을 꺼냈다.

"투언과 상은 어디 있죠?" 민 삼촌이 펜을 들어 글을 적었다.

"오는 중이란다. 아들, 네 누이가 일단 먹어야 한다고 했는데, 저 밖에 있는 가게에서 맛있는 쌀국수 한 그릇 사다 줄까?" 할머니가 말했다.

"내가 가져올게요." 이모가 말한 뒤, 가방을 쥐고 나갔다.

민 삼촌은 닷 삼촌에게 꾸깃꾸깃한 지폐를 건네 주며 "아래 아이스크림 가게에서 시원한 것 좀 사올래?"라고 썼다.

닷 삼촌은 도로 지폐를 쥐어주며 말했다. "나중에 갚아. 일단 형과 내가 하노이 집에 돌아가면… 축구경기 티켓부터 사줘."

민 삼촌은 미소 지으며 고개를 끄덕였다. 나는 큰삼촌에게 가족이 있을지 궁금했다. 그의 지난날에 대해 알려주는 거라곤 이 낡은 방의 벽에 걸려 있는 나무로 된 제단 같은 것뿐이었다. 그 위에는 십자가에 못 박힌 한 남자의 상이 있었다. 민 삼촌은 기독교인이 된 것일까?

할머니를 따라 뒷문으로 나가니 초가지붕으로 움막의 그늘을 드리워놓고 양철판으로 이웃집과 경계를 나누어놓은 빈 땅이 나왔다. 장작더미 옆에는 아궁이가 놓여 있었고 한쪽 구석에는 물이 반쯤 채워진 커다란 갈색 항아리가 놓여 있었다.

"민에게 물어보고 싶은 게 너무 많구나. 왜 우리에게 소식을 알리지 않았을까? 살아 있는 것을 알리기라도 했다면, 그 오랜 세월 동안 도대체…" 할머니는 자기 손바닥을 때리며 울었다.

"뭔가 이유가 있을 거예요, 할머니. 곧 말해 주겠죠." 나는 항아리에서 물을 떠와 얼굴을 씻고, 수건을 적셔 할머니의 등을 시원하게 닦아드렸다. 할머니의 등에 난 상처는 과거 악귀에게 매질을 당했던 얘기가 떠올라 마음이 아팠다. 할머니는 양동이에 물을 가득 채웠다.

방안으로 들어가니, 어머니가 민 삼촌 옆에서 서류를 뒤적이다가 할머니의 모습에 황급히 서류를 가방에 집어넣었다.

"스펀지 목욕할 준비는 됐니?" 할머니가 물었다. 민 삼촌은 미소를 지었다. 갑자기 기침과 함께 삼촌의 몸이 크게 흔들렸다. 그 순간 어머니의 눈빛에서 근심하는 기색이 비쳤다.

잠시 후 기침이 가라앉았다. 앞문이 열리더니 이모 대신에 한 소년이 뜨거운 쌀국수 그릇을 들고 왔다. 나는 그에게 고맙다고 하고 그릇을 받아들었다. 할머니는 민 삼촌을 천천히 닦아줬다. 어머니는 한약재 꾸러미를 풀고 천칭으로 재료마다 무게를 꼼꼼이 잰 뒤 탕기에 넣었다. 닷 삼촌은 얼음이 가득 담긴 쟁반을 들고 돌아와 민 삼촌 옆에 놓았다. 그리고 방안에 냉기가 고루 돌도록 선풍기를 틀었다. 판잣집 뒤편에서 나는 아궁이에 불을 피우고 어머니는 탕기에 물을 채우고 있었다.

"삼촌은 좀 어때요, 엄마?" 나는 불쏘시개를 던져 넣으며 물었다.

어머니는 나를 끌어당기며 내 귀에 입술을 갖다 댔다. "할머니한테는 아직 말하지 마라. 네 삼촌은 죽어가고 있어. 오빠가 보여준 서류를 보면, … 암이야. 이미 폐와 간까지 전이되었더라. 몇 달 입원을 했는데, 병원에서 더 손쓸 길이 없다며 퇴원시킨 거였어."

"하지만, 엄마, 한의학에서도 기적을 바랄 수 없을까요?."

"너무 늦은 것 같아. 암이 너무 많이 진행되었어. 검사 결과가…" 어머니는 입술을 깨물었다. "노력해보겠지만, 내가 할 수 있는 일이라곤 마지막 가는 길의 고통을 덜어주는 일뿐일 것 같구나."

할머니를 생각하면 가슴이 아팠다. 이 슬픈 소식을 할머니가 어떻게 감당할 수 있을까? 인간의 삶은 너무나 짧고 연약했다. 시간과 질병은 장작을 태우는 불길처럼 우리를 집어삼켰다. 하지만 얼마나 오래 사는지가 중요한 게 아니다. 우리가 사랑하는 사람들에게 얼마나 많은 빛을 비출 수 있었는지, 또 얼마나 많은 사람들에게 연민을 지니고 감동을 주는지가 더욱 중요했다. 나는 뗌과 그의 사랑이 내 삶을 어떻게 밝게 비추었는지를 생각했다. 아버지를 잃은 슬픔에 낙담하고 있을 때, 그는 항상 나를 웃게 했다. 지금도 그가 여기에 있다면 이 모든 상황에서도 내게 괜찮다고 위로해 주었을 것이다.

한약이 끓는 진한 향내가 공기 중에 퍼졌다. 어머니는 불을 줄였다. 닷 삼촌이 나왔다.

"하인은 돌아왔어?" 어머니는 매콤한 연기에 실눈을 뜨며 물었다.

"아직이야." 삼촌이 속삭였다. "아까 보니 밖에서 이웃들과 얘기하고 있더라. 아마 형에 관해 이것저것 묻고 있나 봐."

방안에서는 민 삼촌은 다시 한 번 어린아이가 된 듯 입을 벌리고 할머니가 떠먹여주는 국수를 받아먹고 있었다. 국수를 씹는 것도 힘들어 했고, 음식을 삼킬 때마다 찡그렸지만 눈빛만은 맑아 보였다. 삼촌이 식사를 하는 동안, 할머니는 하노이까지 피난을 간 이야기를 들려주었다. 할머니는 아주 멋진 집을 지었으니 민 삼촌이 낫는 대로 집으로 데려갈 거라고 말했다. 또 닷 삼촌과 응웬 숙모의 행복한 결혼생활과 어린 부처처럼 통통한 생후 3개월 된 아기에 대해서도 얘기했다. 다만 아기가 문제가 생길까 봐 얼마나 걱정이 컸는지는 구태여 말하지 않았다. 사실 아기가 태어나자마자 할머니는 가장 먼저 아기의 손가락과 발가락 갯수를 세었다. 의사가 완벽하게 건강한 아기라고 말했을 때 할머니는 병원 복도에 머리를 조아리며 온갖 신들에게 감사 드렸다. 닷 삼촌과 응웬 숙모는 아기 이름을 통일이라는 뜻의 '통녓(Thống Nhất)'이라고 지었는데, 그건 남북으로 갈라져 전쟁을 치른 수많은 베트남인들의 염원을 담기 위해서였다.

할머니는 민 삼촌에게 어머니가 박마이 병원과 전통의학연구소에서 존경받는 위치에 있다고 얘기했다. 하지만 어머니가 할머니와 나를 데리고 여행을 떠났던 일은 말하지 않았다. 내 어린 동생의 무덤 앞에서 할머니와 내가 기도를 외우며 아기의 영혼이 편안히 영면하기를 비는 동안 어머니는 눈물을 흘렸었다. 특히 할머니는 닷 삼촌이 쯔엉선 국립묘지[1]에 찾아간 대목에서 더는 참지 못하고 흐느끼기 시작했다. 무덤들이 지평선까지 길게 뻗어 있었고, 그 무덤들 중 상당수는 '무명용사'라고 적혀 있

---

1   베트남 중북부 꽝찌성에 있는 국립열사묘지이다. 이 공동묘지에는 1964~1975년 미국과의 전쟁으로 목숨을 잃은 베트남 장병 1만여 명이 잠들어 있다.

었다. 그중 어느 한 곳에 내 아버지의 시신과 나에 대한 사랑이 함께 묻혀 있을지도 모른다. 그 사랑은 내가 아는 한 차가운 땅속에서도 절대 꺼지지 않을 것이다. 할머니는 민 삼촌에게 막내 삼촌이 찬찬히 출세의 사다리를 올라서 지금은 중앙선전부에서 중요한 직책을 맡고 있다는 얘기, 그리고 하인 이모는 사이공에서 정착해 잘 살고 있다는 얘기도 들려줬다. 우리는 방바닥 한가운데 돗자리를 펴고 할머니 얘기를 들으면서 닷 삼촌이 추가로 사 온 쌀국수를 나눠 먹었다. 이야기는 어느새 내가 대학 1학년 때 학점이 우수했고 지역 신문에 내가 쓴 시가 몇 편 실렸다는 대목으로 이어졌다. 그리고 내 남자친구 떰이 농업 분야에서 탁월한 연구를 하고 있다는 말까지 덧붙였다.

"처음에는 내가 깐깐하게 굴었지만, 이젠 아주 믿음이 가는구나. 분명히 네 마음에도 들거야. 그 아이도 우리처럼 중부 지방 출신이거든." 할머니의 말에 민 삼촌의 얼굴에 화색이 돌았다. 그리고 공책에 몇 자를 적어 보여주었다.

"나는 어떠냐고?" 할머니는 웃으며 올드 쿼터에서 장사하는 일이 무척 마음에 든다고 하셨다. 요즘에는 친구도 많이 사귀고 단골 손님도 꽤 늘었다고도 했다. 민 삼촌은 손을 들어 할머니의 얼굴에 새겨진 주름을 부드럽게 쓰다듬었다. 고된 노동으로 인해 할머니는 원래 나이인 쉰아홉 살보다 훨씬 늙어 보였지만 여전히 우아해 보였다. 할머니의 할아버지에 대한 사랑의 강물은 멈춘 적이 없었으며, 나도 할머니와 어머니처럼 일부종사하는 운명이라고 직감했다.

"너를 찾을 수 있어서 정말 행복하구나." 할머니는 그릇을 기울여서 남은 수프를 숟가락에 따랐다. "잘했어, 우리 아들. 말끔하게 다 먹었네."

나와 닷 삼촌은 할머니도 그만 식사하시라고 권했다. 내가 할머니와 교대하기로 했다. 어머니가 부엌에서 나와 민 삼촌에게 낮잠을 자라고 했다. 그런데 민 삼촌은 고개를 서으며 펜을 들었다. "응옥, 흐엉의 아버지는 어떤 사람이었는지 이야기 해 줄래?"

내가 여러 번 듣고 싶었던 이야기였다. 이머니는 사리에 앉아 민 삼촌의 다리를 마사지해주면서 말문을 열었다. "내가 그를 만난 때는 열여덟 살 무렵 중추절이었어."

그날은 보름달이 떠 있던 마법 같은 밤이었다. 호안 키엠 호수에는 불을 밝힌 수천 개의 연등이 퍼레이드처럼 펼쳐져서 마치 용의 비늘처럼 빛나는 불빛이 노래와 북소리에 박자를 맞춰 흔들렸다. 연등을 들기에는 조숙했던 어머니는 친구들과 함께 별과 갖가지 동물과 꽃 모양의 연등을 따라 달렸다. 갑자기 시야에서 사라진 친구들을 찾으려고 급하게 뛰던 어머니는 바위에 걸려 넘어졌다. 발에서 피가 났고 통증을 참지 못하고 울음을 터트렸지만, 노래와 북소리에 묻혀 아무도 알아채지 못한 것 같았다. 어머니가 어쩔 줄 모르고 있을 때, 한 젊은 남자가 다가왔다. 그는 무릎을 꿇고 셔츠를 찢어 붕대를 감아주었다. 그가 어머니를 집까지 데려다주는 동안, 얼마나 웃게 했는지 아픔도 잊었다고 했다. 그때부터 미래의 내 아버지가 군대에 입대할 때까지 둘은 떼려야 뗄 수 없는 사이였다.

나는 민 삼촌에게 선까를 보여줬다. "아버지가 나를 위해 조각한 거예요."

삼촌이 새를 찬찬히 들여다보았다. "이쁘네. 네 아버지는 어디서 싸웠을까?"

"모르겠어요. 한 번도 편지를 받은 적이 없거든요."

"내가 호앙을 찾기를 포기했어. 하지만 최근 신문에 이런 기사가 있더라. 폭발에서 부상당하고 기억마저 잃은 병사의 이야기야. 올해 초에 그는 라디오에서 자신의 고향 마을에 흐르는 강에 대한 시를 듣게 되었대. 그 시가 강한 향수를 자극해서 고향으로 가는 길을 기억해 냈다는 거야. 그 병사의 가족은 9년 동안이나 소식을 듣지 못했는데, 갑자기 돌아온 거지. 그들이 얼마나 행복했을지 상상이 되니?"

나는 내가 발표했던 자작시를 떠올렸다. 나 역시 아버지가 그 시를 읽고 우리에게 돌아오기를 기다리고 있다. 하인 이모가 돌아왔다. 문가에서 닷 삼촌에게 뭐라 얘기하자, 닷 삼촌이 얼굴을 찡그렸다. 나도 무슨 일인지 몹시 궁금해졌지만, 민 삼촌이 우리가 소근거리는 모습을 봐서는 안 될 것 같았다.

할머니는 침대로 돌아왔다. "잠 좀 자렴, 아들아. 나중에 더 얘기하자."

민 삼촌은 고개를 끄덕이면서도 글을 계속 적어내려갔다. "엄마, 투 할머니와 하이씨 부자는 어때요?"

"하이씨네 가족은 다들 잘 지낸다. 널 무척 보고 싶어할 거야. 그리고 투 이모는… 미안하다, 아들아, 내가 고향에 돌아갔을 때 이미 투 이모는 저세상 사람이었어. 사람들은 자살했다고들 얘기하지만, 그건 다 헛소리야."

민 삼촌은 펜을 꽉 움켜쥐었다. "누가 투 할머니를 살해했다고 생각하세요?"

"그래, 우리 땅을 몰수할 때, 투 이모가 꽤 격렬하게 저항했다더라."

"정말 지옥에나 갈 나쁜 사람들이에요." 삼촌의 손에 들린 펜이 심하게 떨렸다.

"투언은요?"

할머니는 말을 잇지 못하고 거의 실신할 지경이었다. 어머니가 할머니를 부축하는 동안, 나는 폭격에 관해서, 또 투언 삼촌의 소식을 전해준 두 병사에 관해서 이야기를 했다.

"투언, 내 동생!" 민 삼촌이 울부짖으며 가슴을 쿵쿵 쳤다. 그리고는 할머니의 손을 잡고서 하염없이 눈물을 흘렸다. "엄마, 미안해요. 얼마나 상심이 크셨겠어요."

"그래도 네 전보를 받았으니 얼마나 큰 축복이니. 내 주소는 어떻게 알았니, 아들아? 왜 더 빨리 연락하지 않았니?" 할머니는 목이 메었다.

닷 삼촌과 하인 이모는 답을 궁금해하며 내 옆에 서 있었다. 민 삼촌은 무언가를 썼는데 잉크 자국이 번져서 알아 볼 수 없었다. 잠시 펜을 들고 망설이던 민 삼촌은 펜과 노트를 침대에 던져버렸다. 그리고는 힘겹게 몸을 일으켜 할머니를 향해 기어가더니 할머니의 발에 대고 머리를 조아렸다. "엄마, 이 쓸모없는 아들을 용서해 주세요."

"민," 할머니는 삼촌을 끌어당겨 앉혔다. "누군가 비난받을 사람이 있다면 그건 나야. 우리 가족을 하나로 지키지 못했으니까."

"하지만 전…" 격렬한 기침에 삼촌의 말이 끊겼다. 어머니는 삼촌의 등을 두드려 준 후에 물을 조금 따라 주었다. 삼촌은 고개를 끄덕이며 고마워했다. 그리고는 돗자리 한 귀퉁이를 걷어내고, 그 아래에 있던 두툼한 봉투를 꺼내 할머니에게 내밀었다. 나는 고개를 앞으로 숙여 살짝 엿보았다. "*하노이, 컴터엔 거리 173번지, 지에우란 앞.*" 봉투의 수취인은 할머니였고 발신자 이름은 없었다.

민 삼촌이 다시 펜을 들었다. "우편으로 보내고 싶었지만 다른 사람의 손에 들어갈까 봐 걱정했어요. 함께 읽어주세요."

"네가 약을 다 먹고 나면, 그렇게 할게." 어머니는 시계를 확인하며 말했다.

민 삼촌이 똑바로 앉을 수 있도록 닷 삼촌이 등 뒤의 베개를 쌓아주는 동안, 할머니는 그저 봉투를 바라보았다. 어머니는 한

약을 갖고 돌아와 부채질로 식힌 다음 민 삼촌의 입에 조금씩 먹여 주었다. "아주 쓰지만, 도움이 될 거야."

그는 한 모금을 마시고는 진저리를 치더니 고개를 뒤로 젖히고 흔들었다.

"형, 제발 다 마셔야 해." 닷 삼촌이 말했다. "응옥 누나의 치료법이 나한테 기적을 일으켰거든. 나도 적어도 오십 그릇은 마셨는데 지금 얼마나 강해졌는지 봐." 삼촌은 팔뚝을 구부리며 불룩한 근육을 보여줬다. 민 삼촌은 껄껄 웃으려다 사래가 들릴 뻔했다. 그리고는 코를 움켜쥐고 약을 한 모금씩 삼켰다. 마침내 그릇을 다 비웠고 우리는 박수를 쳤다.

"이제 쉬어야 해. 기분이 더 나아진 뒤 다시 얘기해." 어머니는 삼촌이 도로 눕도록 부축했다.

◆

우리는 침대에서 멀리 떨어진 바닥에 둥글게 모여 앉았다. 봉투는 아직 그대로 할머니의 손에 들려 있었다. 하인 이모는 봉투를 가져가 밀봉을 뜯자, 꽤 오래 된 듯한 더 작은 편지 봉투가 나왔다. 수취인은 아까처럼 할머니였는데, 발신자의 이름은 돌아가신 투언 삼촌으로 되어 있었다. 할머니의 눈이 번쩍 뜨였다. "투언의 글씨야. 오, 내 아들, 내 아들!"

"도대체 어떻게 이 편지를 갖고 있는 거지?" 이모가 내 머릿속을 맴돌던 의문을 대신하듯 소리쳤다. 닷 삼촌은 침대를 바라보았다. 민 삼촌은 앙상한 피부껍질만 남은 등을 돌리고 누워 있었다. 어머니가 투언 삼촌의 편지를 받아 우리 모두에게 큰 소리로 읽어주었다.

1972년 2월 15일, 동하, 쾅트리

엄마에게,
쥐의 해를 맞이하며 가족들을 생각하고 있어요. 엄마와 가족들과 함께 있고 싶은 마음이 간절해요. 보글보글 끓는 반쯤 냄비 옆에 앉아 있노라니, 우리 집을 따뜻하게 데워주는 찹쌀떡의 향기가 얼마나 그리운지요.
잘 지내세요, 엄마? 흐엉, 응옥, 하인은 모두 잘 지내는지요? 닷 형과 상, 그리고 매형의 소식은 들었나요? 아직 소식이 없었어도 걱정하지 마세요. 그들은 강하니까요. 곧 저와 함께 집으로 돌아올 겁니다.
엄마, 하노이의 폭격이 점점 심해지고 있다고 들었어요. 부디 조심하시고 지하 대피소에 계세요. 그리고 가능하다면 어서 떠나세요. 안전한 마을로 가야 해요. 나는 곧잘 엄마와 고향집으로 돌아갈 수 있는 날을 꿈꿔요. 베트남 전역에서 수십만 명의 어머니들은 아들과 딸이 전쟁에서 돌아오기를 기다리고 있죠. 오늘 밤, 그 어머니들과 더불어 엄마의 눈빛이 내 머리 위에서 천국으로 가는 길을 밝혀주고 있어요.

올해 설날은 어떻게 보내세요? 반쯩을 만들 찹쌀과 돼지 고기를 구할 수는 있나요? 아직도 거리에서 벚꽃 가지를 파는 사람들이 있나요? 보따리장수의 대나무 지게나 자전거 뒤에 실린 선홍색 꽃이 보고 싶네요.

밀림에서 맞는 새해맞이 행사는 엄마도 마음에 들 거예요. 우린 개울에서 잡은 생선으로 잔치를 벌였어요. 내가 요리한 타우 베이 볶음도 엄마 입맛에 맞을 거예요. 어제 행군에서 내가 뭘 찾았는지 아세요? 황매화 가지였어요. 황매화 꽃 봉오리가 이 전쟁이 곧 끝날 거라고, 내가 엄마에게 돌아길 날이 머지 않았다고 말해줬어요. 다시 엄마의 아이로 돌아갈 날이 곧 올 거예요.

보고 싶어요, 엄마.

아들 투언 드림

P.S. 북쪽으로 파견가는 동지를 통해서 이 편지를 전합니다. 흐엉, 응옥, 하인에게 보내는 편지도 절반 정도 썼다고 얘기해주세요. 곧 편지를 보낼 수 있었으면 좋겠어요.

눈물이 왈칵 쏟아졌다. 투언 삼촌은 반쯩을 좋아해서 항상 할머니에게 설날에 만들어달라고 고집을 부렸다. 삼촌이 세상을 떠난 이후로 할머니는 다시는 반쯩을 만들지 않았다.

"불쌍한 오빠… 투언 오빠는 우리 모두를 사랑했고 자기 삶에 애착도 컸어." 이모는 괴로워하다가 느닷없이 민 삼촌을 가리켰다. "사실 투언 오빠는 민 오빠 같은 사람들 때문에 죽은 거야."

"하인!" 닷 삼촌은 다급하게 이모의 팔을 잡아당기며, 한편으로는 투언 삼촌의 편지를 얼굴에 대고 울고 있는 할머니의 눈치를 살폈다.

"민 오빠는 남베트남 편에서 싸웠어. 이웃들한테 그 사실을 들었어. 그러니 이 편지가 어떻게 민 오빠의 손에 들어갔는지도 설명할 수 있죠."

"내막을 제대로 모르면서 성급하게 판단한 일은 아니다." 할머니는 어깨를 펴고 읽지 않은 편지를 모아 내게 건넸다. "흐엉, 잘 읽어봐라. 끝까지 다 읽을 때까지 멈추지 말고."

1978년 12월 16일, 나트랑시

사랑하는 엄마, 그리고 응옥, 닷, 투언, 하인에게

우리가 마지막으로 본 날로부터 23년만에 이 편지를 쓰게 되었어요. 이런 편지를 썼다가 찢어버린 게 벌써 몇 번째인 줄 몰라요. 하고 싶은 말이 너무 많지만 어떻게 시작해야 할지 몰랐으니까요. 엄마에 대한 나의 그리움을 이 몇 줄에 어떻게 다 담을 수 있을까요? 직접 만나 얘기하는 게 더 좋겠지만 만약 다시는 볼 수 없다면요?

투언, 내가 네 편지를 받은 것은 1972년, 네가 편지를 쓴
지 몇 달 후였어. 네 편지를 손에 쥐고, 다행히 식구들이 토
지개혁에서 살아남았다는 사실에 웃었고, 또 네가 전쟁의
대량 학살 속에서 싸워야 했다는 사실에 울었다. 내 동생아,
지금은 어디에서 어떻게 지내니? 닷, 상, 응옥, 하인, 너희들
은 전쟁터에 나가야 했니? 다치지는 않았니?

엄마, 어떻게 그 살인자들한테서 동생들을 데리고 무사히
도망칠 수 있었어요? 남쪽으로 갈 때 어머니를 모시고 가지
못해서 정말 미안해요. 그랬다면 지금쯤 우리 모두 미국에
서 한가족으로 자유를 누리며 살고 있을 텐데요. 도망친
다음에도 가족을 기다리지 못하다니, 내가 얼마나 이기적이
고 비겁했는지 모르겠어요. 집안의 장남으로서 엄마와 동생
들을 돌봐야 했는데, 책임을 다하지 못했어요. 정말 죄송해
요. 사랑하는 동생들아, 우리를 갈라 놓았던 그날 이후 정말
로 많은 일이 있었다. 그 끔찍한 날에 꽁 삼촌과 내가 겪은
일을 회상하는 것으로 시작하는 게 좋겠다. 기억을 떠올리
는 것은 그 자체로 고통스럽지만, 그날 이후 나는 많이 변
했고 또 그 이후 내 삶의 궤적을 설명해줄 수 있을 것이다.

엄마, 그 평화로운 날에 우리가 논에서 잡초를 솎아내고
있었던 것 기억나세요? 엄마가 상에게 젖을 물리러 떠난 후
에 나는 꽁 삼촌과 나란히 일하고 있었어요. 그런데 갑자기
저 멀리서 고함 소리가 터져 나왔어요.

"누가 도둑이라도 잡았나 보구나." 꽁 삼촌이 허리를 구부정하게 굽히고 벼이삭을 살펴보며 말했다. 그런데 고함 소리가 점점 가까워졌다. 내가 땀을 훔치며 고개를 들어보니, 벽돌과 칼, 죽창으로 무장한 남녀 한 무리가 몰려오고 있었다. "악덕 지주를 척결하라!" 군중은 무기를 높이 들고 외쳤다. 사람들은 자비를 호소하는 꽁 삼촌을 제압했다. 내가 반항을 해보았지만, 그들은 우리를 내다꽂은 뒤 때리고 포박한 채로 마을로 끌고 갔다.

앞마당에서 불과 다섯 발짝 떨어진 곳에서 엄마가 패대기질당하는 모습을 봤을 때 내 가슴이 얼마나 서늘했는지… 재갈이 물린 채로 집에서 끌려나와 마을을 돌아다니는 동안, 나는 공포로 온몸이 마비되는 것 같았다. 썩은 달걀, 돌멩이와 벽돌, 온갖 욕설들이 비처럼 쏟아지는 가운데 꽁 삼촌과 나는 걸어야 했다. 피범벅이 되어 마을 강가로 끌려간 우리는 포승줄로 큰 나무에 결박당했다. 내가 몸부림칠 때, 꽁 삼촌이 내게 몸을 기울였다. 비록 말할 수 없었지만, 삼촌의 눈빛에서 그의 고통과 나에 대한 사랑을 절절히 느낄 수 있었다. 근처에는 우리를 붙잡은 사람들이 모닥불을 피우고 있었다. 그들은 시끄럽게 웃으며 밥을 먹고 막걸리 병을 비우고 때로는 구호를 신나게 외쳤다. 그들은 사악한 지주 가족에게 최악의 형벌을 내리자고 떠들어댔다.

토론의 열기가 뜨거워지자 그들은 꽁 삼촌의 결박을 풀었다. 그리고 자신들의 발에 엎드려 키스하라고 요구했고, 이를 거부하는 꽁 삼촌을 온갖 욕설과 함께 발로 찼다. 그들이 돼지를 운반할 때 쓰는 뚜껑이 달린 큰 대나무 광주리를 꺼내왔을 때, 나는 불알까지 쪼그라드는 듯했다.

이 대목에서 나는 멈춰야 했다. 맞은편에서 할머니는 입술이 하얗게 될 정도로 꽉 깨물고 계셨다. 할머니에게 더 큰 고통을 주지 않도록 편지에 적힌 말이 사라지게 하고 싶었다. 하지만 할머니의 눈빛이 계속하라고 재촉했다.

"네놈들이 가난한 농부들을 착취한 사악한 지주라는 사실을 인정해!" 한 남자가 꽁 삼촌에게 소리쳤다.

삼촌은 고개를 흔들며 부인하자, 그들은 삼촌을 바구니에 밀어 넣고 뚜껑을 닫았다. 그리고 그 바구니를 강에 던져 넣었을 때, 내 입에서는 괴성이 터져 나왔다.

"네놈이 사악한 지주라고 인정하면 풀어주겠다!" 폭도들은 바구니를 계속 물에 밀어넣으면서 외쳤다.

나는 나무에서 풀려날려고 몸부림쳤다. 맨손으로 한 사람 한 사람의 목을 조르고 싶었지만, 포승줄 때문에 그럴 수 없었다. 생기가 느껴지지 않는 삼촌의 몸이 내 옆에 쿵 소리를 내며 내던져졌을 때, 내 눈물은 이미 마를 대로 말라 있었다. 나는 꿈틀거리며 삼촌에게 조금이라도 더 다가가려고 애썼다. 삼촌의 몸을 쿡쿡 찔러봤는데 아무런 반응이 없었다. 시간이 갈수록 삼촌의 몸은 차갑고 뻣뻣해졌다.

그렇게 숨을 거뒀다. 아버지처럼 나를 돌봐주고 자애로움과 노동을 가르쳐줬던 삼촌이 그렇게 황망히 세상을 떠나다니. 내 눈앞에서 삼촌이 살해당했는데도 내가 할 수 있는 일은 아무것도 없었다. 놈들은 계속 술을 마시며 구호를 외쳤다. 아마도 나를 살려둔 것은 곧 마을 사람들이 보는 앞에서 인민 재판을 하기 위해서라고 짐작했다. 때때로 그들은 나무에 묶여 있는 내게 다가와서 오줌을 내갈기고 발로 차고 조롱했다. 나는 피가 날 때까지 입술을 깨물었다. 아버지가 살해당했을 때도 증오가 뭔지 몰랐지만, 이제야 혀끝에서 증오의 맛을 느꼈다. 내가 살아 있는 한 아버지와 삼촌을 위해 복수하겠다고 다짐했다.

밤이 깊어지자, 그놈들은 술에 취해 꺼져가는 모닥불 근처에 여기저기 누워 잠이 들었고, 정적을 깨는 것은 그들의 코고는 소리와 내뿜는 콧김뿐이었다. 나는 몸부림쳤지만 밧줄을 풀 힘이 없었다. 불이 완전히 꺼질 때 나는 모든 희망을 잃었다. 그때 저 멀리서 부드러운 목소리가 들려왔다. 심장이 뛰었다. 하이씨와 그의 아들이 나를 구출하러 온 것이었다. 하이씨는 서둘러 밧줄을 풀고 길까지 안내해 줬다. 모든 것은 칠흑처럼 어두웠고, 나는 어디가 어디인지 가늠조차 할 수 없었다.

"민 도련님, 어서 떠나야 해요. 최대한 멀리 가세요. 여기 있으면 죽을 거에요." 하이씨가 속삭였다.

"엄마는, 또 동생들은 어때요? 기다려야 하지 않을까요?" 내가 물었다.

"민 도련님은 탈출했다고 말할 게요. 어서 가요. 저들은 이미 처형될 사람 숫자까지 정해 놓았어요. 제 아들이 국도까지 안내해줄 거에요. 전 마님한테 가 볼게요." 그리고 하이씨는 어둠 속으로 사라졌다.

국도에 도착했을 때 하이씨의 아들은 내게 지나가는 차를 잡아타고 최대한 빨리 도망가라고 말했다. 그와 작별의 포옹을 나눈 후에, 나는 비틀거리며 길을 따라 걸었다. 멀리서 들려오는 고함과 북소리가 나를 공포에 떨게 했다. 살아남아야 한다고 나 자신에게 다짐했다. 나는 열여덟 살이 다 되었다. 이제 내 한 몸은 건사할 수 있는 나이였다. 마음 한구석에서는 집으로 돌아가서 사랑하는 어머니와 형제들을 챙겨야 한다는 속삭임이 들렸다.

국도를 헤매다 나는 피난 중인 한 가톨릭신자 가족, 끄엉씨와 그의 아내, 두 딸을 만났다. 간신히 국도를 다닐 수 있는 여행 허가증을 얻은 그들은 물소 수레를 타고 떠날 준비를 하고 있었다. 그들은 포승줄에 긂혀 피 흘리는 나를 보더니 자신들의 비상약과 음식, 물을 나눠 주었다. 내 사정을 듣고는 수레에 숨겨주겠다고 했다. 정말 위험한 행동이었지만 하나님께서 서로 만나게 인도하셨으니 나를 도와주는 것이 자신들의 의무라고 말했다.

　나는 두려움과 죽음만이 있는 고향을 등지고 짚풀 속에 몸을 숨긴 채 떠났다. *끄엉*씨는 내 위로 나무 널판을 덧대고 자신들의 짐을 올려 깜쪽같이 숨겼다. 고향을 내쫓기듯 떠날 때, 나는 갈비뼈를 도려내는 듯 욱신거렸다.

　그렇게 며칠을 여행한 뒤 *끄엉*씨가 꺼내줬을 때, 하이퐁이란 낯선 도시에 도착해 있었다. *끄엉*씨는 하노이에서 동쪽으로 약 120킬로미터 떨어진 도시라고 설명해줬다. 나는 여태껏 달려온 길을 돌아보았다. 오로지 석탄 가루만이 뿌옇고 어떤 미래도 보이지 않았다.

　*끄엉*씨는 해로를 통해 남쪽으로 갈 계획이라고 말했고, 나도 함께 가기로 결정했다. 남부는 공산주의자들로부터 자유로운 곳을 의미했다. 일단 남부에 자리를 잡은 뒤 가족들에게 연락해서 데려올 계획이었다. 그 생각은 내 기운을 다시 북돋아주었다. *끄엉*씨는 하이퐁에 꽤 지인들이 있는 영향력 있는 상인이었다. 그중 한 곳에 머물다가 밤이 되자 어부가 배를 대고 기다리고 있는 한적한 강가로 이동했다. 우리가 배에 오르고 난 뒤 축축한 바닥에 드러눕자, 어부가 그 위를 그물로 덮고 나서 출항했다. 어부가 그물을 걷어낸 때는 시간이 꽤 흘러 다음날이 되었다. 물 위에는 작은 어선들이 대형 선박 한 척을 둘러싸고 있었다. 그 선박은 곧 남쪽으로 향

하려는 사람들로 가득 차 있었다. 끄엉씨 가족은 그 선박에 오를 표를 가지고 있었다. 먼저 끄엉씨가 배에 올랐고, 조금 후 흰 제복을 입은 남자와 갑판에 나타났다. 그는 내가 훌륭한 일꾼이 될 것이라고 확신했다.

나는 선박 엔진실에서 석탄을 삽으로 푸는 일을 맡았다. 나는 쉬는 시간에 탈진해 잠들 정도로 맹렬히 일했다. 정박지도, 육지도 보이지 않고 보이는 거라곤 오직 바람과 바다와 태양뿐이었다. 나트랑에 도착하기까지 일주일이 넘게 걸렸다. 하선할 때 완전히 검댕으로 뒤덮여 있었지만 내 마음은 점차 새로운 기쁨으로 밝아졌다. 특히 끄엉씨의 장녀 린과의 우정을 확인했다. 우리는 떠난 고향을 함께 그리워했으며, 동시에 우리 앞에 펼쳐질 미래에 설레었다. 그 미래는 정치 테러로부터 자유로울 것으로 우리는 믿었다.

남부 정부는 주민들의 탈북을 장려했고, 새로 도착한 북부 주민들에게 무료 숙소와 생계 수단을 제공했다. 나는 끄엉씨와 같은 구역에서 젊은 일꾼들 무리에 합류했다. 낮에는 건설 프로젝트에서 노동자로 일했으며 저녁에는 야간 수업을 들었다. 어서 빨리 좋은 직장을 얻고 돈을 벌어서 사랑하는 식구들을 남쪽으로 데려오고 싶었다.

나는 종종 나트랑 항구 주변을 배회하며 선박과 배에서 나오는 사람들을 바라보곤 했다. 가족들도 나처럼 남쪽에 올 수 있었기를 바랐다. 수도 없이 편지를 썼지만 보낼 방법을 찾지 못했다. 남북 간 우편 서비스는 완전히 단절되었고, 목숨을 걸고 북으로 돌아갈 사람도 없었다. 그래도 가족 상봉에 대한 희망은 꺼지지 않고 나를 버티게 했다. 나는 고등학교를 마친 후, 린과 함께 교회에 다니며 하나님의 말씀을 들으며 평화를 찾았다. 곧 세례를 받고 가톨릭 신자가 되겠다고 서약했다. 하지만 훌륭한 가톨릭 신자가 되는 것은 쉽지 않았다. 하느님은 내게 해를 끼친 사람들을 용서하라고 한다면, 내가 정말로 아버지와 삼촌을 살해하고 우리 가족을 갈라놓은 사람들을 용서할 수 있을까?

나는 대학에서 진학해서 형법을 전공했고 앞으로 부당한 고통을 겪은 이들을 돕겠다고 결심했다. 졸업식 날, 친구들은 왁자지껄 웃었지만 나는 그 자리에 오지 못한 식구들 생각에 홀로 울었다. 하지만 개업 변호사로 일한 첫날부터 나는 울지 않았다. 나는 엄마와 형제들이 분명 나를 자랑스러워할 것이라는 생각에 웃었다.

내 직장은 월급이 넉넉해서 대출을 받아 작은 집을 살 수 있었다. 나의 첫 집이라니, 상상이 가? 또 내 결혼식에 모두들 올 수 있었다면 좋았을 텐데. 아, 린은 정말 천사야. 1년 후에 아들 티엔이 태어났고, 다음에는 딸 난이 내게 왔지. 엄마, 손주들을 봤다면 정말 사랑해 주셨을 거에요. 매일 엄마 이야기를 들려줬고 내 아이들이 자신의 뿌리를 잊지 않기를 바랐어요.

전쟁은 갈수록 치열해졌다. 전투는 도시 외곽에서 벌어졌지만 때때로 동네까지 포탄이 터지기도 했다. 누구라도 옷에 수류탄을 숨긴 베트콩일 가능성이 있었기 때문에 우리는 매순간 두려움 속에 살았다. 미국 정부가 지원군을 보내 준다고 했으니, 우리는 하노이에 진격할 수 있다고 확신했다. 그렇게 되면 가장 먼저 우리 마을로 돌아가 어머니를 찾아야 했다.

공산주의가 붕괴하기를 열망했으나 징집장이 왔을 때는 아연실색했다. 나는 십자가를 바라보며 기도했다. 전쟁터에서 내가 전사하면, 린은 아이들과 남겨질 수밖에 없었다. 또 전장에 나가면 내 형제들과 싸우는 위험을 감수해야 했다.

장인어른이 나를 찾아왔다. 징집을 피하기는 쉽지 않겠지만 뇌물을 주면 정부 사무직을 얻도록 해보겠다고 했다. 불행히도 남부 정권은 너무 부패해서 돈이면 거의 뭐든지 살 수 있었다. 나는 그런 부패를 경멸했고 거기에 편승할 생각이 없었다. 그날 밤 나는 아버지의 관 앞에서 곡을 할 때 둘렀던 삼베 띠를 떠올렸고, 꽁 아저씨를 죽인 폭도들의 사악한 웃음을 기억했고, 내 입술을 깨물 때 느꼈던 쓰디쓴 증오를 되살렸다. 그리고 내가 한 복수의 맹세를 되새겼다.

그리하여 1971년 나는 베트남 공화국의 육군부대(ARVN)에 입대했다. 오, 나의 동생들아, 내가 신념을 지킨다면 전쟁터에서 너희들을 마주할 수 있겠지. 16년이 지났지만, 너희들의 얼굴을 내 마음에 깊이 각인되어 있었다. 만약 우리가 만나게 된다면 너희는 내게 총구를 겨눌까? 나는 그러지는 않으련다. 하지만 전우가 내 동생의 이마에 총을 겨누고 있다면 어떨까? 동생이 피흘리지 않도록 또 다른 형제 전우를 죽일 것인가? 이런 질문들은 군대에서 4년을 보내는 동안 마음속에 계속 맴돌았다. 나는 여러 번 죽음의 고비를 넘겼다. 동생들을 보지는 못했지만, 때로는 전사한 적군들의 시신이 있는 곳을 찾아 최악의 상황을 두려워하며 얼굴을 확인하고 소지품을 뒤져보곤 했다.

적들의 죽음을 확인할 때마다 만족감을 느꼈지만 한편으로는 공허하고 서글펐다. 그렇게 흘린 피는 땅을 적실 뿐 또 다른 사람들의 핏줄로 흘러가지는 못한다.

우리는 전쟁에서 승리할 것으로 예상했지만, 내가 입대한 지 1년 만에 미국은 군대를 철수했다. 그들은 공산주의로부터 남쪽을 수호하겠다는 약속을 쉽게 저버렸다. 그리고 우리 군대는 부정부패로 지리멸렬했다. 북부군과 남부의 베트콩 게릴라가 전투에서 연전연승하자, 지휘관은 헬리콥터를 타고 도주했다. 몇몇 전우들은 자살을 했고, 나머지는 탈주병이 되거나 적군에게 투항했다.

제2의 고향인 나트랑이 점령당한 날, 나는 울었다. 그때쯤 나도 무기를 버리고 집으로 돌아왔었다. 집 뒤편에 땅굴을 파고 숨어 지냈는데, 그 몇 주 동안의 생활은 거의 짐승 같은 삶이었다. 라디오에서는 새 정부가 화해를 위해 노력하고 있다는 소식이 들려왔다. 그들은 모든 베트남 공화국 병사들에게 자수하면 처벌하지 않겠다고 약속했다. 북부군이든 남부군이든 이제 우리는 모두 같은 동포이니 잘 처우해 주겠다고 선전했다.

내가 자수할 때 린과 장인어른이 동행했다. 체포될까 두려웠지만, 경찰관들은 친절하게 대해주었다. 그들은 나에게 전쟁 중에 한 일에 대해 진술서를 작성하게 한 뒤 귀가시켰다. 앞으로 3개월 동안 매주 보고해야 하지만 그건 행정절차에 불과하다고 말했다. 그날 밤 우리는 축하 파티를 열었다. 곧 3개월이 지나면 다시 가족들을 찾아갈 수 있다고 믿었다.

하지만 삶에서 확정적인 것은 없었다. 다음주 내가 보고하러갔을 때, 나는 붐비는 트럭에 태워져 나트랑에서 몇 시간 떨어진 산꼭대기의 재교육 수용소로 이동해야 했다. 작별 인사를 할 기회조차 얻지 못했다.

수용소는 가혹한 징역 생활이었다. 우리는 덤불을 없애고 괭이로 바위를 파고 논으로 만들어야 했다. 의료도 충분한 음식도 없었으니 많은 사람들이 속수무책으로 죽어갔다. 나도 말라리아에 걸려 몇 번이나 구천을 떠돌 뻔했다. 무엇보다 비참했던 것은 린과 내 아이들, 또 내 가족들에게 어떤 일이 있을지 모른다는 우려였다.

수용소에서의 2년은 마치 몇백 년처럼 느껴졌다. 출소 후에는 아내와 아이들이 힘들어하는 모습을 보았다. 린은 자식들을 학교에 보내기 위해 보석과 옷, 가구를 내다팔아야 했다. 우리 가족은 불법 체류자로 분류되어 극심한 차별을 받았다. 그 후 2년 동안 시민권이 뺏긴 상황에서 신분증이 없으니 일도 투표도 할 수 없었다. 매주 당국에 정기적으로 신고해야 했다.

장인은 나트랑에서 가업을 일궜으나, 집과 자산, 점포는 모두 몰수되었다. 장인어른과 장모님은 럼동 신경제구역에서 일 년을 보내야 했다. 그곳은 산악 지대로 환경은 열악했고, 매일 밤마다 신정부를 찬양하는 노래를 불러야 했다. 어느 날, 장인어른은 장모님과 함께 오두막에서 몰래 빠져나와 집으로 돌아왔다. 그리고 집 앞마당에 묻어둔 금괴를 파내서 바다 건너 미국으로 갈 준비를 했다.

대단히 위험한 여정이 될 것이다. "하지만 이렇게 사느니 차라리 죽는 게 낫다."라고 장인어른이 말했다. 아내와 아이들은 배를 타기로 결정했다. 함께 가자고 내게 매달렸고 나도 그러고 싶었지만, 이미 북쪽으로 향하는 마음은 어쩔 수가 없었다. 어머니를 한 번 잃은 적이 있었으니 두 번은 차마 못할 노릇이었다.

무엇보다 아내와 아이들이 떠나는 모습을 지켜보는 것이 가장 힘든 일이었다. 나는 혼자 돌아와 인력거를 빌려 손님들을 태웠다. 이 모든 사태가 잠잠해지면 고향 마을로 돌아갈 수 있으리라 생각했다. 그런데 불행하게도 나 같은 사람들에 대한 박해는 유형을 달리하여 계속 이어졌다. 만약 가족들에게 편지를 보내거나 접촉한다면, 가족들조차 위험해질지도 몰랐다.

린과 아이들에 대한 소식을 기다렸지만, 들려오는 것은 끔찍한 이야기뿐이었다. 바다에서 해적들에게 강탈당하고 강간당하고 살해당한 보트피플에 대한 이야기만 들려왔다. 또 음식과 물과 휘발유가 떨어져 좌초하거나 태풍에 전복되었다는 소문도 들렸다. 내가 할 수 있는 일이라곤 기도뿐이었다. 처음 내가 아파서 쓰러졌을 때는 그렇게 심각한지 몰랐는데, 피를 울컥 쏟고 나서는 제대로 몸을 추스릴 수 없었다. 병원비를 위해 집까지 팔아야 했다. 지금은 그저 판잣집에서 살며 건강이 더 나아지기를, 그래서 그토록 보고 싶었던 가족들을 다시 만나기를 바랄 뿐이다.

자, 이제 왜 가족들에게 더 일찍 연락하지 못했는지 설명해야겠다. 아마도 또 다른 의문이 벌써 생겼을 것이다. 어떻게 투언의 편지가 내게 들어왔을까?

그래, 그것은 기적과도 같았다.

1972년 어느 날, 폭격이 있고 얼마 후였다. 우리 부대는 적이 숨어 있는지 숲을 수색하고 있었다. 한 폭탄 구덩이에서 나는 공산주의자의 별이 달린 군모를 쓴 한 병사의 시신을 발견했다. 그의 배낭 속에는 소지품들과 함께 한 뭉치의 편지가 들어 있었다. 편지들은 모두 지휘관에게 제출해야 했는데, 그래도 봉투에 적힌 주소를 보고 싶은 마음을 억누를 수 없었다. 마을, 지구, 마을, 도시의 주소. 어머니, 아버지, 누이와 조부모의 주소. 나는 재빨리 훑어 보았다. 그런데 느닷없이 내 심장이 마구 뛰었다. "하노이, 컴티엔 거리 173번지, 지에우란." 그리고 발신인의 이름은 내 동생 응엔 홍 투언이었다. 나는 편지를 숨기고 혼자 있을 때 열어서 한 글자 한 글자 빼놓지 않고 읽었다. 눈물이 앞을 가렸다. 그 후 몇 년 동안 그 편지는 내 가슴 호주머니 속에 있었다. 그 편지는 가족과 재결합할 수 있다는 또 다른 기적에 대한 희망을 주었다. 일자리를 잡고 내 사랑하는 아내와 자녀들과 함께 더 나은 환경에서 가족들을 만났으면 했다. 하지만 운명은 또 다시 병 든 패배자만 남겨놓았을 뿐이다. 고통과 슬픔 외엔 아무런 것도 줄 수 없는 남자 말이다.

엄마, 응옥, 닷, 투언, 하인, 상, 만약 내가 죽기 전에 만나게 된다면, 제발 내 비참한 모습이 아닌 내 내부의 불꽃을 봐주길 바란다. 그 불은 사랑하는 가족들과 선조들을 향해, 우리 고향을 위해 타오르고 있다. 그때 내가 함께하지 못했던 것을, 또 전쟁에 참전해서 싸운 것도 부디 용서해 주기 바란다. 하지만 난 우리 가족들과 싸운 것이 아니라 자유를 지킬 권리를 위해 싸웠을 뿐이다.

언제나 함께 있을 민으로부터

나는 편지를 내려놓았다. 민 삼촌이 징집을 피할 수 있었음에도 군인이 되기로 결심했다는 사실이 믿기지 않았다. 하지만 그는 오랫동안 기본권을 침해받았고 닷 삼촌과 마찬가지로 전쟁을 증오했다. 할머니는 몸을 일으키고 흔들리는 그림자처럼 침대 쪽으로 비척거리며 걸어갔다.

하인 이모는 할머니의 팔에 기대 울고 있는 민 삼촌을 노려보며 말했다. "어쩌면 민 오빠가 거짓말을 했을 수도 있어. 아마 민 오빠가 투언 오빠를 죽였을 거야. 그러니까 투언 오빠의 편지를 갖고 있는 것일 테고, 그래서 엄마에게 연락을 하지 못한 거야."

닷 삼촌이 잘라 말했다. "편지에 투언은 북쪽으로 진격하는 동지에게 편지를 줬다고 썼잖아. 민 형이 쓴 내용과도 일치해. 우리 맏형은 절대 동생들에게 거짓말을 할 사람이 아니야."

어머니는 너무 울어서 눈이 부어 있었다.

"하지만 오빠는 피에 굶주린 미제국주의자들과 나란히 싸웠어. 그 끔찍한 괴물들과도 함께…"

"누나, 그건 바보 같은 전쟁이었어." 닷 삼촌이 말했다. "누나를 구해준 남베트남군 병사를 기억해? 그리고 내 목숨을 차마 거두지 못했던 미군 헬리콥터의 소총수는? 반대편에서 싸운 사람들이라고 해서 모두 나쁜 게 아니었어."

어머니는 입술을 깨물었다.

"누나, 민 형이 우리에게 얼마나 멋진 사람인지 잊지 마. 못된 불량배들한테 구해줬던 것 기억해? 하교길마다 우리에게 돌을 던지던 그 녀석 말이야. 민 형이 우리를 위해 얼마나 용감하게 맞섰는지 다 잊은 거야?"

"그래, 오빠는 뗏목을 만들어 마을 연못에서 우리를 태워주었지." 어머니가 속삭였다. "한때 높은 나무에 핀 포인시아나 꽃을 갖고 싶다고 했을 때도 오빠가 나를 위해 꺾어줬어. 가지가 부러지는 바람에… 심하게 떨어졌지. 놀라서 뛰어갔는데도 오빠는 웃으면서 오랫만에 엉덩이에 마사지를 받은 거라며 되려 날 위로했어. 내게 건네준 꽃은 완벽함 그 자체였어." 어머니는 흐느끼면서 조금씩 말을 이어갔다.

"그래, 그게 바로 우리 맏형이야. 우리가 형제라는 사실은 전혀 변하지 않아."

"그런 어릴 적 추억이 무슨 의미가 있을까? 큰오빠가 투언 오빠를 죽이지 않았다고 하더라도 큰오빠의 동료가 했을 거라는 건 변함 없는 사실이야." 이모는 시계를 바라보았다. "어쨌든 더는 못 있겠네. 30분 후에 사이공으로 가는 막차가 떠나."

"우리는 조금 전에야 도착했잖아." 어머니와 닷 삼촌이 한 목소리로 외쳤다.

"나는 이 가족의 짐을 단 일 분도 더 짊어지고 싶지 않아. 벌써 몇 년째 모두를 위해 최선을 다했지만, 누구도 내가 겪는 어려움에 대해서는 신경조차 쓰지 않았어. 민 오빠가 그렇게 대단하다면 내 아이들이 다니는 학교의 불량배들과 내 대신 싸우라고

해. 그 아이들은 우리가 남부를 침략해서 자기 부모의 일자리를 빼앗아갔다고 말하면서, 하루가 멀다 하고 우리 아이들을 멍청한 북쪽놈(Bắc Kỳ ngu)이라고 놀리면서 왕따를 시키니까 말이야."

"안 됐구나, 하인. 왜 그런 이야기는 전혀 하지 않았니?" 어머니가 말했다.

"언니는 자신만의 문제에 빠져 허우적거리고 있잖아. 어떻게 날 도울 수 있겠어? 모두 내가 완벽한 인생을 산다고 생각하는지 모르겠는데, 삶은 절대 완벽할 수가 없어. 내 과거 때문에 남편이 당에 수시로 충성을 증명해야 한다는 건 알아? 뚜언은 항상 감시를 받고 있어. 만약 그들이 내 오빠가 괴뢰(응위·Nguy)라는 걸 알게 된다면, 심각한 문제로 비화될 거야."

"하인, 네가 어떤 기분인지는 알겠어. 하지만 잊지 마. *Một giọt máu đào hơn ao nước lã*(한 방울의 피는 물보다 진하다). 지금 얘기하는 사람은 바로 우리 형제이고 게다가 죽어가고 있어."

하인 이모의 어깨가 맥없이 늘어졌다. "내가 말했던 것처럼 투언 오빠는 내게 민 오빠가 괴뢰라면 떠나라고 말했어. 난 그러겠다고 약속했고, 그 약속을 깰 수는 없어." 돗자리에 누워나는 할머니의 등을 안아 드렸다. 할머니는 거의 탈진할 때까지 울고 계셨다. 할머니의 몸이 떨릴 때마다 얼굴을 파묻고 있는 나는 목이 바짝바짝 탔다. 우리 가족을 재결합시키기 위해 그렇게도 애쓰셨지만, 결국 다시 갈라지게 되었다.

이모는 지금 기차 안에 있을 것이다. 우리를 떠날 때처럼 아직도 기차 안에서 펑펑 울고 있을까? 몇 년 동안 나는 그녀를 부러워하고 그녀처럼 되고 싶었는데, 이제는 이모가 가족과 남편 사이에서 어디에 충실해야 할지 갈등을 겪고 있다는 현실을 알게 되었다.

민 삼촌의 가슴은 규칙적으로 오르락내리락하고 있었다. 이모가 작별 인사를 하는 동안 그의 가슴 속에는 어떤 감정이 오갔을까? 삼촌이 이모에게 남아달라고 애원할 줄 알았는데, 그저 손을 꼭 잡고 미소 지으며 와 줘서 고맙다는 말만 했다. 삼촌은 이모가 떠난 진짜 이유를 짐작했을 테지만 구태여 묻지 않았다. 나는 민 삼촌이 남베트남군을 위해 싸우지 않았을까 늘 두려워했었기 때문에 정작 그 편지는 충격적이지 않았다. 하지만 여전히 삼촌과 아버지가 전장에서 마주친 적이 있었는지, 또 닷 삼촌의 다리를 날려버린 지뢰를 민 삼촌이 설치했던 것은 아닌지 의문을 떨칠 수 없었다. 떰이 여기 와서 모든 것이 괜찮을 거라고 말해줬으면 좋겠다. 그의 튼튼한 어깨에 잠시라도 기댈 수 있다면 이렇게 동요하지는 않을 것 같았다.

떰은 항상 내 곁에 있었다. 어김없이 내가 쓴 시를 가장 먼저 읽는 사람이었다. 또 그는 내게 영어를 배우라고 설득했다. 등유 램프 불빛 아래서 그는 내 곁에 앉아 『큰 숲 속의 작은 집』의 마지막 페이지를 함께 번역하기도 했다. 책을 다 읽었을 때, 로라의 아버지가 노래하는 소리가 들려오는 것 같았다. 어떤 면에서는 로라의 아버지가 우리 아버지는 서로 닮은 것 같았다.

"뗌!" 나는 그의 이름을 부르면서 잠자리에서 벌떡 일어났다. 민 삼촌과 할머니는 깊은 잠에 빠져 있었다. 오후 늦은 시간이었지만 공기는 뜨거운 열기로 가득했다. 어머니와 닷 삼촌이 외출했다가 사 갖고 온 음식을 보여주었다. 어머니는 약 봉투를 꺼냈다. 그들은 병원에 가서 민 삼촌을 다시 입원하게 해달라고 의사에게 부탁했지만 빈 침상이 없었다. 민 삼촌은 깨어나 피를 토했다. 어머니는 청진을 하고 약을 주었고, 할머니는 죽을 먹였다. 삼촌은 코를 움켜쥐고 한약도 한 사발 들이켰다. 그의 곁에 앉은 할머니의 목소리는 서서히 곡조를 타고 흘렀다.

"아, 아, 우리 마을에는 녹색 대나무 성벽을 둘러싸고 또릭 강이 흐르네…" 할머니가 내게 들려주시던 어린 시절 자장가였다.

닷 삼촌은 침대에 앉아 뭐 도와줄 게 없는지 물었다.

"정말 미안하구나." 민 삼촌은 닷 삼촌의 나무 의족을 쓰다듬으며 흐느꼈다.

"나도 미안해, 형. 꽁 삼촌과 형을 따라갔어야 했어. 어쩌면 형 혼자 강을 건너야 했을 때 내가 도왔을 수도 있었는데."

민 삼촌은 고개를 저으며 닷 삼촌의 손을 잡고 가슴에 얹었다. 다음날 민 삼촌은 유난히 정신이 맑은 듯했다. 그는 쉬지 않고 말을 했다. 더 이상 괴로운 말들은 입에 올리지 않았고, 할머니의 아들과 동생들의 형으로 살았던 즐거운 어린 시절의 추억만 얘기했다. 그리고 남쪽에 있는 자신의 가족에 대한 행복한 기억도 빼놓지 않았다. 그는 우리 모두 자신의 옆에 앉아서 자신의 손을 잡고 북쪽에서의 삶에 대해 최대한 많이 이야기해달라고 부탁했다. 민 삼촌이 아내와 아이들의 사진을 보여줬을 때 나는 울었다. 삼촌이 웃고 있는 린 숙모를 한 팔로 감싸고, 다른 팔로는 귀여운 사촌 티엔과 난을 감싸고 있었다. 티엔과 난을 합치면 '좋은 사람'이라는 뜻이 된다. 삼촌은 한평생 자신의 타고난 선함을 지키기 위해 노력했다. 나는 삼촌의 가족이 바다를 건너 새집의 정원에 그의 희망과 꿈을 심는 데 성공하길 바랐다.

차츰 민 삼촌은 피곤해했다. 천주교 신부가 와서 그를 위해 기도했다. "당신의 아들은 인생의 여러 정거장에서 그리스도의 십자가를 짊어졌으니, 이제 천국에서 그분과 함께할 수 있게 되었습니다."라고 신부는 할머니에게 말했다.

다음날 아침 할머니의 흐느끼는 소리에 나는 잠에서 깼다. 민 삼촌은 할머니 앞에 말없이 누워 있었다. 나는 닷 삼촌과 어머니와 함께 침대 옆에 무릎을 꿇고 두 손을 가슴 앞에 모았다. 할머니는 눈을 감고 목탁을 두드리기 시작했다. "나무아미타불 관세음보살." 우리도 함께 기도를 올렸다.

그때 소리가 들렸다. 나는 고개를 돌렸다. 양철판이 덜컥거리며 앞문이 열렸고 햇빛이 쏟아져 들어왔다. 키가 크고 가느다란 형체가 보였다. 순간 나는 자리에서 벌떡 일어섰다. "상 삼촌이 왔어요!"

할머니는 막내 삼촌을 품에 안고, 말없이 침대맡으로 이끌었다. 나는 혹시나 하인 이모도 돌아오지 않았을까 길가를 내다봤으나 아무도 보이지 않았다. 상 삼촌의 뒤에 서서 나는 처음으로 그의 흰 머리카락을 보았다. 어떤 것이 죽은 딸을 그리워하며 하얗게 변한 머리카락이고, 또 어떤 것이 에이전트 오렌지의 공포에서 탈색된 머리카락일까? 예전에는 아무 관심이 없었는데, 이제 나는 알고 싶다. 또한 하인 이모의 삶에 흐르는 그 어두운 저류를, 이모가 우리에게 등돌리도록 위협한 저류에 대해서도 알고 싶다.

삼촌이 돌아가시고 나서, 나는 노트북을 가지고 집 뒷마당으로 나갔다. 그리고 땅에 쪼그리고 앉아, 전쟁이 내게서 앗아간 삼촌에 관해 글을 썼다. 삼촌은 나무에서 떠밀렸으나 마지막 순간까지도 여전히 떨어지지 않고 뿌리로 돌아가려고 애쓰는 이파리와 같았다. 또한 할머니를 위해서도 글을 썼다. 그분은 전쟁의 불씨가 꺼지기를 그토록 바랐는데 여전히 그 불씨에 휩싸여 당신의 몸을 태우고 계셨다. 또한 형제와의 싸움에 속수무책으로 휩쓸리고, 삶과 죽음의 경계를 넘어서도 전쟁을 멈출 수 없었던, 나의 삼촌과 이모, 그리고 나의 부모님을 위해 글을 썼다.

15장

원수와 마주하다

응에안, 1980

빈푹 마을에서 마른 볏짚의 부드러움에 나는 푹 빠졌다. 볏짚이 내 주위에 물결처럼 펼쳐졌다. 그 은은한 향기를 들이마시며 나는 왜 할머니가 인생 이야기를 들려주실 때 '잠의 향수'라고 표현했는지 이해했다.

이른 저녁 나는 할머니와 어머니를 모시고 우리 조상들의 마을에 도착했다. 우리가 물소 수레를 타고 도착했을 때 하이씨와 그의 아내, 자녀, 손주들은 저녁 식사를 하고 있었다. 그들은 기뻐하며 우리를 소박한 저녁 밥상에 초대해 주었다. 한 사발 가득 밥을 퍼주는 하이씨의 마음 씀씀이는 정말 고마웠다. 악귀에게서 또 성난 마을 사람들로부터 할머니를 구했던 그분에게 어떻게 해야 충분히 보답할 수 있을까?

우리는 밤늦게까지 이야기를 나눴다. 할머니는 하이씨에게 나트랑에서 만난 민 삼촌에 관해 들려 줬다.

"죄송합니다." 하이씨의 목소리가 떨렸다. "제가 좀 더 뭔가 했었더라면… 당신이 피난길을 떠나기 전에 민과 만나게 했어야 했는데요."

나는 입술을 깨물었다. 우리 역사의 숱한 격동적인 사건들은 단순히 사람들을 갈라놓았을 뿐만 아니라 그들이 전혀 통제할 수 없는 일에 대해서도 죄책감을 각인시켰다.

"아저씨는 최선을 다했어요." 할머니가 말했다. "우리 목숨을 구해줬어요. 언젠가 민의 아내와 아이들이 돌아와서 아저씨에게 감사하러 올 거예요."

린 숙모나 티엔과 난에 대한 소식은 아직 듣지 못했지만 할머니는 그들이 험한 바닷길에서 살아남았을 것이라고 굳게 믿었다. 아직 말씀드리지 않았지만, 뗌과 나는 그들의 사진을 가지고 행방을 알아낼 방법을 찾고 있었다. 나는 할머니처럼 절대 희망을 버리지 않을 것이다.

할머니는 상 삼촌이 변하길 바랐고, 실제로 삼촌은 그 바람대로 우리와 다시 재회했다. 막내삼촌은 가끔씩 우리집을 방문했고, 할머니, 어머니, 나와 함께 사이공에 있는 이모네도 방문했다. 지난 중추절에는 연등행렬을 위해 별 모양의 연등 만드는 법을 내게 가르쳐 주었다.

나는 선까를 들고 그 새의 조용한 노래를 늘었다. 아버지가 여기에 있어서 내일 뗌의 가족을 방문할 때도 함께하면 얼마나 좋을까 생각했다. 아버지가 어디에 있든, 뗨을 좋아하고 아낄 것이라고 믿는다.

거실에서 할머니와 어머니, 하이씨가 중얼거리는 대화 소리가 내게까지 들렸다.

"몇 주 전에 뗨의 삼촌이 나를 찾아왔어요." 할머니의 목소리였다. "뗨이 내년 봄에 흐엉과 결혼하고 싶다고 했다더군요."

얼굴이 발개졌다. 뗨과 나는 아직 젊고 학업을 마쳐야 했지만 더 이상 기다리기 싫었다. 그에게서 내 인생의 반려자를 찾았다는 건 이미 확실했다.

"정말 좋은 소식이군요." 하이씨가 말했다.

"뗨의 가족에 대해 좀 더 알아야 하니까 아직 승낙하지 않았어요." 할머니가 속삭였다.

"그래도 전 걱정은 안 해요." 어머니가 말했다. "그렇게 착실한 아이인데 분명히 좋은 집안에서 자랐을 거예요."

나도 그렇게 생각했다. 그의 부모님과 누나를 빨리 만나고 싶었다. 다만 그의 외할아버지가 걱정스러웠다. 방에 틀어박혀 지낸다는 외할아버지가 우리에게 축복해 줬으면 좋겠다고 생각했다.

"어떻게 당신을 좋아하지 않을 수 있겠어요? 다들 당신을 마음 들어해요." 내가 걱정을 털어놓았을 때, 그는 눈썹을 치켜세웠다. "설령 못마땅해하더라도, 그건 외할아버지가 알아서 할 일이에요. 어차피 그분은 나한테는 낯선 사람이니까." 뗨은 나를 가까이 끌어당기더니 내 귀에 입술을 대고 속삭였다. "사랑해요. 당신은 곧 내 아내가 될 거에요."

눈을 감고서 삼판 보트를 타고 강을 떠내려 가는 나 자신과 그를 느꼈다. 보트는 빠른 물살에 흔들렸다. 우리 앞에 바위와 소용돌이가 있었지만 뗌이 옆에 있었기에 안전하다고 느꼈다. 어떤 위험이든 함께라면 이겨낼 수 있을 것 같았다.

◆

수탉의 울음소리가 흙벽을 뚫고 들려와, 꿈의 마지막 깜박임에서 나는 깨어났다. 눈을 떴다. 짚섶 위에서 잠이 든 줄 알았는데, 어느새 대나무 침대에 누워 있었고 솜이 꺼진 베개 두 개만 놓여 있었다. 틀림없이 할머니와 어머니가 나를 업고 여기까지 올라왔을 텐데, 지금은 어디로 가셨을까?

모기장을 걷고 옷을 갈아입은 뒤, 나는 서둘러 밖으로 나갔다. 밤은 어느덧 회색으로 변했고 차갑고 신선한 공기가 살갗에 스쳤다. 앞마당에는 안개가 자욱했다. 나뭇가지 위에는 새들이 앞뒤로 오가며 지저귀고 있었다. 어머니와 할머니, 하이 씨는 베란다 바닥에 깔린 짚 매트에 앉아 뜨거운 차 한 잔을 손에 들고 있었다.

"흐엉, 일어났구나. 어젯밤엔 싫섶에서 자더구나." 할머니가 말했다.

"할머니가 얘기하던 잠의 향수를 맡으며 잤죠." 나는 웃으며 하이씨가 건네주는 잔을 받았다. 차는 시골 공기만큼이나 신선했다.

"내 잠의 향수?" 할머니가 웃었다. "그래서 찾았니?"

"아마 모기가 먼저 찾아왔었을 거예요." 어머니는 내 다리에 있는 뻘건 자국들을 유심히 살펴보더니 차 한 잔을 더 따라 식힌 뒤 모기에 물린 부위에 문질러 주었다. 가려움증이 가라앉았고, 나는 어린아이처럼 어머니에게 기대어 온기를 느꼈다. 구름 커튼을 뚫고 떠오른 태양은 하늘을 온통 장밋빛으로 물들이고 마당에 잔잔한 햇살을 뿌렸다.

"모든 것이 너무 많이 변했네. 마치 이방인처럼 느껴질까 봐 두렵구나." 할머니가 말했다.

어머니는 할머니의 팔꿈치를 잡고 일어나도록 도왔다. 하이씨와 나는 서둘러 샌들을 신고 나섰다. 워낙 할머니한테서 얘기를 많이 들은 터라 마을 길을 걷는 발걸음은 무척 가벼웠다. 우아한 무용수의 손끝처럼 처마가 휜 탑을 지나쳤을 때, 종소리가 차가운 공기를 뚫고 멀리 퍼져갔다. 우리 눈앞에 펼쳐진 연못은 한 폭의 비단처럼 잔잔했다. 초록색 대나무 차양들이 길가에 줄지어 있는 야트막한 집들에 시원한 그늘을 드리워주고 있었다.

몇몇 마을 사람들이 하이씨를 보고 인사했다. 어느 할머니가 가던 길을 멈추고 바구니를 내려놓았다. "지에우란, 정말 당신이에요?" 할머니가 고개를 끄덕이자, 그 노인의 얼굴 주름이 깊어졌다. "그때, 그런 일이 있어서 미안해요."

"만나서 반가워요. 지나간 일은 지나간 일로 나둬요. 모두들 잘 지내길 바랄 뿐이에요." 할머니가 말했다.

우리는 그 여인이 뼈만 앙상한 어깨에 대나무 지게를 메고 비틀거리며 걸어가는 모습을 지켜보았다.

"저 사람도 그때 주먹을 휘두르며 못된 슬로건을 외쳤죠. 그때 험상궂던 얼굴을 절대 잊지 못할 거예요." 어머니가 말했다.

"용서하고 또 잊으려고 노력해라, 응옥아." 할머니가 말했다. "원한을 품고 살면, 너도 그 슬픔의 짐을 짊어지기 마련이야."

하이씨는 고개를 저었다. "어쨌거나 경악할 일이었죠. 당신 부모님이 대기근 때 저 여자를 구해줬잖아요. 그런데 당신의 등 뒤에 칼을 꽂은 격이니 말이에요."

우리는 곳곳에 구덩이가 패인 비포장도로에 도착했다. "우리 집으로 가는 길이에요." 어머니가 숨을 헐떡였다.

"그래, 저기가 우리집이구나." 할머니가 다정한 시선을 따라가니 넓은 장원을 둘러싸고 있는 빽빽한 나무 울타리가 보였다. 우리는 대문 앞에 도착했다. 처음 대문 안을 들여다 봤을 때에는, 무성한 정원에 둘러싸인 다섯 칸의 남부식 목조 가옥을 기대했는데 막상 방치되고 버려진 광경에 마음이 가라앉았다.

"이곳에는 일곱 가족이 살고 있어요." 하이씨가 열린 대문으로 우리를 안내하면서 누구 없냐고 목소리를 높였다.

우리는 서로 의지하며 미끌미끌한 앞마당에 발을 내디뎠다.

한때 붉은 벽돌 타일이 깔려 있던 마당은 이제 군데군데 물이 고여 초록색 이끼가 끼어 있었다. 용안 나무는 더 이상 없었다. 눈에 보이는 곳곳마다 잡초와 초록색 이끼가 나 있었다. 그리고 그 집은 도대체 어디에 있단 말인가! 꽃과 새가 정교하게 조각된 문과 햇빛에 반짝이는 짙은 옻칠 경첩, 지붕 용마루에 용과 봉황이 춤을 추는 것 같은 도자기 치마(鷗尾)는 어디로 사라졌을까?

최악의 상황을 예상했지만 그보다도 더 심했다. 문이든 창호든 떨어져 나가 흔들거리는 골조라니. 썩어 문드러진 벽에는 가족계획이나 약물 중독에 관한 선전 포스터가 덕지덕지 붙어 있었다. 마룻장은 다 들떠 있고 임시로 덧대어 있어서 마치 생선뼈처럼 보였다. 게다가 썩은 내가 코끝을 스쳤다. 정원은 이제 초파리가 윙윙거리는 커다란 구멍 뚫린 갈색 땅뙈기에 불과했다.

하이씨는 한숨을 쉬며 말했다. "거의 변소나 마찬가지에요. 비료는 비싸고, 인분도 이제 금처럼 비싸졌죠." 그는 파리 몇 마리를 휘휘 쫓았다. "이 집에 들어온 가족들은 거름을 나눈다고 서로 싸우고 또 싸우다가 각자 변소를 따로 팠죠."

"지상 낙원 같았던 곳을 이렇게 만들다니요. 엄마, 더는 못 참겠어요." 어머니는 수먹을 불끈 쥐었다.

하지만 할머니는 눈물을 흘리며 서둘러 대문을 향해 걸어갔다. 그때 백발의 늙은 장님 할머니가 지팡이를 짚고 나타났다.

넓은 베란다를 가로질러 마당으로 이어지는 계단 앞에 다다르자, 그 노인은 지팡이를 옆으로 던진 뒤 네발짐승처럼 엉금엉금 기어갔다.

"내가 도와드릴게요." 할머니는 여자를 일으켜 세웠다.

나는 가까이에서 그 노인의 얼굴을 바라보았다. 툭 튀어나온 이마에 토끼 이빨처럼 생긴 뻐드렁니. 아마도 정육점 여자인 듯했다. 할머니를 선두에서 공격하고 우리 가족을 조상 대대로 살던 집에서 쫓아낸 후 그 집을 차지했던 바로 그 장본인이었다.

그런데 할머니는 혐오감을 드러내지 않은 채 그 노인의 손을 잡고 계단을 내려가도록 안내했다.

"누구세요?" 정육점 여자는 하얀 눈을 치켜뜨고 쪼그라든 손을 뻗어 할머니의 얼굴을 만졌다.

"마을에 있는 친구를 만나러 왔어요." 할머니가 하노이 억양으로 말했다.

"오, 그래서 여기 쥐새끼들과 달리 좋은 냄새가 나는구려. 아휴, 허리야. 부엌에서 가장 가까운 변소로 데려다 줄래요? 오늘 할당량을 채워야 한다오. 안 그러면 내 못된 아들내미가 지팡이로 나를 팰지도 모르니까." 그 노인은 자신의 등을 주먹으로 통통 치며 말했다.

할머니는 정육점 여인을 그녀가 쓰는 변소로 안내했다. 할머니가 겪은 고통을 생각하면 똥통으로 옛 원수를 빠뜨려도 시원찮을 텐데, 할머니는 그저 그 여자가 발을 안전하게 디딜 수 있도록 무사히 데려다 줬다. 우리가 돌아나올 때, 그 백발 노인네가 땅에 쭈그리고 앉아 초파리떼를 쫓고 있는 모습이 보였다.

"하늘도 무심하지 않네요. 남에게 잔인하게 굴면 베푼 만큼 되돌려받는 법이죠."

◆

물소 수레가 도착했다. 할머니는 수레에 꽃다발과 과일 광주리, 향을 가득 실었다. 우리는 하이씨네 가족에게 작별 인사를 하고 조용히 자리를 떴다.

남단 숲은 녹색 팔로 감싸안듯 수레에서 내리는 나를 맞이했다. 할머니는 꽃잎이 막 피어나는 뽐내고 있는 덤불을 발견하고 흑자주색 열매 몇 개를 따서 내게 건네주었다. "구아바 열매구나." 열매 하나를 집어 먹으니 달콤한 맛이 입안에서 사르르 녹아들었다. 숲 속으로 깊이 들어갈수록 발걸음은 더욱 가벼워졌다. 길은 점점 더 좁아졌고, 잎이 무성한 관목들로 둘러싸여 있어서 덤불을 헤치고 나아갔다. 갑자기 탁 트인 공간이 나왔고, 사방에 빨간색, 노란색, 흰색, 자주색 야생화들이 흐드러지게 피어 있었다. 그곳에는 다섯 기의 묘지가 있었다. 바로 증조부님, 할아버지, 꽁 큰할아버지, 투 이모할머니가 죽어서 한 곳에 모여 계셨다.

할머니는 무릎을 꿇고 머리를 조아린 채 한참을 그 자리에 있었다. 그 순간 나도 눈시울이 뜨거워졌다. 어머니와 나는 무덤 앞에 꽃을 놓은 후 가방을 풀어 커다란 접시에 과일을 쌓아올렸다. 하이씨는 향을 피워 내게 건네줬다. 나는 향을 높이 들어올렸다. 하늘을 향해 피어오르는 연기가 내가 드리는 기도를 저 하늘 위 조상님들께 전해주는 것 같았다. 그분들의 죽음과 고통은 내게 사랑과 희생에 대해 가르쳐주었다.

"제발 아빠를 찾게 도와주세요." 나는 속삭였다.

◆

하띤에 있는 뗌의 마을에 도착했을 때, 그는 집 대문 앞 소로에 나와 우리를 기다리고 있었다. 그는 내가 가사 시간에 배운 뜨개질 솜씨로 뜬 셔츠를 입고 있었다. 나를 보자마자 뗌의 얼굴이 환해졌다. 내가 왜 그를 사랑하는지 나는 느낄 수 있었다. 지난 몇 년 동안 그는 키가 훌쩍 커졌고 그의 모습만 봐도 내 무릎에 힘이 빠지는 듯했다. 다른 이들이 수레에서 짐을 내리는 것을 도와준 다음, 나를 번쩍 들어올리면서 정말 그리웠다고 속삭거렸다. 우리 주위에 몰려든 동네 아이들은 손으로 입을 가리고 키득키득 웃었다.

"우리 부모님이 너와 너희 가족을 무척 기다리고 계셨어." 그는 내 손을 꽉 잡았다. 벽돌집 밖의 부겐빌레아 꽃 아래서 그의 부모님이 나오셨다. "안녕하세요." 그들은 할머니와 하이씨를 반갑게 맞이했다. 떰의 어머니는 내 어머니에게 다가와서 포옹했다. "여기까지 와 주셔서 기뻐요. 흐엉이 어머니의 이목구비를 많이 닮았네요." 그녀의 시선이 내 얼굴로 향했고 나는 얼굴을 붉혔다.

"들어와요, 어서 들어와요." 떰의 아버지가 우리에게 말했다.

"보내주신 선물에 감사드립니다. 드디어 만나다니, 정말 반갑군요." 할머니가 말했다.

떰의 가족들은 친절하게 우리를 환대해주었다. 햇살이 들어오는 창문 옆에는 화초가 피어 있었고 벽에는 세련된 그림들이 장식되어 있었다. 떰은 '밀썽꾸러기 란'이라며 어동생을 소개해 줬다. 그녀의 미소를 보자마자 친근함을 느꼈다. 그녀는 내가 떠 준 분홍빛 헤어밴드를 두르고 있었다. 나와 비슷한 치수로 보여서 다음엔 스커트를 만들어 줘도 좋을 것 같았다.

주방에서는 냄비에 김이 모락모락 나고 프라이팬은 지글지글 끓고 있었다. 떰의 어머니는 화덕 앞에서 분주했고, 나는 소매를 걷어붙이고 란과 함께 야채를 씻었다. 음식을 준비하면서 간간이 나누는 대화도 즐거웠다. 그들의 웃음소리에 나도 편안한 마음으로 함께 웃곤 했다.

먼저 떰의 조상을 위해 제단 앞에 음식을 차리기로 했다. 구리 쟁반에 접시들을 차려 놓고 빨간 장미와 하얀 연꽃으로 장식했다. 떰은 제단 앞에 음식을 차린 후 내 옆을 다가와 섰다. "오늘 조상님께 당신을 아내로 맞아들인다고 말씀드릴 거예요. 내

년 봄까지는 못 기다려요."

나는 그를 꼬집었다. "너무 조급해 하지 마요."

그도 나를 꼬집으며 말했다. "이런, 좋은 아내가 되야죠."

우리가 서로 쿡쿡 찌르며 웃고 있을 때, 뗌의 어머니가 한 노인과 팔짱을 끼고 우리 앞으로 왔다. 그는 등이 구부정했고, 손과 다리를 심하게 떨고 있었다. 아주 통증이 심해 보였다. 뗌의 어머니가 자신의 아버지라며 그 노인을 할머니와 어머니, 하이 씨에게 소개했다.

할머니가 고개를 들었다. 그리고 입술에서 비명이 튀어나왔다. "*Ôi trời đất ơi*(오, 천지신명이시여)." 할머니는 공포에 질려 천지신명을 찾았다. 그토록 공포에 질린 할머니의 모습은 낯설었다. 하이씨도 '맙소사'를 연달아 외쳤고, 다음에 내가 기억하는 것이라곤 할머니가 바닥에 쓰러지고 말았다는 것이다.

◆

어머니가 할머니를 뗌의 침대로 옮긴 후 팔다리를 주물러 줬다.

"제발 눈을 뜨세요. 정신 차리세요." 내가 애원했다.

할머니의 속눈썹이 파르르 떨렸다. 도대체 무슨 일이 있었던 걸까? 할머니는 왜 울고 있을까?

"아니, 그럴 리가 없어." 할머니는 몸을 떨며 훌쩍거렸다.

나는 할머니의 손을 잡으려고 했지만 하이씨가 나를 침대맡에서 물러나게 했다. "흐엉, 할머니가 숨 좀 돌릴 시간을 드리렴."

나는 벽에 붙어 떨면서 필사적으로 할머니를 위로하고 있는 어머니를 지켜보았다. 하이씨는 초조하게 왔다갔다하고 있었다.

"무슨 일이에요?" 나는 하인씨에게 물었다. "왜 그런 거예요? 말해 주세요."

"흐엉, 글쎄다…" 그는 안타까운 표정으로 고개를 저있다. "참 안됐구나."

"뭐 때문에요?" 나는 그의 팔을 꽉 잡았다.

하이씨의 눈이 커지고 입쏘리에 경련이 일었나. 그는 내 어깨를 지그시 잡더니 한참을 침묵했다. "흐엉, 이런 얘기는… 뗌의 외할아버지 말이다. 그가 우리 동네에서… 악귀라고 불리던 사내야."

"아니야! 잘못 봤겠죠!" 나는 하이씨의 손을 뿌리쳤다.

"내가 착각한 거라면 좋겠어, 흐엉. 하지만 난 악귀 아래서 일했어. 몰라볼 리가 없지."

나는 방을 뛰쳐나와 뗌과 그의 부모님, 그리고 그 악귀를 지나쳐 달렸다. 마당을 지나 마을 길로 나섰다.

"흐엉, 흐엉…" 뒤에서 뗌이 나를 불렀지만, 나는 더욱 빠르게 달렸다. 다신 그에게 돌아갈 수 없을 거야. 더는 그를 사랑할 수 없을 거야. 그는 할머니의 철천지 원수의 핏줄이었다.

다음 날 우리는 예정보다 일찍 하노이로 떠났다. 버스는 사람들로 만원이었다. 나는 공허함을 느꼈다. 어머니가 수시로 나를 위로해 주려고 했지만, 내 가슴속 납덩이 같은 슬픔의 무게를 덜어주진 못했다. 떰이 악귀에 대해 알고도 내게 말하지 않았을까? 그가 거짓말을 한 걸까? 집으로 돌아와서 선까를 가족 제단에 올려놓았다. 그리고 무릎을 꿇고 이마가 땅에 닿도록 절을 했다. 아버지의 영혼이 집으로 오시기를 기도했다. 이제 다시는 아빠를 볼 수 없다는 사실을 나도 받아들여야 했다. 내가 절절히 사랑했던 이들이 갑자기 내게서 떠나간 사실을 인정해야 했다.

떰이 나를 찾아왔지만, 나는 애써 외면했다. 그는 집에서 대학교까지 내 뒤를 따라다니기 시작했다. 나는 무시했다. 그가 자신의 외할아버지의 과거에 대해 전혀 몰랐다고 말했을 때도 아무 말도 하지 않았다. 용서를 구하는 그에 대한 대답으로 나는 침묵만을 돌려줬다. 하지만 아무리 애써봐도, 그가 내 곁에 없을 때면 나도 모르게 그의 이름을 중얼거리고 있는 자기 자신을 발견했다. 우리의 대화, 웃음, 가벼운 실랑이가 그리웠다. 그렇지만 그를 다시 받아들인다면, 할머니에 대한 배신이 될 터였다.

그해 여름과 가을이 지나고 겨울이 찾아왔다. 그는 냉대를 감수하고 자전거를 타고 내 곁을 맴돌았다. 마치 아무 일도 없었다는 듯이 내게 말을 걸었다. 그는 자신이 연구하는 쌀 품종에 관한 얘기를 했다. 그의 고향 농부들은 그가 개발한 품종을 재배하게 되었다고 했다. 나 역시 집필에 관한 얘기를 하고 싶었다. 그의 부재로 나의 새로운 시들은 어둠 속에 묻혀 있었다.

어느 비 오는 날, 교실 밖에서 그의 모습이 보이지 않았다. 늦게라도 나타나기를, 그의 미소가 이 비를 밝혀주기를, 그의 목소리가 내게 온기를 더해주기를 고대하며 서성거렸다. 밤이 왔고, 여전히 그는 나타나지 않았다. 집으로 가는 길은 길고 지루한 무채색이었다. 시간이 멈춘 것 같았다. 심지어 내 심장 박동이 들릴 정도였다. 아주 작은 소리에도 난 깜짝 놀랐다. 어디를 봐도 뗨의 얼굴이 보였지만 손을 뻗으면 그건 허깨비에 불과했다.

◆

엿새가 흘렀다. 나는 혼자 자전거를 타고 집으로 돌아왔다. 겨울이 그렇게 춥게 느껴진 적은 없었다. 아주 오래전 11월 어느 날, 허리까지 차 오르는 진흙탕 속에서 공습을 피해 할머니와 함께 숨어 있던 그날보다도 더 추웠다. 그때는 내가 죽을까봐 무서웠다. 이제는 소울메이트이자 가장 친한 친구 없이 살아가야 할까 봐 두려웠다.

천천히 자전거의 페달을 밟으며 조용한 동네를 지났다. 예전의 양철지붕 판잣집들은 이제 붉은 벽돌집들로 바뀌어 있었고, 우리의 뱅나무도 훌쩍 자랐다. 집으로 들어가니 할머니가 식탁 옆에 앉아 손바닥에 있는 뭔가를 보고 있었다. 깊은 생각에 잠겨 내가 들어가도 할머니는 고개도 들지 않았다. 나는 그 옆에 앉았다.

"할머니, 괜찮으세요?"

"떰과 그의 부모님이 나를 찾아 왔더구나." 할머니가 손바닥을 펼쳤다. 멋진 루비가 반짝이는 금목걸이였다. 과거 할머니가 들려주신 이야기가 선명히 떠올랐다.

"증조할머니가 이걸 가지고 계셨다고 했죠. 그리고 그 악귀가 강탈해 갔다는 우리 가문의 보물이 이거군요."

할머니는 고개를 끄덕였다. "그 끔찍한 남자가 이걸 훔쳐서 그 오랜 세월 숨겨놓고 있었다더구나. 죽기 전에 딸한테는 숨겨진 진실을 고백했다고 하더군. 떰의 어머니… 그래, 그 악귀의 딸이 우리에게 이 목걸이를 꼭 돌려줘야 한다고 했어."

"악귀가 죽었다고요, 할머니? 언제요?"

"지난 주에 그랬단다. 그래… 그가 죽었어. 그의 죄를 속죄할 길은 없지. 악귀는 다른 사람들만 해친 게 아니야. 흐엉, 그는 자신의 가족에게도 큰 고통을 줬어. 더구나 딸을 잔인하게 때렸다더구나. 마을 사람들은 딸이 악귀의 구타에서 살 수 없을 거라고 했지."

나는 떰의 어머니, 그녀의 미소와 다정한 말을 떠올렸다. 그녀는 연못의 진흙 속에서 피어난 아름다운 연꽃이었다.

할머니는 고개를 절레절레 흔들었다. "그녀가 목걸이를 내게 건네줬을 때 난 믿을 수가 없었어. 상당한 부를 얻을 수도 있는데, 그녀는 우리에게 돌려주는 게 중요하다고 했다. 아버지가 일으킨 불행에 대해 보상하고 싶다고 말이야. 난 그건 당신의 잘못이 아니라고 말했어. 그녀도 우리처럼 피해자였으니까."

할머니는 내 손을 잡았다. "흐엉, 내가 곰곰이 생각해 봤는데… 떰은 아무 상관이 없어. 나는 혈통과 팔자를 믿지만, 또 한편으로는 그것도 변화될 수 있다고 믿는다. 젊은 사람들이 선대의 잘못 때문에 비난받아선 안 된다." 할머니는 미소를 지었다. "떰은 정말 좋은 청년이야. 그가 얼마나 너를 행복하게 했는지 지켜보았지. 떰이 오늘 내게 밀하더구나. 흐엉은 자신의 모든 것이며 결코 너를 포기하지 않겠다고 말이야."

"떰이 그런 말을 했어요?"

"그래, 자기 부모 앞에서 여러 번 말하더구나. 이번 일이 네게 얼마나 힘들었을지 이해한다. 하지만 진정한 사랑은 아주 귀한 거야. 일단 찾게 되면 꼭 붙잡아야 해. 흐엉, 네가 떰을 다시 만나겠다면, 나는 너희들을 축복하고 싶구나."

할머니의 눈빛에는 온화한 빛이 흘렀고, 주름마저 인자해 보였다. 그분의 얼굴에서 더 이상 슬픔은 없었다. 마치 부처님처럼 평화롭고 평온해 보였다.

나는 일어섰다. 할머니를 일으켜 세운 뒤 꼬옥 안아드렸다.

16장

할머니의 노래

응에안, 2017

할머니의 무덤 앞에 선까를 내려놓는다. 아이들은 내 옆에 무릎을 꿇는다. 떰이 성냥을 켜서 향 다발에 불을 붙인다. 그는 고개를 돌려 나를 바라본다.

"할머니가 당신을 얼마나 자랑스러워하는지 알아. 나도 그래, 내 사랑." 향에서 피어오르는 연기가 우리를 감싸는 가운데, 그가 말한다.

"떰, 당신이 이 모든 걸 가능하게 했어." 나는 두껍고 튼튼한 원고 묶음을 내밀었다. 그것은 할머니와 내가 들려주는 우리 가족에 관한 이야기이다.

"천국에 있는 증조할머니가 이걸 읽을 수 있을까요?" 아들 꽝이 원고 표지를 쓰다듬으며 묻는다.

"우리가 향을 태우면, 그 연기가 할머니에게 닿을 거야." 탄이 말한다. 내 딸은 내가 그랬던 것처럼 할머니의 이야기를 듣기를 좋아한다.

나는 원고를 머리 위로 들어 올린다. 베트남 사람들이 직면한 시련은 세상에서 가장 큰 산만큼이나 높다고 할머니가 말씀하신 적이 있다. 나는 그 시련과는 멀리 떨어져 있었지만, 할머니가 어떻게 가장 높은 산이 되었는지, 어떻게 늘 그 자리를 기키면서 늘 굳건하게 우리를 보호해 왔는지 지켜볼 만큼 그분 가까이에 서 있었다. 눈을 감는다. 할머니의 부드러운 얼굴이 내 앞에 나타난다.

우리가 겪어온 세월을 기록했다니 정말 기쁘구나. 구아바, 어서 읽고 싶구나.

"저도 보고 싶어요, 할머니."

뗌의 손에서 혼불이 타오른다. 나의 아이들은 혼불을 지피는 일을 돕고 있다. 한줄기 연기가 소용돌이치며 올라간다. 그리고 나선형의 혼불 속에, 나는 선까가 움직이는 모습을 지켜본다. 그 새는 날개를 퍼덕이며 목을 길게 빼고, 하늘을 향해 할머니의 노래를 부르고 있다.

산이 노래하다

1판 1쇄   2024년 12월 30일

지은이   응우옌 판 꾸에 마이
옮긴이   이지안
편집   김효진
교열   이수정
디자인   최주호
펴낸곳   마르코폴로
등록   제2021-000005호
주소   세종시 다솜1로9
이메일   laissez@gmail.com
페이스북   www.facebook.com/marco.polo.livre

ISBN   979-11-92667-72-0 03840